KEN

STAR WARS™

KENOBI

JOHN JACKSON MILLER

TRADUÇÃO FÁBIO FERNANDES

São Paulo
2022

Disney • Lucasfilm Ltd

Grupo Editorial
UNIVERSO DOS LIVROS

Star Wars: Kenobi é uma obra de ficção. Todos os nomes, lugares e situações são resultantes da imaginação dos autores ou empregados em prol da ficção. Qualquer semelhança com eventos, locais e pessoas, vivas ou mortas, é mera coincidência.

Diretor editorial
Luis Matos

Gerente editorial
Marcia Batista

Assistentes editoriais
Letícia Nakamura e Raquel F. Abranches

Tradução
Fábio Fernandes

Revisão
Guilherme Summa
Tássia Carvalho

Diagramação
Aline Maria

Dados Internacionais de Catalogação na Publicação (CIP)
Angélica Ilacqua CRB-8/7057

M592s
Miller, John Jackon
Star Wars : Kenobi / John Jackson Miller ; tradução de Fábio Fernandes. -- São Paulo : Universo dos Livros, 2022.
432 p.

ISBN 978-65-5609-249-2
Título original: *Star Wars: Kenobi*

1. Ficção norte-americana 2. Ficção científica
I. Título II. Fernandes, Fábio

22-2858 CDD 813.6

Universo dos Livros Editora Ltda.
Avenida Ordem e Progresso, 157 — 8º andar — Conj. 803
CEP 01141-030 — Barra Funda — São Paulo/SP
Telefone/Fax: (11) 3392-3336
www.universodoslivros.com.br
e-mail: editor@universodoslivros.com.br
Siga-nos no Twitter: @univdoslivros

Para Kathy,
que fez questão de que seu irmão mais novo visse o filme.

Há muito tempo, em uma galáxia muito, muito distante...

Até que a hora certa seja, desaparecer iremos.
— Yoda

A escuridão caiu sobre a galáxia. O imperador assumiu o controle da República Galáctica, auxiliado por Anakin Skywalker, outrora um dos maiores Cavaleiros Jedi, encarregado de proteger os indefesos. Depois de sucumbir para o lado sombrio da Força mística, Anakin passa a viver como Darth Vader, o impiedoso defensor das leis do imperador.

Mas a esperança também vive na forma do filho de Anakin — protegido pelo amigo e ex-mentor de Anakin, Obi-Wan Kenobi. Kenobi foge com o bebê para o planeta remoto de Tatooine onde anos antes a queda de Anakin realmente começou, quando massacrou por vingança um clã nativo de Caçadores Tusken.

Sem saber desse incidente — e ainda acreditando que matou Anakin em seu duelo desesperado —, Kenobi assume um novo papel, vigiando a criança e sua família adotiva, os Lars, à distância. Mas permanecer oculto é difícil para quem está acostumado à ação, e até mesmo no desértico Tatooine há aqueles que precisam da ajuda de um Jedi...

PRÓLOGO

— ESTÁ NA HORA DE O SENHOR IR PARA CASA.

Wyle Ulbreck acordou e olhou o copo vazio.

— O que foi que você disse?

O bartender de pele verde cutucou o ombro do humano velho.

— Eu disse que está na hora de o senhor ir para casa, mestre Ulbreck. O senhor já bebeu demais.

— Não foi o que eu quis dizer — disse Ulbreck, esfregando os olhos injetados para limpar a crosta deles. — Você me chamou de "senhor". E depois de "mestre". — Ele olhou desconfiado para o bartender. — Você é orgânico... ou um *droide*?

O bartender suspirou e deu de ombros.

— *Isso* de novo? Eu já lhe disse quando o senhor perguntou antes. Meus olhos são grandes e vermelhos porque sou um Duros. Eu o chamei daquele jeito porque sou educado. E sou educado porque não sou um fazendeiro de umidade qualquer, enlouquecido de tantos anos lá no...

— Porque — o homem de costeletas brancas o interrompeu — eu não faço negócios com droides. Droides são ladrões, todos eles.

— Por que um droide roubaria?

— Pra dar pra outros droides — disse Ulbreck. Ele balançou a cabeça. O bartender era obviamente um idiota.

— O que um... — o bartender começou a perguntar. — Deixa pra lá — ele acabou dizendo. Pegou uma garrafa e voltou a encher o copo do velho fazendeiro. — Vou parar de falar com o senhor agora. Beba.

Foi exatamente o que Ulbreck fez.

Na cabeça de Ulbreck, só havia uma coisa errada com a galáxia: pessoas. Pessoas e droides. Bem, eram duas coisas — mas até aí, não seria errado limitar tudo o que havia de errado com a galáxia a apenas uma coisa? Isso seria justo? Era como o velho fazendeiro tendia a pensar, mesmo quando estava sóbrio. Em sessenta anos-padrão no trabalho com fazendas de umidade, Ulbreck havia formulado uma teoria atrás da outra a respeito da vida. Mas havia passado um número razoável de seus primeiros anos trabalhando sozinho — era estranho como nem mesmo seus ajudantes queriam ficar perto dele —, tantos que todas as suas ideias haviam se empilhado, sem serem ditas.

Era para isso que serviam as visitas à cidade: oportunidades para Ulbreck compartilhar a sabedoria de uma vida inteira. Isso quando ele não estava sendo roubado por droides diabólicos fingindo serem bartenders verdes.

Não deveriam permitir droides dentro da Birosca do Junix, era o que a placa antiga do lado de fora do bar de Anchorhead dizia. Junix, quem quer que ele tivesse sido, já estava há muito tempo morto e enterrado nas areias de Tatooine, mas seu bar ainda estava de pé: uma cova mal iluminada onde a fumaça de cigarra mal cobria o fedor dos fazendeiros que passaram o dia todo no deserto. Ulbreck raramente visitava aquele lugar, preferindo um estabelecimento em um oásis mais próximo de casa. Mas, já que tinha viajado até Anchorhead para discutir com um fornecedor de peças de vaporizador, ele havia parado para encher seu cantil.

Agora, meia dúzia de cervejas de lum depois, Ulbreck começou a pensar em sua casa. Sua esposa estava esperando por ele lá, e ele sabia que era melhor voltar logo. Por outro lado, sua esposa estava esperando por ele lá, e esse era motivo suficiente para ele ficar. Ele e Magda tinham tido uma briga terrível naquela manhã, sobre o que quer que tivessem brigado na noite anterior. Ulbreck não conseguia lembrar agora qual havia sido o motivo. Isso o deixava feliz.

Mesmo assim, ele era um homem importante, com muitos empregados que o roubariam se ele ficasse longe por muito tempo. Através de uma névoa, Ulbreck olhou para o crono na parede. Havia números ali, e alguns deles estavam de cabeça para baixo.

E dançando. Ulbreck fez uma careta. Ele não era fã de dança. Com os ouvidos zumbindo, ele se escorregou da banqueta do bar, com toda a intenção de dizer poucas e boas para os dígitos.

Foi aí que o chão o atacou. De modo rápido e sorrateiro, decidido a bater na sua cabeça quando ele não estava olhando.

E o chão teria conseguido, se a mão não o tivesse apanhado.

— Cuidado aí — disse o dono da mão.

Com olhos pesados, Ulbreck olhou braço acima para o rosto encapuzado de seu salvador. Olhos azuis retribuíram o olhar, sob sobrancelhas amarelo-claras.

— Não conheço você — disse Ulbreck.

— Sim — respondeu o humano barbudo, ajudando o velho fazendeiro a se sentar novamente na banqueta. Então, ele se afastou alguns passos para chamar a atenção do bartender.

O homem de manto marrom tinha alguma coisa no outro braço, Ulbreck via agora — algum tipo de embrulho. Em alerta, Ulbreck olhou ao redor para ver se seu próprio embrulho estava faltando, antes de se lembrar de que nunca teve um embrulho.

— Isto aqui não é uma creche — o bartender disse ao recém-chegado, embora Ulbreck não conseguisse entender por quê.

— Só preciso de algumas direções — o homem do capuz respondeu.

Ulbreck conhecia muitas direções. Ele vivia há tempo suficiente em Tatooine para ter visitado muitos lugares e, embora odiasse a maioria a ponto de jamais querer voltar, orgulhava-se de conhecer os melhores atalhos até eles. Certo de que suas direções seriam melhores do que as fornecidas por um droide fingindo ser um Duros, Ulbreck se moveu para intervir.

Desta vez, ele próprio segurou o corrimão.

Ulbreck olhou desconfiado para o copo no bar.

— Essa bebida não está boa — ele disse para o bartender. — Você está... você está...

O recém-chegado interferiu com cuidado.

— Você está querendo dizer que estão pondo água na cerveja?

O bartender olhou para o cliente encapuzado e deu um sorriso debochado.

— Claro, nós *sempre* acrescentamos o produto mais escasso em Tatooine a nossos drinques. É assim que faturamos mais créditos.

— Não foi o que eu quis dizer — disse Ulbreck, tentando se concentrar. — Você colocou alguma coisa na minha bebida, pra me apagar. Pra poder roubar meu dinheiro. Eu conheço vocês da cidade.

O bartender balançou a cabeça careca e olhou para trás, em direção a sua esposa, igualmente sem cabelos, que estava lavando a louça na pia.

— Feche tudo, Yoona. Fomos descobertos. — Ele olhou para o estranho encapuzado. — Estamos empilhando corpos de clientes no quartinho dos fundos há anos, mas acho que tudo acabou agora — ele disse brincando.

— Não vou contar a ninguém — disse o recém-chegado, sorrindo. — Em troca de direções. E de um pouco de leite azul, se você tiver.

Ulbreck estava ouvindo aquela conversa sem entender nada, quando a expressão do bartender se transformou em preocupação. O velho fazendeiro se virou e viu vários humanos jovens entrando pela porta em arco, falando palavrões e rindo. Por entre a névoa que cobria seus olhos, Ulbreck reconheceu os valentões bêbados.

Os dois na casa dos vinte eram irmão e irmã, Mullen e Veeka Gault, os filhos endiabrados do maior concorrente de Ulbreck a oeste, Orrin Gault. E seus chegados estavam ali também: Zedd Grobbo, grande e ameaçador, capaz de erguer um droide carregador, e, com apenas um pouco mais da metade de seu tamanho, o jovem Jabe Calwell, filho de um dos vizinhos de Ulbreck.

— Tirem essa criança daqui — o bartender gritou quando viu o adolescente a reboque. — Como eu disse ao outro sujeito, a creche fica ali na esquina.

Como resposta a essa referência, Ulbreck ouviu gritinhos de provocação dos jovens arruaceiros e notou que seu salvador se virou para encarar a parede com seu embrulho, afastando-se dos encrenqueiros.

Veeka Gault empurrou Ulbreck e agarrou uma garrafa que estava atrás do bar. Pagou ao Duros com um gesto obsceno.

Seus amigos baderneiros haviam voltado sua atenção a uma vítima indefesa: Yoona, a esposa do bartender. Pegando a mulher Duros assustada com uma pilha de louça vazia na bandeja, Zedd a girou por diversão, fazendo com que canecas saíssem voando em todas as direções. Uma delas bateu na cabeça peluda de um frequentador em uma mesa próxima.

O Wookiee se levantou para registrar sua grande desaprovação. Ulbreck também ficou de pé: ele não gostava dos Gault havia várias gerações, e não se importava em colocar aquela geração específica em seu devido lugar. Ele cambaleou até uma mesa perto do grupo e se preparou para fazer suas objeções, mas teria de esperar a vez do Wookiee primeiro. De qualquer maneira, Ulbreck de repente sentiu que a mesa na qual ele estava encostado estava caindo, então ele decidiu checar as coisas do chão mesmo. Ouviu um som de briga e só registrou vagamente a chegada da esposa do bartender, que correu para se proteger ao lado dele.

O Wookiee bateu com as costas da mão em Zedd, fazendo com que ele voasse para o outro lado do ambiente, direto para cima da mesa de algumas pessoas que Ulbreck tinha certeza de que *eram* ladrões, muito embora não fossem droides. Ele havia olhado de esguelha os Rodianos de pele verde e focinho comprido durante a tarde e a noite inteiras, perguntando-se quando eles iriam assediá-lo. Ele conhecia capangas de Jabba, o Hutt, quando os via. Agora, com sua mesa virada, os bandidos se moveram, e as cadeiras foram ao chão quando eles se levantaram rapidamente e sacaram as armas.

— Nada de blasters! — Ulbreck ouviu o bartender gritar quando os demais clientes começaram a correr desesperados para a saída. O grito não adiantou nem um pouco. Presos entre agressores que avançavam, os Gault, que haviam sacado suas pistolas quando o Wookiee bateu em seu amigo, começaram a disparar nos Rodianos. O jovem Jabe poderia ter disparado sua arma também, Ulbreck viu, se o Wookiee não o tivesse levantado do chão. O titã segurava o menino que gritava lá no alto, prestes a jogá-lo de encontro a uma parede.

O recém-chegado barbudo se ajoelhou ao lado de Ulbreck, contra o bar, e se inclinou sobre ele na direção da esposa do bartender.

— Tome conta disto — disse o homem, colocando o embrulho nas mãos dela. Então, saiu correndo na direção da briga.

Ulbreck voltou a atenção para a briga de bar. Acima dele, o Wookiee jogou Jabe na parede. Mas, de algum modo, garoto e parede nunca se encontraram: quando Ulbreck esticou o pescoço para ver, o corpo de Jabe voou em uma curva que não era natural e acabou pousando atrás do bar.

Aturdido, Ulbreck olhou para ver se Yoona tinha visto a mesma coisa. Mas ela estava paralisada de terror, de olhos bem fechados. Então, um disparo de blaster atingiu o chão perto deles. Ela abriu os olhos. Com um grito, enfiou o embrulho nas mãos de Ulbreck e saiu rastejando dali rapidamente.

Ulbreck virou seus próprios olhos assustados de volta para a briga, esperando ver o Wookiee espancando Jabe até o garoto virar uma pasta. Mas o que viu foi o homem de capuz segurando o blaster de Jabe, apontando para o teto. O homem disparou uma vez no globo de luz suspenso no alto. Um segundo depois, a Birosca do Junix ficou às escuras.

Mas não em silêncio. Ainda havia o uivo do Wookiee. Os tiros de blaster. Os vidros estilhaçando. E então o estranho zumbido, ainda mais alto do que o dos ouvidos de Ulbreck. Ulbreck tinha medo de olhar do outro lado da mesa que o protegia. Mas, quando fez isso, conseguiu ver a silhueta do homem encapuzado, iluminado por uma chuva de luz azul, e rajadas perdidas de blasters ricocheteavam na parede sem atingir ninguém. Figuras sombrias avançaram — os Rodianos criminosos? —, mas caíram gritando quando o humano avançou.

Ulbreck voltou para trás da mesa, tremendo.

Quando o silêncio finalmente veio, tudo o que Ulbreck pôde ouvir foi um roçar suave dentro do cobertor em seu colo. Procurando a lanterna portátil que levava no bolso, Ulbreck a ativou e olhou para o embrulho que segurava.

Um bebezinho com um cacho de cabelo louro olhava para ele, soltando um gorgolejo.

— Olá — disse Ulbreck, sem saber mais o que dizer.

O bebê balbuciou qualquer coisa.

O homem barbudo apareceu ao lado de Ulbreck. Iluminado por baixo pela luz portátil, ele parecia gentil — e nem um pouco cansado pelo que quer que houvesse acabado de fazer.

— Obrigado — disse, pegando a criança de volta. Começando a se levantar, ele fez uma pausa. — Desculpe. Sabe como chegar até a propriedade dos Lars?

Ulbreck coçou a cabeça.

— Bom, tem umas quatro ou cinco maneiras de chegar até lá. Deixa eu pensar na melhor maneira de te...

— Deixa pra lá — respondeu o homem. — Eu descubro sozinho. — Ele e a criança desapareceram na escuridão.

Então, Ulbreck se levantou, varrendo o aposento a seu redor com a luz da lanterna.

Lá estava o sem-vergonha do Mullen Gault sendo reanimado por sua irmã igualmente sem-vergonha, enquanto Jabe saía mancando em direção à porta aberta. Ulbreck conseguiu ver o Wookiee do lado de fora, evidentemente caçando Zedd. O bartender estava nos fundos, consolando a esposa.

Os capangas de Jabba estavam mortos no piso da Birosca.

O velho fazendeiro voltou a desabar no chão. O que havia acontecido ali? Será que o estranho realmente havia acabado com os bandidos sozinho? Ulbreck não se lembrava de tê-lo visto com uma arma. E quanto a Jabe, que havia parecido ficar pendurado no ar antes de cair atrás do bar? E o que eram aqueles malditos flashes de luz azul?

Ulbreck balançou a cabeça, que doía. O aposento girou um pouco. Não, a verdade era que ele simplesmente não podia confiar em seus olhos bêbados. Ninguém arriscaria seu pescoço contra os capangas de Jabba. E ninguém traria um bebê para uma briga de bar. Pelo menos ninguém decente. Certamente nenhum tipo de herói.

— As pessoas não prestam — disse Ulbreck, para ninguém em particular. E voltou a dormir.

MEDITAÇÃO

O pacote foi entregue.

Espero que possa ler meus pensamentos, mestre Qui-Gon: não ouço sua voz desde aquele dia em Polis Massa, quando mestre Yoda me disse que eu poderia entrar em comunhão com o senhor por intermédio da Força. O senhor vai se lembrar de que decidimos que eu deveria levar o filho de Anakin a seus parentes, por segurança. Essa missão agora foi cumprida.

É tão estranho estar aqui, neste lugar e nestas circunstâncias. Anos atrás, tiramos uma criança de Tatooine, achando que ela era a maior esperança da galáxia. Agora, eu trouxe outra de volta, e com o mesmo objetivo em mente. Espero que a coisa saia melhor dessa vez. Porque o caminho até esse momento foi cheio de dor. Para toda a galáxia, para meus amigos... e para mim.

Ainda não consigo acreditar que a Ordem Jedi acabou — e que a República esteja corrompida e nas mãos de Palpatine. E Anakin, também corrompido. Os holovídeos que vi dele chacinando as crianças Jedi no Templo ainda assombram meus sonhos... e estraçalham meu coração em pedaços, vezes sem conta.

Mas depois do horror das mortes de crianças, uma criança também pode trazer a esperança. É como eu disse: a entrega foi feita. Estou no alto de uma cadeia de montanhas com minha besta de cavalgar — um eopie de Tatooine — olhando para a propriedade dos Lars lá atrás. Owen e Beru estão do lado de fora, segurando a criança. O último capítulo termina: um novo começa.

Vou procurar um lugar aqui por perto, mas, se eu ficar muito tempo, imagino que Owen vá querer que eu me mude para outro lugar, mais longe. Pode haver sabedoria nisso. Pareço atrair problemas, até mesmo em um lugar remoto como este. Aconteceu uma confusão ontem em Anchorhead e, antes disso, um problema em um dos espaçoportos por onde passei. Nada estava relacionado comigo, felizmente, nem ao motivo pelo qual estou aqui. Mas não posso mais me dar ao luxo de reagir às coisas como Obi-Wan Kenobi. Não poderei sequer ligar meu sabre de luz sem que esse gesto grite "Cavaleiro Jedi" a todos ao redor. E, mesmo em Tatooine, imagino que alguém saiba o que é isso!

Então, esse será o fim. De agora em diante, por tanto tempo quanto seja necessário, vou cuidar de minha vida e me manter longe de problemas. Não posso brincar de Jedi neste mundo e ajudar a salvar os outros mundos ao mesmo tempo. O isolamento é a resposta.

Uma cidade — mesmo um vilarejo como Anchorhead — tem um ritmo muito rápido. Na periferia, entretanto, a história deverá ser outra. Já posso sentir o tempo se movendo de modo diferente: ao ritmo do deserto.

Sim, imagino que as coisas serão mais lentas. Estarei longe de qualquer lugar, e sozinho, com nada a não ser meus arrependimentos para me fazerem companhia.

Se ao menos existisse um lugar em que pudesse me esconder deles...

PARTE UM

O OÁSIS

CAPÍTULO UM

TUDO LANÇA DUAS SOMBRAS.

Os sóis haviam determinado isso na aurora da criação. Eles eram irmãos, até que o sol mais jovem mostrou sua verdadeira face para a tribo. Era pecado. O sol mais velho tentou matar seu irmão, como era simplesmente adequado.

Mas fracassou.

Queimando, sangrando, o sol mais jovem perseguiu seu irmão através do céu. A velha estrela astuta fugiu para as colinas e a segurança, mas seu destino era nunca mais descansar. Pois o irmão mais novo só havia exposto sua face, mas o mais velho havia exposto seu fracasso.

E outros haviam visto isso, para sua eterna tristeza.

As primeiras Pessoas da Areia haviam visto a batalha no céu. Os sóis, duplamente cobertos de vergonha, voltaram sua ira para as testemunhas. O olhar dos irmãos celestiais destruiu os mortais, queimando-lhes a carne para revelar seus "eus" secretos. O Povo da Areia viu suas sombras nas areias de Tatooine, e ouviu. O espírito mais jovem estava prestes a atacar. O mais velho lhes dizia para se esconderem. Conselhos, dos condenados.

O Povo da Areia também estava condenado. Sempre caminhando com as sombras gêmeas do sacrilégio e do fracasso atrás deles, eles esconderiam seus rostos. Eles lutariam. Eles atacariam. E fugiriam.

A maioria das Pessoas da Areia atacava à noite, quando nenhum dos dois irmãos celestiais podia sussurrar para eles. A'Yark preferia caçar ao amanhecer. As vozes das sombras ficavam mais quietas então, e os colonos que infestavam a terra podiam ver seu destino claramente. Isso era importante. O sol mais velho havia fracassado ao não matar seu irmão. A'Yark não falharia, nem nunca havia falhado, em matar colonos. O sol mais velho veria seu exemplo e aprenderia...

... agora.

— *Tuskens!*

A'Yark correu na direção do velho fazendeiro que dera o grito. O gaderffii de metal do caçador esmagou o queixo descoberto do humano, estilhaçando seus ossos. A'Yark avançou, derrubando a vítima ao chão. O colono lutou, tossindo enquanto tentava repetir o grito: "Tuskens!".

Anos antes, outros colonos tinham dado aquele nome ao Povo da Areia que obliterou o Forte Tusken. Os caçadores daquela época haviam recebido bem o nome em sua língua; era prova de que os parasitas ambulantes não tinham nada que o Povo da Areia não pudesse tomar. Mas A'Yark não suportava ouvir o nome tão cheio de orgulho vindo das bocas daquelas criaturas repelentes. Além disso, poucos humanos eram tão feios quanto o maldito colono que agora se contorcia na areia. Aquele humano era antigo. Tirando uma atadura que cobria um recente ferimento na cabeça, seus cabelos brancos e sua pele murcha estavam expostos ao céu. Era algo horrível de se ver.

A'Yark mergulhou o gaderffii pesado para baixo e seus flanges de metal esmagaram as costelas do colono. Ossos arrebentaram. A ponta da arma o atravessou de um lado a outro, saindo e raspando na superfície de pedra abaixo. O velho colono deu seu último suspiro. O nome Tusken mais uma vez pertencia apenas ao Povo da Areia.

Imediatamente, A'Yark correu na direção do prédio baixo, a uma pequena distância à frente. Não havia o que pensar. Nenhum predador de Tatooine jamais parava para refletir sobre a morte. Um Tusken não poderia ser diferente.

Pensar demais significava morrer.

O ninho humano era uma coisa nojenta, algo parecido com uma colmeia sketto: escória moldada formando um semibulbo nojento, enterrado na areia. Esse era formado a partir daquela rocha falsa deles, a "pedra-sin". A'Yark já tinha visto aquilo antes.

Outro grito. Um bípede branco e pálido com um crânio proeminente apareceu na porta do prédio, brandindo um rifle blaster. A'Yark descartou o gaderffii e atacou, arrancando a arma das mãos do colono assustado. A'Yark não entendia *como* um rifle blaster destruía sua vítima, mas compreender não era necessário. A coisa tinha uma utilidade. O caçador a pôs para funcionar no colono, que não tinha utilidade.

Bem, aquilo não era exatamente verdade. Os colonos *tinham* utilidade: fornecer mais rifles para os Tuskens pegarem. Poderia ser um pensamento engraçado, se A'Yark algum dia risse. Mas esse conceito era tão alienígena quanto o cadáver de pele branca que agora jazia no chão.

Tantas coisas estranhas haviam vindo viver no deserto. E morrer.

Atrás, mais dois caçadores entraram na estrutura. A'Yark não os conhecia. Os dias de ir a uma batalha rodeado apenas por primos há muito haviam passado. Os recém-chegados começaram a virar os caixotes na área de armazenagem, derramando seu conteúdo. Mais coisas de metal. Os colonos eram obcecados por elas.

Os guerreiros também eram, mas não havia tempo para isso. A'Yark gritou para eles:

— *N'gaaaiih! N'gaaaiih!!*

Os jovens não ouviram. Eles não eram filhos de A'Yark. A'Yark só tinha um filho agora, mas ele não era velho o bastante para lutar. E tampouco aqueles guerreiros tinham pais. Assim caminhavam as coisas naqueles dias. Tribos poderosas haviam se tornado meros grupos de guerra, com suas fileiras constantemente evoluindo à medida que sobreviventes de um grupo se fundiam a outro.

O fato de que A'Yark estava liderando aquele ataque traduzia a condição deles. Ninguém no grupo havia vivido sequer a metade do tempo que A'Yark, ou visto tantas coisas quanto ele. Os melhores guerreiros haviam caído anos antes, e aqueles jovens certamente não viveriam para lutar pela liderança. Eram tolos, e, se A'Yark não os matasse por sua estupidez, eles morreriam de algum outro jeito.

Mas não naquela manhã. A'Yark havia escolhido o alvo com cuidado. Aquela fazenda ficava próxima do Deserto de Jundland, distante das outras aldeias. Ali havia poucas das vis estruturas pelas quais os residentes arrancavam água de um céu que ninguém podia possuir. Quanto menos torres — "vaporizadores", como os fazendeiros as chamavam —, menos colonos. Agora, ao que parecia, não havia mais nenhum. A não ser pelos jovens guerreiros mexendo nas coisas, tudo estava quieto.

Mas A'Yark, que já havia vivido para ver quarenta ciclos do céu estrelado, não se deixava enganar. Uma arma estava encostada ao lado da porta que dava para fora. Seria do humano velho, deixada ali por acidente? A'Yark levou o rifle até seu bocal prateado, farejando-o.

Não. Com um movimento rápido, A'Yark quebrou a arma contra a maçaneta. O rifle havia sido usado para matar um Tusken. O cheiro de suor de outro dia ainda estava na coronha. Ele diferia do cheiro do humano velho e do das criaturas brancas que os colonos chamavam de Bith. Mais alguém esteve ali. Mas o rifle não poderia ser usado agora, nem nunca mais.

Uma arma que matava um Tusken não tinha mais poder do que qualquer outra, até onde A'Yark soubesse; tais superstições eram para mentes mais fracas. Mas, assim como Tuskens prezavam seus banthas, os colonos pareciam prezar rifles individuais, escavando símbolos em suas coronhas. O humano que carregava aquela arma era mais formidável que o velho e a criatura Bith, mas ele teria de recorrer a algo novo e não familiar da próxima vez. Se sobrevivesse àquele dia.

A'Yark cuidaria para que isso não acontecesse.

Pegando o gaderffii do chão, A'Yark passou pelos jovens saqueadores, empurrando-os. Passos na areia levavam ao lado de trás, onde três vaporizadores sem alma zumbiam e profanavam o ar. Um pequeno barraco de apoio às máquinas impuras estava logo atrás.

Conveniente. A'Yark faria os habitantes sangrarem por usarem os vaporizadores. Devagar, e assim os sóis iriam ver. O que os colonos haviam roubado voltaria para a areia, uma gota de cada vez.

— *Ru rah ru rah!* — A'Yark gritou, lutando para se lembrar das palavras antigas. — Nós está aqui em paz.

Nenhuma resposta. É claro, não haveria nenhuma, mas certamente alguém estava lá dentro e havia ouvido as palavras. Orgulhava-se de lembrar delas. Uma irmã humana havia entrado para a família de A'Yark anos antes; os Tuskens costumavam complementar seus números por meio de sequestros. O bando precisava de reforços agora, mas ele não levaria ninguém dali. A presença de colonos tão perto das vastidões era uma ofensa grande demais. Eles morreriam, e outros veriam, e Jundland seria deixado em paz.

Os outros guerreiros saíram da casa e cercaram o barracão de serviço. Os Tuskens estavam em oito; ninguém poderia desafiá-los. Com as mãos envoltas em tecidos fechadas ao redor do cabo de um gaderffii antigo, A'Yark inseriu o *traang* — a ponta curva da arma — no trinco da porta.

A porta de metal abriu com um rangido. Do lado de dentro, um trio trêmulo de humanos se encolhia no meio de peças de reposição das máquinas sedentas. Uma mulher de cabelos pretos agarrava um bebê enrolado em panos, enquanto um macho de cabelos castanhos abraçava os dois. Ele também segurava um blaster.

Era o dono do rifle destruído. A'Yark podia dizer que ele estava sentindo falta da arma, agora. Engolindo seu medo, o jovem olhou direto para o olho bom de A'Yark.

— Você, vá embora! Não temos medo.

— Colonos mentem — disse A'Yark, espantando os outros Tuskens quase tanto quanto os humanos com aquelas palavras estranhas. — *Colono* mente.

Oito gaderffii se ergueram para o céu, com suas pontas de lança reluzindo na luz da manhã. A'Yark sabia que algumas acertariam os alvos. E o velho irmão celestial lá no alto veria novamente o que era a *verdadeira* bravura...

— *Ayooooo-eh-EH-EHH!*

O som ecoou pelo horizonte. Como um só, o grupo de guerra olhou para o norte. O som veio novamente, mais alto desta vez. Seu significado era inconfundível.

O mais jovem Tusken do grupo foi o primeiro a dizer: dragão krayt!

A criança guerreira deu um giro e tropeçou nas próprias botas, caindo com seu bocal de cara na areia. Os outros olharam para A'Yark, que se virou na direção da cabana. Havia visto muitos rostos humanos, o suficiente para saber ler suas expressões, mas, mesmo para um caçador experiente, aquelas faces eram surpreendentes.

O fazendeiro e sua esposa não pareciam simplesmente aliviados. Eles pareciam *desafiadores*.

Na presença de um krayt? O maior predador que Tatooine conhecia, atrás apenas dos Tuskens? Sim, A'Yark via. E isso não era tudo. A jovem mãe estava segurando alguma coisa, ao lado do bebê, em sua mão livre.

A'Yark gritou uma ordem para os guerreiros, mas era tarde demais. Com o som horripilante no ar, nenhum deles ficara ali. Os dois saqueadores de antes quase tropeçaram no jovem caído enquanto saíam em disparada, tentando se lembrar de onde haviam colocado seus artigos roubados. Os outros agarraram seus gaderffii aos peitos e partiram correndo para trás do barracão principal.

Errado. Errado! Não era isso o que A'Yark lhes havia ensinado. De jeito nenhum! Mas eles se dispersaram antes mesmo que soubessem onde estava o dragão, deixando seu líder sozinho com os colonos. O jovem fazendeiro mantinha seu blaster apontado para A'Yark, mas não disparou. Talvez tivesse calculado o risco, decidindo que deixar a arma sem disparar era algo mais ameaçador do que um disparo dado por uma mão trêmula.

Não importava. Se os colonos estavam esperando por alguma distração, tinham conseguido uma. A'Yark resfolegou e recuou, com seus mantos cor de areia rodopiando.

Os guerreiros corriam para um lado e para o outro. A'Yark gritou, mas ninguém conseguia se fazer ouvir por sobre o barulho. Havia alguma coisa que não era natural naquele som. Mas o quê? Ninguém fingiria ser um dragão krayt! E, se alguém pudesse, nunca soaria tão...

... mecânico?

— AYOOOO-EEEEEEEEE!

Não havia como confundir isso, A'Yark pensou. O gemido do dragão havia se transformado em um grito agudo de arrebentar os ouvidos, muito além da capacidade de qualquer pulmão. Estava vindo ainda mais alto, de uma nova fonte, imediatamente aparente: uma trompa ligada a uma das torres prateadas que ficavam no meio da fazenda. E havia sons semelhantes que emanavam do alto das colinas, a norte e a leste.

A'Yark parou no meio do pátio, com o gaderffii erguido.

— *Prodorra! Prodorra! Prodorra!*

Falso!

Os jovens saqueadores voltaram a aparecer, correndo sobre uma crista e voltando para a fazenda. A'Yark soltou o ar por entre os dentes podres. Pelo menos alguém o havia escutado, com toda aquela barulheira. Agora, pelo menos, quem sabe eles poderiam...

Disparos de raios! Um clarão laranja envolveu um dos corredores Tusken por trás. O outro se virou em pânico, apenas para também ser incinerado. A'Yark se agachou por instinto, buscando cobertura atrás do vaporizador amaldiçoado.

— *Wa-hooo!* — Uma onda metálica, cobre e verde, varreu a duna. A'Yark reconheceu aquilo na hora: era o landspeeder que os havia assombrado antes, na Rocha Alta. E agora, como antes, diversos jovens colonos se aglomeravam em seu interior aberto, gritando e disparando loucamente.

A'Yark pulou para trás de um segundo vaporizador, subitamente mais confiante. *Não havia* dragão nenhum, apenas colonos. Os Tuskens poderiam se reorganizar e lutar contra eles, se permanecessem leais.

Mas não era o que estava acontecendo. Um fugiu para o nada ao leste, e A'Yark pôde ver mais dois landspeeders correndo atrás dele. O jovem guerreiro desajeitado, que mal havia sobrevivido aos ritos de passagem para a idade adulta dias antes, se escondia atrás do barracão, agarrando-se às areias covardemente. Somente os sóis sabiam para onde os outros haviam ido.

Isso não era nada bom.

O primeiro speeder cercou o assentamento, com seus ocupantes cuspindo fogo em cima de nada em particular. E agora outro hovercraft chegava. Mais sofisticado, com curvas agudas, o veículo prateado trazia dois humanos em um compartimento aberto, protegido por um para-brisa. Um humano de aspecto sombrio e o rosto peludo conduzia o veículo, enquanto seu passageiro mais velho se erguia corajoso em seu assento.

A'Yark já tinha visto o passageiro antes, a uma distância maior. De cara raspada, com mais idade do que a maioria dos Tuskens teria, e sempre com a mesma expressão sem sentido.

O Sorridente.

— Mais ao sul, pessoal! — o humano em pé disse, com macrobinóculos na mão. — Continuem atrás deles!

A'Yark não precisava entender todas as palavras. O sentido era claro. Os guerreiros desaparecidos não estavam por perto, prontos para atacar. O bando, em debandada, havia fugido.

Ao ver o landspeeder do humano alto, o jovem Tusken acovardado de antes gemeu e se levantou. Deixando seu gaderffii no chão, ele saiu em disparada.

— *Urrak*! — A'Yark gritou. *Espere!*

Tarde demais. Outro landspeeder se aproximou e os passageiros a bordo, gritando, fizeram a Pessoa da Areia em fuga em pedaços com uma rajada atrás da outra. Ele era um guerreiro não fazia nem seis dias, e fora morto em segundos.

Isso era demais. A'Yark se levantou com a arma na mão e correu para trás do barraco, para longe de onde os colonos, que riam, conscientes apenas do que haviam matado, podiam ver. Tecidos esfarrapados voavam enquanto A'Yark caía, dando cambalhotas sobre uma duna, até uma ribanceira poeirenta. E sobre mais uma duna, e outra.

Por fim, A'Yark caiu no chão, sem fôlego. Três Tuskens haviam sido perdidos, talvez mais. E o Povo da Areia não podia se dar ao luxo de perder mais.

Pior, haviam perdido para colonos que usaram um truque baixo, no qual nenhum Tusken quatro anos antes teria caído. Agora, os colonos saberiam: os poderosos Tuskens não eram mais o que foram um dia.

Lutando para se levantar, A'Yark olhou para o chão abaixo. A sombra mais velha se esticou. Como o sol irmão mais velho, o bando havia atacado — e fracassado.

Era hora de os Tuskens se esconderem. Mais uma vez.

CAPÍTULO DOIS

Orrin Gault observava a fazenda do alto, como uma testemunha imponente enquanto alguns Tuskens fugiam para não morrer — e outros fugiam em direção a suas mortes. Agarrando-se à lateral da torre do vaporizador, ele viu o último landspeeder desaparecer no horizonte.

— Ok, Controle de Comunicação, já chega — ele disse para seu comlink. — Desligue.

Ele soltou o botão do comlink e ouviu. Seus ouvidos ainda zuniam por causa do alarme em cima da torre, que ele havia acabado de desativar manualmente. Espiando por baixo da aba de lona de seu chapéu de caça, ele vasculhou a paisagem. Uma a uma as sirenes a quilômetros de distância se calaram, trazendo o silêncio de volta ao deserto.

Olhou para o comlink e deu um sorriso. *Orrin, meu chapa, essa foi uma luta e tanto*. Era bom chegar a um ponto na vida em que as pessoas faziam o que você mandava. E em Tatooine, onde as pessoas nasciam teimosas e ninguém aceitava ordens de ninguém, isso significava ainda mais.

O perigo havia passado. Pela primeira vez desde que recebera o sinal de pedido de socorro, Orrin respirou fundo e ficou olhando para a terra estéril abaixo. Ele nascera em uma fazenda exatamente igual àquela, longe da estação de trânsito mais próxima, quase cinquenta anos-padrão antes. E mesmo agora não havia lugar em que ele preferisse estar de manhã do que na crista.

As pessoas achavam que ele era louco por causa disso. Todos os que ele conhecia preferiam a noite, com seu alívio do calor. Mas, assim que os sóis sumiam e o ar se acomodava como uma coisa pesada e morta, tinha-se que ir para o subterrâneo. Nada de bom acontecia após o escurecer, não com Tuskens e sabe-se lá mais o que à caça. Nesse sentido, as manhãs eram como sair de uma prisão, ou pelo menos era isso o que Orrin imaginava. Em Tatooine você podia passar a noite como uma ratazana womp numa toca, mas se tornava humano no segundo em que saía para o ar livre.

E depois havia aquela pequena extensão entre o primeiro e o segundo sóis, quando o vento frio da noite terminava de soprar e o próprio planeta soltava um suspiro. Bons prospectores de água viviam para aqueles momentos, quando as gotas preciosas de água que haviam nascido à noite subitamente percebiam que você estava em cima delas e fugiam. Um fazendeiro inteligente como Orrin podia sentir o cheiro delas e segui-las. E era *possível* segui-las, porque à luz do dia nada podia impedir você. Não naquela região. Não mais.

Essas eram as regras. As novas regras, talvez, mas *suas* regras, possibilitadas por trabalho duro e orientação.

Acho que esqueci de contar isso para aquele bando de Tuskens, ele pensou, descendo a escada. Os caçadores haviam arruinado mais do que a manhã para aquela pobre gente. Orrin fez uma careta. As entranhas de meia dúzia de droides de manutenção e sentinela marcavam o rastro dos Tuskens para o acampamento. Dois vaporizadores soltavam faíscas, com as portas de manutenção em suas bases arrombadas. E também havia os pontos de ataque, espalhados aleatoriamente ao redor do pátio. Alguns ainda fumegavam onde os disparos dos blasters haviam fundido a areia em vidro reluzente. Sua milícia havia deixado essas marcas, não os Tuskens. Até onde Orrin sabia, Olho-de-rolha nunca usava blasters.

Olho-de-rolha. Aquele ataque não podia ser obra de mais ninguém. Nenhum outro Tusken naquela parte do Deserto de Jundland ousaria atacar ao amanhecer. Ninguém havia sequer tido mais que um vislumbre de Olho-de-rolha e vivido para descrever. Se tivessem vivido, Orrin sempre dizia, então não tinham encontrado Olho-de-rolha, mas algum outro Tusken com temperamento mais agradável. Descrições do notório caçador variavam. Magro ou gordo? Macho ou fêmea? Baixinho e atarracado, ou um Wookiee enrolado em um manto?

As histórias só tinham duas coisas em comum: Olho-de-rolha era feroz como fogo e alguma coisa parecia ter acontecido com um dos olhos do guerreiro. Enquanto outras Pessoas da Areia tinham cilindros de metal no lugar dos olhos, Olho-de-rolha havia enfiado uma pedra rubra na abertura em vez de simplesmente remover o objeto do olho ferido.

Ou algo assim. As histórias sequer concordavam sobre qual olho era. Mas dessa vez as coisas poderiam ser diferentes. Eles haviam chegado rápido o bastante para salvar algumas testemunhas.

Orrin já estava vestido e nos campos havia uma hora quando o chamado — ou, para ser mais exato, o *Chamado* — veio. Esse fato, e a proximidade de sua equipe de trabalho, havia salvado a família Bezzard de um fim terrível. Mas o que havia acontecido antes já era trágico o bastante. Dois vizinhos de Orrin — primos, do lado da família de sua ex-esposa — saíram pela porta dos fundos da casa carregando o corpo do trabalhador Bith. Orrin olhou para baixo quando eles passaram. A milícia cuidaria do enterro, assim como, sobre a duna a leste, mais voluntários estavam queimando os Tuskens mortos. Eles tinham de tornar aquilo tudo o mais fácil possível para os Bezzard.

Ele já havia vivido isso antes. Quando seu mais novo havia morrido, da mesma forma sem sentido.

Orrin ouviu movimento na casa.

— Mullen, você está aí dentro? — ele perguntou.

— Estou.

O filho mais velho de Orrin — ele ainda não conseguia pensar no rapaz como seu *único* filho — veio andando sem pressa de dentro do prédio, segurando as duas metades de um rifle blaster.

— Parece que o Olho-de-rolha esteve aqui — disse Mullen.

— Imaginei.

Inescrutável por trás de seus óculos de poeira pretos, Mullen Gault podia ter sido um clone de seu pai aos vinte e cinco anos, se o homem mais jovem não estivesse se esforçando tanto para ser alguém diferente. Ambos eram altos e tinham um bom físico, com a pele avermelhada de fazendeiros de nascença. As semelhanças terminavam ali. Os cabelos de Orrin, com seus olhos azuis, eram escuros e estavam ficando elegantemente grisalhos. Ele tentava parecer bem até mesmo ali, na crista, já que nunca se sabia quem podia passar por lá. Mullen, enquanto isso, havia acordado e saído de casa com as mesmas roupas da noite anterior. Isso era típico. Ele havia sacrificado vários dentes anos antes em uma briga com um apostador em Anchorhead, e mais um na mesma cidade recentemente.

As pessoas diziam que era por isso que Mullen franzia a testa com a mesma frequência com que seu pai sorria, mas Orrin sabia que não era esse o motivo. O garoto já tinha cara de mau desde o berço.

Orrin pegou os pedaços do rifle. A maioria dos Tuskens não deixava para trás nada que pudesse ser de utilidade. Olho-de-rolha parecia ser mais seletivo.

— Quantos deles estavam aqui?

Mullen puxou a barba e se encostou na porta, coçando as costas na maçaneta.

— Três Tuskens mortos no pátio. Depois aqueles que correram para as colinas. Veeka acabou de entrar em contato: os perdeu na Fenda de Roiya. — Mullen encarava o pai profundamente. — Achei que você iria querer que eu interrompesse a caçada. Eles estão voltando.

Orrin bufou.

— Bom, não vamos sentir muito a falta do velho Rolha. Mas da próxima vez que ele interromper o desjejum...

Ele parou. Os soluços angustiados de uma mulher ecoaram pela casa.

— A dona. Ela está bem?

— Ela está lá fora, na frente, com o velho — disse Mullen. — Parece bem abalada.

— Imagino que sim. — Orrin levantou a cabeça. — Quem está com ela agora?

— Já falei. O velho.

Orrin ficou boquiaberto.

— O velho *morto*? — Ele jogou os fragmentos do rifle no chão. — Eu mandei você se certificar de que alguém ficasse com ela, Mullen. E você achou que eu estava falando do *pai morto dela*?

Mullen ficou simplesmente olhando para ele.

— Mullen, está de brincadeira comigo? — Orrin fez uma careta e espetou dois dedos na ponte dos óculos protetores de seu filho, batendo a cabeça dele na porta. — *Sério*.

O rapaz não disse mais nada, enquanto seu pai marchava de volta para o landspeeder. Encontrando sua semicapa de sarja atrás do banco dos passageiros, Orrin jogou-a sobre os ombros e se virou para encarar a casa. *Isso não vai ser fácil*.

Ver a morena Tyla Bezzard segurando a cabeça do velho na entrada fez com que ele perdesse o fôlego. O que os caçadores tinham feito era terrível — *tinha de ser* obra do Olho-de-rolha. Mas o que o arrepiava mais era como a moça parecia não se importar com o estado do corpo de seu pai.

Sem levantar a cabeça, ela sentiu a aproximação de Orrin.

— Alguém chegou, papai.

Orrin tirou seu chapéu e instintivamente se ajoelhou ao lado dela. Conhecia a mulher desde que ela era criança. Seu pai, Lotho Pelhane, havia trabalhado no rancho da família de Orrin por vinte anos. Antes que Lotho partisse para uma vida própria, Tyla e os filhos de Orrin costumavam brincar juntos. Orrin colocou a capa sobre os ombros de Tyla. Quando fez isso, ela enterrou a cabeça em seu peito e começou a berrar de dor.

— Eu sei, Tyla, eu sei — ele disse, abraçando-a. — É uma coisa desgraçada, é sim. — Ele olhou para o cadáver caído desajeitado no colo dela. Lotho Pelhane ainda tinha uma atadura de semanas ao redor da cabeça, uma visão surreal dado o estado lastimável em que estava o resto do corpo dele. Orrin desviou o olhar.

Tyla gemeu.

— Eu... Eu tentei me lembrar, mestre Gault...

— Orrin.

— Eu tentei me lembrar. O senhor nos vendeu o alarme e o ativador — ela disse, mostrando a ele o dispositivo de controle remoto em sua mão, segurando-o com força suficiente para esmagá-lo. — Eu estava tão apavorada — ela completou, perdendo o fôlego. — Não conseguia me lembrar de como ligar o alarme local no começo...

— Está tudo bem — ele disse —, o Chamado dos Colonos funcionou muito bem. Nós recebemos seu sinal e viemos direto para cá. — Gentilmente, Orrin tirou-a da soleira, permitindo que o corpo de Lotho escorregasse dela de modo quase imperceptível. — Você fez tudo direitinho. Seu marido e seu filho estão a salvo. Nós pegamos os Tuskens.

— Não me interessa! — Ela olhou para o pai morto. — Eu não quero ficar aqui! Não quero mais!

Orrin se afastou de Tyla e a endireitou, apertando seus ombros com as mãos firmes.

— Agora, escute. Eu conhecia seu pai. Você sabe que Lotho não iria querer ouvir isso. Ele tinha tanto medo de Tuskens quanto das próprias sombras.

Ela olhou para a atadura na cabeça do pai e fungou.

— Eles quase o pegaram no mês passado, sabia? Derrubaram-no uma noite, na casa dele. Foi por isso que ele veio morar conosco. Mas ele estava melhorando. Disse que havia saído uma vez, então achou que estava seguro...

— Isso mesmo. E você tornou este lugar seguro com o Chamado. Você fez a coisa certa... — Ela voltou a chorar. Orrin só ficou esperando. Ele já havia estado naquele tipo de situação muitas vezes antes, embora ultimamente com menos frequência. — Isto tudo foi muito ruim, não há o que dizer. Mas pegamos um monte deles, e vamos pegar o resto e a coisa vai melhorar. Você entendeu?

Ela recuou, subitamente irritada.

— O que eles *querem*? São monstros...

— Tatooine tem areia e a areia tem monstros — disse Orrin. Ele olhou para o outro lado e viu Mullen parado com o grupo do enterro. — Agora, vou checar aquele seu marido e seu filho. Esse pessoal vai cuidar de seu pai até levarmos você de volta para o oásis. Annileen Calwell vai colocar vocês lá esta noite.

Tyla assentiu fracamente e começou a caminhar, ainda sem se dar conta da sujeira em sua túnica.

Orrin olhou cético para seu filho quando ela saiu do alcance de seus ouvidos.

— Posso confiar em você para cuidar dessa mulher por cinco minutos sem fazer com que ela tenha outro ataque histérico?

— Claro, claro — Mullen falou baixo. — Mas você não ia perguntar a ela sobre o Olho-de-rolha? Você disse que...

— Cadê meu chapéu? — Orrin procurou no chão ao redor. — Preciso de alguma coisa pra bater em você. Agora, some daqui!

ORRIN ENCONTROU TELLICO BEZZARD, O JOVEM DONO DA PROPRIEdade, no barraco das máquinas, cercado por um zumbido de atividade. O resto da milícia havia voltado. Os adultos do grupo, considerando que essa era uma distinção definida mais por bom senso do que por idade, haviam atacado sem demora a lista de coisas que sempre tinham de ser feitas nesses casos. Embora a milícia oficialmente não tivesse líder, Orrin sempre fora o encarregado no passado; agora ele estava contente ao ver que tantos de seus conselhos haviam sido seguidos. Alguns sujeitos estavam na casa fazendo a limpeza, outros estavam consertando os vaporizadores, e mais outros estavam recolhendo os artigos que os Bezzard iriam querer para sua estada no Oásis Pika. Todos estavam trabalhando, mesmo sabendo que com aquilo perderiam horas importantes em seus próprios campos.

E também havia sua filha, Veeka, e seu satélite júnior Jabe Calwell, sentados em caixotes com um frasco em mãos, bebendo sob os sóis da manhã. Orrin sabia que não era água; afinal, Veeka estava bebendo. Desde a morte de seu irmão gêmeo, a jovem de vinte e um anos havia decidido viver tudo o que ele não havia vivido. E Jabe, que aos dezesseis anos era o trabalhador mais jovem de Orrin, estava dando o melhor de si para acompanhá-la. Estavam no meio da descrição de como haviam matado uma Pessoa da Areia para Tellico, que estava sentado entorpecido, balançando seu bebê inocente no joelho. O blaster do fazendeiro estava caído na areia ali perto, sem ter sido disparado.

Quando Veeka viu a aproximação de seu pai e sua expressão sombria, ela deu um sorriso desajeitado.

— Epa. Desculpe — ela disse, rapidamente passando o frasco para Tellico. — Aqui, companheiro. Bebe um pouco. — O jovem fazendeiro aturdido olhou sem expressão para o recipiente.

Orrin revirou os olhos e interrompeu:

— Desculpe é a palavra certa. — Ele tomou o frasco, jogou-o para trás do barracão e olhou fuzilando para Veeka. — Pegue um pouco de água para essas pessoas. Já.

Dando um sorriso cínico, Veeka foi, com Jabe a reboque. Orrin suspirou. Sua filha tinha a atitude amigável que faltava a Mullen, mas seu interesse nos outros tinha um centímetro de profundidade. Demonstrar empatia não estava entre uma das qualidades de seus dois filhos.

A coisa acabava sobrando para ele, como de costume. Orrin se ajoelhou ao lado do jovem fazendeiro e de seu bebê.

— Você está bem?

Tellico respondeu rápido, com nervosismo:

— Sim. Estou bobo que vocês tenham chegado aqui tão rápido.

— Demos um pouco de sorte. Meus funcionários e eu estávamos trabalhando nas torres na crista oeste quando você ativou o Chamado dos Colonos. Estávamos no meio do caminho para cá antes que o pessoal do oásis sequer chegasse a seus speeders.

Orrin sabia que eles tinham dado um pouco de sorte, isso era verdade, mas também havia sido um bom planejamento. Era assim que isso *devia* funcionar. Quando uma propriedade ativava o Chamado, todo mundo naquela parte do deserto se movimentava. Se os colonos estivessem armados e tivessem veículos, seguiam as sirenes até onde estivesse ocorrendo o problema. Se não, eles se reuniam no Oásis Pika, onde armas e veículos ficavam guardados atrás do Lote do Dannar, o armazém geral da região. O alarme no local da ativação tinha sempre um som diferente dos outros, mas tudo começava com algo calculado para assustar qualquer Tusken:

o uivo gravado de um dragão krayt. Esse havia sido o toque especial de Orrin.

— Bom, isso é maravilhoso, senhor. Vale cada crédito.

Orrin sorriu humildemente.

— Diga isso a seus amigos. É para todos nós, na verdade.

— O pai dela, Lotho, nunca quis que nós comprássemos isso. Mas... — O jovem parou, desviando o olhar. Ele agarrou o bebê com mais força.

— Esqueça tudo isso — disse Orrin. — Mas quero que você se lembre de uma coisa para mim, se puder. Os Tuskens: o que pode me dizer sobre eles?

Tellico olhou para ele, nervoso.

— Ah, foi o Olho-de-rolha, com certeza. Não tenho dúvida. Onde o olho direito ficava...

— Direito de onde você estava olhando?

Tellico apontou para seu olho direito.

— Não, este olho aqui. Ele *brilha*.

Orrin espantou-se.

— O quê, como um cibernético? — Isso parecia algo absolutamente louco.

— Não, senhor. Mais como um cristal. Ele captou a luz quando olhei, e eu não conseguia tirar os olhos dele. — Ele estremeceu sob os sóis. — Fiquei morrendo de medo.

— Não duvido. — Orrin coçou o queixo. — Mais alguma coisa?

O jovem fazendeiro fez uma pausa.

— Os mantos eram diferentes, eu acho. Não usavam bandoleiras. Mas, sério, eu estava tão concentrado no *olho*...

Orrin se levantou e deu palmadinhas nas costas de Tellico.

— Esqueça, filho. Agora vamos cuidar de você e de Tyla. Annileen vai colocar vocês no Lote pelo tempo que precisarem.

Orrin ficou olhando enquanto o fazendeiro e seu filho se afastavam. Mullen se aproximou do pai.

— Precisa de mais alguma ajuda?

— Não.

Mullen bufou.

— Ele podia ter matado o Olho-de-rolha e não matou.

— Acho que esse rapaz não sabe a diferença entre um blaster e uma chave de boca. — Orrin olhou para trás e riu. — Agora, cadê aquele frasco?

Veeka e Jabe estavam vindo da casa.

— Pensei que o senhor não quisesse que eu bebesse tão cedo — disse Veeka.

— Você *me* faz beber — disse Orrin. Ele se virou para olhar para Jabe, novinho e empolgado por estar ali. O garoto tinha a idade que seu Varan, o gêmeo de Veeka, tinha cinco anos antes, quando a tragédia aconteceu. Foi um dos motivos pelos quais Orrin o havia aceitado em sua equipe de manutenção: Jabe era uma presença feliz.

Mas Orrin sabia o que aguardava a criança em casa.

— Garoto, quando sua mãe souber que eu deixei você vir com o bando, vão precisar abrir um lugar pra mim na pira ao lado dos Tuskens.

Veeka abriu a comporta de manutenção de seu landspeeder esportivo.

— Quer uma carona na garupa, moleque? Cabe certinho.

Jabe corou com a provocação.

— Não vai ser tão ruim assim — ele disse.

— Ah, vai sim — respondeu Orrin, encarando o menino. — Você vai implorar para que os Jawas te adotem.

Ele deu um passo à frente e bateu palmas duas vezes, bem alto.

— É isso aí, pessoal. Bom trabalho. Todos de volta ao oásis. Drinques no Lote do Dannar!

CAPÍTULO TRÊS

A VELHA MULHER NIKTO LARGOU UM ROLO DE TECIDO NO BALCÃO.
— Você trabalha aqui?

Em pé atrás do balcão, Annileen Calwell não levantou a cabeça de seu datapad.

— Não, eu entro aqui e faço o inventário do estoque nas horas vagas. — Um momento se passou antes que Annileen subitamente parasse. — Espere — ela disse, arregalando os olhos ao avaliar bem ao redor. — Balcão. Caixa. Alvará. — Com um olhar espantado, Annileen virou-se bruscamente para a cliente de pele de alabastro. — Desculpe, eu acho que trabalho aqui *sim*.

Era um jogo que elas vinham jogando todas as vezes desde a primeira visita de Erbaly Nap'tee à loja. Só que, para a mulher Nikto, não era um jogo: Erbaly nunca se lembrou uma vez sequer de quem era Annileen. Durante algum tempo, Annileen tinha pensado que a estrangeira simplesmente não era capaz de distinguir entre humanos. No fim, acabou percebendo que Erbaly simplesmente não dava a mínima. Foi aí que seu jogo começou.

Isso foi onze anos-padrão antes.

A estrangeira de rosto enrugado estalou a língua de impaciência.

— Agora, está vendo isto? — Ela espetou o tecido com seu dedo branco murcho. — Sabe por que isto custa tanto?

— Não — Annileen disse, sorrindo inocentemente. — Por quê? — Os lábios rachados da Nikto se franziram. Ela começou a dizer mais alguma coisa, mas Annileen a impediu. — Só um segundo. Precisam de mim ali no bar. — Seu avental rodopiou quando

Annileen girou e caminhou o metro e meio até onde seu balcão de artigos em geral se transformava em um bar. Ela pegou um copo que um prospector adormecido havia derrubado e depois voltou para Erbaly. — Voltei — ela disse.

A mulher Nikto estava batendo com o pé no chão.

— Há *mais alguém* aqui com quem eu possa falar?

— Ah, quanto a *isso*, eu posso ajudá-la — disse Annileen. Depois de colocar o copo em uma pia, ela passou por uma abertura no balcão comprido e caminhou até uma das mesas do fundo, onde um Rodiano de focinho verde tomava silencioso seu caf matinal. Annileen deu uma palmada no seu ombro, um ato que ele nem sequer pareceu reparar. — Este aqui é o Bohmer — ela disse.

Erbaly o estudou.

— Ele trabalha aqui?

— Não sabemos — disse Annileen —, mas ele praticamente vive aqui.

— Obrigada de qualquer forma. — A senhora Nikto soltou um muxoxo de desdém e dirigiu-se para a porta da frente.

Annileen pegou o rolo de tecido do balcão e gritou para ela.

— Vou deixar isto aqui separado para quando você voltar amanhã, Erbaly. Tenha um ótimo dia!

Erbaly não disse nada ao passar furiosa por Leelee Pace, a melhor amiga de Annileen, que estava preparando um pacote para o correio, outro dos muitos serviços do armazém. A Zeltron de pele rubra riu quando a Nikto bateu a porta ao sair.

— Essa é a nossa Annie — disse Leelee. — Lojista do ano. Os clientes não conseguem ficar longe daqui!

— Claro que conseguem, Leelee. — Annileen deu a volta em uma das mesas da lanchonete, limpando-a sem olhar para ela. — Sabe, Dannar pensou em tudo. Qualquer um pode ficar longe por um tempo, mas apenas até se lembrarem de que são trinta quilômetros para o armazém mais próximo. Aí eles não querem mais ir embora.

— Reparei — disse Leelee, empilhando pacotes. — Isso levou menos tempo que o seu joguinho normal com Erbaly. Tem algum bicho mordendo você hoje?

— Não.

Levando os pratos do desjejum para trás do balcão, Annileen sabia que isso não era verdade. Mas o que ela havia contado à amiga sobre o Lote do Dannar certamente era. O lugar era a maior instalação de qualquer espécie no Oásis Pika. Duas das cúpulas haviam estado lá desde que qualquer pessoa podia se lembrar, partes de alguma fazenda antiga. O falecido marido de Annileen, Dannar, havia feito benfeitorias, ligando uma das cúpulas a uma nova área de vendas de formato oblongo, sob um teto arredondado. A cúpula de trás agora constituía a residência de sua família e a casa para convidados.

O prédio principal havia sido o domínio de Annileen durante a maioria de seus trinta e sete anos. Nesse tempo, ela havia acumulado uma quantidade tão grande de atividades comerciais que aquilo chegava a desafiar toda a física do espaço limitado. Visitantes encontravam fileiras de prateleiras quando entravam, todas em ângulos que permitiam que Annileen visse os corredores de trás de seu balcão, que percorria a extensão da parede leste. Mas a maioria dos frequentadores normalmente passava pelos artigos e ia para a parte de trás da sala principal. Ali, perto de onde a outra extremidade do balcão de Annileen terminava em um bar, uma área de preparação de comida ficava perto de oito mesas de jantar apertadas. Todos os dias, Annileen alimentava e regava com bebida metade dos trabalhadores vivendo perto do oásis, não necessariamente nessa ordem.

Aquele era seu lugar, mas o complexo não parava ali. A nordeste da loja principal ficava a primeira garagem que Dannar havia construído para atender os veículos de prospectores do oásis; ela havia sido expandida muitas vezes desde então, à medida que os mecânicos locais alugavam baias. A norte e a leste ficava uma área de gado, onde os poucos animais sobreviventes do rancho fracassado do pai de Annileen haviam formado a base de um viveiro animado, atendendo aos tolos corajosos que preferiam os costas-de-orvalho reptilianos aos landspeeders.

E ao redor: o oásis, uma ampla clareira protegida do vento por colinas de dunas suaves. Outrora o fundo de um lago pré-histórico, a área e seu solo cheio de torrões faziam crescer florescentes plantas pika e algumas teimosas árvores deb-deb — e mais alguma coisa. Os vaporizadores cilíndricos novinhos de Orrin Gault se erguiam por toda parte, produzindo água para entrega nos vastos caminhões-tanque que ficavam estacionados fora das garagens do Lote. A maioria da colheita estava prometida para seguir para pontos distantes; os nativos da região bebiam apenas o que precisavam, talvez um pouco mais que isso. Eles sabiam o que tinham e conheciam seu valor.

Embora possuidor de um dom especial para prospecção de água, Dannar nunca tivera muito interesse em fazendas de umidade. Ele havia calculado que um armazém suportaria melhor os anos de colheitas ruins, e isso em grande parte acabara sendo verdade. Mas deixara sua esposa com tantos negócios secundários sob um mesmo teto que Annileen tinha medo de tirar um dia de folga sequer, para que a economia rural de Tatooine não entrasse em colapso.

Ela havia conseguido segurar bem as pontas, ou era o que pensava de vez em quando, ao captar seu reflexo nos espelhos da pia. Annileen conseguia até mesmo se reconhecer, ocasionalmente. Os cabelos arruivados de sua juventude, que ela mantinha presos às costas, estavam se tornando castanhos, e não grisalhos; até agora, tudo bem. Ela nunca aprovara inteiramente o trabalho em interiores, mas isso havia mantido sua pele rosada em vez de tostada.

E os olhos de Annileen eram praticamente a única coisa verdadeiramente verde em todo o planeta, se você não contasse costas-de-orvalho ou Rodianos bêbados. E contar costas-de-orvalho era agora o trabalho da filha dela, de qualquer maneira. Olhando pela janela quadrada, Annileen podia ver Kallie, loura e determinada, tentando ensinar aos filhotes de costas-de-orvalho boas maneiras, antes que os animais percebessem que tinham a musculatura para arrancar as cercas à vontade.

Para seu alívio, Annileen viu que pelo menos Kallie não estava mexendo com Snit. A criatura não era do tipo canibal, Annileen não teria deixado uma dessas chegar nem perto do complexo, mas Snit havia sido mordido por um kreetle quando bem filhotinho e, desde então, não parava de morder tudo à vista. Annileen supunha que sua filha tinha o bom senso de ficar longe, mas ela nunca sabia. Domar costas-de-orvalho não era um trabalho seguro para um droide assassino, quanto mais para uma menina de dezessete anos. Mas Dannar Calwell jamais havia aceitado limites, e sua filha mais velha não iria aceitar também. A teimosia era de família.

Annileen havia esperado que seu filho Jabe fosse diferente. Mas as coisas não estavam caminhando assim. E entre a sirene de emergência, seus filhos e os clientes de hoje, Annileen simplesmente estava cheia. Ela olhou pela janela e fez uma careta. De dor.

— *Ai!*

— Essa é nova — disse Leelee, depositando seu pacote e alguns créditos no balcão. Ela apontou para as mãos de Annileen. — Você literalmente cortou sua própria circulação com os cordões do avental. É apropriado, mas um pouquinho clichê, não?

Olhando para baixo, Annileen rapidamente desenrolou o tecido da palma de sua mão avermelhada.

— Você é a psiquiatra da crista, agora?

— Não, mas tenho cinco crianças. E sei que, se você continuar encarando Kallie e aqueles animais, ela simplesmente vai tentar cavalgar o mais selvagem de todos.

Annileen se afastou da janela.

— Bom, é nisso que você se engana — ela disse, recebendo o dinheiro. — É sempre o filho que eu *não consigo* ver que me preocupa mais.

Jabe já havia partido há algum tempo com os prospectores, quando o Chamado dos Colonos havia soado. Seu filho sabia muito bem o que Annileen pensava sobre ele indo a qualquer lugar perto dos negócios de Orrin. Mas, até onde ela sabia, o garoto não estava nem aí. Ela simplesmente não o entendia mais. Jabe tinha uma coisa com a qual todo mundo em Tatooine sonhava: uma vida garantida de trabalho seguro dentro do armazém, ocupando o lugar de seu pai. Em vez disso, o adolescente teimoso vivia escapulindo com a equipe de trabalho de Orrin. Claro, Annileen sabia que o garoto estava de olho na filha de Gault, Veeka, mas ele tinha tantas chances com aquela menina dos infernos quanto de se tornar Chanceler da República — ou seja lá como isso se chamasse hoje em dia.

Não, concluiu Annileen, ele havia partido com a equipe naquela manhã em retaliação por ter sido obrigado a limpar os fornos antes do amanhecer. E, se Jabe os acompanhasse em direção ao perigo, seria para magoá-la também. Isso a irritava além de qualquer medida. Esse tipo de atitude era uma coisa imbecil. Até mesmo Kallie era inteligente demais para cavalgar Snit só para irritá-la. E Annileen sempre achou que Jabe tinha bom senso... o bom senso *dela*. Ele seria capaz de dividir a cama com os próprios Tuskens, não seria?

Ela tinha medo de já saber a resposta. Encontrou seu datapad de inventário e voltou a olhar para ele. Mas não conseguiu ler uma só palavra, claro. Só via Jabe — e Orrin.

Orrin. O Lote continuava prosperando muito tempo depois da morte de Dannar porque Annileen tinha uma regra rígida: ela nunca deixava ninguém pendurar conta alguma. Só havia uma exceção: Orrin, o melhor amigo de Dannar e ocasionalmente sócio nos negócios. A amizade entre Orrin e Dannar remontava a muitos anos, muito antes de Annileen ter começado a trabalhar no armazém de Dannar quando adolescente. Os dois homens tinham tido tantos acordos laterais que ela sempre se sentira mal ao tentar impor limites. Mas Orrin estava testando bastante sua paciência agora, acenando seriamente com a possibilidade de trabalho na crista para seu filho.

A família de Orrin já era um desastre por si só. Por que ele mexia com a dela? Irritada, Annileen tentava se concentrar novamente no datapad.

— Você está segurando de cabeça pra baixo — Leelee disse atrás dela.

Annileen nem levantou a cabeça.

— Você *ainda* está aqui?

— Estou esperando meu troco, pra variar.

— Está sem sorte. Variar é a única coisa que Tatooine não faz. — Respirando fundo, ela olhou de volta para Leelee e sorriu, cansada. — Quanto era, mesmo?

Leelee fez um gesto tranquilizador.

— Pode ficar. Talvez você possa pagar ao dr. Mell pra ele lhe dar alguma coisa pra relaxar.

— É — disse Annileen. — Como uma passagem para Alderaan.

Como se as palavras de Leelee o tivessem convocado, o médico local, um homem Mon Calamari, enfiou a cabeça pela porta lateral.

— Annileen, eles já voltaram? — Mell usava um capuz especial, que fornecia umidade a sua cabeça tentacular, mas mesmo assim ele estava todo vermelho. — O bando. Eu ouvi o Chamado disparar!

— Eles ouviram o Chamado em Suurja, doutor — disse Annileen —, e os Suurjanos não têm ouvidos. — Ela não sabia se os Mon Calamari tinham ouvidos também, mas sabia que o dr. Mell não ligaria para a piada. O Chamado era uma exibição portentosa de decibéis. Metade dos artigos quebráveis no armazém havia se estilhaçado no primeiro teste do sistema, anos antes. Annileen havia aprendido a dessintonizá-lo em sua cabeça, um talento aperfeiçoado durante uma vida inteira nos negócios.

— Eles ainda poderiam precisar de um médico. Eu deveria encontrá-los no caminho de volta — disse o doutor, antes de abrir a porta e empurrar seu jovem filho para dentro.

Annileen começou.

— Ei, espere. Não deixe seu filho aqui!

— Eu já volto! — A porta bateu.

Annileen jogou o datapad por cima do ombro e sentiu a testa. Sim, ela ainda estava ali, assim como as outras quatro crianças que já haviam sido largadas com ela quando seus pais partiram com o bando. Duas estavam em uma mesa, comendo comida apanhada de uma prateleira; outras duas estavam escondidas em algum lugar. Dar uma de babá não era sua função, mas, com gente correndo para ir ajudar outras pessoas em apuros, ela achava difícil dizer não.

Só que as pessoas frequentemente deixavam seus filhos com ela quando também não havia emergência alguma.

Annileen olhou para o moleque rosado fungando e revirou os olhos. Deu um suspiro.

— Ah, tudo bem. — Pegou o garoto pelos ombros e apontou para um rack perto da parede. — Pegue uma vassoura, garoto. E mais nada.

— Sim, senhora. — O menino começou obedientemente a varrer o chão perto da mesa onde as outras crianças estavam sentadas.

De dentro da porta da frente, Leelee riu.

— Boa sorte, Annie.

Annileen fez uma careta, de brincadeira.

— Ah, vai embora logo. Você está deixando o ar quente entrar.

Um zumbido baixo soou do oeste, aumentando lentamente de volume. Annileen disparou para o balcão para checar o feed de vídeo da câmera de segurança do lado sul da colina. Viu o que esperava ver: landspeeders, voltando da fazenda Bezzard.

E também viu o que temia ver: Jabe, encarapitado de modo precário na garupa do modernoso landspeeder de Veeka Gault.

Annileen abriu a janela e chamou sua filha:

— Kallie! Me traga um bastão de bantha.

A garota levantou a cabeça de seu trabalho.

— Quer a vara de treinamento ou a grandona?

Sobrancelhas escuras fizeram um V zangado.

— Tanto faz.

CAPÍTULO QUATRO

Para Orrin, voltar ao Lote era sempre como voltar para casa. Claro que não era *sua* casa; era a casa de Dannar. E depois de Dannar e Annileen, e nos últimos anos só de Annileen. Mas Orrin sentia uma ligação com o complexo que ia além da lei, ou o arremedo de lei que existia em Tatooine. Orrin havia colocado os primeiros tijolos do armazém, levado o primeiro landspeeder para reparos e comido a primeira refeição no balcão do almoço.

Um lugar era apenas uma coisa, e não era sensato ter sentimentos com relação a coisas. Mas aquele também era seu último elo com o melhor amigo que ele tivera em sua vida, e isso era algo que ele jamais seria capaz de ignorar.

O Lote tinha sido a grande ideia de Dannar. Ele era bom de ideias, ainda melhor do que Orrin. Juntos, os dois haviam feito grandes coisas acontecerem no Oásis Pika; um dia, eles imaginavam, as fazendas de Orrin e o mercado de Dannar o transformariam em uma segunda Anchorhead. Ou até mesmo em Bestine, Orrin podia ver isso acontecendo. O Pika tinha esse potencial.

Mas Dannar havia mudado depois de se casar com sua funcionária. Ele sempre procurava manter um pé na loja depois disso, sem nunca ter vontade de arriscar mais do que podia se dar ao luxo de cada vez. E depois que Kallie nasceu? Podia esquecer.

A paternidade provocou o efeito oposto em Orrin; ele mal podia esperar para chegar à crista todos os dias, procurando tesouro no ar. Mas as apostas de Dannar eram ainda menores, e em coisas mais certeiras. Isso havia tornado o Lote do Dannar uma operação mais robusta, com certeza: uma boa fonte de renda, mesmo pelos padrões atuais de Orrin. Mas isso havia significado que apenas um deles seria capaz de aproveitar as grandes chances, quando as oportunidades aparecessem. Quando Jabe ainda estava no berço, as empresas de Orrin haviam englobado quase completamente a propriedade do armazém.

Não que Dannar tivesse algum dia demonstrado inveja do sucesso de Orrin. Dannar tinha ficado feliz por ver alguém fazer uso de suas ideias, e o fato de que esse alguém era um amigo a lucrar tornava tudo ainda melhor. As operações Calwell e Gault eram tão próximas quanto podiam ser sem uma sociedade legal, coisa que os amigos nunca contemplaram, dado seu desprezo mútuo pelos burocratas de Bestine. Nenhum coletor de impostos deveria ter direito ao trabalho daqueles dois homens. E, se Orrin quisesse armazenar seus speeders de construção de vaporizadores nas garagens de Dannar, ou se Dannar quisesse deixar seus costas-de-orvalho pastando na terra de Orrin, bem, eles não precisavam de um documento para isso.

A política havia continuado sob a gestão de Annileen, mais ou menos igual, nos quase oito anos desde que Dannar morrera. As garagens extras do Lote agora continham toda a frota de Gault. E, quando Orrin assumiu o controle administrativo do Fundo do Chamado dos Colonos que havia fundado com os vizinhos, fazia perfeito sentido que o Lote servisse como sua base de operações. A instalação tinha espaço suficiente para abrigar os veículos de resposta de emergência de posse do Fundo e, se a equipe de resposta precisasse de um arsenal, eles só precisavam andar até a porta do lado para encontrar os racks de armas de Annileen.

Havia mais uma coisa que o Lote tinha a oferecer, Orrin sabia: a recompensa por um perigoso trabalho bem-feito. Como gerente do Fundo do Chamado, Orrin havia percebido a necessidade e feito o provisionamento há muito tempo, e ninguém jamais havia discutido.

Sua organização de vigilantes tinha uma conta só para a bebida.

— Tem coisa da boa aqui, pessoal! — Orrin desceu de seu precioso landspeeder USV-5 e deu uma palmada no capô. Os outros veículos estavam chegando, um por um. — Estacionem os alugados na garagem, a gente cuida deles. E vocês podem beber sua cota antes que o lugar encha pro almoço!

Uma série de vivas veio da multidão que crescia. Uns rapidamente se dirigiram para dentro do Lote do Dannar, mas um número maior ficou do lado de fora, trocando histórias e troféus. Orrin se lembrou de uma coisa e foi até o landspeeder para achar seu novo bastão gaffi — ou gaderffii, ou seja lá como os selvagens chamavam os paus bizarros de metal. O jovem Tusken feito em pedaços no fogo cruzado estava com aquele na mão. Agora, com uma bota no capô de seu hovercraft estacionado, Orrin ergueu a arma sobre a cabeça. Ele soltou um grito de guerra e deu um largo sorriso. Mais um clamor coletivo se ergueu.

— Vamos ouvir um viva para o rei de Jundland! — A cabeça de Orrin se virou bruscamente ao som da voz feminina. Veeka estava lá, depois de ter estacionado seu veículo atrás dos outros. O jovem Jabe e uns dois outros filhos de colonos estavam saindo da parte de trás do speeder, com rifles nas mãos. Veeka sorriu para seu pai e voltou a gritar. — *Viva o rei!*

— Não me chame disso — Orrin grunhiu. Ele detestava esse termo, e Veeka sabia melhor do que ninguém como usá-lo. Mas ele tornou a ouvi-lo aqui e ali na multidão, que não parava de aumentar.

— *Viva o rei de Jundland!*

— Não, não. Não façam isso — disse Orrin.

Ele riu, alto o bastante para que pudessem escutá-lo. Orrin sabia que não devia levar aquilo a sério. Aquelas pessoas não estavam procurando um governante; era justamente por isso que metade delas estava em Tatooine! Elas precisavam saber que *ele* sabia disso também. Orrin encostou o gaderffii no capô de seu landspeeder e ergueu as mãos, humilde.

— É um esforço de equipe — continuou Orrin, aquietando a multidão. — Sempre. Vocês, pessoal... *Vocês* salvaram aquela fazenda. — Ele aumentou o volume da voz. — E nunca, nunca se esqueçam de *por que* estamos fazendo isso. Lembrem-se das pessoas que os Tuskens mataram, sem motivo algum. Pessoas que estavam simplesmente tentando ganhar uma vida honesta. Fazendeiro atrás de fazendeiro, perdemos mais conhecimento de prospecção do que jamais poderemos conseguir novamente um dia. É por isso que nos reunimos para montar o Chamado dos Colonos anos atrás, para nos ajudar a retomar nossas vidas. — Ele apontou para uma torre alta de vaporizador que se erguia da encosta ao sul do armazém. — Lá em cima no topo está a primeira sirene, erguida no alto do velho vaporizador Número Um de Dannar Calwell. Alguns de vocês, os mais novos, não conheceram Dannar, mas ele era o melhor amigo que um homem, e este oásis, poderiam ter. Os Tuskens o tiraram de nós também, mas a sirene permanece, sendo uma de muitas. Isso é parte de seu legado para nós. Dannar se foi, mas o Chamado ainda é emitido. E é nosso trabalho atender a ele! — Orrin abaixou a voz. — Esta é a chave, pessoal. Eu sei que vocês não são guerreiros. Sei que vocês têm seus próprios campos, nos quais deveriam estar trabalhando neste momento. E nem sempre é fácil encontrar os créditos extras que mantêm o Chamado dos Colonos funcionando. Eu certamente investi muito nele. E não só dinheiro. — Ele engasgou por um instante, parando para pigarrear. — Mas é isso. Muitos de vocês sabem que meu filho mais novo morreu alguns anos atrás, ao atender ao Chamado. Ele fez isso para salvar um vizinho. Não há um dia em que eu não sinta a falta dele, mas não lamento nem um pouco o que ele foi fazer. Uma comunidade é uma coisa viva, e nossas ações juntos é que a mantêm viva. — Orrin levantou a cabeça. Os colonos o estavam observando, enfeitiçados. Como sempre. — É só — ele disse, quebrando a solenidade. — E, antes que vocês bebam, um lembrete: para qualquer um de vocês que ainda não tiver pagado a assinatura desta temporada, o escritório do Fundo do Chamado dos Colonos fica nos fundos, atrás das roupas usadas. Vocês podem precisar de nós em sua propriedade um dia. Esses speeders não funcionam na base da boa vontade!

Orrin sorriu quando vários membros da milícia correram para apertar sua mão. Ele levantou a cabeça e olhou para os sóis, que subiam. Suas equipes haviam perdido mais uma manhã nos campos, mas aquilo também era importante. Sem a camaradagem, não havia senso de comunidade, o oxigênio de que o Chamado dos Colonos precisava para funcionar. As assinaturas sempre aumentavam após um ataque Tusken, mas isso não era nada comparado com o que acontecia após uma defesa e uma retaliação bem-sucedidas. Ele assentiu para Mullen, que abriu a porta do armazém para os colonos.

Annileen saiu nervosa por ela, quase derrubando Mullen. Orrin avistou uma coisa comprida e preta nas mãos da mulher, um segundo antes que ela avistasse seu filho na multidão. Jabe, de quem Veeka estava rindo por causa de alguma coisa, subitamente notou Annileen.

— Mãe, eu...

Brzzaappt! Um clarão elétrico dourado atingiu o chão, não muito longe dos pés do adolescente. Assustado, o garoto deu um pulo para trás, tropeçando nas botas e caindo sobre o próprio traseiro.

Mullen e Orrin ficaram afastados.

— Eita — disse Mullen.

Orrin assentiu.

— É.

Jabe levantou a cabeça da areia para ver sua mãe segurando um bastão de bantha.

— Mas o que... — Percebendo o que havia acontecido, a reação imediata do rapaz foi de incredulidade. — Você quase me deu um choque!

— Ah, eu errei? — Annileen debochou. — Talvez eu deva tentar de novo!

— Mãe!

Atrás de Orrin, Kallie apareceu na porta do armazém, segurando um bastão mais curto.

— Mãe, a senhora quer trocar para o bastão de treinamento?

— Este aqui já está treinando ele direitinho — Annileen grunhiu. Respirando fundo, ela olhou para o bastão de bantha por um momento antes de revirar os olhos e jogá-lo de lado. Ela se virou e parou em cima de Jabe. — Agora, me escute bem! Você *não tinha* minha permissão para deixar a preparação do desjejum. Você *não tinha* permissão para sair trabalhando nos sóis com esses sujeitos.

— Sua voz aumentou. — E certamente você não tem minha permissão para sair com a milícia!

Jabe tossiu, mais envergonhado do que machucado.

— Mãe, tinha gente em perigo!

— *Você* estava em perigo!

Com um sorriso irônico, Orrin fez um gesto para os vigilantes animados, que haviam se esquecido da bebida grátis.

— Deem espaço, criaturas gentis, por favor. Annileen Calwell está cuidando dos filhos novamente.

Ao ouvir a voz dele, Annileen se virou bruscamente e cuspiu.

— E... e *você*!

Orrin era trinta quilos mais pesado que a viúva de seu melhor amigo. No entanto, quando ela partiu em sua direção, ele deu um passo para trás. Autopreservação vinha antes da imagem pública. Vendo o gaderffii descansando contra o capô de seu landspeeder, ele o apanhou de brincadeira e o ergueu com as duas mãos, simulando defesa. Mas Annileen continuava vindo.

— Calma lá! — ele disse.

Ela agarrou a seção do meio do gaderffii e o usou para puxá-lo em sua direção.

— Estou lhe dizendo pela última vez, Orrin. Se você voltar a deixar Jabe sair em uma de suas milícias novamente, é melhor enrolar a cabeça em ataduras e ficar com os Tuskens!

— Ora, Annie...

— Não me venha com "Ora, Annie"! — ela interrompeu, lívida. — Estou falando sério, Orrin. Pode tirar seus speeders de minhas garagens e estacioná-los debaixo de uma lona — ela disse, empurrando o bastão gaffi. — Se você quer que alguém alimente sua equipe, vá pra Bestine. Quer armas, fale com Jabba!

— Ei, espere — Orrin disse na defensiva, mais uma vez ciente da multidão hipnotizada. Até mesmo quem estava bebendo tinha saído do Lote para ver. — Isto aqui não é nenhuma cidadezinha do leste — ele disse. — Isto é o Oásis Pika. Ninguém aqui se mete com Jabba!

— Se você se meter comigo novamente, vai parecer que um Jabba sentou em cima de você! — Os olhos verdes o queimavam. — Entendeu?

— Você tem cada ideia maluca. Agora, se acalme, ou vai deixar seu garoto órfão... — Com um safanão, Orrin puxou a arma. Ele esperava resistência, mas ela soltou subitamente a arma e o braço dele, desequilibrado, girou o gaderffii, fazendo um arco grande...

... até bater bem no para-brisa de seu landspeeder. Lascas voaram por toda parte.

Orrin olhou para a destruição.

— Ótimo — ele disse —, mas que ótimo. — Olhou de volta para Annileen. — Viu o que você me fez fazer?

— Eu? *Você* estava segurando aquilo. — Annileen mal olhou para o vidro estilhaçado. — Espero que tenha cuidado muito melhor de meu filho lá fora!

— Jabe cuida de si mesmo muito bem — Orrin disse, ficando irritado. — Você está tratando seu filho feito um droide com uma chave de restrição!

— Ah, é mesmo?

— É mesmo! — Ele e Annileen estavam na cara um do outro, agora. — E talvez você devesse olhar para si mesma — disse Orrin. — Pergunte a você mesma por que ele sente a necessidade de sair debaixo de sua...

Uma voz rouca veio da multidão:

— Ah, beija logo ela!

— Quem disse isso? — Os olhos de Annileen começaram a vasculhar por entre os espectadores. — *Quem disse isso?*

— *Nós todos* dissemos — disse Leelee, cruzando os braços e balançando a cabeça.

Annileen olhou para sua amiga com desprezo.

— Pensei que você tivesse ido embora.

— E perder a diversão?

Os colonos de cada lado da Zeltron caíram na gargalhada.

Enquanto Annileen fumegava, Orrin rapidamente passou a arma Tusken para seu filho. Metade do oásis havia tentado juntar

Annileen a Orrin desde que sua última esposa se fora. A outra metade supunha que eles já estivessem juntos. Mas Orrin sabia que não devia esboçar a menor reação. Não havia assunto mais perigoso na galáxia.

Annileen girou nos calcanhares e voltou para seu filho. Kallie estava ajudando Jabe a se levantar: ele parecia corado e um pouco zonzo para Orrin, mas sem ferimentos.

— Leelee tem razão, mãe — o fazendeiro ouviu Kallie sussurrar. — Você e Orrin estão nesse passinho há anos...

— *Você* pode ser substituída — Annileen disse à filha, a ira retornando. — Vá fazer alguma coisa.

Kallie olhou para ela, ofendida.

— Tá bom. — A moça girou nos calcanhares e foi embora, abandonando Jabe, que imediatamente caiu de volta ao chão.

Enquanto Annileen pegava o filho, Orrin mandou Mullen levar seu landspeeder de volta à garagem.

— Não é grande coisa. É só mandar o Gloamer colocar o conserto na conta — ele disse. Lembrando-se de que já estava quase na hora de pagar algumas de suas dívidas, Orrin abaixou a voz e acrescentou a Mullen: — Na conta do armazém.

Show terminado, a multidão foi se dissipando para dentro do Lote. Annileen limpou a poeira do corpo; ela teria muitas pessoas para atender. Orrin arriscou uma conversa com ela antes de ir atrás dos outros.

— Você conseguiu alocar os Bezzard?

Annileen respirou fundo.

— Eles estão nos quartos de hóspedes agora. Chegaram no instante em que eu estava saindo para encontrar Jabe.

— Abençoada razão, espero que você pelo menos tenha posto de lado o bastão de bantha — disse Orrin. — Essas pessoas já passaram por um susto danado!

Orrin ficou olhando enquanto Annileen tentava suprimir um sorriso... e falhava.

— Não — ela disse —, eles estão bem. O doutor está com eles.

— Que bom.

Antes que Orrin pudesse entrar no armazém, Annileen puxou sua manga e olhou preocupada para ele.

— Disseram que foi o Olho-de-rolha.

— É — Orrin falou baixinho. — Pegaram o velho Lotho e o trabalhador Bith. Mas nós pegamos alguns. — Fez uma pausa. — Nosso pessoal não foi muito longe na perseguição.

Ela olhou séria para ele.

— E Jabe nunca esteve em perigo?

— Todo mundo vive em perigo aqui. Você sabe disso. Mas se tentar transformar aquele garoto em um balconista como o pai dele, vai perdê-lo totalmente. Você precisa confiar em mim. — Orrin bateu no ombro dela. — Agora, se você já sabe onde estão seus dois filhos, acho que temos cerca de trinta heróis esperando seus drinques lá dentro.

— Na conta do Fundo — ela disse, com o que ele imaginou ser uma rigidez falsa. Então, ela quase sorriu.

Sim, nós vamos ficar bem. Orrin sorriu enquanto segurava a porta para ela. Aquele acabaria sendo um bom dia afinal de...

Um estalo alto ressoou do outro lado do edifício, acompanhado de um grito feroz. O grito indecifrável de uma jovem veio um segundo depois.

O que foi agora? Intrigado, Orrin deu a volta no prédio. Ali, no pátio lateral, viu um trecho de cerca de curral arrebentado e uma nuvem de poeira se dirigindo para as dunas a sudoeste. Ele só conseguiu ver a figura loura no meio do redemoinho, segurando-se para não morrer.

Annileen apareceu do lado dele.

— Me diga que não é o que eu estou pensando!

— Não vou mentir pra você — disse Orrin, forçando a vista para enxergar à distância. — Aquela ali é sua Kallie disparando, montada num costas-de-orvalho maluco.

— *Snit!*

Orrin suspirou e deu de ombros.

— Bom, você mandou ela ir fazer *alguma coisa*...

CAPÍTULO CINCO

A'Yark voltou a enfiar a faca no braço do guerreiro. Uma corrente de líquido negro começou a fluir do corte, sujando os panos que envolviam o jovem Tusken. Os estilhaços estavam enterrados fundo, fundo demais para A'Yark alcançar.

Os sobreviventes do grupo de ataque haviam ficado felizes em chegar até Os Pilares, uma fenda irregular no interior de Jundland onde os colonos e seus veículos não conseguiam entrar. Mas a vastidão do deserto parecia ofendida por ter sido usada em um ato de covardia, e por isso o jovem Tusken pagara o preço. O guerreiro ferido escapara dos tiros dos colonos, mas não da maldita granada que eles haviam jogado antes de irem embora, nem do estrago feito à parede de rocha. O braço, machucado; a mão, inutilizada. Se algo mais fosse acontecer além disso, os Tuskens jamais saberiam. Não era algo que valesse a pena saber.

A'Yark deu a lâmina ao guerreiro e pronunciou as palavras. Eram palavras conhecidas de todos, as que separavam um Tusken das outras criaturas que viviam no areia.

Quem tem duas mãos pode segurar um gaderffii.

O guerreiro olhou fixo para a arma, mas não questionou seu dever. Outro ficaria com seu bantha; perder ao mesmo tempo um guerreiro e sua fera era um luxo ao qual o bando não podia mais se permitir.

A'Yark deixou o guerreiro sozinho, fazendo uma anotação mental para mandar alguém buscar o corpo depois. Havia trabalho importante a se fazer com os outros agora. O ataque da manhã havia sido um risco, talvez um risco grande demais quando seus números eram tão reduzidos. E, no entanto, A'Yark tinha certeza de que havia sido necessário. Os colonos estavam ficando ousados demais. Os Tuskens precisavam ser ainda mais ousados.

O que restava do clã agora se escondia, como o sol covarde, entre Os Pilares. Rezava a lenda que um gigante havia golpeado repetidas vezes as montanhas com uma adaga ali; uns diziam que fora o próprio sol mais novo, atirando-se contra seu irmão. Fosse qual fosse a explicação, a paisagem não parecia ser real. Colunas naturais de pedra e obeliscos desmoronados subiam até o céu, alguns com pedregulhos perigosamente encarapitados no topo. Um labirinto de passagens estreitas entrecruzava as torres. Umas levavam a cavernas, outras a lugar nenhum. Uma clareira entre as rochas altas fornecia apenas o espaço suficiente para um acampamento apertado ao redor de um poço sagrado; banthas e Pessoas da Areia se aglomeravam como iguais no estômago escarpado de Jundland.

Enquanto A'Yark passava pelo acampamento, ninguém disse uma palavra sequer. As dezenas de Pessoas da Areia que haviam permanecido ali durante o ataque sabiam que muitos dos mais fracos haviam sucumbido. Não havia tempo para lamentar a desonra dos parentes que se foram. Aqueles nomes e aquelas vozes pertenciam ao passado. Hoje, o Povo da Areia tinha de sobreviver.

Os Tuskens tinham uma palavra para "amanhã", mas ela era raramente usada. De que adiantaria? A morte cavalgava logo atrás de cada um deles, assim como as sombras seguiam os banthas.

Os colonos pareciam não saber disso. Eles erguiam abrigos para proteger seus preciosos futuros, tornando-se coisas gordas e carnudas — nada melhores que Hutts. Talvez tivesse sido assim que os Hutts surgiram. A'Yark nunca havia parado para pensar a respeito disso, nem de outras coisas.

Não, somente o "hoje" importava. A sobrevivência dia a dia era como um troféu acrescentado às grandes histórias do passado. Era um golpe contra a maldição lançada sobre eles pelos sóis, uma coisa da qual se orgulhar. Mas quem continuaria a contar as histórias, se todos sucumbissem?

Com sede, A'Yark dispersou os pensamentos inúteis e puxou a corda do poço. Os meios-dias estavam chegando. As crianças precisavam se alimentar, as pontas dos gaderffii precisavam ser afiadas e um novo alvo precisaria ser escolhido. A'Yark o selecionaria, como sempre.

O recipiente chegou até o alto do poço. Três dias haviam se passado e três vezes o balde subiu com nada além de areia úmida. Outros haviam chamado isso de mau presságio. A'Yark simplesmente queria matar alguma coisa.

Um jovem Tusken enrolado em panos subiu correndo em sua direção, berrando uma mensagem recebida do posto de vigia. A'Yark ouviu, sentindo sua raiva ficar cada vez maior. Havia alguém cavalgando um animal por entre as dunas. De novo.

Outras invasões do deserto vinham acontecendo recentemente. A'Yark havia até ouvido falar de um humano encapuzado, cavalgando pelo deserto sozinho, montado em um eopie bastante carregado. Parecia estar indo de leste a oeste, permanecendo intocado pelos batedores Tuskens que o espionavam. A'Yark havia concentrado sua fúria nesse humano. Um colono podia levar sua máquina em meio às dunas, ou pelo menos tentar. Mas aquele era o ato de alguém que havia perdido completamente a noção das coisas — ou de um ser tão poderoso que agia como se nada pudesse atingi-lo. A'Yark não queria saber qual era a resposta. Tal impudência já deveria ter sido corrigida, fosse qual fosse o estado atual de seu povo.

Os outros também ouviram o jovem e pegaram suas armas na hora. *Ótimo*, pensou A'Yark, mesmo depois daquela manhã, ainda havia algum espírito guerreiro. Mas aquilo não era suficiente. Eles permaneceriam ali, ao passo que A'Yark iria investigar e punir o intruso. E, se ousassem discutir isso, mais alguém iria perder um braço.

Aquela morte pertenceria a A'Yark.

— IÁÁÁ!

Annileen voltou a puxar as rédeas. Vilas ouviu o grito e avançou desabalado. O animal escalava os afloramentos rochosos com facilidade, passando por cima de tudo em poucos segundos. Outra exclamação de Annileen e lá se foi ele novamente, atravessando o fundo de um vale côncavo e empoeirado.

Chutes na costela nada significavam para um costas-de-orvalho como ele, cujas escamas marrom-avermelhadas poderiam protegê-lo de qualquer espora. Mas Vilas parecia saber muito bem para onde estava indo, e o que tinha de fazer.

Era por isso que Annileen havia ido direto para ele ao ver a cerca arrebentada. Seu landspeeder teria sido mais rápido, mas Kallie e Snit haviam disparado na direção dos Ribombos, uma extensão ligeiramente rochosa conhecida em grande parte pela viagem turbulenta que proporcionava aos hovercrafts. Isso não era problema, mas tornava mais difícil se fazer um rastreamento a grande velocidade. Vilas, por outro lado, sabia exatamente para onde ir. Pelo menos ela esperava que sim.

— É por ali — ela disse, escolhendo a nuvem certa entre diversos redemoinhos de poeira à distância. Vilas também sabia.

Ela se agarrou com firmeza a ele. Annileen não cavalgava havia três anos, mas aquilo era algo que ela dificilmente seria capaz de esquecer. Hoje em dia, metade dos costas-de-orvalho de Bestine era descendente da manada de Caelum Thaney. Ela ainda estaria trabalhando no rancho de seu pai se os animais não tivessem apanhado a Secura, uma doença degenerativa que impedia suas células de utilizarem água. No fim, pouco havia sobrado da manada — ou do próprio Caelum, que acabou vendo todos os seus trabalhadores partirem. Depois que Annileen foi forçada a aceitar um emprego com Dannar, o pai dela se fechou completamente. Quatro anos depois, quando ela e sua mãe se mudaram para uma cabana perto do oásis, ele finalmente resolveu suas tristezas, com um tiro de seu blaster. Annileen o encontrou em casa apenas três dias depois do anúncio de seu noivado com Dannar. O pai havia transferido a última dúzia de ovos de costas-de-orvalho para o que um dia havia sido seu quarto de bebê.

Os estábulos e o curral do Lote foram os presentes de casamento de Dannar para Annileen. Com eles, o legado de Thaney vivia do lado de fora da janela de seu armazém, oferecendo-lhe distração e consolo. Quando Dannar morreu, sua filha Kallie — que na época tinha nove anos — procurou aquela mesma paz, cuidando das criaturas. Desde então, Annileen havia cedido todo o tratamento dos animais a ela. Kallie precisava daquilo, e havia mais uma vantagem: a garota não iria precisar passar seus anos de adolescência discutindo o preço de cobertores com pessoas que não conseguiam sequer se lembrar de seu nome.

Mas a sensação de cavalgar um costas-de-orvalho novamente era boa, mesmo com todo o perigo. Snit havia sido uma tentação por tempo demais, um desafio ali parado, provocando Kallie. Um dos membros da equipe de Orrin havia trazido um lote de ovos depois de desenterrá-los num campo, e Annileen suspeitava que Snit tinha sangue de costas-de-orvalho selvagens nele. Essas criaturas só não superavam os canibais, em termos de loucura. Annileen amaldiçoou-se por não ter feito um bom trabalho de cruzamento genético antes. Ela sabia como, e os estábulos possuíam ferramentas de diagnóstico suficientes. Mas ela tinha andado ocupada demais. E, para piorar, nenhum de seus filhos parecia ser muito bom em resistir a tentações.

Kallie já estava à vista, meio quilômetro adiante. Snit não demonstrava nenhum sinal de que iria parar tão cedo. Annileen e sua montaria cortaram caminho direto pela planície na direção deles. Kallie, no entanto, ainda estava longe do alcance do chamado de Annileen. A fera parecia estar totalmente descontrolada agora, se é que em algum momento estivera sob o controle da garota.

O tipo de sela usado pelos Calwell era melhor que todos os outros, em termos de segurança: três poderosas faixas davam a volta na cintura de cada costas-de-orvalho, para garantir que a sela ficasse bem fixada. Mas isso só funcionava se o costas-de-orvalho ficasse quieto para o ajuste, e Annileen não conseguia imaginar que Snit tivesse ficado parado. Ela podia ver que as faixas haviam ficado frouxas, permitindo que a sela começasse a escorregar das costas de Snit para a direita. Kallie, com o pé emaranhado em um dos estribos, estava pendurada na lateral do animal, agarrando-se desesperadamente às rédeas. A cada tentativa inútil de voltar a montar em Snit, a garota fazia a fera ficar ainda mais maluca. O costas-de-orvalho não pararia até derrubá-la.

Snit alcançou o topo de uma elevação e desapareceu. Annileen chegou ao mesmo ponto segundos depois. O que ela viu do outro lado fez com que perdesse o fôlego. Até onde Annileen sabia, as extensões a leste eram lugares mais dados a colinas, mas aquele lugar ali era um verdadeiro campo minado geológico. E o pior: aquele tipo de terreno, repleto de buracos, era o favorito de criaturas tão horríveis que seria praticamente impossível descrevê-las, muitas vezes elas próprias responsáveis pela formação das crateras.

Sarlaccs. Grandes e vorazes bestas subterrâneas que atacavam qualquer coisa idiota o bastante para vagar perto delas. Eram monstros capazes de engolir um landspeeder inteiro, mas muitas vezes só podiam ser avistados quando o ataque já tinha começado.

E Snit estava correndo direto para aquele lugar.

Annileen tomou as rédeas com mais força e foi em frente. Vilas resfolegava, lutando contra ela. O animal não gostava do aspecto daquele lugar, ela podia sentir — e não podia culpá-lo por isso. Mas Annileen tinha de arriscar. Sarlaccs eram raros, na verdade. Ela ouvira dizer que existia um particularmente grande em Carkoon, outro perto de algumas das muitas ruínas antigas de Tatooine. Ainda que mesmo um pequeno filhote pudesse ser uma descoberta fatal, não havia alternativa, agora. Ela cutucava o costas-de-orvalho para que ele disparasse, mantendo o máximo de distância possível das minicrateras.

— *Socorro!* — Os olhos de Annileen deixaram o solo esburacado e se fixaram em um ponto cem metros adiante. Snit parecia prestes a finalmente se desvencilhar da sela, e Kallie ainda estava presa a ela. — *Mãe, socorro!*

O coração de Annileen ficou preso na garganta, mas o grito a fez perceber que Kallie a tinha visto. Ela rangeu os dentes e seguiu em frente, com todos os sentidos em alerta. Havia poeira voando para todo lado no rastro de Snit. Os cabelos de Annileen, agora soltos, sopravam aberta e violentamente para trás. O solo do deserto subia e descia entre colinas e crateras, presente aqui, ausente ali. E havia o constante *trum-trum-trum* dos pés de Vilas batendo contra a superfície, reverberando por seu corpo. Mas ela ainda estava ganhando velocidade.

Vilas quase tropeçou nas patas por um momento, mas se recuperou rapidamente. Tirando sua atenção daquela perseguição durante um segundo, Annileen pensou ter visto um Caçador Tusken espiando-a de uma duna bem distante. Um instante depois, no entanto, ela já estava de volta aos rastros de Snit. Certamente estava tendo alucinações. Adrenalina demais. Snit, logo à frente, não parecia se importar com nada.

A voz de Annileen saiu esganiçada quando ela gritou para o vento:

— Pare! Pare!

Snit estava a apenas uns dez metros dela. Annileen podia ver claramente como Kallie estava presa no estribo. A garota parecia aterrorizada e estava escorregando pelo flanco direito do animal, em perigo iminente de se soltar e cair embaixo das patas maciças da fera. Annileen precisava agir.

— Desculpa, garoto — ela gritou para Vilas. — Eu tenho de fazer isso! — Ela impulsionou o costas-de-orvalho com mais força, levando-o o mais perto possível do quadril esquerdo de Snit. Não havia como se aproximar do animal pela direita: Kallie ficaria duplamente em perigo, se caísse. Annileen teria ela própria de controlar o monstro.

Vilas segurou o passo. Annileen imaginou que ele provavelmente estava com medo de que Snit se voltasse contra ele. Mas ela já estava perto o bastante. Então, soltou as rédeas, jogou seu peso para a frente e subiu no pescoço maciço de Vilas. As escamas do costas-de-orvalho esfolavam suas mãos sem luvas.

Ela olhou para baixo, para o espaço que se estreitava entre os dois costas-de-orvalho. A terra explodia no chão, soltando pedregulhos a cada passo forte de Snit, como se fosse um gêiser de areia. Se Snit sabia que Vilas estava a seu lado, ele não havia reagido — pelo menos não ainda. Mas certamente o faria. O que aconteceria, então?

Annileen já havia montado um costas-de-orvalho em movimento antes, mas nunca um furioso correndo em disparada, e certamente nunca pulando de cima de outro animal, também em movimento. Snit era capaz de fazer qualquer coisa. Era perigoso demais tentar.

Mas Annileen podia ouvir sua filha Kallie soltando um grito a cada solavanco.

Agora!

Annileen estendeu as mãos para o espaço e agarrou a faixa mais recuada na cintura de Snit. Era a única parte das faixas que parecia estar totalmente segura — e estava, de fato. No segundo em que Annileen conseguiu agarrá-la com firmeza, ela se projetou com força de Vilas para Snit.

Snit *certamente* notou aquele movimento — e não ficou nem um pouco feliz com isso. Ele estalou sua poderosa cauda para a frente, tentando derrubar a mulher que agora abraçava suas costas. Annileen ficou pendurada, puxando-se aos poucos para diante. Vilas agora havia sumido, depois de se desviar para o norte; Annileen estava por conta própria. Ainda pendurada, ela agarrou o braço de Kallie e tentou puxá-la para cima.

Não estava dando certo. A carga era pesada demais; sua pegada, muito desajeitada. Annileen estava com medo de derrubar as duas, ela e sua filha. Mas ainda assim isso seria melhor que continuarem daquela forma e acabarem caindo da criatura. Annileen esticou a mão para agarrar um pedaço da camisa de Kallie...

... e viu alguma coisa à direita.

A figura apareceu bem na margem de sua visão periférica. Por uma fração de segundo, Annileen achou que era o Tusken que havia imaginado. Mas, voltando a cabeça para trás por um momento, viu que a realidade era ainda mais inacreditável. Outro cavaleiro havia se juntado à caçada, vindo em sua direção direto da elevação mais distante a sudeste. Era uma figura vestida de marrom, correndo na diagonal para alcançá-las. Correndo a toda velocidade...

... em um *eopie*?

Annileen olhou para Kallie, cujo rosto estava paralisado de terror, e depois novamente para o recém-chegado. Ela não havia se enganado: era realmente um eopie. O animal era bege, tinha uma fração do tamanho de um costas-de-orvalho e quatro patas. Um eopie até podia tomar impulsos e correr com velocidade, mas suas patas não eram páreo para as de um costas-de-orvalho. No entanto, a figura encapuzada o guiava com rapidez suficiente, com o mesmo esforço que alguém exibiria pilotando uma speeder bike.

Annileen estava de queixo caído. Não parecia ser possível que o cavaleiro pudesse alcançá-las, mas ele certamente estava tentando. Ela sabia que nem todos os bandidos do deserto eram Tuskens, mas um ladrão inteligente não caçaria ninguém naquele terreno. Ele simplesmente esperaria que as mulheres quebrassem seus pescoços primeiro. Ela se perguntou se aquele ali realmente queria ajudá-las.

Ele mesmo respondeu:

— Segure firme!

O eopie dançava com destreza ao longo das bordas das crateras de areia, fazendo com seus cascos a mesma pressão que faria se estivesse sem cavaleiro. O homem — agora perto o bastante para que Annileen pudesse distinguir um nariz humano e bigode e barba arruivados sob o capuz — cavalgava a criatura como um especialista, aproximando-se de Snit aparentemente sem ligar para sua própria segurança. A cauda de Snit chicoteava selvagemente, forçando o cavaleiro e seu eopie a fazerem curvas e desviarem. Mas eles continuavam a acelerar.

Um segundo depois, o cavaleiro estava ao lado do reptiliano ensandecido. Annileen olhou para o terreno esburacado à frente, pior do que qualquer coisa que tivesse ficado para trás. As patas traseiras maciças de Snit corriam o risco de atravessar a crosta de areia e se prender em qualquer lugar sob a superfície. Quando Annileen olhou para trás, ela percebeu que o cavaleiro misterioso viu o perigo também. Seus olhos se fixaram nos dela.

— Me dê a garota!

Sem pensar, Annileen reposicionou seu braço sob o peito de Kallie e a empurrou. Sua filha, sem perceber o recém-chegado, gritou ao perder o último contato com as rédeas. No entanto, menos de um segundo separava o eopie e o costas-de-orvalho agora, e um braço comprido se estendeu do manto esvoaçante para agarrá-la. Annileen passou o outro braço de Kallie para o dele e empurrou.

Quando se aliviou do peso de sua filha, Annileen acabou batendo contra as costas do monstro. Ela viu Kallie e o cavaleiro em cima do eopie, que agora estava reduzindo a velocidade por conta do peso adicional. Ele jamais conseguiria carregar duas pessoas por muito tempo; três, então, nem por um segundo. Snit era problema dela, agora. Recobrando-se, ela olhou para a frente. Era apenas uma questão de encontrar o...

Krakkk! A pata de Snit atingiu um buraco. Annileen foi arremessada para a frente numa cambalhota, enquanto a enorme massa do costas-de-orvalho voava embaixo dela. Seus olhos encheram-se de luz quando os sóis relampejaram diante de seu rosto. Então, veio a escuridão, quando a massa do costas-de-orvalho eclipsou seu olhar.

E depois, nada.

CAPÍTULO SEIS

— Mãe!

Annileen procurou abrir os olhos, fechando-os rapidamente em seguida.

— Não consigo enxergar.

— Espere — disse Kallie, limpando os grãos de areia das pestanas de sua mãe. — Tente agora.

Annileen voltou a abrir os olhos. Sobre ela pairava um rosto jovem manchado pela graxa que usavam na limpeza das selas, iluminado do alto pelos sóis. Annileen tentou falar, mas sua voz saiu esganiçada.

— K-Kallie. Você... você...

— Está tudo bem, mãe. Eu estou bem.

— ... você está de castigo — disse Annileen. — Pro resto da vida.

Kallie sorriu.

— Ela vai ficar bem.

— Sim — respondeu outra pessoa. — Ela vai.

Annileen não conseguia ter certeza de onde vinha aquela voz, mas também não queria se sentar para ver, não quando a areia estava tão boa, macia e quentinha.

Kallie sumiu de vista, e outro rosto tomou o lugar dela. Era o cavaleiro de antes, agora sem o capuz. Tinha cabelos louro-avermelhados, mais claros que a barba e o bigode. Seus olhos azul-acinzentados olhavam para ela com o que Annileen interpretou como perplexidade.

— Olá — ele disse, com um sotaque que ela não conseguiu identificar. — Você levou um tombo bem feio.

— É, acho que deu pra perceber, não? — disse Annileen, tossindo.

Ele sorriu. Era um sorriso agradável, ela pensou. Não era como um dos sorrisos sedutores de Orrin, com certeza, mas um discreto e cheio de boas intenções. Assim como sua voz.

— Você está inteira — ele disse. — Ainda vai ter de tirar areia das roupas por um bom tempo, mas não parece ter quebrado nada. — O homem retirou um cantil das dobras de seu manto. Annileen podia ver que era uma roupa velha: o marrom-escuro quase havia se transformado em bege em alguns pontos, por causa do uso. Por baixo, ele usava uma túnica folgada, em um tom mais claro de marrom. O estranho ajoelhou-se perto dela. — Posso?

Annileen tentou fazer que sim.

Ele levantou a cabeça dela com suavidade, para que ela pudesse tomar um gole. Annileen bebeu desesperadamente, dando-se conta de que dezessete anos de boas lições sobre como lidar com estranhos no deserto estavam desaparecendo diante dos olhos de sua filha. Annileen não sabia o que pensar a respeito do recém-chegado, nada além de que ele parecia estar vestindo roupas da seção de segunda mão do armazém.

Annileen engasgou ao terminar de engolir. Ela agradeceu o estranho com a cabeça e então estreitou os olhos.

— Kallie?

O estranho deu um passo para o lado, e sua filha reapareceu.

— Sim, mãe?

A mão de Annileen disparou para cima, agarrando o colarinho da garota.

— O que você estava *fazendo*?

Um olhar culpado perpassou o rosto de Kallie.

— Bom, a senhora estava com metade da galáxia entrando no Lote pra ficar bêbado... Antes do almoço, inclusive. Achei que, se não saísse para treinar os animais na crista, eu iria acabar ficando presa lá para ajudar.

— Sim... Mas por que justamente *aquele* animal?

— Eu... Eu não sei — Kallie deu de ombros. — Além disso, achei que você nem iria ligar. Você estava ocupada com Jabe, *como sempre...*

Atrás da garota, o estranho fechou a tampa de seu cantil e riu.

— Se estava tentando chamar a atenção de sua mãe, minha jovem amiga... Bom, você conseguiu. — Ele deu aquele sorriso desconcertante mais uma vez.

Os olhos castanhos de Kallie se iluminaram, e ela abriu um sorriso enorme para ele.

— Ah, por favor... Pode me chamar de Kallie!

Ele sorriu educadamente... e Annileen seguiu fuzilando sua filha com o olhar.

— De castigo *pro resto da vida* — ela disse, tentando se sentar. Um segundo depois, ela percebeu a inutilidade da tentativa e se rendeu à gravidade.

O estranho voltou numa fração de segundo, apanhando-a. Suas luvas de cavalgar expunham os dedos, e ela pôde senti-los nos cabelos.

— Não faça nada precipitado — ele falou. — Acabamos de trazer você de volta ao mundo.

— Certo. — Com a ajuda dos dois, Annileen se sentou.

— Eu estava indo de Bestine para casa quando vi que vocês estavam com problemas — ele disse. — Foi uma bela exibição de perícia em cavalgada, você apanhando sua filha. Espero não tê-la ofendido me envolvendo.

— Não, não ofendeu — Annileen respondeu, irônica. Virando a cabeça, ela viu o que havia acontecido a Snit. O costas-de-orvalho babava na areia; seus olhos outrora enlouquecidos agora a encaravam inconscientes. Percorrendo a extensão do animal com o olhar, Annileen achou que sua perna traseira parecia um balão semiesvaziado. Aparentemente, os ossos haviam sido bastante estilhaçados com o passo em falso.

Mas o mais notável era *onde* Snit estava: a apenas uns dois metros dela. Por pouco a criatura não havia caído em cima de Annileen.

— Você teve sorte — disse o homem.

— Sorte — disse Annileen, esfregando a lateral da cabeça. Certamente ia ficar um calombo ali. — Eu estava com medo de que ele fosse dar de cara com um sarlacc.

— É um medo compreensível.

Annileen forçou-se a se levantar. Quando se sentiu mais segura de si, limpou a mão na camisa e se apresentou.

— Annileen Calwell.

— *Annileen*. — No começo, o homem pareceu relutante em apertar a mão dela, mas num instante acabou cedendo ao cumprimento, amigável. — Nunca ouvi falar nesse nome. É de família?

— Não mais, se depender de mim — ela disse, sorrindo. — A maioria simplesmente me chama de Annie.

O salvador fez uma pausa. Por um momento, ela pensou ter visto os olhos dele fixarem o foco, como se ele estivesse olhando para outra coisa. Mas o sorriso gentil rapidamente voltou.

— Não, Annileen está bom.

— E você já conheceu o pequeno furacão — disse Annileen.

— Kallie — repetiu a garota, que logo quis também apertar a mão dele.

O homem cumprimentou com a cabeça.

— Ben.

Antes que Annileen pudesse perguntar mais alguma coisa, ele passou por ela para examinar Snit. O animal parecia catatônico.

— Eu não sei muito sobre essa espécie — ele disse —, mas ele não parece bem.

— Ele está em estado de choque.

Ben pareceu preocupado.

— Será que ele consegue se virar com apenas três das pernas?

— Deixe eu perguntar à gerente do estábulo. — Annileen olhou para Kallie, que estava ajustando a sela de Vilas. — O que *você* acha?

A filha dela abriu os braços e se lamentou:

— Eu não queria que isso acontecesse! — Kallie detestava perder qualquer criatura. De qualquer maneira, mesmo que Snit conseguisse seguir em frente, Annileen já estava ficando com vontade de dar um tiro naquela coisa maldita.

E foi então que Annileen percebeu que estava ali fora no deserto com um andarilho e sem arma alguma. No entanto, assim como antes, Ben de algum modo pareceu sentir seu desconforto. Ele assoviou uma vez, e seu eopie pulou em sua direção. O animal era ligeiro, apesar de estar bem carregado de equipamentos.

Kallie sorriu.

— Qual é o nome dela?

— Rooh. Ou foi o que me disseram quando a comprei. — Ben deu palmadinhas no focinho do eopie. — Bom trabalho, Rooh — ele disse, de maneira reconfortante.

Pelo menos Annileen se sentiu mais tranquila. Sabia uma coisa a respeito dos marginais de Tatooine: eles raramente eram bonzinhos com crianças e animais. E Ben havia salvado sua filha *de* um animal.

E isso era suficiente para que ela fizesse seu julgamento.

— Ora, bom trabalho para você também, Ben — disse Annileen, limpando-se da poeira. — Por que mesmo você estava vindo por este caminho?

Coçando o pescoço do eopie, ele acenou com a cabeça para sudoeste.

— Eu... Eu montei residência próximo ao deserto. Estava apenas resolvendo algumas questões. Coisas a fazer, você sabe.

Annileen se animou.

— Não precisa ir até Bestine. — Ela olhou para uma parte do equipamento que despontava dos alforjes em Rooh. — Você está mais próximo do oásis.

— O Oásis Pika? — Ele coçou a barba. — Ouvi mesmo dizer que havia uma loja lá.

— O Lote de Dannar. O melhor armazém do oásis.

— O *único* armazém do oásis — provocou Kallie, atrás deles.

— Mocinha, espero que você não esteja falando de novo — disse Annileen, sem olhar para trás. — Porque, se estiver, deveria estar pedindo desculpas para mim e para este homem. E para o costas-de-orvalho que você quase matou.

Ben riu, mas depois se controlou. Annileen calculou que ele devia ter seus próprios filhos, ou que pelo menos havia trabalhado com crianças. Ele olhou para a carga do eopie.

— Esse armazém. Ele tem peças para vaporizador?

— Não seria lá um grande armazém sem elas. E, além do mais, você está olhando para a...

Antes que Annileen pudesse continuar, a expressão no rosto de Ben mudou. Subitamente alerta, ele ergueu a mão.

— Espere — ele disse, virando-se de repente.

Todos os três fixaram seus olhos no corpo imóvel de Snit. Ficaram apenas observando, até que ele começou a descer, afundando na areia. Um grunhido veio de baixo, e um tremor balançou o lugar sobre o qual estavam.

— Receio que esse seja o seu sarlacc — disse Ben.

Tentáculos subiram do solo como grandes serpentes, enlaçando a forma imensa do costas-de-orvalho. Annileen viu Ben enfiar a mão embaixo do manto em busca de algum objeto, apenas para se deter quando viu que ela estava olhando. Ela o fez parar.

— Não adianta disparar em um sarlacc — ela disse.

— Talvez você tenha razão. — Os tentáculos começaram a apertar o costas-de-orvalho, puxando-o para baixo. Ben agarrou as rédeas de seu eopie assustado. Annileen empurrou sua filha na direção de Vilas.

Kallie olhou para trás, angustiada.

— Snit...

— Vai ser descontado do que você ganha — disse Annileen, empurrando a garota para cima da sela de Vilas. Ela também montou, na frente. — E se segure bem desta vez.

Em cima de Rooh, Ben fez uma pausa para olhar pasmo para a fera que desaparecia no chão. Annileen sabia bem que o apetite de um sarlacc era algo que nenhum viajante podia ver e esquecer depois.

Ela queria perguntar de onde ele vinha, mas aquela obviamente não era a melhor hora para isso.

— Obrigada novamente! Talvez nós vejamos você em breve, no oásis!

Ben deu um leve sorriso e assentiu.

— Talvez. — Ele puxou o capuz sobre a cabeça.

— Até breve, Ben! — Kallie acenou, gritando.

Annileen revirou os olhos. O remorso de sua filha por Snit já havia passado, pelo visto. Embaixo delas, Vilas começou a andar, ansioso para se afastar da nova cratera que o sarlacc estava prestes a formar.

Lembrando-se de uma coisa, Annileen olhou novamente para Ben, preparado para seguir para sudoeste.

— Ei!

— Sim?

— Desculpe — ela disse. — Não ouvi seu sobrenome!

— Ah — ele disse, somente para se inclinar para trás quando Rooh disparou em um trote súbito. — Desculpe — ele disse, acenando sem graça enquanto o eopie corria —, acho que ela quer voltar pra casa!

Sem dúvida, Annileen pensou. *E ela não é a única!*

POR TRÁS DE UMA DUNA, A'YARK VIU O TRIO SE DESPEDIR.

Seu único olho bom era de fato muito bom, e a lente na peça ocular permitia que A'Yark enxergasse longe, quando ajustada. Quem quer que a tivesse construído parecia ter feito algo de útil em sua existência. Mas naquele momento A'Yark tinha suas dúvidas a respeito, porque a peça ocular tinha visto algo que não fazia o menor sentido.

Logo depois que o humano macho cavalgando o eopie havia apanhado a jovem fêmea do costas-de-orvalho em disparada — um feito impressionante, com certeza —, a criatura descontrolada havia tropeçado num buraco e tombado, jogando longe a mulher que o estava cavalgando. Ela deveria ter sido esmagada pelo costas-de-orvalho, mas, em vez de cair em cima dela, a fera havia sido apanhada pelo próprio ar e ficado flutuando ali por um segundo. Era como se o próprio mundo não quisesse que aquela coisa louca acontecesse. Então, o costas-de-orvalho deu uma cambalhota no meio do ar e caiu de lado, indo parar bem perto do corpo da mulher.

A mulher mais nova, parcialmente pendurada do outro lado da sela do eopie, não havia visto nada. Mas o cavaleiro macho *tinha* visto aquilo acontecer, e não parecia perturbado. Surpresa era a única expressão humana que todos os Tuskens haviam aprendido a reconhecer. Aquele homem não havia exibido nada disso, nem mesmo quando um costas-de-orvalho gigante flutuou no ar.

Os Tuskens estavam bem cientes dos poderes que os colonos tinham a seu dispor. Eles usavam magias menores, feitiços que mantinham certos componentes físicos ligados entre si. Um landspeeder era um conglomerado de badulaques. Se o ordenamento das peças fosse perturbado de qualquer maneira, ele perdia seus poderes. Uma magia não confiável, com toda certeza.

Mas não havia metal, material artificial, nem mesmo um mecanismo sequer presente ali. Apenas humanos. Foi então que A'Yark escorregou de volta para trás da duna, para pensar.

Não era mais um mero rugido falso de dragão. O que aquilo poderia significar? As coisas já andavam mal para o Povo da Areia. Se os colonos agora tinham desenvolvido novas habilidades, então era necessário ter cautela. A'Yark precisava saber o que o Povo da Areia estava enfrentando. Que magia era aquela?

E qual dos humanos tinha esse poder?

Até onde A'Yark soubesse, não havia razão para que o macho humano se colocasse em perigo por nenhuma das mulheres. O que as havia levado até o deserto parecia óbvio: as mulheres estavam obviamente tentando, assim como tantos colonos antes delas, domar o próprio espírito da vida em Tatooine — naquele caso, os costas-de-orvalho que pertenciam às montanhas. Era correto dizer que elas tinham falhado nessa tentativa. Deveriam ter morrido, e o macho de cara peluda deveria ter deixado que elas morressem.

Esse era o modo de vida Tusken: seres vivos só ajudavam a si próprios, o que sugeria que a *mulher* tinha a magia nela, para pousar com tanta suavidade e jogar o costas-de-orvalho para o lado. O homem provavelmente sabia que ela não estava em perigo, pois tinha o poder para salvar a própria vida. Sim. *Isso* fazia sentido.

Enquanto a mulher se recobrava de seu feito, A'Yark permaneceu em seu lugar, refletindo a respeito do melhor caminho a tomar. A conclusão agora era clara: a colona tinha que ser morta, e rápido, antes que ela ensinasse sua habilidade a outra pessoa. E isso tinha de ser feito agora, enquanto seu costas-de-orvalho carregava o peso de duas...

A'Yark sentiu mais um tremor na areia. Foi suave, e teria passado despercebido por outro ser, mas A'Yark sabia o que aquilo significava. O maldito sarlacc tinha muitos filhotes, alguns vivendo em locais desconhecidos pelos Tuskens. A maioria ficava inerte, passando fome, sem nunca acordar. Mas o banquete do costas-de-orvalho que um deles estava aproveitando havia acordado outros. Não era a hora de descobrir quantos mais existiam.

Não, a informação que A'Yark havia acabado de conseguir precisava chegar até o restante do clã. Os humanos podiam ser encontrados novamente depois, sem dificuldade. Então, os Tuskens todos se moveriam como um só povo, sabendo que estavam fazendo algo verdadeiramente importante. Seria a vitória necessária para recuperar seu espírito desafiador de uma vez por todas.

A'Yark deixou o esconderijo e partiu para as colinas. Não como o sol covarde, mas como o caçador.

A sensação era boa.

Meditação

Vamos tentar de novo.

Receio não ter tido nenhum sucesso com este meio de comunicação, Mestre Qui-Gon. Ou talvez o senhor nada tenha a dizer, é isso? Tudo bem. Tenho tentado falar apenas mentalmente com o senhor; vou tentar falar em voz alta por um tempo, e ver se isso faz alguma diferença.

Desde a última vez em que tentei falar com o senhor, fiz alguns movimentos táticos. Owen Lars não me queria mais perto de sua casa. Ele tinha certa razão, acredite ou não. Ficar à espreita nas colinas toda manhã e toda noite pode não ser a melhor maneira de evitar atrair atenção para sua fazenda.

Então, achei outro lugar. O senhor pode ficar alarmado quando souber o quanto é distante. Isso certamente me deixa nervoso. O senhor se lembra do Desfiladeiro Xelric, onde pousamos a nave de Naboo anos atrás? O local fica ao sul de lá, contra a parede norte das terras altas: o Deserto de Jundland. Só que estamos do outro lado da formação, o oposto de onde Owen vive, a talvez uns cem quilômetros. É um jeito engraçado de se tomar conta de alguém, eu sei. Não consigo chegar lá e voltar em um dia montado em Rooh e reluto em fazer isso em uma speeder bike, por medo da atenção que poderia atrair. Os nativos Tuskens parecem seguir qualquer coisa brilhante que encontram; eu poderia levá-los até a fazenda Lars se não tomasse cuidado. E qualquer um que estivesse observando de um satélite poderia notar um padrão em minhas viagens.

Também descartei o equipamento de vigilância. É possível estabelecer uma conexão com o mainframe galáctico de qualquer lugar por aqui, mas mesmo assim prefiro não possuir nada que possa usar para acessá-lo. Não usei sequer o transporte de mensagens secretas de via única que Bail Organa providenciou para avisá-lo de quando eu tivesse me instalado. Quanto menos sinais partindo de meu lar, melhor. E se Palpatine tiver olhos até mesmo aqui, procurando pelos outros cavaleiros Jedi que ele não conseguiu matar? Isso seria possível.

Os outros Jedi. Como espero que outros tenham sobrevivido! Eu não poderia suportar ser o último. É algo impossível de se imaginar. Gostaria que o senhor pudesse me dizer...

De qualquer maneira, em relação à fazenda Lars: provavelmente não haverá problemas se eu for até lá apenas de vez em quando, a pé ou em Rooh. Assim, posso me esconder melhor, e acampar se for preciso. Não haverá um padrão para meus movimentos, nem para quando eu escolher partir. Não serei capaz de responder com rapidez se alguém perturbar o rapaz — ou sequer saber a respeito —, mas pelo menos eu não serei a causa da perturbação.

Mesmo assim, gostaria que houvesse mais perto deles alguém em quem eu pudesse confiar. Andei ouvindo algumas sirenes ao norte; houve outra esta manhã. Fiquei preocupado que ela envolvesse o Império, mas agora acho que é um tipo de sistema de alerta. Talvez isso pudesse ser de alguma ajuda, eu não...

Isto seria mais fácil se o senhor dissesse algo. Não importa. Serei mais breve.

Esta casa. Ela está em pior estado do que eu havia imaginado. Cavalguei até Bestine para garantir que ela não estivesse ocupada, mas não precisei de confirmação. Os Jawas limparam o lugar há muito tempo. Há a estrutura de um vaporizador, se é que algum dia eu conseguirei colocá-lo para funcionar, mas ainda precisa de peças. E o lugar pode se tornar até bem discreto, mas preciso antes retirar o lixo do quintal. O senhor pode imaginar a espécie de lixo que até mesmo um Jawa recusaria.

Eu estava preocupado que fosse precisar de mais viagens para Bestine, que fica a mais ou menos quarenta quilômetros daqui, mas talvez haja outra opção. Annileen...

Annileen Calwell, uma mulher do Oásis Pika, e sua filha. O oásis fica mais perto e, pelo que ela disse, tem mais do que o necessário para montar minha casa aqui.

Encontrá-la me deu a chance de finalmente usar o nome que escolhi. O senhor vai gostar dele: Ben. Eu o vi no mapa do registro de propriedades em Bestine, há um planalto com esse nome. Satine costumava me chamar assim, era algo particular. Gosto do som.

Eu... Tenho medo de ter atraído alguma atenção para mim mesmo quando conheci Annileen. Não vou entrar em detalhes, mas ela estava em apuros, e eu a ajudei. Senti-me bem por estar fazendo alguma coisa, depois de todo esse tempo oculto. E foi bom falar com alguém novamente, quando estou me sentindo tão só e...

Ah, bem.

Não sei. Estou mais próximo do oásis, mas ele fica mais próximo de mim, também. Talvez não seja uma boa ideia me tornar uma visão tão familiar para os locais.

Provavelmente não irei até lá.

CAPÍTULO SETE

— Como lheee pareeece, mestre Gault?

— Bonito mesmo, Gloamer. — Orrin passou a mão no novo para-brisas do landspeeder. — Está como novo. Não sei como você faz isso.

Orrin não estava surpreso. De todos os mecânicos que trabalhavam nas garagens Calwell, Gloamer, um Findiano de pele verde cujos braços balouçantes quase alcançavam os tornozelos, era de longe o melhor. Tendo começado com uma única baia alugada cinco anos antes, Gloamer agora dirigia um negócio bastante próspero, ocupando um prédio e meio. Isso fazia dele o terceiro maior ocupante da garagem, atrás apenas da frota usada na instalação de vaporizadores do próprio Gault e do espaço para a armazenagem dos veículos do Fundo dos Colonos. Como Gloamer também trabalhava com essas duas coisas, ele e seus assistentes eram vistos em quase toda parte.

— Ééé o melhor speeder no oááásiiis — disse o mecânico, com seus olhos dourados brilhando nas respectivas cavidades brancas. — Ééé *maravilhaaa*.

Orrin sorriu. Ao que parecia, Findianos eram grandes fãs de vogais, e poucos seres que ele havia conhecido na vida tinham mais apreço por um bom veículo. Sobre aquele speeder em especial, Gloamer tinha razão: o USV-5 de Orrin parecia pertencer a um planeta muito mais generoso que Tatooine. Orrin demorara a comprá-lo: um fazendeiro não devia ficar se exibindo, afinal. Mas *vender* a água era parte tão importante do negócio quanto encontrá-la, e os compradores mais abastados da cidade não iriam querer comprar de alguém que parecesse trabalhar apenas para pagar as contas.

Bom, tudo bem. Ele podia jogar esse jogo.

O principal assistente de Gloamer passou deslizando, carregando parte de um aerofólio de metal. O assistente era um Vuvriano, tranquilamente o espécime mais macabro da garagem, na opinião de Orrin. Era bípede, mas tinha a cabeça de um inseto e, aparentemente, talento para lidar com sistemas de controle de aceleração. Orrin não tinha problemas com não humanos; comparado a seu avô conservador, suas opiniões eram até bastante cosmopolitas. Para ele, qualquer ser disposto a trabalhar duro era algo positivo. Diligência não conhecia limite entre espécies. E a preguiça também não: na própria cantina de Anchorhead havia vagabundos humanos mais do que suficientes para trazer má fama a sua própria espécie.

Mas numa coisa Vovô Gault estava certo: seu sucesso nos negócios sempre era medido em relação ao sucesso do outro. Entre quaisquer duas pessoas, existia um ponto em que o que uma delas queria se cruzava com o que a outra tinha. Esse ponto era o preço e, para obter o melhor possível, alto ou baixo, era necessário se colocar no lugar da outra pessoa. Mas quem poderia saber o que um Vuvriano ou um Bith realmente pensavam?

Você não pode olhar um sujeito no olho quando ele é praticamente todo feito de olho.

Orrin havia deixado Tatooine uma vez, ainda adolescente. Seu avô havia despachado os trabalhadores para Rodia, para ir buscar um vaporizador. Até mesmo um dispositivo de segunda mão de um dos planetas tecnologicamente mais avançados era bem melhor do que qualquer coisa que a maioria dos fazendeiros de Tatooine tinha em seus campos. Deixado em casa, Dannar havia brincado e dito que, depois que visse as estrelas, Orrin nunca mais voltaria.

Mas, se a breve viagem de Orrin havia lhe ensinado uma coisa, essa coisa era que Tatooine era a verdadeira terra das oportunidades. A galáxia era cheia de aproveitadores, todos atrás de um crédito. Rodia, por sua vez, era um lugar úmido onde as pessoas se aglomeravam sob cúpulas, todas espremidas em um único ponto.

Era como a jarra que ele usava para aprisionar moscas da areia: se ele as mantivesse ali dentro por tempo suficiente, elas começavam a comer umas às outras. Não, Tatooine era muito melhor. Mos Eisley podia parecer um zoológico, mas pelo menos era possível pegar um veículo e fugir dali. Tatooine tinha terra, e Orrin tinha sua parcela dela.

Agradecendo a Gloamer, Orrin caminhou ao longo das baias e olhou para seus caminhões repulsores estacionados. Havia uma quantidade grande demais deles ali, como de costume: mais três esta manhã. Isso não se devia a nenhuma falha no trabalho de Gloamer, mas aos imbecis que operavam os veículos. Orrin costumava justificar suas idas aos campos todos os dias dizendo que tinha de fazer ajustes finos nos vaporizadores, para garantir um desempenho melhor. Mas, na verdade, a maior parte desse tempo era passada checando suas equipes remotas, que conseguiam impressioná-lo diariamente com novas maneiras de danificar seu maquinário, seus veículos, ou a si próprios. Eles estavam bastante atrasados com a preparação dos campos prontos para a colheita, e as despesas haviam aumentado consideravelmente.

Orrin havia torcido para que a geração seguinte de sua família aliviasse um pouco da pressão sobre ele, mas Mullen e Veeka de alguma forma haviam conseguido chegar aos vinte anos sem crescer de verdade. O talento de Mullen parecia ser o de provocar as pessoas, não o de liderá-las. Quanto a Veeka... Bem, era Veeka. Jabe Calwell, entretanto, tinha um pouco da disposição de empreendedor de seu falecido pai. Orrin conseguia imaginá-lo futuramente desempenhando um grande papel nos negócios, se sua mãe deixasse. Mas Orrin teria de vencer Annileen pelo cansaço, primeiro. *Não posso ter um capataz cuja mãezinha não quer deixar que ele trabalhe.*

As coisas haviam ficado tranquilas no front Tusken desde o incidente com os Bezzard. Levaria um tempo até que Olho-de-rolha reunisse a coragem, ou os guerreiros necessários, para tentar outro ataque ao amanhecer. Mas, ao abrir a porta da seção de vendas do Lote, Orrin percebeu que as hostilidades entre mãe e filho ainda continuavam.

— Não é justo, mãe! — A voz era masculina, jovem, recém--engrossada e indignada. — Não é justo, e você sabe disso!

— Justo? — respondeu Annileen. — O que é que justiça tem a ver com o preço da água?

Jabe estava de joelhos e cercado por bolsas multiquilo, um verdadeiro quebra-cabeças que não parecia nem perto de se encaixar nas estantes. Ele não parecia feliz por estar ali.

— Por que você não manda Kallie fazer isso?

Annileen olhou séria do alto de seu balcão.

— Kallie tem o trabalho dela, e você sabe disso.

— Esse negócio é ração. Animais são o departamento dela!

— Isso é fora do armazém. Aqui é dentro do armazém. Você quer que eu toque uma gravação das últimas dez vezes que tivemos esta discussão? — Annileen avistou a aproximação de Orrin. — Espero que você não esteja aqui para se aproveitar disso.

Orrin pegou sua capa no gancho perto da porta, dando um sorriso irônico.

— Não, Annie, eu sei admitir quando estou derrotado. — Ele olhou para Jabe. — Desculpe, garoto. Quem sabe na próxima carreira, não é?

Vendo os ombros de Jabe caírem, Orrin piscou para lhe dar algum conforto. O garoto precisava saber que podia contar com ele. Era apenas questão de tempo.

Orrin amarrou a capa no pescoço, ao dar a volta no castelo de sacos de ração.

— Como está Kallie hoje?

Annileen revirou os olhos.

— Vai precisar perguntar isso a ela quando ela resolver pousar.

Annileen apontou para a lanchonete, do outro lado do balcão. Ali, Kallie, recuperada do incidente de vários dias antes, estava recontando a história de seu resgate. Desta vez, descrevia sua aventura para alguns amigos adolescentes que vinham dos campos.

— *... e ele simplesmente apareceu, como se tivesse descido do céu. E havia sarlaccs por toda parte, mas ele atravessou direto para tentar me alcançar...*

Orrin já tinha ouvido aquela história pelo menos duas vezes nos últimos dois dias. Ele olhou para Annileen e ergueu uma sobrancelha.

— Sarlaccs por toda parte?

— Hoje sim. — Annileen estava esfregando o balcão e levantou a cabeça para ele. — Espere só. Ela acrescentou uma encosta gigante.

— Eu não estou ouvindo nada sobre o *seu* papel nas coisas — disse Orrin.

— Ah, eu não estava lá — disse Annileen, torcendo a boca com ironia. — Faz tempo que não estou nessa história.

— *... é claro, eu cavalgo maravilhosamente, e podia ter dado conta. Mas Ben é o tipo de sujeito que não consegue desviar o olhar quando vê alguém, uma mulher, em perigo. E ele sabia que tinha de me salvar da...*

— Quando é que eu vou conhecer essa divindade? — perguntou Orrin.

— Não faço ideia. — Annileen raspava uma mancha, com frustração. — Você conhece esses andarilhos do deserto. Ele provavelmente já se perdeu e comeu seu eopie a essa altura.

Orrin riu. Aquela resposta era típica de Annie, mas ele podia dizer que ela estava decepcionada por seu salvador não ter lhe feito uma visita. Orrin estava feliz que ela tivesse conseguido ajuda; como Annileen havia partido sem seu comunicador, eles não teriam como encontrá-la. Mas a ausência do homem era provavelmente uma boa coisa, também. Nômades gentis sempre arrumavam um jeito de se mudar para sua casa quando sabiam que você lhes devia alguma coisa.

Orrin percebeu que a conversa já havia se espalhado para outra mesa, enquanto Leelee e os locais mais velhos tentavam identificar o Ben em questão.

— Tem aquele Ben Gaddink que vende esculturas de areia na parte de trás de seu caminhão repulsor — disse Leelee.

— Você está pensando é no Ben Moordriver — corrigiu o dr. Mell. — Ben Gaddink é dono da farmácia em Bestine.

— Talvez Ben Krissle, aquele cara que rouba nas cartas — disse um jovem fazendeiro.

— *Ben Surrep!* — proclamou um velho. — Não, espere, ele é Ithoriano...

Em menos de dois minutos eles haviam expandido a lista de Bens locais até chegarem a dois dígitos, exaurindo completamente o interesse de Orrin. Ele foi até o balcão e encontrou uma marmita e seu cantil com água fresca no lugar de costume. Annileen reparou em sua capa.

— Está indo a algum lugar?

— Recolher assinaturas novamente.

— Novamente? Achei que o Fundo dos Colonos já havia atingido a meta anual semanas atrás.

— Bem, segurança nunca é demais — ele disse. — E a rapidez na reação ao ataque aos Bezzard mostra que o Chamado está funcionando como devia.

Annileen baixou a voz.

— Se você não contar os dois mortos... — O marido Bezzard havia voltado para casa, mas Tyla e o bebê ainda estavam em seu quarto de hóspedes. — Além disso, não consigo acreditar que ainda haja alguém aqui que não tenha assinado o contrato do Fundo.

— Bom, você conhece as principais propriedades — ele disse. — Mas acho que podemos começar a oferecer proteção a fazendas um pouco mais distantes.

— Eles vão desbaratar a milícia em Mos Eisley antes mesmo de você perceber — disse Annileen, saindo de trás do balcão com algumas baterias debaixo do braço. — Boa sorte, campeão.

Orrin estalou a língua de alegria e se virou na direção da porta da garagem. Isso significava passar por Jabe e a Montanha Ração. O garoto estava triste como Orrin nunca o havia visto antes.

— Eu nunca mais vou voltar ao deserto com vocês — disse Jabe, olhando para Orrin com cara de abandonado.

— Você pode nos ajudar de outras maneiras — disse Orrin. — E dê uma semana a ela. Aí ela já vai ter esquecido aquele dia.

— Ela devia ter mantido Tar por perto — disse Jabe.

A voz de Annileen ressoou por cima das prateleiras do corredor ao lado.

— Tar não teria ficado, e você sabe disso! Você é da família. Isto aqui é negócio de família.

Orrin deu um sorriso irônico.

— É melhor aprender essa lição, garoto. A mulher sabe de tudo e ouve de tudo. — Mas Orrin concordava com Annileen. Tar Lu era um Shistavanen de rosto peludo que Dannar havia trazido para trabalhar no balcão quando Annileen estava grávida de Jabe e a gestação havia ficado difícil. Amigável e ambicioso, Tar havia partido para trabalhar no varejo da cidade grande, e estava indo muito bem. Orrin o havia convencido a voltar para ajudar por alguns meses depois da morte de Dannar, o que ele fizera com prazer. Orrin gostava de dizer que você podia até tirar alguém do oásis, mas aquela sensação de comunidade ficaria para sempre. No entanto, Tar dificilmente voltaria a trabalhar como estoquista, e eles todos sabiam disso. Jabe balançou a cabeça com tristeza e voltou a sua tarefa.

Na garagem, Orrin encontrou seus filhos reunidos na parte de trás de um caminhão repulsor, espiando os artigos em seu interior.

— Isso é tudo?

— É — disse Mullen, saindo para o lado para deixar Orrin se aproximar. — É o último lote de lixo Tusken que restou do ataque aos Bezzard.

Orrin olhou para os objetos na traseira do veículo: umas duas bandoleiras, outro bastão gaffi, umas bolsas de cheiro pútrido. Tudo o que os Tuskens tinham havia sido roubado de mais alguém, mas era interessante tentar enxergar o mundo pelos olhos deles.

— Nenhuma roupa?

Mullen bufou.

— Você quer tirar as roupas daquelas coisas fedorentas?

— Não tenho muita vontade. — Era uma experiência que não se repetia. Não importava como os Tuskens nasciam: uma vida inteira no calor dos sóis, enrolados em panos, fazia deles algo medonho. Bom, eles de fato exalavam um *fedor* medonho.

Orrin tirou uma chave de boca das dobras de seu manto e a usou para levantar gentilmente um par de óculos antipoeira. As peças oculares usadas pelos Tuskens eram estranhas. Alguns usavam óculos normais, envoltos em panos; outros usavam peças independentes, enraizadas firmemente em suas máscaras. Mas todas terminavam nas mesmas estruturas cilíndricas, que não faziam o menor sentido. Fosse qual fosse a proteção que os tubos metálicos fornecessem aos olhos dos Tuskens contra os sóis, isso não compensava a perda da visão periférica. E, se havia um jeito de usar a lente no interior do cilindro para ver mais longe, isso Orrin ainda não havia descoberto.

— Não há muita coisa útil aqui — disse Orrin. — Bom, você sabe o que fazer com...

— Certo, pode deixar — disse Mullen, enrolando o material em um pacote.

Orrin recuou do caminhão repulsor, dando de cara com uma mecânica que trabalhava como assistente de Gloamer. Era uma mulher humana, não muito mais velha que Jabe, que ficou vermelha.

— Me desculpe, mestre Gault!

Orrin limpou a poeira das roupas.

— Está tudo bem — ele disse. — No meu mundo, estar ocupado é mais importante do que ficar parado em pé sem fazer nada.

— É uma emergência — a garota de cabelo escuro disse. Ela estendeu a mão para pegar um galão de líquido azul em uma das prateleiras. — É o velho Ulbreck. O motor dele superaqueceu de novo, a caminho daqui para a fazenda.

Orrin conhecia Ulbreck bem. A figura mesquinha provavelmente comprava líquido para o carburador às colheradas.

— Ele está simplesmente sentado lá nas dunas?

— É claro — a garota falou. Olhando ao redor, ela baixou a voz. — Ele tem medo de que alguém roube seu veículo se ele sair de lá. Não tem problema, isso acontece com frequência, até. Hoje é minha vez de ir até lá.

Orrin pensou por um instante. Então, estendeu a mão e deteve a assistente.

— Escute, estou de saída, de qualquer maneira. Deixe que eu cuido dele. — Orrin estendeu a mão para pegar o galão. — É o mínimo que eu posso fazer pelo trabalho que vocês fizeram por mim.

— Isso é maravilhoso, senhor! Vou avisar ao Gloamer.

A garota saiu em disparada, deixando os Gault sozinhos. Mullen olhou para o pai.

— Está pensando em um jeito de convencer o velho Ulbreck a se inscrever no Chamado de novo?

— Eu sou o rei das causas perdidas — disse Orrin, rindo. — Assim como também sou o rei de Jundland. Além disso, vai saber? Talvez salvar o velho nos faça ultrapassar a meta de uma vez por todas. Ou quem sabe com isso eu consiga tirar o posto de herói do salvador de Kallie Calwell, hein?

— Quem me dera — disse Mullen, fuzilando com o olhar na direção da porta do armazém. — Estou cansado de ouvir aquela idiotinha contando vantagem sobre esse tal herói andarilho.

Veeka abafou o riso.

— Dê um tempo à garota. Ele é o primeiro macho que ela vê fora de um curral de costas-de-orvalho.

Orrin foi até seu landspeeder, sentando-se no banco do motorista.

— Sejam bonzinhos. Pessoas entediadas costumam inventar coisas, é normal — ele disse. — Mas se algum deus bronzeado com três metros de altura aparecer cavalgando nessa história, me avisem pelo comlink. Isso é algo que eu gostaria de ver...

O COMLINK VERMELHO AO LADO DO CAIXA DISPAROU. ERA A CONEXÃO que Annileen mantinha reservada a Orrin. As comunicações em Tatooine eram sempre complicadas, mas Orrin ainda dava o melhor de si para permanecer em contato. Ela apanhou o aparelho.

— Não é possível que você já tenha ficado sem clientes!

— Não é isso — respondeu a voz de Orrin, por entre estalidos. — Eu vi uma coisa ao partir. Você está prestes a receber uma visita.

Annileen inspirou fundo por um momento.

— Não, não *aquela* visita — disse Orrin, de algum modo lendo corretamente o silêncio dela. — Outra pessoa.

Annileen escutou bem enquanto ele explicava.

— Certo — ela disse, desligando o comlink. — Kallie! Jabe! Venham!

Sua filha levantou a cabeça para ver Annileen pegar o rifle blaster atrás do balcão. Jabe, subitamente consciente do que estava acontecendo, largou a vassoura.

— Você precisa acionar o Chamado dos Colonos?

— Não — ela disse, passando outro rifle para ele. — Este é um Chamado dos Calwell. Pegue sua arma, Kallie. Vamos ter companhia.

CAPÍTULO OITO

O SANDCRAWLER HAVIA INICIADO SUA JORNADA AO SUL, PARA MUITO além da grande passagem. Ali, as terras altas de Jundland se separavam, permitindo a entrada ao Mar de Dunas Ocidental, pelo menos para qualquer pessoa maluca o bastante para ir até lá. A terra entre a passagem e o oásis quase não tinha elevações, o que facilitava avistar o leviatã metálico que avançava na direção da loja.

Mesmo assim, Annileen ficou feliz pelo alerta de Orrin. As máquinas estavam avançando numa velocidade razoável para seu tamanho, e o alerta lhe dera tempo para guardar o dinheiro em segurança. Quando o veículo parou no pátio sul, Annileen e seus filhos já estavam lá, esperando por ele.

Usando seu chapéu de safári de aba cinza, Annileen estava agora parada na sombra do sandcrawler. Do alto, os sóis queimavam sobre o nariz anguloso do veículo; se havia alguém na cabine de controle, ela ainda não podia ver. Não importava. Havia algo que ela tinha de fazer agora, a mesma coisa que ela vinha fazendo por vinte anos, sempre que os Jawas resolviam aparecer de repente para uma visita. Era algo que ela vira Dannar fazer durante o primeiro ano dela no balcão; na época, foi justamente essa coisa que lhe fez perceber que aquele homem não era um aproveitador qualquer, cujo negócio quebraria em um ano.

— Vamos lá — disse Annileen, encaixando o cartucho de energia em seu rifle.

— Ai, Annie — disse Leelee. Ela e outros clientes haviam aparecido quando ouviram o sandcrawler se aproximar. — Você não vai atirar neles, não é?

Annileen não disse nada, mas levou seus filhos para a lateral do veículo. Um vapor podre emanava dos motores superaquecidos do leviatã.

— Vocês já conhecem a rotina — disse ela. Jabe e Kallie assentiram, enquanto a rampa imensa começava a se abrir, com um rangido. A extremidade da rampa bateu no chão, soltando um clangor abafado. Os Calwell ergueram suas armas...

... e as viraram para a multidão de clientes.

— Agora, escutem uma coisa — disse Annileen. — Esta terra é *minha* propriedade. Se houver alguma negociação a ser feita com os Jawas, *eu* vou fazê-la. Se vocês não quiserem pagar meu preço, montem em seus costas-de-orvalho e sigam para a Cordilheira Mospic, ou para onde eles estiverem indo depois daqui.

Um rumor baixo e agitado veio da multidão. Annileen respondeu disparando uma vez para o ar.

— Estou falando sério — ela rugiu, encarando feio a aglomeração de pessoas. — Se qualquer um de vocês tentar comprar um *rebite* sequer desses sujeitos, saibam o seguinte: eu não vou atirar nos Jawas. O negócio deles é vender. Eles nunca vão compreender linhas divisórias de propriedade. Já *vocês*, por outro lado, sabem muito bem onde estão, e conhecem as regras. Então, talvez seja melhor entrarem. Se houver algo que valha a pena comprar, nós vamos pôr à venda... assim que limparmos.

A explicação estava dada. Os frequentadores resmungões do Lote começaram a voltar lentamente para o prédio. Annileen não precisava atirar em ninguém há muito tempo. Um disparo para atordoar de tantos em tantos anos normalmente era o bastante para convencer as pessoas de que aquele era o terreno comercial dela. Ela costumava deixar Gloamer sair das garagens e negociar diretamente às vezes; em anos de pouco movimento, ele complementava seu negócio comprando equipamento quebrado dos Jawas, para reformar. Mas o armazém ficava com uma percentagem de suas negociações, então isso ainda estava em família.

Uma figura minúscula, vestindo manto e capuz marrons, apareceu na rampa. Com metade da altura de Annileen, os olhos brilhantes do Jawa se encontraram com os dela. Ele acenou. Ela respondeu com um cumprimento de cabeça.

— Fique de olho neles — ela disse aos filhos, ainda na defensiva. — Certifiquem-se de que não roubem nada.

Kallie deu uma gargalhada.

— Quem? Os Jawas ou nossos clientes?

— Ambos. Kallie, você vigia os Jawas. Jabe, você volta lá pra dentro e toma conta do lugar antes que eles comecem a beber direto das torneiras.

Jabe gemeu.

— Eu fiquei lá o dia todo!

— Está bem. Então você fica aqui fora, e Kallie entra.

Kallie deu à mãe um olhar angustiado.

— Isso também não é justo. Meu trabalho é aqui fora, lembra?

Annileen olhou para a jovem com ar matreiro.

— Ah, sim. Era *você* aqui fora mais cedo, contando pra todo mundo que estava comendo sobre como Ben salvou você de se matar. — Ela bateu com a palma da mão na testa, fingindo surpresa. — Ah, não, espere! Isso foi do lado de *dentro*, não foi? Agora, entra!

Kallie voltou para o Lote pisando duro. Jabe deu um uivo triunfante e marchou até onde Mullen e Veeka estavam, com vários dos trabalhadores das fazendas Gault, divertindo-se com aquela cena.

Annileen viu Jabe se juntar a eles e suspirou. Seus filhos tinham dezesseis e dezessete anos. Será que algum dia eles iriam parar de competir um com o outro? Não importava qual filho ganhasse cada batalha: o prêmio sempre era mais dor de cabeça para ela.

E Annileen não estava feliz com a escolha de amigos de Jabe. Mullen Gault sempre havia sido um moleque irritante e não havia melhorado com o tempo. Por sua vez, Veeka parecia um trapo desde a morte de seu irmão gêmeo. Annileen não deixava Kallie nem chegar perto da garota mais velha. Já com Jabe, não parecia estar tendo a mesma sorte em mantê-lo longe.

Alguém puxou sua manga por trás. Por um segundo, Annileen pensou que pudesse ser um Jawa. Em vez disso, virou-se e viu Erbaly Nap'tee parada ali.

— Você trabalha aqui, jovem pessoa? Não havia ninguém no balcão lá dentro.

Annileen suspirou alto. Pendurando o rifle no ombro, ela segurou a mulher Nikto gentilmente pelos ombros e a virou de frente para o Jawa.

— Aqui. Madame, a senhora tem minha permissão pessoal para comprar dos Jawas. Cortesia do Lote de Dannar.

O Jawa chilreou para Annileen, intrigado, quando a cliente se aproximou dele. Annileen deu de ombros.

— Ela está à venda, se você a quiser — disse Annileen, disparando para olhar os produtos que agora desciam a rampa.

Levou menos de cinco minutos para os Jawas descerem tudo o que valia a pena comprar; eles tinham bastante prática nisso. Annileen inspecionou o lote. Droides demais, como de costume. Ela resolveu não ficar com nenhum deles. Dannar nunca gostou de vender coisas que não soubesse consertar, e essa era uma boa política. Não era uma boa ideia dar garantias a respeito de uma máquina só para depois ela sair matando pessoas na cozinha de alguém. Mas os pequenos dispositivos domésticos ela podia vender como estavam. Percorrendo a fileira de produtos, ela foi tocada pelo remorso, como sempre: cada uma daquelas coisas havia sido coletada da casa de alguma família de prospectores nas colinas que não conseguira sobreviver. Um forno ela reconheceu na hora: ela já o havia vendido três vezes.

— *Togo togu! Togo togu!*

Os olhos de Annileen se voltaram para a extremidade superior da rampa. Dois pequenos Jawas a estavam subindo rapidamente, deixando uma terceira criatura uivante para trás. Veeka e vários fazendeiros dos Gault haviam formado um círculo e estavam jogando o Jawa aterrorizado de um lado para outro, como se ele fosse um brinquedo.

— Quem deixar o Jawa cair paga a próxima rodada de bebidas! — Veeka gritou. Estava rouca, porque já tinha rido demais.

— Ei! — gritou Annileen. — Parem com isso! — Ela correu na direção do grupo, parando apenas quando viu que Jabe fazia parte do círculo. Ela arregalou os olhos. — *Jabe!*

Jabe levantou a cabeça ao ouvir a voz, o que foi distração suficiente para deixar cair o que estava sendo jogado em sua direção. O Jawa soltou um gritinho agudo e se soltou, correndo na direção da rampa. Jabe já havia ouvido a voz de sua mãe, mas os fazendeiros estavam mais próximos, implicando com ele.

— *Paga a rodada! Paga a rodada!*

— Não, senhor, não vai fugir — disse Jabe, furando o círculo para caçar a criatura de um metro de altura. Annileen alcançou o pé da rampa no instante em que Jabe subiu correndo por ela. Jabe desapareceu na escuridão da porta. — Peguei você, seu... *Iaaaghhh!*

Jabe reapareceu, com os olhos arregalados e a cara totalmente branca. Atrás dele, na porta, assomava mais alguém. Era uma figura encapuzada, toda de marrom, assim como o Jawa que havia escapado, mas com o dobro da altura. Desesperado para fugir do gigante, Jabe tropeçou e saiu rolando rampa abaixo. Veeka e os outros levaram as mãos às armas no mesmo instante.

Annileen riu quando o filho pousou a seus pés.

— Baixem as armas, pessoal. Não é o Vingador Jawa Gigante. — Ela sorriu quando seu salvador olhou para ela e o cumprimentou. — Olá, Ben — disse. — Bem-vindo ao Lote!

Ben baixou o capuz.

— Boa tarde. Ahn, boas tardes. — Ele levantou a cabeça e respirou fundo, obviamente feliz por estar fora do ar carregado do sandcrawler. — Espero não ter dado um susto em ninguém. Os Jawas tiveram a gentileza de nos dar uma carona. — Ben assoviou, e Rooh apareceu na porta, atrás dele. Ele procurou por um instante e achou as rédeas do animal. — Eu teria saído antes, mas ela ficou toda confusa ali dentro. — Os olhos de Ben se voltaram para a parte de baixo da rampa, onde Annileen estava parada em cima de Jabe. — O garoto está bem?

— Já faz um tempo que ele não está bem — disse Annileen, levantando Jabe pelo colarinho. Ela olhou para ele, fuzilando. — Eu lhe disse para vigiar os Jawas, não para usá-los para brincadeiras. Agora, volte para lá!

Jabe, agora mansinho, recuperou seu rifle e foi arrastando os pés até o outro lado da linha de exibição de produtos, ansioso para evitar contato visual com seus amigos.

Ben e seu eopie desceram até o solo.

— Seu filho?

— Por mais que me envergonhe admitir isso — disse Annileen, rindo. — Ele deve ter achado que você era um Jawa gigante.

— Ah — disse Ben. — Devem ser os olhos.

— Rá!

Coçando o pescoço de Rooh, Ben olhou para o prédio do armazém à sua frente.

— Bonito lugar.

— Pra um deserto como esse — disse Annileen.

— Eu não falei isso.

— Tudo bem — ela disse, tentando em vão se lembrar da última vez em que alguém se preocupou em não ofendê-la. — Bom, deve ser bonito, mesmo. É meu.

Ben seguiu caminhando e conduziu o animal na direção do prédio. Chegando mais perto, ele leu as letras gravadas na placa do lado de fora. Algumas delas estavam cheias de areia.

— Lote do Dannar.

— Ele fundou, eu cheguei depois — disse Annileen, encontrando um pedaço de alimento em seu bolso para dar ao eopie. Ela era uma criatura tão dócil. *Puxou ao dono*, ela pensou. — Dannar é meu marido.

— Seu marido — repetiu Ben. Seus olhos vasculharam a multidão do lado de fora do sandcrawler.

Annileen passou a mão no rosto de Rooh, com carinho.

— Bom, na verdade agora sou só eu... e as duas crianças que você já conheceu. — Ela sorriu. — O que o traz aqui?

— Seu convite — ele disse, com um gesto de cabeça na direção do animal. — Eu bem que preciso de comida para Rooh.

Annileen se levantou.

— Pois veio ao lugar certo. — Ela olhou para o sandcrawler às suas costas. Seu filho estava encostado no veículo gigantesco, sem vigiar nada em particular. — Jabe! Dê um pouco de ração de eopie a este homem! *Agora!*

O garoto levantou a cabeça.

— Mas eu achei que você queria que eu ficasse vigiando os Jawas.

— Esqueça — ela disse. Agora, os Jawas estavam aglomerados ao redor de Erbaly, conversando ocasionalmente um com o outro enquanto ouviam as perguntas da velha mulher Nikto. *Provavelmente estão todos tentando arrumar uma forma de terminar a conversa*, pensou Annileen. Ela olhou de volta para Ben. — A primeira saca é por conta da casa.

Ben baixou os olhos. Ela reparou que ele fazia isso um bocado.

— Por favor, você não precisa me dar nada. Eu posso pagar...

— Isso é por você ter me poupado as despesas funerárias de minha filha. Além disso, uma refeição e Rooh vai fazer você voltar toda semana. Aqui só temos do melhor.

— Só deixe-me amarrá-la, então — disse Ben, avistando o pátio do estábulo. — Eu sabia que a comida seria uma carga pesada para ela no caminho de volta, então pedi aos Jawas uma carona na vinda.

Annileen observou enquanto Ben levava o animal para longe. Jabe recuou da porta por tempo suficiente para sussurrar para ela.

— Você disse "Ben"? Esse aí é o cara?

— É, sim. — Ela reposicionou o chapéu e soltou o ar. — Só está alguns dias atrasado.

— *Ben!*

Jabe havia entrado no armazém menos de vinte segundos antes que sua mãe e o visitante passassem pela porta. Mas havia sido tempo bastante para que ele informasse sua irmã da chegada de Ben... e para que ela repassasse a informação às duas dúzias de frequentadores do local.

Ben acenou com a cabeça quando a garota o encontrou na entrada. Annileen viu que ele já havia posto o capuz de volta à cabeça. Não o culpava nem um pouco por isso.

— Olá, Kallie — disse ele.

— Ei, você lembrou! — disse Kallie, sorrindo de orelha a orelha. — Bem-vindo ao nosso armazém. Deixe eu mostrar o lugar a você...

— Seu lugar é nos estábulos dos costas-de-orvalho — disse Annileen.

Kallie apontou para sua mãe.

— Sim, mas *você* me disse para trabalhar aqui dentro. Venha — ela disse, puxando Ben pela manga. — Do que você precisa? Porque você sabe que nós temos de tudo.

— Sim, bem, eu tenho um bridão quebrado...

— Depósito para montarias! — A garota o levou até os fundos do andar de vendas, passando pelas mesas dos frequentadores curiosos que estavam jantando. Annileen foi atrás, temendo pela dignidade do homem. Se Ben se deu conta dos olhares em sua direção, ela não reparou. Mas Annileen não ia deixar um novo cliente se assustar e ir embora. Particularmente não esse cliente, com quem ela ainda por cima tinha uma dívida.

Ben estava agora parado na porta de um quartinho, olhando para o equipamento enfileirado.

— Isso era um armário antes — disse Kallie, contendo um rubor nas faces. — Mas é a única parte da loja que é minha.

Annileen passou pelos dois e esticou a mão na direção de uma prateleira cheia de bridões.

— Pensei em dar a ela o que fazer.

Ben tornou a olhar ao redor da loja. Estava repleta de compradores, de clientes do serviço postal e de gente jantando e bebendo.

— Vocês já parecem ter bastante coisa para fazer.

— Deter costas-de-orvalho em fúria não é uma dessas coisas. — Annileen passou um bridão para Kallie e apontou o lado de fora para ela. — Vá preparar isso para ele.

Chateada por ter sido dispensada, a garota sorriu para Ben e disparou para a saída.

— Eu volto!

— Ela volta — Ben disse, secamente.

Annileen acompanhou Ben de volta pela área de jantar, atravessando uma verdadeira pista de obstáculos, cheia de clientes com perguntas sobre o resgate anterior. Quem era ele? De onde ele era? Será que ele não sabia que ninguém com bom senso ia até os Ribombos? Onde ele morava, e será que ele precisava de alguma ajuda com seus vaporizadores? Será que ele gostaria de comprar um landspeeder, para não ter que pegar carona com os Jawas? Ele havia vindo de fora do planeta? Se fosse esse o caso, o que estava realmente acontecendo com a República? Vendo o homem ficar um pouco pálido com a enxurrada de perguntas, Annileen o levou apressada até a frente da loja.

— Coletiva de imprensa só *depois* que ele tiver feito as compras.

— Claro, claro — Leelee ficou ali parada, de braços cruzados, inspecionando Ben de uma forma que apenas uma Zeltron cheia de desejo sabia fazer. — Fique com o recém-chegado pra você mesma.

Annileen virou a cabeça e sussurrou de volta para ela:

— Você tem marido e cinco filhos!

— E sangue ainda pulsando em minhas veias — disse Leelee, colocando a mão no próprio pulso de pele vermelha. Ela sorriu. — Traga ele de volta logo.

A cabeça do recém-chegado afundou mais um pouco no capuz. Annileen olhou corredor acima, alarmada. Mais frequentadores estavam olhando para eles, e agora os Gault estavam ali dentro, estudando o homem. Ela tinha de fazer alguma coisa.

— Com licença — ela disse, deixando Ben perto de um cabideiro de camisas. Ela foi até o balcão e pulou para cima dele. Ali em pé, ela juntou as mãos em concha e gritou com sua melhor voz, a que usava quando tinha de dar a última chamada para fechar o bar: — Agora, escutem bem! Esta é uma oportunidade única! O embargo Jawa está anulado. *Podem ir comprar!*

As palavras levaram um momento para serem registradas. Depois, veio o caos. Ben recuou, assustado, enquanto um mar de clientes corria para a saída. Alguns que estavam no bar permaneceram, mas todos os que antes estavam olhando para ele de olhos arregalados se foram.

Ben levantou a cabeça, com um agradecimento óbvio no rosto.

— Uma oportunidade especial, eu presumo.

— Eu sempre disse que os Jawas poderiam ser úteis para alguma coisa um dia desses — ela disse.

— Nunca se sabe que papel alguém pode acabar desempenhando — ele murmurou. Ben ficou olhando pensativo para ela, enquanto a ajudava a descer do balcão.

CAPÍTULO NOVE

A VASILHA DE METAL ESTAVA CHEIA. TRANSBORDANDO, NA VERDADE. Annileen havia aproveitado a rara calma no Lote para caminhar com Ben por cada corredor do armazém, ajudando-o a encontrar os itens de sua lista — e muitas coisas que nem sequer estavam nela. Ela chegou até mesmo a apontar quais produtos importados, mais baratos, eram tão bons quanto os locais, mais caros. Se algum de seus fregueses regulares a tivesse ouvido, ela teria ficado arrasada.

Ninguém recebia esse tipo de atendimento.

E Annileen percebeu que Ben parecia corresponder a todo esse cuidado.

— Este armazém é como uma coisa viva para você — ele observou. Era uma estranha observação, certamente. Quase poética, mas vinda de um... Um o quê? Ela não sabia. Ben não lhe contara nada de substancial a seu próprio respeito.

De onde você é, Ben?

De toda parte, na verdade.

Por que está aqui?

Em Tatooine ou aqui no armazém?

O que você faz?

Algumas coisas. Nada de importante.

Essa última resposta poderia ter sido dada por dois terços de seus clientes. Até mesmo em suas conversas com Bohmer, o Rodiano que nem sequer falava a Língua Básica, Annileen já havia conseguido mais informações. Mas, embora a falta de respostas de Ben fosse algo frustrante, isso não a surpreendia. Não chegava a ser ofensivo, tampouco. Nenhum de seus clientes falava muito na primeira visita. Não verbalmente, pelo menos.

Mas suas compras, por outro lado, falavam até demais. E a vasilha de Ben — uma bacia portátil que agora servia também como cesta de compras — transbordava de boas pistas para o olho treinado de um varejista.

O suporte da cortina lhe indicava que ele não estava acampando. As ferramentas básicas lhe disseram que ele não estava ali havia muito tempo. As latas de pasta alimentícia lhe diziam que ele pretendia ficar por um tempo razoável e que ele vivia longe demais para fazer compras com frequência. Os recipientes de solvente industrial informavam que ele tinha um grande trabalho de limpeza a fazer.

E trapos. Quem comprava *trapos*? Alguém acostumado a viajar com muito pouco, que havia chegado sem roupas velhas para usar como panos de chão na limpeza.

Por fim, aquele outro detalhe ínfimo, que ela havia quase esquecido: um travesseiro. Apenas um.

Annileen passeou de modo casual pelos corredores, descobrindo cada vez um pouco mais sobre ele, em meio às interrupções periódicas de Kallie: de tempos em tempos, a garota vinha relatar o progresso de seu mais novo trabalho. Quando viu que a sala de suprimentos não tinha acessórios de carga que se ajustassem ao tamanho do eopie de Ben, ela tomou para si a tarefa de inventar algo com peças sobressalentes. Kallie amarrou dois sacos de alimentação menores a um terceiro para criar um alforje de selas e havia passado a última meia hora trabalhando no aumento da capacidade. Aparentemente, o animal havia sido derrubado no chão apenas duas vezes, pelos balidos surpresos que Annileen e Ben puderam ouvir no lado de fora.

— Kallie tem boas intenções — disse Annileen.

Ben não parecia preocupado.

E, embora Ben parecesse entender da vida no deserto, Annileen havia começado a crer que ele não sabia muito a respeito de Tatooine. Os mundos desérticos poderiam parecer todos a mesma coisa, mas em muitos aspectos não o eram. Muitos dos transplantados mais confiantes haviam aprendido essa lição da maneira mais dura.

Um Geonosiano tolo havia falido protegendo sua casa contra enchentes-relâmpago que só existiam nas lembranças de seu mundo natal.

Mas, à medida que os clientes iam voltando ao armazém, um por um, Ben foi ficando ansioso para que a excursão acabasse.

— Isto deve ser suficiente — ele disse.

— Tem certeza? Não estou tentando empurrar nada a você.

— Só tenho medo de precisar de um segundo eopie antes de acabarmos.

Annileen riu.

— Nós vendemos eopies, também. — Ela colocou os artigos que estava carregando em cima do balcão, enquanto Ben colocava a vasilha de metal no chão de pedra-sin. — Tudo bem. Um caixa, sem fila.

Ele arrastou os pés e enfiou a mão no bolso.

— Ahn, créditos da República ainda valem por aqui?

— São tão bons quanto sempre foram — ela disse, dando a volta para o outro lado do balcão. — Não prestamos muita atenção à política. Deixe eu lidar com as coisas avulsas primeiro, depois cuidamos do que está dentro da vasilha. — Ela começou a somar os itens à conta já extensa. Ao fazer isso, percebeu que ele estava acompanhando os cálculos, mantendo uma contagem para si mesmo. Não era a vigilância nervosa de seus clientes mais apertados, mas ele ainda estava procurando manter o controle. *Então ele realmente pode pagar por tudo isso*, ela pensou. *Mas o dinheiro ainda importa.*

— Olha só... — disse uma voz rouca. — Alguém fez compras!

Annileen olhou para a saída para ver Mullen parado na porta com sua irmã, Veeka. Atrás deles assomava Zedd, um de seus cúmplices na prática de arremesso de Jawas. Zedd era humano, mas por pouco: era cheio de músculos e, atualmente, estava com os olhos roxos. Annileen tinha ouvido falar que um desagradável incidente social envolvendo um Wookiee em Anchorhead havia provocado essa última condição, bem como o sumiço de vários dos dentes de Zedd. E foi justamente a incapacitação momentânea de Zedd que dera a

Jabe sua chance de entrar na principal equipe de serviço de Gault; assim, Annileen estava contente por ver Zedd de volta ao trabalho.

Mas ela não estava feliz por vê-lo ali, agora. A péssima atitude de Mullen ficava ainda mais tóxica quando sua montanha de estimação estava por perto, fazendo sombra para ele. As portas bateram atrás do trio, que começou a andar determinado até o balcão.

— Estou surpreso que você tenha resolvido fazer suas compras aqui em vez de negociar com seus *amiguinhos* — disse Mullen, aproximando-se de Ben por trás. — Gente decente não aceita carona de Jawas.

— Bom, eles não pretendem substituir o serviço de transporte público, isso é verdade — disse Ben, sem levantar a cabeça de seu trabalho de dobrar e selecionar as roupas que estavam sobre o balcão.

Annileen parou sua própria contagem.

— Seja bonzinho, Mullen.

— É isso mesmo. Lembre-se: ele é o grande herói! — Veeka saiu andando até o balcão, parando ao lado de Ben. Então, ela subiu na bancada, quase derrubando sua pilha tão bem-feita de tecidos no chão.

— Saia já daí — Annileen disse, empurrando a jovem. Veeka não se mexeu.

Ben enfiou os pertences dobrados dentro de sua nova fronha.

— Está tudo bem — ele disse. — Eles só estão "animados".

— É muita "animação", mesmo — disse Annileen, sentindo o cheiro de Veeka. — E não passou nem uma hora desde o almoço. Muito bem. — Ela voltou a desejar que Dannar nunca tivesse decidido manter o bar aberto o dia inteiro. Uma olhada em Mullen e Zedd dizia que eles também estavam lubrificados. — Vocês não têm mais vaporizadores para consertar?

Mullen arrotou.

— Nossas máquinas, nossos horários.

— Acho que seu pai não iria concordar com você — disse Annileen.

Mullen ficou de joelhos ao lado da bacia aos pés de Ben.

— É muita tralha que ele está comprando. Ele tem dinheiro para isso tudo? — Mullen agarrou a alça da vasilha com uma das mãos e a puxou para perto. Annileen não saberia dizer se Ben se ofendeu ou sequer notou quando o homem de cabelos escuros começou a mexer em seus pertences. — Eu não confiaria nele — disse Mullen, finalmente.

Annileen bateu com seu datapad no balcão.

— Já chega, todos vocês! Da última vez em que eu chequei, Mullen Gault, seu nome não estava no contrato dessa propriedade... Ou em lugar algum, exceto talvez naquele mandado de prisão em Mos Entha. Por que você não volta para lá? — ela disse.

Veeka se esgueirou para perto de Ben. Ela estendeu a mão e pôs o polegar embaixo do queixo dele.

— Ele é bonitinho — ela disse, inclinando seu rosto para cima como se estivesse analisando um animal. — Mas parece faminto.

— Mais um vagabundo passando fome no deserto. — Mullen levantou a cabeça de onde estava agachado, à esquerda de Ben. — Ele não estava salvando Kallie... Provavelmente queria era comer o costas-de-orvalho!

Atrás dele, Zedd riu. Veeka agarrou o queixo cabeludo de Ben, segurando-o entre o indicador e polegar.

— Não sei. Eu não acharia nada mal se ele resolvesse *me* salvar. — Ela levantou o rosto de Ben na direção do seu e olhou para ele, em tom de deboche. — Que tal, "Benzinho"? Quer salvar uma *adulta*, para variar?

— Pode ser — Ben disse, educadamente. — Me avise quando uma chegar aqui.

Annileen riu alto.

Ao som dos risos à custa de Veeka, Zedd avançou. Como metade dos trabalhadores de Gault, o capanga achava que a filha do chefe iluminava as estrelas do céu. Com Mullen ainda aos pés de Ben com a vasilha, Zedd agarrou o ombro do comprador com a indignação típica daqueles prestes a defenderem sua honra.

Foi aí que tudo começou.

Kallie entrou pelo pátio do estábulo, vindo pela porta à direita do grupo. Ela carregava o bastão de bantha do incidente com Jabe, o último de uma série de itens que ela estava devolvendo aos poucos ao depósito, em um esforço continuado para ver Ben. E ela de fato viu seu galante herói ali parado, desconfortável; Veeka estava empoleirada de modo lascivo no balcão, com uma perna em cada lado dele.

Atordoada, enfurecida e há muito tempo convicta de que o único gêmeo Gault correto era o que havia morrido anos antes, Kallie levantou o bastão de bantha. Vendo o ódio nos olhos de Kallie, Annileen agarrou rapidamente Veeka pelo colarinho. Enquanto sua mãe tentava puxar a jovem para tirá-la de perigo, Kallie estalou o bastão na direção do pé direito de Veeka, que estava balançando.

O momento seguinte passou em um flash. Annileen viu Ben se virar para evitar o bastão, levantando a mão direita muito de leve. Foi então que o bastão, que tinha um cabo antideslizante patenteado, saiu voando da mão de Kallie. Sua ponta eletrificada bateu de forma inofensiva no balcão, errando a bota de Veeka — e também, de algum modo, o torso de Ben. Ele se virou noventa graus e a ferramenta passou perto de seus joelhos, finalmente pousando, verticalmente, dentro da vasilha de metal que continha o restante das compras.

Uma bacia de *metal*, que ainda estava sendo segurada pelas mãos de Mullen Gault.

Skraaakt! Com uma descarga e um estalo, o dispositivo soltou todo o seu suprimento de energia, em um grande clarão. Mullen gritou mais alto que a sirene do Chamado dos Colonos jamais havia soado. Assustada, Veeka caiu para trás, em cima de Annileen. O peso súbito da garota a derrubou, e as duas caíram emboladas no chão atrás do balcão.

Annileen lutou para se desembaraçar da outra e se levantar. A primeira coisa que ela viu do outro lado do balcão foi Zedd olhando com cara de bobo para Mullen, que se contorcia em agonia no chão. Resfolegando, Zedd partiu para cima de Ben. O homem mais baixo e mais velho deu um passo ligeiro para o lado, o que fez Zedd cair em um mostruário de latas de cal. A colisão não foi tão barulhenta quanto os gritos de Mullen, mas certamente bem mais desastrada.

Sem dizer uma só palavra, Ben se virou, fez uma ligeira mesura para Annileen e Kallie — as únicas que ainda estavam de pé, além dele — e jogou uma pilha de créditos sobre o balcão. Ele agarrou a fronha cheia de mercadorias e saiu correndo porta afora, em direção ao pátio do estábulo.

Aturdida, Annileen pulou para cima do balcão e saltou para o outro lado. Por pouco, suas botas não acertaram Mullen, que ainda se contorcia no chão, chorando. A bacia de compras de Ben ainda estava ali, abandonada. Ela correu até a porta, onde Kallie já estava, chamando por ele.

Mas ainda mais caos esperava do lado de fora. O grito elétrico de Mullen segundos antes havia aparentemente dado aos Jawas a impressão de que um logra — um predador capaz de cavar túneis e que tinha um certo gosto especial por mercadores baixinhos — havia vindo à tona dentro do armazém. Agora, eles estavam finalizando todas as transações e movendo seus artigos de volta para o sandcrawler, sob os gritos frenéticos dos clientes insatisfeitos. Duas brigas, não relacionadas entre si, haviam começado.

E mais além, depois do sandcrawler que já começava a ser acionado, Ben e Rooh partiam para o deserto. Perplexa, Annileen pretendia segui-lo, para avisar dos artigos que ele havia esquecido.

Mas antes que Annileen pudesse fazer qualquer coisa, lá estava Erbaly Nap'tee, confrontando-a na entrada do Lote.

— Aquele homenzinho de olhos brilhantes me mandou falar com você — disse a mulher Nikto. — Você trabalha aqui?

CAPÍTULO DEZ

— JÁ LHE DISSE PARA NÃO ME CHAMAR COM ESSA BOBAGEM! – GRITOU Orrin pelo comlink.

Ele inclinou a cabeça na direção de seu landspeeder, tentando disfarçar. O velho aparentemente não estava ouvindo a conversa. Wyle Ulbreck ainda estava dentro do USV-5, aproveitando a lufada de ar-condicionado.

Na verdade, Orrin duvidava que o velho fosse de aproveitar qualquer coisa além de contar seu próprio dinheiro, mas isso não era importante. Ele não havia ido ao socorro do fazendeiro por amizade, nem mesmo por benevolência. Aquela era uma visita de vendas. E Veeka havia acabado de interrompê-la com uma história estranha e desconexa sobre caos no Lote, danos ao armazém e a seu filho e umas bobagens sobre o herói de Kallie.

— Não me interessa quem fez o quê — ele disse no dispositivo, irritado. A última coisa de que precisava agora era ter problemas com Annileen. Uma vez, ela havia proibido que os empregados de Gault jantassem no Lote. Depois de uma semana vivendo de marmita, Orrin teve de lidar com um verdadeiro motim. Só havia uma coisa a se fazer. — Você vai limpar o armazém, pedir desculpas a Annie e depois voltar e terminar seu turno! — ele disse, desativando o comlink em seguida.

Em pé sob os sóis, Orrin olhou para o velho no landspeeder e deu um sorriso fraco. Ulbreck ainda não estava prestando a menor atenção nele. O velho tinha mais cabelo na cara que na cabeça — e, sim, Ulbreck estava usando o pente de Orrin para dar um jeito na barba. *Que lindo*, pensou Orrin, fechando o capô do caminhão repulsor quebrado de Ulbreck. Usando o líquido para o carburador que Orrin havia trazido, o ST-101 amassado do velho seria capaz de chegar até o Lote. Agora, ele lhe devia um favor.

— Acabei aqui, mestre Ulbreck — disse Orrin, abrindo a porta do carona de seu landspeeder. — Desculpe a demora: precisei fazer uma ligação. — O velho grunhiu. Orrin deu um sorriso forçado. — Apenas uns probleminhas em casa. Você... Ahn, você ainda pensa em ter filhos, Wyle?

— Tenho setenta e cinco anos.

— Ouça meu conselho — Orrin disse, fazendo uma cara de desgosto. — Não tenha. É mais seguro assim. — Ele ofereceu a mão para ajudar Ulbreck a se levantar, mas o velho simplesmente ignorou o gesto.

Ulbreck ainda estava em boa forma para sua idade. Ele recentemente havia parado de beber, depois de um evento do qual Orrin pouco sabia. Mas Orrin atribuía a boa saúde de Ulbreck mais ao fato de ele ter delegado a maioria do trabalho em seu grande rancho a um exército de trabalhadores nos últimos anos, em vez de trabalhar ele próprio embaixo dos sóis quentes. Espalhando-se ao sul e ao leste das propriedades de Orrin, as terras de Ulbreck tinham mais que o dobro de seu tamanho. Orrin duvidava que o homem tivesse visitado um de seus vaporizadores sequer na última década. No entanto, isso não havia afetado nem um pouco sua produção. Ulbreck estava chafurdando numa riqueza que ele nunca gastava.

Mais motivo ainda para protegê-la.

— Falando em segurança — disse Orrin, consciente da mudança de assunto desajeitada —, eu estava me perguntando se você já pensou em entrar para o Fundo de Chamado dos Colonos.

— Lá vamos nós outra vez — disse Ulbreck, trazendo um evidente tom de desprezo para sua voz rascante. — Eu sabia que esse serviço não me sairia de graça. — O velho jogou o pente de Orrin de volta ao landspeeder.

— Não estou tentando lhe vender nada. O Fundo ajuda a comunidade a proteger outras pessoas. Fazendeiros, como você...

— Eu tenho minha própria segurança. — Ulbreck pisou duro na areia, indo em direção a seu veículo. — Não preciso pagar para que seu pessoal fique sentado enchendo a cara.

— Não é *meu* pessoal — disse Orrin. — O Fundo pertence a toda a comunidade. Eu só o administro. — Ele fechou a porta do carona de seu landspeeder e seguiu Ulbreck. — Escute, você administra um negócio, esperando resultados disso. Eu também. Eu respeito isso. Se você quer resultados, é só olhar o que aconteceu na propriedade dos Bezzard, outro dia...

— Eu vi que você não foi capaz de salvar metade deles!

Orrin recuou.

— Isso não é justo, Wyle. Aquelas pessoas já estavam mortas antes de o Chamado ser acionado. Mas o fazendeiro, sua mulher e seu filho... nós *salvamos* aquelas pessoas. — Ele tentou uma abordagem diferente. — Escute, sua terra é a maior das que há por aqui e que não fazem parte do Fundo. Se você entrasse, seríamos capazes de aprimorar nossos equipamentos. Talvez até de colocar algumas patrulhas pra cobrir sua propriedade, assim como algumas outras. Assim, de forma preventiva.

O velho fazendeiro parou na porta aberta de seu caminhão repulsor e virou a cabeça. Orrin avançou, em expectativa... somente para ver o velho cuspir na areia.

— Não estou interessado em mais nada — disse Ulbreck. — Meu pessoal vigia meu território. Se o Olho-de-rolha aparecer, você vai ver um Tusken dançar. — Ulbreck subiu na boleia do veículo. Ao ligar os motores, ele voltou a olhar para Orrin, quase como se tivesse esquecido algum detalhe. — Ah... obrigado pelo óleo de carburador.

Orrin balançou a cabeça. Com algumas pessoas, não havia mesmo jeito.

Depois que o caminhão repulsor do velho partiu, Orrin chutou o contêiner vazio de óleo na areia. Ele já havia conseguido convencer a maioria dos fazendeiros que ainda hesitavam em entrar para o Fundo, de um jeito ou de outro. Ulbreck, não. O velho sabia que o Fundo calculava a taxa que cada fazendeiro deveria pagar de acordo com a área de terra a ser protegida. Ulbreck continuaria criando caso enquanto tivesse que pagar mais do que qualquer outro fazendeiro, tudo por puro princípio.

Bem, ele vai entender... um dia, pensou Orrin. Havia mais membros em potencial que Orrin ainda podia convencer; ele só precisava checar seu mapa. Orrin abriu a porta de seu landspeeder; o motor ainda estava ligado, e o ar-condicionado bombeava uma brisa gelada para fora. Ele se sentou no banco do motorista, apenas para encontrar o pente oleoso embaixo de seu traseiro. Furioso, Orrin o jogou pela janela...

... e viu duas figuras chegando pelo alto de uma duna a nordeste, aproximando-se dele. Alcançando seus eletrobinóculos, Orrin estudou a visão.

— Ora, ora, quem diria — ele disse, em voz alta. — Uma porta se fecha, outra janela se abre. — Pôs o hovercraft em movimento.

O USV-5 PAROU BEM PERTO DOS RECÉM-CHEGADOS. EM TERMOS DE caravana, Orrin achou aquela bem fraquinha: apenas um homem de capuz, andando ao lado de um eopie bastante carregado. Nenhum dos dois esboçou qualquer reação quando Orrin acionou a capota conversível do landspeeder.

Orrin sorriu.

— Olá!

— Saudações.

— É uma carga bem grande que você tem aí.

O nômade de cabelos louros e claros o olhou com desconfiança.

— É minha, se é isso o que você está se perguntando. Acabo de sair do armazém.

Orrin riu.

— Ah, eu sei. Você não se veste como um Tusken. — O fazendeiro desligou o motor e desceu do veículo. — Eu sou Orrin Gault. Esta aqui é minha terra...

— Minhas desculpas — disse o viajante, olhando de volta para o horizonte. — É possível chegar até o armazém Calwell sem atravessar a terra dos Gault?

— Na verdade, não. — E sorriu. Ele ofereceu a mão. — Acho que sei quem você é. Você é aquele Ben de quem tanto ouvi falar.

Ben aceitou a mão de Orrin e a apertou.

— Ouviu... falar de *mim*?

— Sim, de Kallie Calwell. Os Calwell e os Gault... Bem, nós somos bastante "chegados". E eu lhe devo um agradecimento. Parece que você salvou a garota de si mesma.

Ben baixou os olhos.

— Acho que Kallie deve ter exagerado. Eu estava de passagem e dei uma mãozinha. Qualquer um teria feito o mesmo.

Orrin gostou do som daquelas palavras.

— Pois bem, é isso mesmo. Mas, mesmo assim, deixe-me oferecer uma bebida a você — disse Orrin, virando-se para o landspeeder.

— Estamos longe de uma cantina — Ben disse, intrigado.

— Mas não de um cantil. — Orrin pegou um frasco de prata reluzente e o ofereceu a Ben. — Aproveite.

Ben assentiu e abriu o frasco. Bebeu... e recuou na mesma hora. Tossindo, ele conseguiu apenas soltar um "Uau".

— E olha que isso nem está tão quente quanto deveria — disse Orrin, com um sorriso largo. Ele deu uma palmadinha no para-brisas de seu landspeeder. — Eu sei que você está a caminho de algum lugar, Ben, mas o mínimo que posso fazer é lhe mostrar a região. De vizinho para vizinho.

Ben levantou a cabeça com cautela.

— Como... Como você sabe que sou um vizinho?

Orrin riu. Alguma coisa no fato de usarem capuzes fazia metade dos recém-chegados a Tatooine acharem que estavam em algum tipo de missão secreta.

— Eu duvido que você esteja fazendo transporte de suprimentos para os Jawas. Aliás, eles foram na direção contrária. — Ele fez um gesto na direção do landspeeder. — Vamos lá, apenas por alguns minutos. Você invade minha propriedade, você faz a excursão obrigatória. Podemos dizer que esse é o castigo.

CAPÍTULO ONZE

O USV-5 DISPAROU PELAS DUNAS. COLINA APÓS COLINA, SURGIAM vaporizadores novos e brilhantes, como estalagmites de metal tentando espetar o céu. Ben estava sentado em silêncio no banco do carona, absorvendo tudo. No começo, ele havia resistido à ideia de fazer aquela pequena excursão. Mas Orrin havia retirado da traseira do landspeeder uma tenda de lona, que mantinha ali para qualquer emergência. Em poucos segundos, a eopie Rooh já estava dentro da tenda, mastigando a comida que antes estivera em seu lombo.

Enquanto pilotava, Orrin observava Ben pelo canto do olho. O homem parecia tranquilo e, felizmente, sem se importar muito com o que havia acontecido no Lote. Orrin se sentia mal a respeito daquilo. Os frequentadores regulares do oásis, seus filhos inclusive, podiam tratar os recém-chegados com uma certa dureza, de vez em quando.

— Olha só — disse Orrin mais uma vez —, me desculpe pelo que aconteceu lá no Lote. Quando minha filha ligou... Bem, eu soube num instante de quem era a culpa. Você tem filhos, Ben?

— Só a eopie — disse Ben.

O fazendeiro riu.

— Digo uma coisa a você: se crianças fossem tão fáceis de adestrar quanto eopies, estes cabelos aqui ainda seriam pretos. Os filhos de Annileen também são um negócio sério... Mas você já deve ter percebido isso, com Kallie.

— Cheia de energia — Ben se permitiu dizer.

— E só encrenca.

Ben olhou para ele.

— Mas vale a pena esse trabalho todo?

— Não ponha palavras em minha boca — disse Orrin, fingindo seriedade, antes de cair na gargalhada mais uma vez. — Pois bem, na maioria dos dias eu trabalho aqui fora com Mullen e Veeka. E às vezes Jabe, o mais novo de Annileen. Você o conheceu?

— No sandcrawler — Ben disse, simplesmente.

— É um pouco difícil de acompanhar, eu sei. Às vezes até eu mesmo acho complicado dizer onde a família de Annie termina e a minha começa. — Orrin explicou a Ben rapidamente a história de sua amizade com Dannar, e sobre como Annileen vinha cuidando da loja desde a morte do marido. — E Annileen... Aquilo ali é uma verdadeira torre de energia.

Ben assentiu, voltando em seguida a olhar tranquilamente pela janela.

Orrin deu um sorriso cínico. Se Ben estivesse interessado em Annileen, aquilo provavelmente teria provocado alguma reação. Mas o homem parecia desinteressado, ou pelo menos mantendo uma distância respeitosa do território de Orrin. O que era uma bobagem, claro. Nunca houve nada entre Orrin e Annileen... Bom, pelo menos não da parte dela. Orrin era casado quando Dannar contratou Annileen; quando a relação de Orrin entrou em crise, os Calwell já estavam casados, com Kallie a caminho. Orrin às vezes se perguntava o que teria acontecido se Liselle tivesse saído de casa um pouco mais cedo... Enfim, não. O Oásis Pika não seria o que era hoje se ele e Dannar tivessem sido rivais românticos.

— Como foi que Dannar Calwell morreu? — perguntou Ben, quebrando o silêncio.

Era uma mudança perturbadora de assunto, pensou Orrin.

— Já falo nisso — ele disse, freando. — Chegamos.

O landspeeder parou no topo de uma colina, de onde se via uma grande extensão vazia, a não ser por vaporizadores, até onde os olhos podiam alcançar. Os homens desembarcaram e estudaram a vista. Alguns dos dispositivos estavam aglomerados juntos, outros separados por centenas de metros.

— Bonito, não é?

— Padrões incomuns, eu diria. Do jeito que estão colocados, é quase como se fosse...

— Arte? Bom, não está longe disso — disse Orrin. — Este é o Campo Número Sete, mas eu o chamo de Sinfonia. — Ele apontou para o vaporizador mais próximo, no meio da encosta na qual estavam. — Me acompanhe.

Já no vaporizador, Orrin virou a chave na fechadura, abrindo uma pequena porta. Ali dentro havia um frasco, selado sob uma torneira. Orrin o retirou do lugar.

— Você é meu convidado, Ben. Faça as honras — disse ele. Ben pegou o frasco e o examinou. Orrin assentiu. — Vá em frente. Foi o que você bebeu agora há pouco.

Ben levou o frasco aos lábios e deu um bom gole. Uma fração de segundo depois, seu rosto mostrou que aquilo tinha sido um erro.

— *Está congelando!*

— É, este aqui é o novo modelo de vaporizador Pretormin. Ela sai assim dos compressores — disse Orrin, pegando o frasco de volta. — Você já provou água mais doce em sua vida?

— Eu respondo assim que minha língua descongelar — disse Ben, balançando a cabeça para clareá-la um pouco. — O frasco não estava tão frio...

— As coisas nem sempre são o que parecem. — Orrin fechou a porta do vaporizador e fez um gesto, indicando o horizonte. — Veja, Ben. Eu levei seis anos, mas finalmente trouxemos Tatooine para uma nova era. Aquelas torres com as quais eu comecei, eras atrás, todas elas se foram. Viraram lixo para Jawas. As Pretormins vão mudar o mundo, e o oásis estará no centro dessa mudança.

Ben forçou a vista para olhar a torre.

— Confesso que nunca entendi... Sempre imaginei que água fosse a coisa mais simples de se produzir no universo.

— No universo, talvez — disse Orrin —, mas não em Tatooine. Por muitas razões. Células de combustível produzem água, mas também produzem calor, algo que já temos o suficiente por aqui. Isso só pra começo de conversa.

Ben continuava escutando, interessado.

— E vocês estão muito distantes para trazerem qualquer coisa para cá.

— Exato. Mas quem iria querer isso, de qualquer forma? — Orrin caminhou de volta até o topo da elevação. — Sabe, esse é o segredo deste planeta velho e morto. Ele está escondendo a água. Mas a água que ele tem é a mais gostosa que qualquer um poderia provar nessa vida. É tão boa que posso até ver Tatooine como um exportador de água no futuro... se pudermos obtê-la. — Sua voz ficou solene. — *E eu posso*. — Orrin desenhou traços no ar com as mãos, ligando os pontos que eram as torres distantes. — Aquelas gotinhas podem fugir, mas não podem se esconder. Essas máquinas no lugar certo, sintonizadas da maneira certa... São capazes de dominar e moldar aquele céu como se ele fosse de argila. Elas tocam as notas... e a música vem.

— A Sinfonia — Ben disse, respeitosamente.

Orrin assentiu.

— Muitas peças têm de trabalhar juntas ao mesmo tempo. Ainda estamos trabalhando nisso.

— Estou impressionado.

Ben não era fazendeiro. Nem qualquer outra coisa, pelo que Orrin soubesse. Mas parecia ter uma certa sensibilidade para o que Orrin estava tentando fazer ali. Quem sabe? Se Ben mostrasse alguma habilidade no futuro, poderia até ser um fazendeiro decente, assim que Orrin voltasse a contratar.

Orrin retornou ao landspeeder, subitamente desanimado. Adorava o trabalho na fazenda. O resto de sua vida era apenas *necessário*. Mas hoje ele não estava ali para trabalhar na fazenda. Então, uma coisa de cada vez.

— Você perguntou sobre Dannar — ele disse, com a voz grave. — Os Tuskens o mataram há oito anos. Ele parou para ajudar um cavaleiro no deserto, assim como você fez com Kallie. Os Tuskens mataram os dois.

— Lamento — disse Ben.

— Bom, já faz um tempo — disse Orrin. Ele se voltou para o homem mais novo, encarando-o. — Annileen disse que você estava vindo do leste naquele dia. Você não teria ouvido falar da família Lars, teria?

Ben pigarreou.

— Os *Lars*, você disse?

— Cliegg Lars. Todo mundo já ouviu falar. — Orrin apontou para leste. — Fazendeiro de umidade do outro lado dos Planaltos Jawa. Se você é novo, não ouviu falar dessa história. Os Tuskens, e eu sempre achei que poderia ser o mesmo bando que pegou Dannar, bom, eles sequestraram a esposa de Cliegg. — Ben estava prestes a dizer alguma coisa, mas desistiu. Orrin continuou. — De qualquer maneira, o pessoal de lá montou uma expedição de resgate. Só que não passavam de um bando de fazendeiros que mal sabiam por que lado do rifle saía o disparo. Não tinham a menor experiência em caçar Tuskens. Não tinham o equipamento adequado. Não tinham veículos em condições de qualquer outra coisa além de uma pequena viagem para checar vaporizadores.

— E... deu errado?

— Filho, dizer isso é a coisa mais óbvia que existe. Foram trinta. Voltaram quatro. — Orrin recordou aquele dia horrível, e os que se seguiram. Várias vítimas tinham sido seus amigos de uma vida inteira. Muito conhecimento de técnicas de fazenda de umidade se perdeu de uma só vez. — Vinte e seis mortos — ele disse.

Orrin ficou em silêncio para deixar que o homem absorvesse aquilo tudo. Ben ficou perturbado pela história, ele podia perceber. Às vezes isso ajudava a explicar a gravidade da situação às pessoas: a experiência dos Lars era o mais próximo possível de um caso extremo, quando tudo podia dar errado. Orrin nunca veio a conhecer Cliegg; ouvira dizer que a pobre alma já havia morrido. Mas sua história de tormento quase sempre provocava um forte impacto em Orrin.

Ben levantou a cabeça.

— E o que aconteceu em seguida?

— Funerais, basicamente. — Orrin não acrescentou que havia tomado para si alguns lotes de terra das propriedades dos falecidos; afinal, alguém tinha que trabalhá-los. Ele se recostou sobre o capô do landspeeder flutuante. — Funerais e recriminações. Sabe, aquele pessoal não tinha o que temos no oásis. O Chamado.

Orrin explicou rapidamente o sistema do Chamado dos Colonos. Ben escutou com atenção, lembrando-se de que havia ouvido o alarme ecoar pelo deserto uma vez antes. Orrin deu um sorriso, fazendo uma pausa antes de assumir o crédito pela ideia do dragão krayt.

— Nada arrepia mais aquele bando de ataduras que o uivo de um krayt — disse Orrin. Ele continuou o discurso de venda, já bem praticado. — Se o ataque aos Lars tivesse acontecido aqui, as coisas teriam sido bem diferentes. A milícia é um negócio. São pessoas se juntando em torno de um objetivo. Você tem que investir, e então se preparar. Depois, quando o Chamado vier — ele disse, apontando para uma das torres de vaporizador —, você sabe que tem uma chance.

Ben reparou nas sirenes montadas no alto da máquina. Ele pareceu impressionado.

— Então é um grupo paramilitar, hein?

— Nada disso. Ah, claro, existe um grupo paramilitar em Mos Eisley: três ou quatro, em tempo integral, que têm medo até da própria sombra. Eles nunca vão muito longe. Qualquer um que tenha o espírito para esse tipo de trabalho já teria saído do planeta e ganhado muito mais dinheiro com isso. O Chamado é só do pessoal daqui. Ninguém está nisso pelo dinheiro. Só queremos ajudar. — Ben assentiu, e Orrin foi chegando perto de seu encerramento. — Nós reagimos a um ataque. Nós saímos em resgate. E, quando não conseguimos efetuar uma defesa a tempo, é nossa política que faremos um contra-ataque para cada ataque a uma de nossas propriedades. É assim que os Tuskens entendem, e funciona.

Ben olhou para leste.

— Até que distância vocês cobrem?

— Até onde vivem nossos assinantes — disse Orrin, caminhando até a lateral do veículo. — Tenho um mapa aqui.

Ben se aproximou.

— Até onde... Como foi que você os chamou? Ah, sim: até onde essa família Lars vivia?

— Não, mas tudo é possível se tivermos gente suficiente a bordo — Orrin replicou, quando ambos entraram no speeder. — Mas achei que você e sua eopie estivessem indo para sudoeste.

Ben balançou a cabeça e estudou o mapa.

— Só curiosidade.

A EOPIE ESTAVA DORMINDO EMBAIXO DA LONA QUANDO ORRIN retornou com Ben. Orrin tinha a certeza de ter despertado o interesse de Ben pelo Chamado dos Colonos, mas não foi capaz de tirar muitas informações dele.

Orrin sabia apenas que Ben estava vivendo em um local próximo aos afloramentos a noroeste do Deserto de Jundland e que viera de outro lugar, provavelmente da República. A República nunca foi de prestar muita atenção em Tatooine, e os habitantes do planeta normalmente respondiam do mesmo jeito em relação a ela. Orrin tinha ouvido falar algo a respeito de uma grande mudança que havia ocorrido recentemente na República, mas Ben parecia saber ainda menos sobre isso que ele. Na verdade, foi *Ben* quem lhe pediu notícias.

Embora Orrin ainda não soubesse o que Ben fazia em troca de dinheiro, estava confiante de que o homem tinha algum. Caso contrário, Annileen não lhe teria vendido todos os artigos que agora estavam sobre o lombo da eopie. A gratidão dela não chegava a tanto.

— Então — disse Orrin, vendo o homem recolocar a carga no animal. — Quer assinar o Fundo? Você não precisa lutar nas milícias: seus créditos permitem que outros façam isso.

Ben terminou de afixar a carga e olhou para Orrin.

— Eu... Eu não sei. Ainda estou me assentando.

— Entendido. Mas esse é mais um motivo para participar. Menos uma coisa com a qual se preocupar.

— Deixe que eu entro em contato com você. Ainda não sei ao certo... — Ben fez uma pausa, parecendo ouvir algo distante. Orrin acompanhou o olhar de Ben, agora voltado para as colinas, mas não foi capaz de ouvir nada por vários segundos. Então, escutou o zumbido familiar do landspeeder Selanikio Sportster de sua filha, vindo do oásis em sua direção.

— Bom ouvido — disse Orrin. — Ali vêm Mullen e Veeka. Devem já ter ficado sóbrios e agora estão prontos para voltar ao trabalho.

Ben olhava desconfiado naquela direção, até virar-se para pegar a eopie pelas rédeas.

— É melhor eu ir. Nosso primeiro encontro não acabou bem.

A eopie começou a trotar, e Ben seguiu ao lado dela. Passou por Orrin, que se recostou em seu landspeeder, frustrado. *Logo agora* seus filhos decidiam voltar a trabalhar. *Que maravilha.*

— Escute, não se esqueça da oferta — disse Orrin. — O preço da assinatura que citei durante a viagem só vale enquanto durar a oferta. Semana que vem ele sobe.

— Vou pensar — disse Ben, acenando para trás. — E obrigado pela bebida.

— Tem certeza de que não quer...

— Não, não, preciso ir. Estou longe de casa.

— Então está certo. Mas volte quando se decidir.

— Voltarei.

Orrin deixou os ombros caírem. Dois a zero contra ele hoje. E mais duas encrencas estavam chegando agora, andando em sua direção. Veeka parecia como de costume para aquela hora da tarde. Mas Mullen tinha um aspecto bastante acabado, que fez Orrin parar para pensar no que seu filho teria aprontado no Lote.

— Onde está Zedd? — perguntou Orrin.

— Machucado de novo — disse Mullen, fuzilando com o olhar as figuras que partiam para sudoeste. — Era *ele*?

— Ele quem? — Orrin olhou na mesma direção. — Quer dizer o sujeito sem emprego e sem passado indo para o meio do nada, como alguém sem noção? É, é o Ben, ele mesmo. — Ele encarou a filha. — Case-se com um homem como aquele e eu dou você de comer a um sarlacc. Agora, vão trabalhar. Já estou com o cronograma atrasado.

Meditação

Hoje foi... interessante.

Resolvi assumir o risco e fui até o Oásis Pika. Ao Lote de Dannar, na verdade, o grande complexo que existe por lá. Eles têm praticamente tudo de que preciso — menos, talvez, um exército para libertar a República.

Não fiquei muito tempo. Isso faz parte do problema. Há muita gente por lá, mas, por outro lado, não o bastante. Em lugares maiores, como Mos Eisley, posso me perder na multidão. Tantos viajantes vêm e vão... Muita coisa acontece nesse lugar, também, mas o oásis tem muitos frequentadores regulares que não fazem nada a não ser tomar conta da vida das outras pessoas, o dia inteiro. Minha chegada foi, envergonho-me em dizer, um espetáculo e tanto. E, bem, minha partida também.

Não posso deixar que isso aconteça novamente.

Na saída, acabei conhecendo um dos grandes donos de terras da região: Orrin Gault, praticamente uma instituição local. Por muito tempo, relutei em falar com ele, e mesmo hoje procurei não dizer nada substancial. No entanto, ele é simpático, e me parece que ele se sente melhor conhecendo todo mundo a seu redor. Além do mais, tentar se esconder de um homem como ele pode não ser algo muito sábio. E ele parece ter boas intenções.

Esse sistema de Chamado dos Colonos que ele desenvolveu pode ser a resposta a meus problemas em relação à segurança da família Lars, isso se o serviço que eles oferecem puder ser estendido até aquele ponto a leste. Eu sei, seria melhor não envolvê-los. Mas, se a mãe de Anakin foi raptada, poderia acontecer algo assim de novo.

Estou aqui para proteger a criança. Em se tratando dos Tuskens, a ajuda dos humanos locais pode vir a calhar. É uma ameaça com a qual eles estão familiarizados. Tive uma rusga com o Povo da Areia anos atrás, quando o senhor e eu trouxemos

Padmé para cá; eles são guerreiros formidáveis. Se alguma coisa acontecer, de modo que eu não consiga continuar minha vigília...

Bem, não vamos pensar nisso. Mas é bom ter opções.

Quanto a Orrin, mais uma vez: ele é um sujeito pra lá de amigável. Gosto dele. Com certeza é um vendedor e tanto. E, embora esteja visivelmente orgulhoso do que construiu por aqui, também me parece um pouco envergonhado disso tudo. Pelo menos o suficiente para apresentar um certo ar de humildade. Ainda que essa seja apenas uma estratégia de vendas, acho até um pouco cativante.

Anakin podia ter se valido um pouco dessa postura. Todos nós estávamos impressionados com o que ele podia fazer. O problema é que ele também estava impressionado, e não parecia nem um pouco grato por isso. Não, não perto do fim.

Sabe, eu estou com o sabre de luz dele. Está bem aqui, nas minhas mãos. Em algumas noites, como esta, eu simplesmente me sento e fico olhando para ele, me perguntando o que poderia ter feito para ajudá-lo.

Eu olho, à procura de respostas. E, então, o coloco de volta no baú e tento esquecer.

O que é impossível, é claro.

Talvez se Anakin tivesse ficado mais velho, se tivesse tido a oportunidade de ficar mais velho, ele poderia ter encarado tudo sob uma perspectiva diferente. Mas simplesmente não era para ser.

Se ele simplesmente tivesse dado ouvidos à razão, se não tivesse me forçado a fazer o que tive de fazer, então eu não estaria aqui, agora, me sentindo um...

Não.

Boa noite, Qui-Gon.

PARTE DOIS

TERRENO MORTAL

CAPÍTULO DOZE

UM GRANDE HOVERCRAFT DEIXOU O COMPLEXO, SEGUINDO EM DIreção ao leste. Um macho humano de cabelos escuros o dirigia; não era muito mais que um filhote. A'Yark já tinha visto aquele humano antes, e seguiu com sua contagem silenciosa enquanto o veículo se dirigia para o horizonte.

Assim que o hovercraft partiu, A'Yark voltou a se esconder atrás da duna. Pegou a pequena pedra negra e fez uma marca nas ataduras de seu braço esquerdo, enquanto outra era apagada da contagem mantida no direito. Marcas demais permaneciam ali, cada uma representando um colono presente no complexo do oásis. Dezenas chegavam mesmo antes do nascer dos sóis a cada manhã, e o lugar permanecia agitado até bem depois que a noite caísse. Manter a contagem vinha testando a sanidade de A'Yark. E o total sequer incluía as pessoas que viviam nos edifícios.

Só uma delas importava, é claro.

A'Yark verificou a coronha do rifle blaster, onde havia outra contagem. Dez marcas gravadas, dez dias desde que o ataque à fazenda humana dera errado. Dez dias desde que a mulher humana havia evitado a morte por meios místicos, impedindo que fosse esmagada por um costas-de-orvalho. O Povo da Areia, ao ouvir A'Yark contar sobre ela, escolheu chamá-la de *Ena'grosh*: a Moldadora de Ar. A'Yark não precisou convencê-los do que significava a simples existência daquela mulher. Colonos assim tão poderosos eram uma ameaça a todos eles.

A'Yark só havia conhecido uma pessoa com tais poderes: outro Tusken, morto havia muito tempo. Aquele caçador havia se juntado de livre e espontânea vontade ao Povo da Areia, uma coisa excepcionalmente rara. Além disso, havia sobrevivido às boas-vindas e aos julgamentos que se seguiram, coisa praticamente inédita. Aquele guerreiro tinha a habilidade de moldar o ar também, um fato que certamente o havia ajudado durante a iniciação.

Mas aquele recruta havia acabado por se revelar mortal, e isso agora dava esperança a A'Yark: um Moldador de Ar também podia morrer. Aquela mulher deveria morrer, antes que ensinasse suas habilidades aos outros colonos.

A'Yark havia encontrado o lar da Moldadora de Ar com facilidade; a mulher não tinha se esforçado muito para esconder o caminho de seu costas-de-orvalho sobrevivente. Colonos poderiam achar bem difícil o rastreamento no terreno pedregoso que ligava a área esburacada e o oásis, mas não os Tuskens. A'Yark havia se esgueirado até o complexo para um simples reconhecimento, apenas para perceber o tamanho do desafio.

A questão era mais que simplesmente o número de chegadas e partidas de colonos. Aquele lugar era a fortaleza do Sorridente.

Tinha de ser. A'Yark reconheceu de longe os veículos que os colonos haviam usado na defesa da fazenda. Aqueles e muitos outros estavam armazenados nas imensas garagens do complexo. Qual era o tamanho do exército do Sorridente? A'Yark hesitava em descobrir.

A'Yark também tinha visto novamente o cavaleiro de eopie de cara peluda: apenas uma vez, sete dias antes, deixando o complexo em velocidade com sua montaria. A presença do humano era algo intrigante, pois A'Yark não o tinha visto chegar; ele provavelmente tinha viajado com os Jawas. Esse fato por si só já era ofensivo. Os Jawas não eram melhores do que os parasitas que o Povo da Areia costumava arrancar de seus banthas. Eles certamente eram filhos do sol covarde. O cavaleiro de eopie até mesmo se vestia como um deles, com seu manto marrom. Talvez o Cara Peluda — esse parecia um bom nome para o homem — fosse um xamã dos Jawas, capaz de comandar aquelas coisinhas tagarelas.

Enquanto vigiava, A'Yark havia pensado em seguir o homem em seu caminho pelo deserto. Mas naquele momento a Moldadora de Ar tinha aparecido no pátio, chamando em vão o Cara Peluda, junto com a criança tola que montava em costas-de-orvalho. A'Yark havia percebido mais uma coisa naquele dia: a Moldadora da Ar também tinha um filho. Era ele quem havia acabado de partir no veículo repulsor. O garoto não era muito mais velho que o próprio filho de A'Yark.

O jovem A'Deen estaria de volta com os outros hoje, passados os testes de virilidade. A'Yark não queria estar lá para recebê-lo. Isso significaria testemunhar o que o ritual havia se tornado. De acordo com a antiga tradição, o jovem testado deveria caçar e matar um dragão krayt. Mas havia poucos krayts nos Pilares onde a tribo se escondia, e também poucos jovens Tuskens disponíveis. Então, os anciões haviam decretado que alguma outra criatura seria suficiente, como um logra. Ainda seria perigoso, mas nada parecido com um krayt.

A'Yark achava essa escolha covarde e havia deixado isso bem claro. Aquilo apenas provava que o clã estava enfraquecido a ponto de não ser mais capaz de seguir seus princípios. Se A'Deen caísse diante de um krayt, tudo bem. A criança teria sido julgada fraca e, portanto, merecedora da morte. Não importava se o garoto fosse seu último filho: A'Yark iria preferir aplicar a lâmina pessoalmente em A'Deen em vez de vê-lo viver como um fracassado. Agora, ninguém saberia o verdadeiro valor de A'Deen.

Em pouco tempo, estariam matando ratazanas womp por aí, fingindo que isso era um ato de bravura.

Mais movimento nas garagens: lá estava o Sorridente, balbuciando algo para aquela coisa bizarra que cuidava dos veículos. A'Yark continuou vigiando o lugar. Aquele era o centro de todos os problemas dos Tuskens. No fim das contas, a Moldadora havia mostrado o caminho a A'Yark.

E, em breve, A'Yark levaria o resto do Povo da Areia até ela.

— Continue, estou ouvindo.

Annileen não estava ouvindo de verdade, mas isso não importava. Wyle Ulbreck gastava muito mais dinheiro do que qualquer outro cliente no Oásis Pika, e passava muito mais tempo por ali também: Ulbreck tinha um pelotão de trabalhadores para cuidar de sua terra. Ele tinha certeza mais que absoluta que todos os droides eram ladrões, programados por Jawas para roubar de seus mestres. O velho fazendeiro de umidade havia pregado pela primeira vez sobre esse assunto quando Annileen ainda estava cuidando do balcão, aos dezessete anos. Vinte anos depois, ele ainda falava a respeito... E esse era apenas um entre incontáveis outros assuntos.

Naquele momento, Ulbreck estava em outro de seus temas clássicos: as quatro vezes em que havia visto chuva na vida.

— ... e a segunda gota foi bem no meu olho, vou lhe contar. Eu a senti, e estava olhando para cima, também. Você poderia imaginar que chuva seria assim como uma dessas neblinas que ficam pelo chão, subindo aos poucos, feito vapor. Mas não, ela cai bem em cima de você, como se despencasse direto do céu, de um cargueiro...

— Arrã. Sei.

Annileen assentia, enquanto tirava o pó das mercadorias nas prateleiras atrás do balcão. As divagações de Ulbreck eram como gravações de canções daquelas bem batidas, a cada dia dispostas em ordem diferente: embora o velho fazendeiro se lembrasse de muitas coisas, frequentemente se esquecia de onde estava na história. Um engenheiro que visitou o Mar de Dunas anos antes descreveu as aventuras de Ulbreck como loops transcendentais, desafiando as próprias leis da física — e as da narrativa.

Ela não sabia nada a respeito disso. Mas tinha uma suspeita para a causa de seu sofrimento: a esposa de Ulbreck, Magda. Annileen jamais vira a mulher, mas estava claro que ela despachava o marido toda manhã para a loja, ao romper da aurora. Assim, ele podia atormentar outra pessoa, para variar. Isso tornava Magda uma mulher sábia na opinião de Annileen, mas também fazia dela alguém merecedor de um belo soco na cara, se algum dia elas duas se encontrassem.

— ... mas você sabe, eu juro que vi um cargueiro decolar uma vez e atravessar direto um bando de neebrays. E aquelas coisas simplesmente caíram no chão, como um bando de chaves de boca.

É por isso que eu não chego mais perto de Mos Eisley, porque eles lá estão sempre tentando matar as pessoas e tirar o dinheiro delas...

— Arrã. Sei.

Annileen olhou ao redor, explicitamente procurando outra companhia. Era inútil. O pico do desjejum já havia passado; os trabalhadores estariam nos campos de vaporizadores por horas. Os Bezzard haviam voltado para casa, deixando seus aposentos de hóspedes no começo daquela manhã, ansiosos para catar os cacos que restavam de suas vidas. Os colonos que viviam ao redor dos oásis eram bastante resilientes, como tinham de ser. Annileen não iria sentir falta do fardo extra, mas sentiria saudade do bebê.

Seus bebês estavam trabalhando. Jabe havia levado o speeder truck LiteVan do armazém até o centro de distribuição de secos em Bestine, e Kallie estava lá fora com os animais. Isso a deixava sozinha com Bohmer, o Rodiano de gestos lentos, sentado à mesa da lanchonete, olhando para seu caf. Às vezes ela se perguntava se ele via alguma coisa ali.

Ela se recostou contra os armários e suspirou. ENCONTRE O QUE VOCÊ PRECISA NO LOTE DE DANNAR, dizia a placa lá fora. Ela precisava era de um mês fora dali, de férias em um planeta florestal, repleto de verde luxuriante.

— ... mas foi na época em que eu estava apenas começando a trabalhar pra ganhar dinheiro de verdade, num vaporizador. Na verdade, eu estava só cruzando uns circuitos. Dizem que foi sorte de principiante. Aquela era a segunda vez em que eu via chuva... ou talvez fosse a primeira. Passei o resto dos meus dias tentando descobrir o que foi que eu fiz...

Annileen levantou a cabeça. Orrin entrou pelos fundos da loja, assoviando e vestindo o elegante traje marrom que ela havia escolhido para ele no catálogo de produtos de primeira linha. Exibindo suas botas de couro, ele deu um largo sorriso para ela.

— Como estou?

— Como se tivesse acabado de pousar de Coruscant — ela disse, com um sorriso cansado.

— Graças a minha coordenadora de moda. — A expressão de Orrin endureceu um pouco quando ele olhou para Ulbreck.

Percebendo que o velho estava já meio de porre, Orrin revirou os olhos e colocou seu alforje em cima do balcão. — Tenho uma reunião em Mos Eisley. Aquele hotel novo está aceitando propostas para o fornecimento de água.

Annileen assentiu. Desde a última crise financeira, Orrin havia redobrado seus esforços para manter os compradores atrelados a preços pré-acordados.

— Vou falar com umas duas fazendas na volta sobre a possibilidade de entrarem para o Chamado dos Colonos. Com pessoas que realmente se *importam* com a proteção de seus bens. — Orrin olhou fixo para Ulbreck, mas o velho nem prestou atenção. Annileen sabia que Orrin mais uma vez havia tentado, uma semana antes, convencer Ulbreck a assinar o Chamado. E sabia que ele havia falhado novamente.

Voltando sua atenção para o espaço do balcão, Orrin deu palmadinhas nos bolsos do colete.

— Droga!

— Esqueceu sua bolsa de créditos de novo? — Annileen já conhecia aquela história. Orrin levantou a placa com dobradiças do balcão e foi até o caixa: selada, como no tempo de Dannar, com o cano de uma pistola blaster preso a um par de anéis de metal. Annileen apenas observou enquanto Orrin retirava a arma e sacava um punhado de créditos do caixa.

Ele olhou para ela, subitamente.

— Ah, eu vou deixar um...

— Esqueça.

Com o dinheiro em uma das mãos, Orrin colocou a outra no rosto dela e deu um sorriso jovial.

— Obrigado, Annie. Ninguém me ama como você.

— Você provavelmente tem razão.

Ela viu o homem ir embora. Ninguém jamais havia feito as contas das trocas de dinheiro entre as duas famílias, pelo menos não quando se tratava de coisas pequenas. Mas ultimamente Annileen tinha cada vez mais a impressão de que tudo o que ela por acaso devia a Orrin, por sua proteção e por ele ter ajudado a criar seu filho, era muito pouco se comparado às refeições, aos suprimentos e aos trocados que ele tirava da loja.

Mesmo assim, nos últimos tempos uma disposição como a dele, otimista, já contava bastante. E se ela não se ressentia nem com a presença de Wyle Ulbreck, seria ainda mais difícil recusar as pequenas liberdades que Orrin tomava, especialmente agora que ele estava na fase de "grandes negócios". Anos antes, o bêbado divorciado Orrin havia sido algo bem difícil de se aguentar. O novo modelo beirava o insuportável — especialmente nos dias de hoje, em que Orrin sempre parecia estar a toda velocidade —, mas era definitivamente melhor que o anterior.

Ulbreck colocou uma garrafa de Fizzzz e um crédito em cima do balcão.

— Eu já lhe contei da última vez em que vi um dragão krayt?

Chega! Os olhos de Annileen vasculharam embaixo do balcão lateral. Ali estava ela: a bacia de artigos que Ben havia deixado para trás na semana anterior. Annileen havia passado dias na dúvida entre devolver ou não o material às prateleiras. Agora, abrindo a janela atrás de si, decidiu fazer outra coisa.

— Kallie! — gritou Annileen, inclinando-se para fora da janela. Sua filha estava atrás da loja, no pátio do rebanho. — Kallie, você pode me ouvir?

— Não!

— Pode tomar conta do balcão por umas duas horas para mim?

— Não!

— Ótimo. Entre.

Annileen fechou a janela e tirou a bacia de trás do balcão. Ela estava se olhando no espelho que havia atrás da porta da cozinha quando Kallie apareceu pelos fundos, toda suja e suada. Annileen jogou um pano para a filha.

— Pode se limpar. Preciso que você fique no caixa.

— Eu preciso mesmo fazer isso? — Kallie fuzilava a mãe com os olhos.

— Tem alguma coisa melhor pra fazer?

— Estou limpando o curral dos costas-de-orvalho. — A garota olhou de esguelha para Ulbreck, que agora matraqueava para o infeliz Rodiano. — Então, a resposta é sim.

— Desculpe, meu amor. — Annileen saiu de trás da porta. Seus cabelos estavam amarrados em um coque, e ela estava vestindo um manto leve, com capuz. — Preciso correr até Arnthout pra ver um homem sobre um lote de fruta-de-fiapo.

— Fruta-de-fiapo, uma ova. Eu sei pra onde você está indo. — Passando para trás do balcão, a garota viu a mãe pegar a bacia cheia de artigos. — Foi você quem disse que nada de bom pode vir do Deserto de Jundland!

— Quieta — disse Annileen, já na saída. — Volto antes do almoço.

A voz de Kallie subiu duas oitavas.

— Cumprimente o Ben por mim!

O zunido de um landspeeder soou do lado de fora. Ulbreck reapareceu no balcão diante de Kallie, continuando a contar sua história. Ele sequer pareceu notar que sua ouvinte já não era a mesma Calwell.

CAPÍTULO TREZE

TUMMM! TUMMM! TUMMM!

Se não fosse pelo som, ela teria passado direto. Sob os sóis nascentes, a cabana completamente branca, de formato quase quadrado e com sua cúpula de pourstone, se camuflava muito bem na paisagem do Deserto de Jundland. Só quando Annileen inclinou o X-31 ao longo do chão do deserto ela foi capaz de ver o brilho do vaporizador nos fundos. A cabana estava na parte baixa de uma encosta a sudoeste e provavelmente, ela imaginou, situada sobre uma caverna. *Mais uma "Cabana de Último Recurso"*, pensou Annileen.

O termo era totalmente pejorativo. Referia-se a habitações construídas em regiões extremamente remotas, com base na teoria — jamais comprovada — de que as terras altas dos desertos produziam mais condensação à noite. Eram lugares em que prospectores falidos tentavam sua última chance, ou em que viviam os pretensos "feiticeiros", sempre absolutamente convencidos de suas capacidades mágicas em relação aos vaporizadores, inventando configurações nas quais ninguém jamais havia pensado antes. Annileen achava toda essa história bastante ridícula. Supondo-se que alguém desse sorte com a prospecção em si, que investidor em seu juízo perfeito iria construir uma fazenda industrial ali, tão longe de tudo? Loucura.

Mas ela não era louca por ter escolhido aquela direção. Annileen tinha visto a direção tomada por Ben quando este saiu do oásis dias antes, e Orrin havia relatado um encontro com ele naquele caminho. Depois da última semana sem vento, ainda existia um vestígio de trilha. Agora, ela já avistava a eopie de Ben estremecendo do lado de fora, e o animal parecia menos preocupado com sua aproximação que com o ruído que vinha da parte de trás da cabana.

Tummm! Tummm!

Annileen estacionou o speeder e esticou a mão para o banco de trás. Tinha sido uma invenção de Dannar arrancar o encosto do meio para dar lugar às crianças. Naquele caso, servia para acomodar a bacia de suprimentos de Ben. Ao perceber de onde vinha o som, ela suprimiu uma gargalhada, enquanto levava os artigos colina acima.

— Tudo bem — Ben gritava na parte de trás da casa. — Já entendi. Você está chateado. Pode parar agora!

Tummm! Uma montanha de pelos, que tinha facilmente a altura de Ben, recuou e tornou a atacar a lateral da cabana, com os chifres apontados para a frente. *TUMMM!*

Annileen encostou a bacia no quadril e ficou olhando, com um sorriso maldisfarçado no rosto.

— Está tendo problemas com seu bantha?

— Não, não. Por que pergunta? — Ben agarrou uma corda e tentou chamar a atenção do filhote. Annileen percebeu que ele já estava naquilo havia algum tempo. Sua blusa branca estava suja, e suor pingava dos cabelos louros escuros expostos ao céu. O animal bufou com raiva e voltou à sua missão.

Ela apontou para a corda.

— O que está planejando fazer com isso?

— Estou pensando em me enforcar. — Ele olhou para ela, exasperado. — Não sei o que fiz para irritá-lo. Normalmente sou bom com animais.

— Bem, como você pôde perceber com Kallie no outro dia, eles ainda são animais — ela disse, colocando a bacia no chão. — Esqueça a corda. Deixe-me tentar.

Ele fez um gesto de indiferença.

— Fique à vontade.

Annileen removeu as luvas e caminhou até a enorme criatura.

— Criar animais não é como criar adolescentes. As crianças não sabem o que querem, mas sempre querem "agora". Animais, por outro lado, normalmente *sabem* o que querem. Como este mocinho...

— ela disse, dando a volta e caminhando na direção do filhote de bantha. — Ele pensa que sua casa é a mãe dele.

— A *mãe* dele?

— Sim. — Sentindo o hálito fumegante do leviatã selvagem, Annileen estendeu a mão com gentileza e tocou o rosto do filhote. O bantha começou a bater com os cascos no chão, impaciente. — Mamãe provavelmente saiu andando para bem longe no deserto.

— Ele não consegue encontrá-la?

— Se *você* tivesse tanto cabelo assim na cara, também acabaria se perdendo por aí. Para um filhote de bantha, qualquer coisa maior que comida provavelmente é a mamãe.

— Uma boa regra básica. — Ben cruzou os braços e ficou observando, preocupado, enquanto Annileen se colocava entre o animal e a parede rachada. — O que nós... Quero dizer, o que *eu* faço?

— *Shhh...* — Annileen tocou os olhos do filhote, traçando suas órbitas com os dedos. Inclinando-se para a frente, ela fez um carinho no rosto dele. Os cascos do bantha se aquietaram. — *Você* vai me observar direcioná-lo para outro lugar — sussurrou, então, a mulher para Ben.

Ben recuou enquanto Annileen avançava ainda mais, empurrando o jovem bantha pelos chifres. Ele era mais pesado que ela em pelo menos uma tonelada... No entanto, estava recuando colina abaixo. Ao pé da encosta, ela virou o animal para um lado e lhe deu uma palmada. Ele foi seguindo devagar, com os pelos longos e embaraçados balançando.

— Ele não vai morrer lá fora?

— Que nada. — Annileen tirou um lenço de dentro da bota e limpou as mãos. — Ele não vai ficar sozinho tanto tempo assim. Se não encontrar sua manada, vai achar um Tusken para adotar — ela disse.

Ben assentiu.

— Minha casa agradece. Eu tentei... bem, *acalmá-lo.*

— Está tudo bem. Você foi provavelmente o primeiro humano da vida dele. — Annileen captou o vestígio de um sorriso antes que o homem se virasse e começasse a subir a colina, de volta para sua casa.

As expressões no rosto de Ben no armazém haviam sido mais felizes, pelo que Annileen se lembrava; ali, ele parecia um pouco cabisbaixo. *Deve ser deprimente viver sozinho aqui, tão longe de tudo.*

Ele olhou novamente para ela.

— Por que está aqui, Annileen?

— Entrega especial. — Caminhando com ele, ela apontou para a bacia de artigos. — A maioria de nossos ladrões pega coisas sem pagar. Você é a única pessoa que conheci que pagou e deixou as coisas para trás.

— Então eu sou um péssimo ladrão, pelo visto. — Ben moveu a mercadoria para a sombra imprecisa do vaporizador e coçou a cabeça. — Desculpe o transtorno do outro dia. Espero que não tenha havido nenhum dano...

— Eu é que deveria pedir desculpas a você. Aquele armazém costuma ser bem mais amigável do que aquilo que você vivenciou — ela disse. — Como não voltei a vê-lo depois, fiquei com medo de que eles o tivessem afastado de vez.

— Ah. — Ben olhou ao redor. — Não. Andei ocupado.

Para Annileen, aquele lado da casa parecia um dia de bazar para os Jawas: muitos equipamentos espalhados, acumulando areia. E, embora a entrada da casa estivesse ali, não havia uma porta. A cortina de tecido grosso que ela lhe vendera estava pendurada na entrada.

— Os antigos residentes me deixaram uma obra inacabada — disse Ben, enfim.

— E deixaram já faz um tempo, ao que parece.

— Sim. Eu pensei em construir minha própria casa, mas isso acabou envolvendo mais trabalho do que eu esperava — ele disse. — De qualquer forma, parece que edificações abandonadas é o que não falta por aqui.

— Você deveria pelo menos conseguir uma porta.

Ben pareceu achar graça.

— Você está tentando me vender mais alguma coisa?

— Só estou com medo de que você vá morrer congelado à noite. Aliás, um bocado destas coisas deveria estar do lado de dentro. — Ela foi até o curral da eopie. — E você precisa colocar uma lona sobre este comedouro, ou a ração vai ficar cozida em uma hora.

— Minha eopie vai se importar?

— Não, mas pode ser que *você* se importe, se tiver que viver perto dela.

— Ah. — Ben virou a cabeça. — Eu ia colocar a lona em cima das minhas plantas-funil.

— Não, elas precisam respirar. Não vão ficar mais secas do que já são.

— Então, tudo se resolve — ele disse, levantando a cobertura da folhagem cheia de grãos de areia. — Eu tinha medo que viesse uma tempestade de areia.

— Então você já viu uma antes. Qualquer um que viu teria medo. Mas não: quando você perceber que as vespas das rochas estão começando a formar enxames, então pode se preocupar. Elas são melhores que qualquer previsão do tempo em cinquenta por cento das vezes.

Ben assentiu.

— Entrega em domicílio *e* previsão do tempo. Isto é que é serviço.

— É assim que eu mantenho meu monopólio. E meus clientes vivos. — Ela apontou para o capuz costurado ao colarinho da camisa de Ben. — Por exemplo, se você vai continuar trabalhando aqui, eu colocaria isso antes do duplo meio-dia.

Ele riu.

— Eu vinha sobrevivendo antes de conhecer você, sabia? — disse ele, mas colocou obedientemente o capuz.

Annileen sorriu.

— Só estou cuidando de você. Já ouviu falar de Jellion Broon?

— Não.

— Existe um motivo para isso. — Ela pegou o cantil pendurado no ombro e ofereceu a ele. Quando Ben recusou, ela tomou um gole e continuou. — Broon era um grande ator de holovídeo quando eu ainda era uma menina. Minha mãe o adorava. De qualquer maneira, ele veio a Mos Espa para uma história de corridas na qual estava atuando na época e não deu outra: apaixonou-se pelo deserto.

O homem foi criado cheio de privilégios na vida, e bastou pôr os olhos no Deserto de Jundland para que ele ficasse obcecado. — Annileen inclinou a cabeça na direção das colinas rochosas e bufou. — Não consigo imaginar por quê.

— Continue.

— Então, Broon comprou um terreno vagabundo desses por aqui, sem ofensa, e disse a todo mundo que estava fazendo laboratório para sua próxima produção pessoal: um épico no deserto. E lá foi ele.

— Ah. E nunca mais ninguém o viu.

— Sim e não.

— Hein?

— Ah, ele sobreviveu. Apareceu em Bestine seis meses depois... parecendo *vinte anos* mais velho. Os sóis e o vento o transformaram em algo horroroso. Era como se alguém tivesse lançado uma plastocha direto em seu rosto. Seu próprio agente não o reconheceu, e o estúdio não queria mais nada com ele. — Ela apontou para a eopie, que mastigava, sua cabeça debaixo da lona que agora cobria o comedouro. — Siga o exemplo de Rooh. Mantenha o capuz levantado, ou vai secar feito um saco de painço gorr.

Ficaram calados por um momento. Por fim, Ben pegou sua bacia de artigos e caminhou em direção à entrada da cabana.

— Então, você é um ator? — ela perguntou.

Ben deu uma risada abafada.

— Não.

— Não está aqui pintando quadros? Nem escrevendo sobre a vida no deserto?

— Ou sobre a vida em geral. — Ben afastou a cortina apenas o suficiente para colocar os suprimentos no interior da cabana, fechando-a em seguida, antes que ela pudesse ver qualquer coisa. — Não, não há nada a contar. Eu realmente sou bem desinteressante... Bom, a não ser para banthas desgarrados.

— Certo.

— Obrigado pelos suprimentos. Não vou lhe dar esse trabalho novamente. — Ben se voltou para o quintal cheio de equipamento espalhado. — Agora, se me der licença, tenho muito a fazer.

— Quanto tempo você vai ficar por aqui?

Ben parou de repente e lhe lançou um olhar. Um olhar, Annileen pensou, que dizia da maneira mais agradável, porém firme, que aquela entrevista havia chegado ao fim.

Annileen desceu a encosta, indo em direção a seu landspeeder.

— Bem, você sabe onde estamos, se precisar de alguma coisa — ela disse. — Ah, e quase me esqueci: daqui a quatro dias vai haver uma grande corrida em Mos Espa. Se você quiser ver como o armazém fica sem tantos idiotas grosseiros por lá, vai ser uma boa chance. — Ela olhou curiosa para ele. — As pessoas dependem umas das outras por aqui. Não é um lugar para se viver sozinho.

Do topo da elevação, Ben abriu um leve sorriso.

— Ouvindo você falar assim, dá para imaginar que qualquer um que estivesse sob meus cuidados acabaria morto em cinco minutos.

— Vamos ver — ela disse, voltando para seu speeder. — Até mais, Ben.

Se ele está se escondendo, é novo nisso, ela pensou, acomodando-se no assento do piloto. Em todos esses anos dirigindo o armazém, Annileen havia visto seu quinhão de gente tentando desaparecer. Era gente que queria se esconder de seus cônjuges, da justiça da República, dos Hutts... Uma vez houve até um fugitivo de um circo itinerante. No entanto, uma coisa ela havia notado: em uma região onde todos sabiam o que os outros faziam, quanto mais discreto alguém tentava parecer, mais curiosos os vizinhos ficavam. Em geral, você precisava de um rótulo, se quisesse que as pessoas o esquecessem. Annileen sempre brincava que, quando seus filhos finalmente a deixassem louca a ponto de fugir para as colinas, ela se tornaria conhecida como "a velha louca que costumava cozinhar mynocks para o jantar".

Enquanto ligava o motor, ela pensou que Ben talvez acabasse percebendo isso, um dia. Mas ele certamente estava fracassando no quesito de afastar o interesse alheio. O homem parecia... Bem, ele parecia *triste*, pelo menos sempre que achava que ela não estava olhando. Qualquer pessoa assim tinha que ter uma história.

Ao se afastar, Annileen deu a volta em uma rocha e olhou para trás, encosta acima. Viu Ben olhando para os sóis... e removendo o capuz.

Estranho.

De volta ao Lote de Dannar, Annileen viu que os trabalhadores dos campos de Gault já estavam lá dentro, se fartando. Jabe estava entre eles, de volta de Bestine, e nem sequer levantou a cabeça quando sua mãe entrou. Annileen foi encher seu cantil na torneira, passando pelos frequentadores que comiam.

Com duas bandejas equilibradas em cada braço, Kallie parou para estudá-la.

— A senhora esqueceu a fruta-de-fiapo.

— *Você* é a fruta-de-fiapo — disse Annileen, dirigindo-se para os fundos. — Algum recado?

— Um de sua filha: ela quer saber o que o Ben falou.

— Ele agradeceu pelos produtos.

Kallie revirou os olhos impacientemente.

— Ela quer saber o que o Ben falou *dela*.

Annileen emergiu dos fundos, vestindo um avental e olhando pudica para Kallie.

— Ele disse que fica feliz em saber que eu tenho uma filha tão trabalhadora, tão boa e leal... E que cuida da própria vida.

Kallie soltou um palavrão, e Annileen nem se deu ao trabalho de chamar a atenção dela. Ao ver Ulbreck no meio de uma conversa, ela se intrometeu para limpar a mesa dele.

— Então, Wyle. Onde é que estávamos?

Quase entregue à exaustão, A'Yark retornou aos Pilares. Depois de ver a Moldadora de Ar partir do complexo antes do duplo meio-dia, tinha corrido até um bantha, que estava à sua espera. Mas não havia a menor esperança de que pudesse alcançar o landspeeder. A rota da Moldadora de Ar, no entanto, parecia ser idêntica à trilha de seu salvador de cara peluda de alguns dias antes; era uma suposição razoável que ela tivesse ido vê-lo. Talvez fossem cônjuges, afinal.

Mais uma informação útil. A'Yark planejava contar tudo aos outros na volta. Os Tuskens não tinham conselhos de guerra; discutir e tramar não eram coisas típicas do Povo da Areia. Os Tuskens eram tão concentrados em seus objetivos e motivados pelas mesmas coisas que pouca coordenação era necessária. Eles se moviam como uma única entidade. A única ocasião em que era necessário o uso de palavras era a hora de compartilhar informações a respeito de um alvo. Após isso, todos saberiam o que fazer.

Mas uma surpresa aguardava nas sombras das imensas rochas. Havia uma reunião acontecendo, e sem A'Yark.

A'Yark reconheceu os grunhidos baixos de Gr'Karr, o mais velho membro remanescente da tribo.

— O augúrio é bom — o velho guerreiro estava dizendo, segurando o chifre de um filhote bantha. — Teremos fartura. A hora é certa.

— Que animal é este? — A'Yark exigiu saber, invadindo o círculo em fúria. — E quem mandou você falar sem a minha presença?

— Eu mandei — gritou outro Tusken, imenso e dominador. H'Raak era uma adição recente ao grupo, o último e poderoso sobrevivente de outra tribo. — Ninguém precisa ouvir as palavras de A'Yark para saber o que fazer.

A'Yark ignorou o brutamontes. H'Raak nunca aceitara o papel de A'Yark no grupo, convencido de que seu tamanho e sua força significavam tudo. Aquela era uma crença tola. O costas-de-orvalho em que a Moldadora de Ar montava também era enorme, e no entanto havia sido devorado pelo sarlacc. Às vezes, era melhor aguardar à espreita.

— O filhote. Ele veio vagando até aqui? — perguntou A'Yark.

O velho G'Karr mediu o pelo da fera.

— O filhote deveria ser dado a seu filho, grande esperteza. A'Deen é Tusken agora.

— Não — disse A'Yark, sem se abalar com a referência ao garoto. — Este bantha não. — Havia algo de errado com o animal. A'Yark podia perceber. Tuskens e seus banthas eram um ser só, diziam uns, mas A'Yark achava que isso era uma grande bobagem.

No entanto, um guerreiro que não compreendesse sua montaria não viveria muito tempo.

A'Yark se aproximou. O filhote começou a bater nervoso com os cascos no chão. Havia algo de familiar no animal. *Não, não no animal*, pensou A'Yark, estendendo a mão e agarrando um tufo de seu pelo. A criatura soltou um grito agudo, mas não se moveu.

— A Moldadora de Ar — disse A'Yark, soltando o bantha. O cheiro da mulher estava claramente ali, o mesmo cheiro que havia sentido no vento naquele dia, no campo esburacado.

Um murmúrio percorreu o círculo.

— Então, ele deve morrer — disse H'Raak, erguendo seu gaderffii.

— Não. — A'Yark se interpôs entre o filhote bantha e os outros. — A humana tocou esse filhote hoje. Ela pode ter estabelecido um vínculo com ele.

A afirmação deixou o grupo inquieto. Gr'Karr interrompeu o burburinho.

— Um vínculo Tusken? — ele perguntou.

— A Moldadora de Ar montava um costas-de-orvalho. Ele morreu. Ela pode ter vindo para cá à procura de uma nova montaria. — A'Yark fez uma pausa, procurando elaborar melhor seus pensamentos. — A Moldadora de Ar pode pensar como nós.

— Chega — disse H'Raak, batendo sua arma contra a parede de pedra. — Chega de bobagem! Nós deveríamos montar e atacar. A'Yark diz que os colonos pretendem nos atacar a partir do complexo. O complexo deve ser destruído... E a Moldadora de Ar, morta!

— Não! — A'Yark deu uma palmada no bantha, fazendo com que ele se afastasse do círculo. — Matar o Sorridente que lidera as milícias, sim. Até o Cara Peluda, se ele aparecer. Mas se a Moldadora de Ar respeita o bantha, então talvez ela não seja uma colona. Ela pode se juntar a nós.

Um murmúrio ainda mais alto emanou do grupo. H'Raak riu.

— *Se juntar* a nós?

— A Moldadora de Ar tem grandes poderes, e pode também ter um coração Tusken. Quantos colonos conhecem os caminhos dos banthas? — A'Yark olhou por entre as torres rochosas ao norte. — Se ninguém mais no complexo tiver o poder da Moldadora, então sim, certamente nós a pegaremos. Ela assimila nosso modo de vida, ela vive. Se não assimila, nós ainda assim aprendemos os poderes dela... De um jeito ou de outro. E, então, ela morre.

— Você está cometendo um erro — disse H'Raak, e a voz do imenso guerreiro trovejava. — Você pensa no *ootman*, o Estrangeiro que um dia entrou no seu clã. Isso foi há muito tempo... E o Estrangeiro está morto. Seus deuses fracassaram com ele.

— Todos os deuses fracassam — disse A'Yark, cruzando os braços. — As sombras do fracasso acompanham todas as coisas vivas. Com os deuses não é diferente.

— Você não lidera — disse H'Raak, com a voz agora repleta de desdém. Com ambas as mãos em sua arma, o leviatã ameaçava A'Yark.

Já chega disso. A'Yark olhou friamente para H'Raak e gritou:

— A'Deen!

Das cavernas onde os jovens cortavam as carnes para o jantar, o filho de A'Yark apareceu.

— Sim, honorável?

— Você *passou* no teste, criança?

— Eu sou Tusken. — O jovem envolto em panos ergueu seu gaderffii, orgulhoso.

— Isso é bom — disse A'Yark. Um momento depois, o braço do guerreiro de um olho só disparou para o alto, pegando H'Raak bem abaixo do queixo. Mais um momento se passou e os outros viram a faca, agora alojada na garganta de H'Raak.

H'Raak soltou seu gaderffii e cambaleou para trás, engasgando. A'Yark chutou o guerreiro na virilha, levando-o ao chão. Alguns segundos de ação depois, A'Yark finalmente se levantou, com a lâmina enegrecida na mão.

Gr'Karr olhou para o corpo, preocupado.

— Não podemos abrir mão de mais guerreiros, A'Yark.

— Um nasceu, outro morreu. Tudo está igual. — A'Yark olhou para trás. — A'Deen, você vai precisar de um bantha. Fique com o de H'Raak.

— Mas o bantha deveria morrer com seu cavaleiro — discordou o velho caçador. — É nossa tradição...

— Muitas tradições estão morrendo — disse A'Yark, vagando rumo à escuridão dos Pilares. A noite estava caindo. Havia muito o que planejar.

Meditação

Bom dia, Qui-Gon.

Quieto aqui, como sempre. Sei que existem estações neste planeta, mas ainda não sei ao certo em qual delas estou. No entanto, tudo parece tranquilo.

Sabe, treinamos para sermos capazes de encontrar a paz de espírito até mesmo nos lugares mais movimentados. Coruscant fervilhava de almas, e nós meditávamos bem no meio disso tudo. Em comparação, seria de se esperar que este lugar fosse ideal para a prática de meditação.

Não posso sequer lhe dizer por que não é.

Você costumava dizer que, em casos assim, o problema não era o lugar: era a pessoa. Não tenho certeza do que fazer a respeito. Não penso que ficarei menos preocupado com as coisas, agora que já estou aqui há seis meses. E que eu talvez venha a ficar por mais seis anos, ou seja lá o tempo que se fará necessário para que a esperança retorne à galáxia. Não vou subitamente ter meus amigos de volta. Não vou me sentir melhor a respeito do que tive de fazer com o pobre Anakin. Não...

Não.

Não, não. Desculpe. Não sinto vontade de fazer isto, agora.

CAPÍTULO QUATORZE

A República. Por mil gerações, ela havia estado lá fora, como o centro brilhante da galáxia, lançando luz nas imaginações de todos os que viviam na Orla Exterior. A República havia passado por desordem e mudanças, enfrentado invasores e opressores. Havia resistido a incursões de nômades armados e a cultistas enlouquecidos. Até havia dado as costas ao resto da galáxia por um tempo, protegendo-se de uma idade das trevas de medo e peste. Mas a luz sempre voltava.

Semanas antes, alguém no armazém dissera a Annileen que a República havia mudado mais uma vez. Ela não tinha prestado muita atenção naquilo. O "centro brilhante" para ela era Mos Eisley, o grande espaçoporto ao longe, no leste: uma metrópole fervilhante, capaz de fazer a capital Bestine parecer a comunidade agrária que de fato era. Annileen gostava de visitar Mos Eisley, apesar de sua merecida reputação como antro de atividade criminosa. E, em um dia tão devagar quanto aquele, ela teria achado alguma desculpa de negócios para ir até lá.

Mas Jabe e Kallie estavam ambos em Mos Espa, como praticamente todo mundo. A Corrida de Pods Comet Run não era nenhum Clássico de Boonta Eve, mas esvaziava o Oásis Pika com a eficiência de uma praga. Gloamer havia fechado as garagens e saído com suas equipes; a maioria dos outros mecânicos do oásis, que normalmente estariam dispostos a lucrar com sua ausência, havia ido atrás. Kallie tinha alugado metade dos animais do estábulo a quem precisasse de montaria para ir à corrida. E, naturalmente, Orrin dera a suas equipes de vaporizadores o dia de folga. Na verdade, Annileen se perguntava se algum daqueles trabalhadores sabia a diferença entre os dias de trabalho e de folga, já que gastavam tanto de seu tempo ali, no Lote. A única crítica que Dannar tinha em relação a seu melhor amigo era que Orrin confundia popularidade com lucro com bastante frequência. Ele sabia ganhar dinheiro, mas também gastava um bocado para parecer um grande homem.

Annileen jamais seria acusada de cometer esse erro. Ela nem pensava em fechar o armazém. Os espectadores voltariam com vontade de gastar, tivessem eles ganhado as apostas ou não. No Lote, as noites que se seguiam às corridas eram sempre as mais lucrativas do ano. Annileen costumava cobrir as despesas do mês inteiro antes mesmo de terminar o expediente.

Mas os *dias* da corrida propriamente ditos eram bastante quietos. Annileen havia compartilhado um desjejum tranquilo com Leelee; ela havia realmente se sentado à mesa, para variar. Depois, a mulher Zeltron voltou para casa, onde planejava se dar ao luxo de um belíssimo coma durante o dia inteiro, até a volta de sua família. Annileen deu ao velho Ulbreck acesso ilimitado ao pote de carne seca de bantha, com instruções para dizer a Erbaly Nap'tee, caso ela aparecesse, que a dona do armazém havia emigrado para Heptooine. Finalmente, depois de dar uma jarra cheia de caf a Bohmer, ela pegou seu chapéu de aba mole e um alforje e saiu de mansinho para o pátio sudoeste do Lote.

Ali, ela se sentou sobre um cobertor, à sombra do imenso vaporizador do armazém. Recostada contra a base gelada da máquina, sentia cada baforada de ar frio que saía do compressor. Com seu datapad no colo, ela olhou para as imagens e pôs sua imaginação para funcionar. Em segundos, ela estava sentada em algum lugar na costa de Baroonda, repleto de natureza viva e fervilhante. Ou em Capital Cay, em Aquilaris, vendo os colheitadores marinhos trazerem a pesca do dia. Ou nas Praias Douradas de Corellia... Ou qualquer outro lugar.

Era um datapad velho, que ela não via há anos. Annileen repassou as imagens: mais lugares distantes, tanto fisicamente quanto no tempo. O holoemissor do dispositivo não funcionava mais, mas ela não dava a mínima. A coleção de imagens era uma lista de desejos impossíveis, reunida por alguém muito mais jovem. Aqueles planetas ainda existiam, é claro: ela duvidava que o Chanceler Palpa-não-sei--das-quantas, ou quem quer que estivesse lutando contra ele, tivesse o poder de mudar isso. Mas os lugares estavam todos completamente fora de seu alcance.

Ela havia levado o datapad para fora a fim de refrescar sua memória em relação àqueles lugares tão distantes. Ben tinha feito com que Annileen voltasse a pensar sobre a galáxia, como geralmente acontecia quando se estava em companhia de uma pessoa bem viajada. Annileen desejava poder perguntar a Ben se ele havia estado em algum dos mundos retratados em suas imagens. Mas a manhã inteira já havia se passado, e nem sinal de Ben.

Bobagem esperar que ele viesse, pensou Annileen. O homem já havia comprado a maior parte das coisas de que precisava, e muitos prospectores costumavam ficar fora por semanas a fio. Ou talvez ele tivesse esquecido a menção que ela havia feito sobre aquele dia. Ou talvez ele próprio estivesse nas corridas.

Annileen rejeitou a última possibilidade. Isso tornaria Ben igual a todo o resto das pessoas ali e, pelo menos até agora, ele não parecia nada disso. Mas ela tinha de admitir que não fazia ideia do que ele faria ou não. Mais uma vez, ela calculou mentalmente o tempo para atravessar a distância entre a casa de Ben e o oásis, montado nas costas de um eopie. Por que o homem não tinha um landspeeder? Parecia apenas mais um mistério, mas pequenos enigmas eram tudo o que separava um dia do outro no Lote.

Tristemente, aquele enigma em especial parecia condenado a ter apenas três ou quatro peças.

Condenado. Aquele era o datapad certo para pensamentos desse gênero. Annileen passou para outro documento e leu. Ele havia sido escrito há muito tempo, a ponto de quase parecer composto por outra pessoa.

"Meu nome é Annileen Thaney, e eu gostaria de lhes contar a meu respeito..."

Ela não era Annileen Thaney havia quase vinte anos. E durante esse tempo todo, ela não havia escrito qualquer coisa que não fosse um recibo. O que ela lia naquele momento a incomodava. As palavras eram escritas por uma criança, sobre uma criança. Ou melhor, sobre uma adulta que jamais existiria.

A cada parágrafo, Annileen foi ficando cada vez mais enojada. Até que, finalmente, ela chegou ao ponto de ruptura. Ela se levantou e virou para a direita, para trás do vaporizador, onde uma duna de areia havia se acumulado. Segurando com força o datapad com uma das mãos, ela fez um giro e atirou o dispositivo. O datapad deu piruetas como um disco, voando sobre a duna até sumir de sua vista.

Annileen desabou sobre o cobertor, igualmente satisfeita e envergonhada de si mesma. Era um dispositivo velho, de qualquer forma, e raramente utilizado. Além disso, o que estava nele não valia nada para ninguém. Que os Jawas ficassem com ele.

Eis que, subitamente, ela se deu conta de que não o tinha ouvido cair na areia.

— Perdeu alguma coisa? — perguntou Ben. O homem encapuzado estava de pé no alto da duna, com os sóis altos atrás dele e a eopie a seu lado. Em sua mão direita, ele segurava o datapad.

Annileen cambaleou ao tentar se levantar.

— Desculpe — ela disse, recuperando rapidamente a compostura. — Espero não ter atingido você com isso.

Ben ergueu o datapad, achando graça.

— Modelo obsoleto?

— Vida obsoleta — Annileen disse, sorrindo. — Posso lhe vender dez datapads melhores que esse.

— Receio que eles não teriam utilidade para mim. — Ben sorriu educadamente ao entrar na sombra atrás do vaporizador. Fora do brilho dos sóis, ele olhou para a tela. O que ele viu o fez olhar novamente, dessa vez mais de perto. Ben examinou cuidadosamente as palavras. — *Oportunidades educacionais... extramundo... rápida colocação.* — Ele olhou de volta para Annileen, arregalando os olhos. — Ora, isto aqui é a inscrição para uma universidade!

Annileen se sentiu corar.

— Veja a data — ela disse.

— Ah... — Os olhos de Ben se estreitaram. — Mais de vinte anos atrás — ele disse.

— Sim, logo depois que meu pai perdeu a maior parte de seu rancho, e não muito depois de eu começar a trabalhar para Dannar. Naquela época, eu ainda sonhava em trabalhar com animais.

— *Uma expedição zoológica autorizada pela Universidade de Alderaan* — Ben leu em voz alta. — *Percorra dez mundos em um programa de exobiologia de dois anos*. — Ele a encarou novamente. — Parece bom.

— Para alguém, pode ser. — Ela tirou o chapéu e passou os dedos pelo cabelo. — Vinte anos atrás, talvez.

Ben estudou um pouco mais o documento.

— Bom, isso eu já não sei. Parece que eles oferecem esse programa há séculos. — Ele olhou para ela. — Tenho certeza de que ainda estão realizando expedições desse tipo...

Ela fez uma careta. Não, não queria passar por isso de novo, e certamente não com ele. Parecendo sentir seu desconforto, Ben desativou o dispositivo, entregando-o a ela.

— Não quer isto?

— Eu o joguei fora — disse Annileen. Então, mudou de assunto. — Então, por que você está aqui?

Ele se endireitou e pigarreou.

— Na verdade, vim tomar um drinque — ele disse, baixando o datapad.

Annileen ergueu as sobrancelhas.

— Sério?

— Sim — ele disse. — Andei tendo problemas em colocar meu velho vaporizador para funcionar. Mas conheci Orrin Gault outro dia, e ele tinha a melhor água que já provei. Estava me perguntando...

Ela sorriu.

— Aos barris, meu amigo, aos barris. Mas antes — disse Annileen —, você deveria experimentar *isto*. — Ela pegou a mão dele.

O toque o surpreendeu. Contudo, quando Annileen o virou de frente para o vaporizador, Ben viu o que ela tinha em mente. Havia uma chave alojada em uma fechadura.

— Ah — ele disse, vendo-a abrir a porta. — Este é um dos vaporizadores de Orrin... Como foi que ele os chamou? Seus Pretormins?

— Sim — disse Annileen, girando a válvula para fora, até que ela virasse uma torneira. — E não é de Orrin. É meu. Dannar colocou o primeiro GX-9 do oásis bem aqui, antes de morrer. Seu cantil, senhor?

Ben enfiou a mão no manto para pegar o cantil e o entregou a ela. Ele observou enquanto ela o enchia e, em seguida, o devolvia. Ben estava preparado para beber a água fria, mas perdeu o fôlego mesmo assim.

— Incrível — ele disse, esfregando lábios gelados com as costas da mão. — É ainda melhor que a de Orrin, se é que isso é possível.

— Agradeça a meu marido.

— Eu pensei que... — Ben tampou o cantil. — Pensei que ele havia falecido.

— E faleceu. — Annileen fez um gesto para os controles que piscavam dentro do painel aberto. — Dannar ajustou esse vaporizador apenas uma vez, anos atrás... E só de brincadeira. Obteve o que você está bebendo aí. Nós nunca mudamos as configurações, e Orrin vem tentando replicá-las por todo o vale.

— Ele pegou uma ideia começada e a aperfeiçoou.

— Acho que sim. — Ela se virou e fez um gesto para o armazém. — Dannar não se importou com isso. Já tínhamos preocupações suficientes mesmo sem entrarmos no negócio agrário. Você sabe o que dizem por aí: "Não cave o tesouro, venda pás". — Annileen voltou-se na direção do armazém, subitamente desanimada. — Bom, acho que já fiquei aqui fora por tempo demais — ela disse, fazendo em seguida um gesto para Rooh. — Vamos arrumar um pouco de comida e água pra você, garota. — O animal trotou na direção dela. Ben ficou apenas olhando para as duas por um momento, antes de se ajoelhar para pegar o cobertor.

— Lamento tê-la feito se lembrar de Dannar — ele disse, andando ao lado de Annileen. — Orrin disse que ele parou para ajudar pessoas no deserto, foi isso?

— Era bem a cara dele — disse Annileen, conduzindo Rooh até os comedouros perto do estábulo. Ela se ajoelhou para amarrar a rédea da eopie a um poste e ficou ali um tempo abaixada, perdida em seus pensamentos.

Ben a estudou em silêncio.

— Espere um momento — ele disse. — Não foi apenas há oito anos, não é? — Ben olhou para ela. — Foi há exatamente oito anos *hoje*.

— Você é bom. — Ela olhou para ele. — Um dos nossos homens estava na Comet Run. Pretendíamos fazer uma grande comemoração aqui. Dannar tinha ido até Mos Eisley para comprar alguma coisa especial. — Ela balançou a cabeça. — É loucura, não é? Você manda alguém buscar enguias fleek, e essa pessoa nunca volta.

Ben manteve-se afastado, respeitando o momento dela.

— Me desculpe, Annileen. Não pretendo ser condescendente, dizendo que sei como você se sente. Cada tragédia é diferente, é algo pessoal. Mas você pode ter algum consolo no fato de que ele *estava* cometendo um ato de abnegação, afinal...

— Bom, Ben, essa é a questão — ela disse, com os olhos marejados. — É ótimo se sacrificar por outra pessoa... desde que você não tenha mais ninguém. Dannar pertencia a nós, e nunca demos permissão a ele para morrer. — A testa de Annileen ficou toda enrugada, enquanto ela apertava o nó da rédea de Rooh.

Ben pareceu surpreso. Ao reparar isso, Annileen se levantou e ofereceu a ele um sorriso fraco. Não era bom negócio deprimir os clientes.

— Desculpe. É o dia... — ela disse.

— Eu posso ir embora, se...

— Não, não — ela disse, pegando o cobertor das mãos dele. — Eu normalmente fico sozinha neste dia. Costumava achar que era melhor assim. — *E no entanto eu convidei você a vir,* ela pensou, sem dizer. — Talvez seja hora de uma mudança.

Ele a encarou por um momento e depois se animou. Seu sorriso esperto começava a reaparecer.

— Sabe, por que não? Acho que nós dois poderíamos aproveitar uma mudança na rotina por um dia.

— Você tem uma rotina? — ela riu. — Eu nem sei o que você faz!

— Eu resolvo problemas. — Ben a conduziu até a porta lateral do armazém. — E, para este problema em especial, proponho uma estratégia de distração mútua: eu lhe pago o almoço e você me regala com um discurso de especialista sobre a flora e a fauna de Tatooine. Conheço um lugar ótimo aqui pertinho. Já ouvi falar muito bem dele.

— É melhor eu não ter que cozinhar.

Ele segurou a porta para ela entrar.

— Não tema. Sou capaz de fazer coisas incríveis com rações de sobrevivência.

CAPÍTULO QUINZE

— Bom, de uma coisa nós sabemos agora, Ben. Seja qual for o trabalho que você tivesse antes de vir para cá... Bom, cozinheiro você não era. Mas você tentou, pelo menos.

— Eu não tentei. Eu *fiz* — ele disse, sorrindo enquanto recolhia a louça. — A questão é que o que eu *fiz* não ficou muito bom. Tenho um amigo que é bastante sistemático quando o tema é "tentar". — Ele olhou para os restos da bandeja, com remorso. — Tem razão, omeletes gartro deveriam ser bem melhores do que isso.

Annileen deu uma gargalhada.

— Não foi tão ruim.

— Tenho outro amigo que é dono de um restaurante — Ben disse, desaparecendo na cozinha. — Ele teria me demitido no ato. — Pratos bateram.

Annileen balançou na cadeira e voltou a rir. *Bom, seja quem ele for, Ben tem amigos*. Não era difícil ver por quê. Ele fazia o tipo calado, mas, passando pela superfície, era possível encontrar um entusiasmo contagiante, e por todas as coisas. O almoço deles havia durado uma hora e meia, porque tinham vasculhado as prateleiras para encontrar o que ele estava procurando, e a refeição havia se espalhado por duas mesas. Ben escutara com atenção todas as histórias de Annileen, contando sua vida no rancho e no oásis. Agora, ele estava lavando os pratos.

E ele estava vivendo como um eremita?

— Não se sinta mal — ela disse, quando Ben reapareceu. — Não tínhamos exatamente todos os ingredientes.

— Você chegou perto — ele disse, enxugando as mãos numa toalha. — Em termos de armazéns isolados, este aqui é um supermercado em Coruscant.

— Você já esteve lá?

Ben olhou para ela por um segundo... e depois para o velho Ulbreck, que soltou um bufo zangado. O fazendeiro esteve roncando alto em sua cadeira por horas, depois de ter se fartado de carne-seca. Annileen brincara, dizendo que alguém mandaria um caçador de recompensa buscá-lo a qualquer minuto, fosse esse alguém Magda Ulbreck ou o cardiologista do velho. Ben tinha rido, mas ela notara a ligeira tensão quando ele viu Ulbreck pela primeira vez. Por um momento, além disso, ela poderia ter jurado que Ulbreck reconheceu Ben. Mas o velho havia obviamente deixado o pensamento de lado, porque depois disso não deu mais a menor bola para o forasteiro. O que foi um golpe de sorte para Ben, pensou Annileen: para Ulbreck, estranhos eram ou ladrões em potencial, ou plateias para suas histórias.

Agora, Ben assentia na direção do fazendeiro.

— Ele parece feliz — disse.

— Pois eu fico mais feliz quando ele está dormindo — ela disse, levantando-se. — Mas não mude de assunto.

— Como assim?

— Quero dizer que você fez isso de novo. Conseguiu me deixar falando durante o almoço inteiro, e mal disse uma palavra.

— Isso se chama ser um convidado educado — ele disse.

— Tem certeza de que não é procurado por alguma coisa? Não há um preço por sua cabeça em Duro, talvez por fazer omeletes ilícitas?

— Não, nada do gênero — ele disse, encostando no balcão. Ben olhou ao redor, apreendendo tudo. — Eu apenas... Eu acho que seria possível dizer que eu apenas *observo*, no momento. E esse é um lugar suficientemente pacífico para fazer isso. — Ele olhou pela janela, na direção do estábulo.

— O que está achando de tudo até agora?

— Pode parecer que não há muita coisa aqui — ele disse. — Mas do que existe, existe bastante.

Annileen pensou que havia algo de incerto em sua voz. Era como se Ben ainda não conseguisse se decidir se gostava ou não de Tatooine.

Ele se virou para ela novamente.

— Desculpe — disse Ben. — Não quis ofender seu lar. Longe de mim julgar algo por uma parte somente. — Ele voltou até a mesa para pegar mais pratos.

— Não, você está perfeitamente seguro em julgar Tatooine inteiro pelo que vê em apenas uma parte do planeta — disse Annileen, inspecionando o salão. — Grãos de areia, assentamentos, *colonos*: somos praticamente tudo a mesma coisa. Sempre foi assim, e isso nunca vai mudar.

— Eu tento evitar as palavras *sempre* e *nunca* — disse Ben, passando o pano em um prato já limpo. Então, ele assumiu um tom de voz solene. — Coisas que parecem permanentes, garantidas, podem encontrar um jeito de mudar rapidamente, tornando-se algo que você nem sequer é capaz de reconhecer. E nem toda mudança é para melhor.

Ela o estudou de perto. Agradável por fora, atormentado por dentro? Muitas das pessoas na vida de Annileen eram o oposto daquilo: você precisava passar por camadas e camadas abrasivas até encontrar o lado bom nelas, se é que ele existia. Talvez essa fosse a chave para o homem.

— Alguma coisa... aconteceu a você, Ben?

— Não — ele disse, olhando para o prato. Em seguida, ele acrescentou, de modo quase inaudível: — A mim, não.

Bruscamente, ele se virou e começou a limpar as mesas nas quais eles haviam se sentado. Passou gentilmente por Bohmer, que permanecia sentado imóvel em sua mesa solitária, junto a sua bebida. Animando-se, Ben olhou para ele, com admiração.

— Agora, *aqui* está alguém que realmente sabe como observar.

O foco de Bohmer não havia mudado: ainda na xícara fumegante.

— Eu nunca sei o que ele vê aí — ela disse. — Não sei sequer por que ele vem todos os dias ao Lote. — Ela se perguntava, às vezes, que tristeza havia na vida do Rodiano.

— Você fala Rodiano? — perguntou Ben.

— Eu não sei nem se *ele* fala. Todos esses anos... E não sei nada sobre ele. — Ela olhou para Ben, erguendo uma sobrancelha. — Acho que isso é algo contagioso.

Ben olhou para o crono na parede.

— Bem, preciso comprar meu barril de água e ir embora — ele disse. — Seus fãs de corrida vão voltar daqui a pouco. — Ben caminhou até a pilha de tambores transparentes no canto. Colocando um dos grandes recipientes no chão, ele se virou e tirou créditos de dentro do manto.

Enquanto o via contar, Annileen falou:

— Ei, espere — ela disse, começando a se dirigir até a porta que dava para a garagem. — Me encontre lá fora, ok?

Ben olhou intrigado para ela.

— Eu realmente preciso ir agora...

— Confie em mim. Só vai levar um segundo.

Ben estava parado com seu mais novo barril na soleira da porta, do lado de fora do armazém. Uma das portas da garagem do Lote se abriu, emergindo de lá o velho X-31 de Annileen, com ela nos controles. A mulher estacionou ao lado de Ben e desembarcou.

— Não acho que alguém vá voltar por pelo menos mais duas horas — ela disse, estendendo a mão para pegar o recipiente de água. — Eu levo você.

— Isso não é necessário!

— Não, está tudo bem — ela disse, levantando o galão. — Vamos dar a volta até o estábulo e colocar Rooh no banco de trás.

— Ela vai conseguir ficar ali?

— Meus filhos costumavam ficar. Então, sabemos que funciona com animais.

Ben olhou para trás, parecendo perturbado.

— Sério, você não precisa fazer isso. Foi uma tarde divertida, algo de que eu estava precisando sem nem mesmo saber. Mas você não pode deixar a loja sozinha.

— Só Ulbreck e Bohmer estão lá dentro. Acho que é seguro dar uma saída. — Annileen deu a Ben um olhar que exalava confiança.

Ela finalmente tinha conseguido fazer com que ele relaxasse; agora, não ia deixar que ele gelasse novamente. Annileen estendeu a mão, mal se dando conta de um zunido alto e distante no ar. — Está tudo certo, Ben. Só estou lhe poupando algum tempo. Vamos lá...

O som ficou mais alto... e os olhos de Ben se arregalaram, subitamente sérios. Ele agarrou o braço dela.

— *Annileen, cuidado!*

Ela só foi capaz de ver o que vinha em sua direção de relance, pelo canto do olho. Um vulto cor de cobre deu a volta na garagem, em disparada. O veículo raspou no landspeeder de Annileen, que flutuava em frente ao complexo, fazendo-o rodopiar pelos ares.

Em uma fração de segundo, Ben jogou seu corpo sobre o dela, derrubando-a no chão. Os dois caíram no solo arenoso ao mesmo tempo. Tudo acima ficou escuro, quando o lado inferior do X-31 passou zunindo por cima deles. O landspeeder bateu no muro externo de pedra-sin do edifício, soltando um estrondo colossal.

Ben rolou para se libertar, desconfiado e alerta. Annileen procurou sentar-se, pasma. Seu landspeeder agora estava no chão, a uma curta distância da entrada da garagem. O lado direito do veículo estava completamente amassado. O motor esquerdo estava pendurado, torto. E, atrás de Ben, ela pôde ver a causa do estrago: o Sportster de Veeka Gault, com o nariz amassado e parcialmente enterrado na areia. Atrás dos controles, zonza, estava a própria jovem.

E no banco do carona... Jabe!

Annileen levantou-se em um pulo, cheia de preocupação. No entanto, ao chegar perto dos destroços, sua expressão mudou: o filho olhou para ela... e começou a rir sem parar.

— Oi, mãe. Chegamos!

Ela podia sentir o cheiro de cerveja barata de lum, do tipo que os Hutts serviam na pista de corridas.

— Você está de *brincadeira* comigo? — Os olhos de Annileen foram direto para Veeka, igualmente embriagada. A dona do armazém pulou por cima do capô esmagado do veículo para alcançá-la. — *Veeka!*

A jovem apenas olhou para Annileen enquanto esta tentava pegá-la e também caiu na risada.

— O Jabezinho da mamãe está bem — ela disse, com uma voz adocicada. — Mas você deveria ter estacionado em outro lugar. Hoje é dia de corrida...

— Onde está seu pai?

Quando Annileen disse isso, outros dois landspeeders chegaram, surgindo rápidos pela mesma esquina do prédio da garagem. O primeiro, pilotado por Zedd e Mullen, quase provocou outra colisão. Atrás dele, aproximava-se o landspeeder prateado de Orrin, de maneira mais ordeira. Kallie o estava dirigindo, enquanto Orrin conversava com um trio de Devaronianos machos e chifrudos, sentados no banco de trás. Annileen os reconheceu como os contatos comerciais de Orrin em Mos Eisley, os mesmos que ele havia estado desesperado para impressionar.

— Estamos no complexo sagrado agora, pessoal — Annileen ouviu Orrin dizer a eles, quando pararam. — Tirem a areia dos sapatos e se ajoelhem antes de entrar. — Saindo do veículo, Orrin viu primeiro o speeder quebrado de Annileen... Em seguida, olhou para ela, que vinha apressada em sua direção. — Oh-oh.

— *Veja!* — Annileen quase cuspiu, acenando freneticamente. — Veja o que eles fizeram!

Orrin caminhou até o Sportster. Veeka e Jabe desceram do veículo cambaleando, sem equilíbrio nenhum nos pés, mas, apesar de tudo, sem ferimentos. Ele os encarou de alto a baixo e depois olhou rapidamente para a parede rachada da garagem, soltando um assovio.

— Está parecendo outra volta em Mos Espa — ele disse, em voz alta. Os Devaronianos caíram na gargalhada.

Annileen não achou a menor graça.

— Sua filha está bêbada! E dirigindo com meu filho!

— A corrida terminou mais cedo — disse Orrin.

— Esta corrida aqui, sim! E você acha que isso é explicação que se dê?

Orrin aproximou-se bem dela.

— A corrida foi interrompida na metade — ele continuou. — Duas das equipes Hutts começaram a brigar. Foi uma grande decepção. — Orrin baixou a voz e fez um gesto na direção do armazém. — Todo mundo vai querer bebidas, Annie...

— Pelo visto, todo mundo *já andou* bebendo... Ou será que você não havia notado? — Ela se virou para ver Jabe cambaleando trôpego até o armazém. Annileen apontou para ele com uma força que poderia tê-lo derrubado, se o tivesse tocado. — E você *nem pense* em se mover!

Annileen olhou de volta para Orrin, obviamente desconfortável com o cenário que se desenrolava diante dele, em especial por aquilo estar acontecendo na frente de seus clientes ricos. Ela, porém, não estava dando a mínima.

— Orrin, Jabe não é um adulto. Eu disse que ele podia ir às corridas se você tomasse conta dele. Você chama *isso* de tomar conta?

Orrin levantou as mãos diante dela.

— Annie, você sabe que viagens como essa são um rito de passagem para esses garotos. E, além do mais, isto aqui é Tatooine. Um corpo que trabalha o tempo todo já pode ser considerado bem crescido, não importando a idade que ele tenha. Não é verdade...

Antes que Orrin pudesse obter qualquer apoio para sua argumentação, uma voz feminina aguda se sobrepôs a todas as outras. Kallie, que no começo havia ficado paralisada pela cena do acidente, subitamente reparou em alguém na periferia da discussão.

— *Ben!*

Esquecido por Annileen desde a batida, Ben havia se aproximado para ver como Jabe estava, recebendo um olhar feio do garoto em retribuição. E com esse já eram quatro "olhares feios", já que Ben agora estava recebendo algo parecido de Veeka, Mullen e Zedd, também. O cumprimento de Kallie havia sido tão entusiasmado quanto o dos outros foram hostis. O de Orrin, por sua vez, foi completamente diferente.

— Oh. Olá, Ben — Orrin disse calmamente, depois de registrar a surpresa. Ele voltou a olhar para Annileen, com a sobrancelha erguida. — Vocês dois ficaram por aqui o dia inteiro?

Ben deu um passo para trás, indo na direção dos destroços do landspeeder.

— Não, eu só parei para comprar água...

Orrin viu o barril arrebentado: seu conteúdo precioso estava derramado no chão, evaporando. Em seguida, percebeu nele a etiqueta indicando o símbolo de seu rancho e sorriu.

— Você gostou, então? — Subitamente animado, Orrin passou por Kallie e pegou Ben pelo ombro. — Isso é maravilhoso! Ben, há uns sujeitos aqui que eu gostaria que você conhecesse.

Quando Orrin o empurrou para perto dos Devaronianos, Ben olhou para Annileen bastante desconfortável, à beira do pânico. Ela simplesmente deu de ombros. Nenhuma força na natureza seria capaz de proteger alguém quando Orrin entrava em seu modo de vendedor. Especialmente quando havia, como agora, a possibilidade de que seu produto fosse receber o endosso de uma celebridade.

— Ben, esse pessoal dirige o Déspota Sortudo. Trata-se de um hotel, cassino e centro de conferências em Mos Eisley. — Orrin virou-se para seus convidados. — Este homem é um grande herói por aqui. E vejam só: ele cruzou o deserto inteiro, montado em seu animal, só para beber da "Sete Borbulhante de Gault", a água mais saborosa em qualquer torneira, de Tatooine a Taanab!

Ben assentiu mansamente, enquanto os Devaronianos apertavam entusiasmados sua mão e conversavam sobre a viagem que haviam acabado de fazer... e sobre *ele*. Tinham muitas perguntas:

Você realmente veio de tão longe só pela água?

Você iria a Mos Eisley por ela?

Quanto pagaria pelo copo, se estivesse em um ambiente metropolitano mais sofisticado?

Você realmente salvou a filha da dona do armazém de um estouro de banthas enfurecidos, como ela nos disse no landspeeder?

Ao ouvir a última pergunta, Annileen olhou para Kallie, cujos ombros afundaram de vergonha. Mas, naquela situação, a imaginação e a paixonite de Kallie eram questões de importância relativa, pensou Annileen. Pelo menos sua filha estava sóbria, como sempre.

Jabe parecia estar ficando mais firme, mas não por muito tempo, caso decidisse seguir Veeka para dentro do bar.

— O bar está fechado! — Annileen gritou.

Orrin deu um passo para trás, acenando.

— Ora, não diga isso em voz alta. Eu pretendo oferecer um pouco de diversão a esse pessoal. E eles só conseguiram ver metade da corrida!

— O que eles vão ver é um assassinato, se seus filhos chegarem a um ano-luz de distância de Jabe novamente.

Orrin agarrou a mão dela.

— Você sabe que vou compensá-la pelo landspeeder. É apenas mais um trabalho para Gloamer. Mas eu realmente preciso disso, ok?

Annileen soltou um grunhido, enojada.

— Está bem. Vou servir os Devaronianos, mas *somente eles*. Só me deixe finalizar as coisas com Ben, antes que ele decida nunca mais visitar este...

Annileen parou imediatamente de falar ao notar a expressão no rosto de Ben, em meio ao grupo de visitantes. Orrin também havia reparado.

— Algo errado, amigo?

O homem olhou para o armazém, e seus olhos se estreitaram. Ben estava prestes a dizer alguma coisa, quando a porta se abriu em um estrondo. Bohmer apareceu na entrada do Lote. Seus olhos grandes e escuros saltavam para fora. Ele tropeçou na soleira e caiu para a frente...

... revelando a adaga fincada em suas costas.

E um gigantesco caçador Tusken em pé atrás dele.

CAPÍTULO DEZESSEIS

Eles tinham se aproximado do oásis pelo nordeste. A passagem tinha sido difícil, mas A'Yark estudara a questão bem de perto. Não havia outro caminho. Os guerreiros levaram três dias em uma longa e tortuosa aproximação dos Pilares, parando apenas para passar a noite em cabanas rapidamente erguidas e desmontadas com a mesma velocidade, feitas de lona e dos ossos das costelas de bantha.

Aquela parecia ser uma aposta, mas A'Yark havia calculado suas chances com base nos próprios sóis. Fossem quais fossem as falhas dos irmãos celestiais, seus movimentos eram sempre confiáveis. As sombras malditas diziam muito a um Tusken com um mínimo de sabedoria: mostravam não apenas a hora do dia, mas também a estação do ano com grande precisão. E perto daquele dia, em anos anteriores, A'Yark tinha visto viajantes em peregrinação para o nordeste, como kreetles atraídos por um cadáver.

Seria aquilo alguma espécie de rito? Um caçador mais curioso havia ido atrás deles uma vez, trazendo de volta o relato de grandes aglomerações de colonos que pagavam tributo a seus deuses Hutts, inchados de tantos jogos e bebidas. Para A'Yark, aquilo não passava de uma futilidade nojenta, mas mesmo assim poderia servir como uma oportunidade. Quando veículos maiores começaram a atravessar o deserto, levando suprimentos na direção noroeste, A'Yark havia inferido que o próximo dia de festival estava próximo. Aquela era, de fato, uma boa oportunidade para encontrar o oásis sem suas defesas.

Os Tuskens haviam se infiltrado no complexo aos pares, escondendo-se atrás dos prédios dos celeiros. As estruturas eram grandes o bastante para ocultar os movimentos de muitos. E A'Yark havia de fato trazido muitos. *Todos* os guerreiros estavam ali: os velhos, os feridos e até mesmo seu filho A'Deen, em sua primeira caçada. Só as mulheres e as crianças que cuidavam dos banthas haviam ficado para trás.

De seu posto de vigilância no alto de um dos celeiros, A'Yark tinha visto a Moldadora de Ar e o Cara Peluda no prédio principal. Sozinhos, ou quase. Era perfeito.

Perfeito... Pelo menos até que o primeiro landspeeder tivesse aparecido inesperadamente, vindo do nordeste e mais cedo do que o desejado. A'Yark havia reconhecido o veículo como o do primeiro colono a chegar durante o ataque à fazenda, dias antes. Dois landspeeders vieram logo atrás, incluindo o veículo reluzente do Sorridente. Inabalável, A'Yark pulou do telhado e iniciou a investida. Os Tuskens ainda tinham números superiores, além da vantagem do elemento surpresa.

Todos os seus inimigos estavam ali reunidos, prontos para serem pegos de uma só vez. Os guerreiros saíram correndo, atravessando o pátio do estábulo em direção aos prédios, para então entrar neles. A'Yark soltou um uivo. Não havia necessidade de dar qualquer ordem. Os outros sabiam o que fazer.

Encontrem a Moldadora de Ar, e matem o resto!

— TUSKEN! — ORRIN SACOU O BLASTER DO COLDRE EM SEU OMBRO. Antes, ele só estava usando aquilo como forma de impressionar os investidores Devaronianos. Agora, disparava com ele em direção à porta do Lote. O guerreiro com o rifle nas mãos voltou rápido para dentro, começando a atirar de lá.

Os Devaronianos ficaram ali parados, confusos, talvez achando que o evento fosse algum tipo de entretenimento típico do interior, encenado por Orrin. Essa ilusão acabou quando um deles levou uma rajada de rifle no peito. Orrin gritou para que os outros se abaixassem, usando seu veículo como cobertura. À direita, Zedd e Mullen sacaram suas armas; à esquerda, Veeka e Jabe se escondiam atrás do Sportster batido. Um selvagem no complexo era certamente uma visão capaz de deixar qualquer um sóbrio. Disparos alaranjados pintavam a fachada do prédio.

— *Suspendam fogo!* — De sua posição no muro externo próximo à porta do Lote, Ben apontava para Bohmer. O Rodiano, com a faca ainda enfiada nas costas, cravava os dedos na terra, tentando se arrastar para a frente, enquanto rajadas de blaster flamejavam sobre seu corpo.

Orrin olhou para Ben, de queixo caído. *Suspender fogo, agora?*

Mas Ben já estava correndo. Tirando sua capa com velocidade, o homem a abriu como uma rede e a jogou rodopiando em cima da porta. As rajadas de rifles do grande Tusken a acompanharam para cima, enquanto Ben mergulhava para baixo, jogando-se no meio do campo estreito de disparos. Alcançando Bohmer, Ben pegou o Rodiano e o colocou de pé. Um segundo depois, ambas as figuras estavam encolhidas contra a parede de pedra-sin, logo à esquerda da porta aberta. O Tusken tornou a atirar, atingindo o lugar onde Bohmer antes estava caído.

Escondida atrás de seu landspeeder avariado com Kallie, Annileen gritou para Orrin:

— Não atire! Você vai acertar Ben!

Orrin olhou melancólico para ela. Veeka e Jabe haviam retirado suas armas do veículo e agora disparavam loucamente. Parecia claro pela confusão que o Tusken do armazém não estava só. Não era hora de mandar ninguém cessar fogo, não agora. Ben pareceu entender que agora estava por sua própria conta, enquanto lutava para arrastar o Rodiano ensanguentado para fora da zona de fogo, levando-o para a direção da garagem mais próxima.

— Tem mais deles! — gritou Mullen, apontando para sudeste. Mais Tuskens apareceram na esquina do armazém, com seus gaderffii erguidos. Um deles atacou Zedd, esmagando as costelas do enorme fazendeiro. Orrin abateu o agressor com um disparo de sua arma, enquanto gritava para que Mullen e Zedd recuassem. Eles se viram cercados: o Povo da Areia continuava atacando, vindo do interior do armazém e de seu entorno.

Mullen alcançou a posição de seu pai, com dificuldade para respirar.

— O Chamado! Acione o Chamado!

— Deixei o ativador em casa — ele disse, soltando um palavrão. — Nós estávamos indo para as corridas! — Orrin olhou para Annileen, que se escondia atrás do X-31. — Você está com seu ativador aí?

Ela não conseguia ouvi-lo. Annileen havia conseguido retirar o rifle de seu banco de trás e, agora, disparava furiosamente na direção de seus convidados indesejados. Orrin repetiu a pergunta, lutando para se fazer ouvir. Annileen olhou para ele, confusa.

— Eu não fico carregando esse negócio! Essa aqui é a *sua base*. Deveria ser um lugar seguro!

Ben saiu correndo da garagem onde havia deixado Bohmer, parando bruscamente atrás do landspeeder de Orrin. Entre um tiro e outro, Mullen olhou para ele e rosnou:

— Da próxima vez, traga uma arma. A minha é que você não vai pegar!

Ben simplesmente o ignorou.

— Lá vem mais outra onda! — gritou Ben, apontando para um novo grupo de Tuskens. Cobertos por seus companheiros, os recém-chegados apareceram correndo pelo pátio sul do Lote, na direção do vaporizador gigante.

Orrin olhou para eles por entre o caos, momentaneamente confuso. Aquela era o Velho Número Um, a primeira torre Pretormin do oásis. Os Tuskens a estavam atacando, batendo em sua base com seus bastões gaffi.

Annileen apontou para a ponta da torre.

— É o Chamado! — ela gritou. — Eles estão atrás do Chamado!

É claro. Orrin entendeu na hora. O Chamado dos Colonos usava um transmissor padrão para conectar as fazendas dos assinantes aos membros da milícia. Mas também havia a sirene, que ali, assim como na fazenda dos Bezzard, ficava no ponto mais alto da área: no alto do vaporizador.

Que por acaso também era onde o transmissor estava localizado.

Um ataque à luz do dia... E agora aquilo! Orrin somou dois e dois, entendendo agora toda a situação.

— *O Olho-de-rolha está aqui!* — Aquele Tusken astuto havia descoberto isso de algum jeito, e estava tentando deixar o oásis mudo antes que algum grito de ajuda pudesse ser emitido.

Ben puxou a manga de Orrin.

— Eles ainda não estão no complexo das garagens.

Orrin olhou para trás. Só uma das baias estava aberta, aquela pela qual o landspeeder de Annileen havia saído antes. O que Ben disse era verdade, mas não fazia o menor sentido.

— Há uma passagem ligando o armazém e as garagens — gritou Orrin. — Se eles estão na loja, por que ainda não passaram por ela? — Se os Tuskens resolvessem atacar pela garagem, isso os deixaria completamente cercados, e com eficiência.

— Não sei — respondeu Ben. — Tem alguma coisa impedindo que eles façam isso. Vamos aproveitar a situação e levar as pessoas para um lugar seguro!

Isso, sim, fazia sentido. Orrin fez um gesto aos Devaronianos sobreviventes, ambos completamente apavorados, ordenando que corressem para a garagem aberta. Foi o que fizeram, e todos os outros foram atrás, um a um. Depois que Ben ajudou Zedd, cambaleante e em agonia desde o golpe em suas costelas, Mullen e Orrin os seguiram. Agora, a cobertura antes utilizada por eles se tornava a dos Tuskens, já que os guerreiros do Povo da Areia se agacharam atrás dos landspeeders para dispararem na direção da porta da garagem.

Orrin olhou para o salão da oficina. Se eles pudessem evitar as rajadas vindas das armas dos Tuskens, poderiam chegar aos corredores que levavam ao resto das baias, incluindo as que guardavam os veículos do Chamado dos Colonos. Neles haveria mais armas e uma chance de fuga, e tanto ele quanto Annileen tinham os códigos para abrirem as portas. Mas Ben, agachado junto ao pobre Bohmer, não parava de olhar para a porta que levava de volta ao armazém.

— Existe um motivo pelo qual eles não passaram por aquela porta — disse Ben.

Ele parecia estar se concentrando. Como alguém podia se concentrar naquela situação era algo que estava além do entendimento de Orrin.

— Que diferença isso faz?

— Não — disse Ben. — Escute!

Orrin parou o mais próximo da porta a que se atrevia, com medo de que Olho-de-rolha e seus amigos o atacassem a qualquer segundo. No entanto, tudo o que conseguia ouvir lá dentro eram disparos partindo dos blasters e gritos apavorantes dos Tuskens.

— O que é que... — Orrin olhou para os outros com ele na garagem, escondidos atrás dos equipamentos e disparando na direção dos Tuskens. Seus filhos e Zedd. Annileen e seus filhos.

Com quem os Tuskens estariam lutando lá dentro do armazém?

— Havia mais alguém vindo de Mos Espa? — perguntou Annileen, de onde estava.

— Nós saímos mais cedo para evitar o trânsito — disse Orrin, coçando a cabeça com o cabo da arma. — E havia mais alguém no armazém?

Annileen arregalou os olhos.

— Ben! — ela disse. — As câmeras de vigilância!

Ben olhou para o lado, onde havia uma tela piscando: uma estação de monitoramento, mostrando todos os locais dentro da garagem. Orrin ficou apenas olhando enquanto Ben rapidamente alternava as imagens. O fazendeiro não pôde deixar de notar que aquele homem parecia conhecer bem um sistema de segurança. Todas as baias da garagem estavam livres de Tuskens. A única atividade parecia estar mesmo no armazém, que apareceu na imagem final.

— Foi o que eu pensei — disse Ben, virando-se. Com um olhar determinado no rosto, ele deixou Orrin e foi até um dos grandes extintores de incêndio de Gloamer. — Segurem as pontas aqui — ele disse, desaparecendo no corredor.

O queixo de Orrin caiu. *Esse homem é doido?*

— Ben! — chamou Annileen. Sem prestar atenção nas rajadas de blaster, ela se jogou pelo chão da garagem, parando ao lado de Orrin. — Ben está desarmado — ela gritou para o fazendeiro. — Precisamos ir atrás dele!

— Não — disse Orrin, puxando a manga dela. — Espere. Olhe aqui!

Annileen olhou por um instante para o monitor de segurança... Em seguida, voltou a olhar para Orrin, agora com o queixo igualmente caído. Ali, na visão superior da loja de varejo, eles viram o que estava mantendo o Povo da Areia ocupado: o Velho Ulbreck havia se enfiado entre os racks de rifles caídos no chão e o balcão de armas, e agora usava todo o arsenal à disposição para manter os Tuskens afastados!

— Ora, mas que... — disse Orrin, focalizando melhor a câmera no velho. — Mas que maldição!

— Ele vai acabar levando um tiro — disse Annileen. — Não vai conseguir se defender por muito mais tempo! — Mais Tuskens estavam entrando no armazém pela entrada da frente e vindos do pátio do estábulo. Annileen puxou Orrin pela manga. — Temos que...

Nesse momento, a imagem do monitor começou a ficar enevoada. Os disparos das armas ainda podiam ser vistos... mas depois era apenas luz. Uma luz *azul*, brilhando na névoa. Orrin balançou a cabeça, sem acreditar. *O que está acontecendo aqui?*

Annileen se soltou dele e saiu em disparada para o corredor. Orrin olhou para os outros na garagem.

— Segurem eles! Eu já volto! — ele gritou.

O fazendeiro percorreu rapidamente o curto corredor. Parou de chofre ao ver Annileen à frente, simplesmente congelada, com seus tornozelos envoltos em uma nuvem rasteira de retardante químico. A névoa dentro do armazém ainda estava espessa, mas os flashes de luzes azuis haviam parado. E, no lugar dos muitos combatentes vistos antes no monitor, agora apenas uma figura se destacava no meio das mesas destruídas da lanchonete: Ben. Em pé sobre os corpos de uma dúzia ou mais de guerreiros do Povo da Areia, ele colocou a mão para dentro da túnica, em um gesto tão casual quanto o de guardar sua bolsa de créditos.

Uma voz familiar e agora muito cansada veio por entre a neblina, à direita de Orrin e Annileen. Wyle Ulbreck apareceu por trás do balcão de armas, com um rifle de repetição na mão.

— Morram, seus malditos...

Ben meteu-se rapidamente entre o velho fazendeiro e os recém-chegados.

— Está tudo bem, mestre Ulbreck. Somos só amigos aqui. — Ben indicou com um gesto os guerreiros do Povo da Areia caídos no chão. — O senhor pegou todos eles.

Orrin olhou para os corpos, atordoado, e depois para Ben. O homem tinha uma expressão astuta no rosto.

— Wyle fez isso tudo?

Subitamente envergonhado, Ben começou a gaguejar.

— Eu, ahn... Eu vi o que ele estava tendo que enfrentar aqui — disse Ben, apontando para um cilindro vazio ali perto. — Ele só precisava de uma pequena distração para conseguir terminar o serviço.

Annileen olhou para ele, bestificada. Olhou para Ben, depois para Ulbreck, e finalmente para a bagunça em que estava o armazém.

— Não tenho palavras — ela disse.

Orrin olhou para o velho, que tossia ao sair cambaleante de sua fortaleza improvisada.

— Eu acordei e esses sujeitos estavam entrando aqui... — disse Ulbreck. Seus olhos vagavam, surpresos e cansados. — Não sei bem como foi que peguei todos...

— Mas pegou — Ben apressou-se em dizer. — Todos eles. Sozinho.

Orrin balançou a cabeça. O velho Ulbreck contaria essa história por anos. Orrin avançou, em uma tentativa de ajudar o homem exausto a se levantar... Apenas para ter seu esforço rechaçado pelo velho.

— Me solte, Gault! — Ulbreck gritou com ele, subitamente de posse de suas faculdades mentais mais uma vez. — E você ainda queria me oferecer segurança, não é? Não consegue nem manter seu próprio território seguro!

Orrin prendeu a respiração. Sim, aquilo realmente parecia bem ruim. Mas ainda havia rajadas de fogo ecoando do lado de fora, e outros Tuskens podiam entrar ali a qualquer instante. Ele empurrou Ulbreck para o centro do armazém, e o velho não fez qualquer objeção dessa vez.

Annileen estava em movimento, agora. Passando por cima dos corpos, ela chegou ao balcão.

Ben a observou enquanto ela se ajoelhava, aparentemente procurando por alguma coisa.

— O que você está procurando?

— A caixa registradora!

Orrin ergueu a sobrancelha.

— Não acho que os Tuskens se importem muito com créditos.

Annileen o ignorou. Encontrando a caixa debaixo de uma prateleira quebrada, ela retirou a pistola velha de Dannar, que mantinha a caixa travada, de sua posição.

— Pegue — ela disse, jogando a arma para Ben.

Orrin corria até eles, passando de uma prateleira para outra, usando-as como cobertura e tentando ficar fora do campo de visão das portas. Havia Tuskens por toda parte do lado de fora e, com a proteção da névoa química se dissipando, cada entrada do armazém era um ponto vulnerável. Chegando até onde Ben estava, Orrin viu o homem segurando a pistola, contemplando-a.

— Espero que tenha aprendido a usar isso, seja lá de onde você veio.

Ben estava prestes a responder, quando figuras subitamente apareceram nas portas, vindas por todos os lados do armazém. Eram os Tuskens, carregando gaderffiis e rifles blaster. Orrin começou a erguer seu rifle, mas só até que Ben colocasse sua mão no pulso do fazendeiro.

— Agora não — disse Ben.

Os Tuskens na frente da loja abriram caminho a fim de permitir que outro entrasse. Orrin forçou a vista para enxergar por entre a névoa. Mais baixo que os outros, aquele ali usava mantos mais frouxos, sem bandoleira. E tinha apenas uma única peça ocular, à esquerda. Uma pedra preciosa vermelha reluzia onde deveria estar seu olho direito.

— *Olho-de-rolha* — Orrin sussurrou, solene. Então, finalmente havia chegado a hora. Ele torcia para que seus filhos tivessem escapado.

Mas aquele Tusken, aparentemente o líder de todos eles, não estava interessado em Orrin. Uma mão envolta em bandagens se projetou para a frente, apontando para Annileen.

— *Ena'grosh* — disse uma voz baixa, menos gutural que a de outros Tuskens que Orrin havia ouvido. E ele ouvia muitas naquele momento, quando os outros passaram a repetir a mesma palavra. — *Ena'grosh*.

— Eles estão falando de você — disse Ben, vendo Annileen dar a volta por trás do balcão, com a caixa registradora na mão. Orrin fez que ia impedi-la, mas novamente Ben o segurou. — Acho que ela tem tudo sob controle — disse Ben, confiante.

Annileen encarou os Tuskens bravamente, abriu a caixa registradora e apertou o botão do pequeno dispositivo em seu interior: um dispositivo que Orrin reconheceu como o ativador por controle remoto do Chamado dos Colonos, que agora soava por todo o oásis, tanto pelas ondas de rádio quanto como um rugido vindo da sirene do lado de fora. Uma sirene que ainda funcionava.

A gravação do dragão krayt gritava e, atrás de Olho-de-rolha, o Povo da Areia reagiu como o Povo da Areia normalmente reagia.

— Estamos fechados — Annileen disse, com frieza. — Deem o fora do meu armazém!

CAPÍTULO DEZESSETE

PELA SEGUNDA VEZ EM MENOS DE UM MÊS, A'YARK SE VIA DIANTE de colonos em um assentamento humano, gritando para covardes fujões.

— *Prodorra! Prodorra!*

É *falso!*

De nada adiantou. Apesar dos esforços de A'Yark para ensinar aos outros, era exatamente como o ataque na fazenda de novo. A'Yark havia explicado que o chamado do dragão krayt era apenas um truque. Eles até sabiam como silenciá-lo, agora: atacando a imensa sanguessuga de água, em cujo topo ficava o fazedor de som. Suas mentes tinham entendido a lição, e seus corpos até seguiram o plano inicial. Mas os primeiros ataques não foram suficientes para destruir a sirene, e agora seus espíritos os traíam. Até mesmo A'Deen havia fugido da casa da Moldadora de Ar, ignorando os pedidos de A'Yark, a quem ele chamara "honorável".

Sobre a crista das colinas, A'Yark voltou a olhar para a construção no meio do oásis. A Moldadora de Ar ainda estava lá dentro, assim como os corpos da primeira leva de guerreiros Tusken. Tantos mortos! Será que a Moldadora de Ar havia de algum modo atingido a todos? Aquele era seu santuário, fazia sentido que ela invocasse todos os seus poderes para defendê-lo. Mas A'Yark ainda sabia que os números estavam a favor dos Tuskens, se eles pudessem ser convencidos a voltar e lutar.

O jovem A'Deen subiu rapidamente a duna.

— Precisamos ir — disse o jovem, e suas respirações ofegantes faziam a peça bucal assoviar.

— *Não!*

A'Deen era seu único filho sobrevivente. No entanto, A'Yark ainda lutava para resistir à vontade de esmagar o rosto do rapaz. Tamanho medo na linhagem de A'Yark? Impensável!

Então, A'Yark resolveu de fato não pensar.

— Não. Chame os outros todos de volta. Ou pegamos aquilo que viemos buscar, ou...

O guerreiro virou a cabeça. A sirene ainda estava soando, e seu grito havia se tornado um longo toque contínuo. Mas agora também havia outro som.

— Landspeeders — cuspiu A'Yark. Teriam eles respondido ao alarme, ou estariam chegando por acaso? Não importava. A'Yark olhou para o sul. A retirada dos outros Tuskens havia se tornado uma corrida louca, e nenhum deles parecia ligar para suas ordens como líder ou em ter cuidado algum com o equipamento de acampar, abandonado na área de acesso aos pátios.

A'Deen curvou a cabeça, e pareceu de repente muito pequeno.

— Honorável... *Precisamos partir.*

— Toda a minha prole nasceu sob o sol covarde — disse A'Yark, passando pelo guerreiro menino. — Precisamos alcançar os outros.

— Está certo. Eles estão indo para um lugar seguro.

— Não — disse A'Yark, mal acreditando no que estava acontecendo. — Precisamos alcançá-los... *porque estão indo na direção errada!*

A TERRA TREMEU EMBAIXO DAS BOTAS DE LUXO DE ORRIN. A CERCA de dez metros acima de onde ele estava, a sirene do Chamado dos Colonos gritava seu aviso ensurdecedor para o oásis e além. Mas nem as ondas sonoras nem os Tuskens batendo em retirada foram capazes de distrair o fazendeiro da triste visão que ele tinha diante de si.

A base do vaporizador Número Um faiscava; os painéis de controle estavam em pedaços, e a fórmula secreta de Dannar estava perdida. Orrin tinha gravado as configurações muitas vezes ao longo dos anos, com a permissão dos Calwell, mas a água de seus Pretormins nunca fora tão pura quanto aquela. O velho Número Um era único. Sua configuração havia sido resultado de alguma falha, algum curto-circuito, talvez até mesmo de algum recabeamento sobre o qual Dannar jamais lhe contara. Orrin tinha medo de mexer no dispositivo, para não estragar sua mágica.

Agora, ele estava destruído.

Mas a sirene havia feito seu trabalho, mantida a salvo no alto da estrutura. Colocá-la lá havia sido ideia de Dannar; Orrin teria preferido vê-la localizada em qualquer outro lugar, para que a coisa não prejudicasse o desempenho daquele vaporizador tão valioso. Dannar havia tomado providências em relação a isso, ligando a sirene a uma fonte de alimentação independente da grade do vaporizador. E justamente essa decisão, tomada por um amigo morto, os havia salvado a todos. A não ser que conseguissem subir até o alto do vaporizador para derrubar a coluna, os selvagens não seriam capazes de desligar a sirene.

Dannar os havia salvado. E agora a sirene o vingaria, ele e sua casa. Colonos chegavam de landspeeders e costas-de-orvalho, de eopies e speeder bikes. Todos já estavam retornando de Mos Espa, vindo para o Lote, de qualquer maneira; a sirene e o sinal digital só os havia feito correr mais.

Orrin virou-se para o grupo, que aumentava. Colonos formavam agora uma multidão do lado de fora do armazém e das garagens. Os Tuskens não haviam sido os responsáveis pela batida inicial de landspeeders, mas os veículos, cheios de marcas de disparos de blaster, davam a impressão de estarem em uma zona de guerra.

Jabe e Veeka estavam dentro do armazém, entregando rifles dos racks caídos aos pretensos milicianos. Do lado de fora, Mullen acenava com as mãos, direcionando os colonos para que estes formassem um perímetro. Os Tuskens haviam batido em retirada, mas podiam retornar a qualquer momento. Um ser tão louco quanto Olho-de-rolha era capaz de fazer qualquer coisa. Orrin balançou a cabeça ao se lembrar do temido guerreiro. Não era um demônio vingativo, afinal. Era apenas um Tusken, baixinho e um pouco atarracado; sem medo da sirene, mas incapaz de acalmar os outros. Bem, talvez isso protegesse o Lote, agora.

Orrin olhou para o ponto onde Ben estava ajoelhado com o Rodiano. O dr. Mell, que havia voltado das corridas com seu filho, se aproximou.

— Bohmer está vivo — disse o Mon Calamari.

— Vivo!

— Não consigo entender como. Você disse que aquele humano estava cuidando dele, é isso?

— Assim que os Tuskens partiram. Eu vi... Bom, eu *não* vi o que Ben estava fazendo, mas ele deve ter posto um curativo no ferimento. — Orrin suspirou aliviado, a primeira vez na última hora em que ele realmente respirava. — A pele rodiana deve ser bastante dura.

O dr. Mell olhava espantado.

— Ainda precisamos levá-lo a Bestine em meu speeder, imediatamente.

Orrin assentiu.

— Certo, vamos abrir caminho. — O lugar havia se tornado um verdadeiro engarrafamento, de tanto trânsito. Os fazendeiros haviam sido treinados para chegar de maneira ordeira quando precisassem se armar, partindo em seguida nos veículos preparados para combate do Fundo do Chamado. Mas desta vez todos haviam vindo de uma só direção, e a área de estacionamento estava um verdadeiro caos.

— Senhor!

Era uma voz estrangeira, uma voz da qual Orrin havia momentaneamente se esquecido por completo. Os dois executivos Devaronianos apareceram a seu lado, carregando seu colega em uma maca. Ele estava morto.

— Pagamos alguém para nos levar de volta a Mos Eisley — disse o mais velho dos dois, com a voz grave. — Há um funeral a ser preparado.

Orrin abaixou a cabeça.

— Se os senhores esperarem, eu mesmo...

— Não há o que esperar. — Os Devaronianos começaram a levar o cadáver na direção de um dos landspeeders que haviam acabado de chegar.

— Eu entendo a perda de vocês — disse Orrin, lutando para soar respeitoso enquanto se fazia ouvir no meio de tanta comoção, cada vez maior. — Mas, depois de um tempo, poderíamos voltar a conversar? Os senhores ainda têm um hotel, e eu ainda tenho...

— Não — respondeu o Devaroniano mais jovem, com seriedade. — O senhor nos trouxe para ver as fazendas Gault. Nós vimos um lugar bárbaro. Um lugar que você não é sequer capaz de defender, nem mesmo por um só dia. — Ele olhou triste para seu companheiro morto. — O pobre Jervett temia que essa viagem fosse uma tolice. Parece que, na morte, ele tinha razão.

Orrin ergueu as mãos.

— Por favor, entendam...

— *Com licença!*

Orrin apenas olhou melancólico, enquanto seus ex-futuros parceiros comerciais prosseguiam com sua tarefa infeliz. Sua mente dava voltas. Ainda podia haver um jeito de salvar o acordo. Contudo, tanta coisa estava acontecendo naquele momento, e agora ele se dava conta de uma voz rouca ali perto. Ulbreck estava do lado de fora, já recuperado e contando sua história de heroísmo a qualquer um que estivesse disposto a escutá-la.

E as pessoas *estavam* escutando a história, impressionadas. Havia uma dezena de Tuskens mortos na loja; todos os mais próximos de uma das entrada estavam dando uma olhada nos corpos, enquanto Annileen e os outros tentavam retirá-los dali. Uns tinham sido mortos por disparos de blaster, mas outros pareciam ter marcas de queimaduras. O que Ulbreck havia achado debaixo do balcão para atirar neles? Nem mesmo o próprio velho parecia saber. Mas naquele momento ele parecia estar preenchendo as lacunas de sua história rápido o suficiente para nem se dar conta delas. Ben, o errante, continuava na história, mas chegando depois que tudo já tinha terminado: o maluco idiota vinha levando uma lata de retardante de fogo para um tiroteio.

E havia outra coisa na história de Ulbreck, que ele repetia a cada três frases:

— Claro que fiz isso tudo sozinho: vocês não podem depender do Gault e de seu clubinho para nada. Chamado dos Colonos? — ele disse, cuspindo por entre os dentes marrons. — *Fracasso dos Colonos*, é assim que isso deveria se chamar!

— Isso não é justo, Wyle! — Orrin abriu caminho pela multidão até o velho. — Foi azar. Um dia de festival...

— Eu não pagaria mais um crédito sequer para esse fundo, se fosse vocês — gritou Ulbreck. — Eu ia querer meu dinheiro de volta! — Ao redor dele, vários dos que escutavam concordaram com a cabeça, começando a conversar uns com os outros.

— Não! — Orrin podia sentir seu coração acelerar. — Me escutem todos vocês! — Ele foi até seu landspeeder, colocando a bota em cima do capô, exatamente como havia feito no dia da comemoração da vitória, dias antes. Aquela era a mesma pose, a mesma multidão... Mas tudo parecia tão diferente, agora. — Pessoal, o Chamado *funcionou*. Annie só não estava com o ativador à mão. Assim que o alarme soou, todos os Tuskens fugiram como ratazanas womp assustadas. — Ele levantou a voz. — Todos eles... Até mesmo *Olho-de-rolha*!

Olho-de-rolha? De repente, as conversas esparsas na multidão se tornaram uma só.

— Olho-de-rolha esteve aqui? — perguntou um fazendeiro.

— Sim... E todos eles seguiram naquela direção — disse Orrin, apontando para o sul. — Recebemos um relatório de um skyhopper. Eles estão indo para o Desfiladeiro de Hanter!

O burburinho virou silêncio. Então, o grupo inteiro começou a gritar.

— Então vamos agora, é nossa chance de pegar todos eles! — alguém disse.

Orrin olhou ao redor enquanto o clamor só aumentava, sem que ele tivesse certeza absoluta do que deveria fazer em seguida. Naturalmente, a multidão tinha razão: a perspectiva era óbvia. Olho-de-rolha havia trazido mais guerreiros do que Orrin conseguia se lembrar de ter visto nos últimos tempos. Agora, eles estavam fugindo na direção do Desfiladeiro de Hanter, uma parte bem mapeada do Deserto de Jundland, perto da entrada mais próxima da Fenda de Roiya, o labirinto rochoso onde os Tuskens gostavam de se esconder. Olho-de-rolha podia achar que eles estavam indo para um lugar seguro, mas, na verdade, estavam indo direto para uma armadilha. Essa poderia ser finalmente a chance que a milícia do Chamado dos Colonos tinha de eliminar o Povo da Areia, acabando com aquela ameaça de uma vez por todas.

Orrin olhou para os Devaronianos que partiam, e depois para Ulbreck. O velho havia perdido sua plateia, mas em pouco tempo ele certamente voltaria a falar. Orrin tinha de impedir isso.

Ele olhou para os sóis. Vendo que ainda faltava muito para eles se porem, Orrin tomou sua decisão. Não, ele não podia deixar um ataque desses sem resposta. Os Tuskens haviam ferido o coração de sua operação, tenham eles se dado conta disso ou não. Os moradores do oásis pagavam seus créditos suados ao Fundo do Chamado dos Colonos. Se o Chamado não fosse capaz de proteger sua própria sede, não valeria de muita coisa, não é?

Ele olhou direto para Mullen.

— Está certo! Chegou a hora. Pilotos para a esquerda, atiradores para a direita. — Ele deu um sorriso sombrio e disparou o blaster para o ar. — Vamos caçar!

— Isto é nojento — disse Leelee, enquanto cutucava um cadáver Tusken com o cabo de uma vassoura e franzia seu nariz vermelho. — Acho que nunca mais venho comer aqui.

— Obrigada pelo apoio — disse Annileen, puxando a ponta de uma lona. O guerreiro Tusken morto jazia sobre ela, com o rosto voltado para baixo, e o corpo sacolejava, enquanto ela o arrastava até a porta leste do Lote. Annileen não sabia o que o Povo da Areia comia, mas aquele ali era bem pesadinho.

O bando de Olho-de-rolha mal havia partido quando Annileen já começava a trabalhar, pensando em como consertar seu armazém. Ela não podia esperar. Muitos clientes haviam visto aquele caos no Lote acontecer, e reagiriam da mesma forma que Leelee. Não havia a menor chance de que o Lote pudesse abrir novamente hoje; os Tuskens haviam arruinado uma noite inteira de lucro, com parte de sua propriedade. Mas, se houvesse alguma esperança para o futuro, a limpeza não podia esperar.

Kallie, com seu lenço de montaria puxado para cobrir a boca, tornou a entrar, jogando um par de luvas para Leelee.

— Pronta pra mais um — disse a garota. — Devemos empilhá-los no curral dos costas-de-orvalho?

— Não podemos fazer isso — disse Annileen. — Eles fedem muito. Os costas-de-orvalho nunca mais iriam dormir lá. — Ela se virou para a filha. — Amarre um hoverpallet à traseira da LiteVan. Vamos rebocá-los até os Ribombos, assim que Orrin nos liberar.

— Os Ribombos? Vamos ter cadáveres rolando pelo lugar todo.

— Eu não dou a mínima. — Annileen olhou fuzilando para a mancha preta no lugar em que o corpo do Tusken havia estado. Que um sarlacc ficasse com o que havia restado dele!

Aquela havia sido uma total violação de tudo o que ela amava na vida... E justo naquele dia, ainda por cima! Annileen só havia saído uma vez do armazém depois do ataque, apenas por tempo suficiente para ver o que havia acontecido com o velho Número Um. O vaporizador era uma das últimas presenças diárias de Dannar em seu mundo, e mesmo a vinte metros de distância ela podia dizer que o valioso equipamento havia sido danificado para muito além de qualquer conserto.

Pelo menos sua família estava bem, embora ela pudesse pensar em melhores maneiras de deixar Jabe sóbrio que um ataque de Tuskens. Todas as suas preocupações anteriores pareciam um alívio, agora. Disciplinar seu filho — o que havia de errado com ele, afinal? — seria moleza depois disso tudo.

Ben surgiu na porta da garagem.

— O dr. Mell partiu com Bohmer — ele disse, enxugando as mãos em um trapo. — Ele vai sobreviver.

— É um milagre — Annileen disse, se animando. — Não sei o que você fez, Ben, mas estou feliz por você ter estado aqui hoje.

Leelee levantou a cabeça. Ela apontou para Ben, depois para Annileen.

— Você. E *você*. Vocês estavam aqui juntos hoje, é?

— O dia todo — Kallie sussurrou para Leelee, alto o bastante para que Annileen pudesse ouvir. — E sozinhos. — Leelee voltou a olhar para Annileen, erguendo uma sobrancelha.

— Também havia alguns Tuskens — disse Ben. — É melhor eu ir, agora. — Ele voltou a colocar o capuz na cabeça e passou rápido pela mulher Zeltron, que soltou um sorriso irônico quando ele passou.

Annileen deu um suspiro exausto e assentiu para Ben. Ela se dirigiu até os recipientes de água, tombados porém intactos.

— Você provavelmente deveria levar a água pela qual pagou. — Ela tirou as luvas e começou a caminhar na direção de Ben, mas ele já estava abrindo a porta.

Então, veio um grito do lado de fora:

— *Wa-hooo!*

Ben ficou parado perto da porta, vendo os landspeeders passarem, um atrás do outro, cheios de passageiros empolgados. Annileen correu até ele, cansada. *Se forem fãs chegando da corrida,* ela pensou, *vão se decepcionar.*

Contudo, quando Annileen se juntou a Ben do lado de fora, viu que as garagens não tinham mais nenhum veículo do Fundo dos Colonos: todos eles estavam agora seguindo para o sul, lotados de colonos gritando e brandindo armas, tanto os jovens quanto os velhos. A maioria deles, jovens. E o USV-5 de Orrin estava bem à frente, levando vários passageiros consigo.

— Ah, céus... — disse Ben. — Você não acha que...

— Eu acho — disse Annileen, soltando um palavrão em seguida. Ela correu para as garagens, chamando por seu filho. Mas só encontrou Zedd, sentado, massageando suas costelas feridas em um torpor induzido por medicamentos. Ela precisou tentar duas vezes para conseguir que ele falasse.

— Eles foram atrás do Olho-de-rolha — ele finalmente disse, fazendo uma careta. — Desfiladeiro de Hanter.

— E Jabe?! Eles levaram Jabe?

— Ele foi o primeiro a ir — disse o fazendeiro, sorrindo por entre dentes quebrados. — Espero que eles fritem alguns por mim.

Furiosa, Annileen saiu correndo, passando pelo homem ferido e indo em direção ao interior da garagem. Vinte segundos depois, emergiu montada em uma speeder bike velha, um dos veículos de aluguel menos usados de Gloamer. Dando a volta ao redor do armazém, ela viu Ben caminhando até sua eopie.

— Jabe foi com eles — ela disse, flutuando em seu veículo. — Estão indo para o Desfiladeiro de Hanter.

Ben olhou preocupado para ela.

— Não conheço o lugar. É muito ruim?

— Ruim o bastante. Não há como sair de lá — ela disse. — Os Tuskens não terão outra saída a não ser lutar!

Ben estreitou os olhos.

— Ele está com Orrin... Bom, mas isso não significou muita coisa antes.

— Eu sei disso. — Annileen apertou com força o acelerador. — Ele tem dezesseis anos, Ben, e estava bebendo. Não sei como ele está agora.

— O que me preocupa mais é como *você* está. Você parece exausta. — Ele foi na direção de Annileen, pegando uma das barras do guidão. Mesmo com a bike em modo de pausa, as mãos dela tremiam. Seus olhos, no entanto, ardiam com determinação e fúria.

— Este foi o dia em que perdi Dannar — disse Annileen —, e quase perdi a loja dele hoje. Não vou perder seu filho também!

— Eu vou no seu lugar — disse Ben, depois de um momento. — Vou cuidar do garoto.

— Cuide de nós dois, ou de ninguém — disse Annileen, girando o acelerador e se ajeitando para a frente no assento da bike. — Porque eu vou!

CAPÍTULO DEZOITO

A PULSAÇÃO DE ANNILEEN NÃO HAVIA DESACELERADO NEM UM pouco enquanto os quilômetros passavam em disparada, mas ela se sentia melhor por ter Ben a seu lado. Ela podia sentir os braços dele a segurarem firme pela barriga, sempre que a speeder bike fazia uma curva fechada. Annileen havia decidido pilotar, já que sabia para onde estavam indo, e Ben estava aparentemente disposto a deixá-la assumir o comando.

Os sóis da tarde castigavam sua testa: ela havia saído sem o equipamento de proteção para a cabeça. O que é mesmo que Annileen havia dito a Ben? Toda aquela história da relação entre os sóis e o envelhecimento? *Experimente ter filhos*, ela pensou.

Jabe! O que havia de *errado* com aquele menino, afinal? Certo, ele detestava trabalhar no armazém. Quando Annileen tinha a idade deles, também sentia tédio em trabalhar; mas ela tinha de fazer isso, e ele também. Ela entendia que o filho estava saindo com os Gault para aliviar a pressão. Mas o garoto era franzino — não era um grandalhão como Zedd, nem um pistoleiro de olhos aguçados como Mullen. Caçar recompensas não estava em seu futuro profissional. Por que arriscar o pescoço caçando Tuskens, então?

Ela já sabia a resposta para essa pergunta. Os Tuskens haviam matado seu pai. Hoje também era um dia do qual Jabe sempre se lembraria.

Ela só esperava poder alcançá-lo a tempo.

A'Yark gritou de agonia.

Nunca havia corrido tanto, por tanto tempo. O Povo da Areia sabia correr; pelo menos isso o sol covarde havia lhes ensinado. Mas havia um bom motivo pelo qual os Tuskens raramente se afastavam demais de seus acampamentos e banthas: um gaderffii era uma ótima arma para se segurar ao longo de uma corrida rápida, mas depois de uma certa distância tornava-se um peso incômodo, e até mesmo o melhor guerreiro corria o risco de bater o joelho nele e se machucar. A'Yark já havia batido os dois naquela fuga, ferindo ainda mais os músculos das pernas, que já estavam pegando fogo. E sem os banthas para orientá-los, guerreiros inexperientes provavelmente iriam se perder. O grupo à frente, por exemplo, já havia se perdido. A estupidez era inteiramente deles, mas o fracasso era responsabilidade de A'Yark, que havia calculado um ataque bem-sucedido e uma retirada ordeira. A menos que A'Yark conseguisse que os guerreiros em fuga mudassem de direção, todos acabariam mortos.

A'Deen tinha a velocidade dos jovens. O mais novo guerreiro do clã agora corria à frente de A'Yark, levando seu aviso aos demais. Os Tuskens haviam acabado de passar pelo desfiladeiro em forma de caixa conhecido como Boca Falsa, pensando que ele levaria na direção dos Pilares. De fato, existia um caminho para cima e para fora, mas só A'Yark sabia onde ele ficava.

Um landspeeder prateado passou guinchando: o veículo do Sorridente.

Eu devia ter matado você quando tive a chance, pensou A'Yark.

A'Yark mergulhou para trás de uma formação escura, na encosta irregular da colina, e ficou aguardando. Mais máquinas seguiram o landspeeder. Algumas foram na direção da Boca Falsa, mas outras se separaram do comboio, subindo as rampas para leste e oeste da fenda. Uma máquina voadora com asas angulares ficou flutuando no alto, além do alcance dos rifles.

Tantos colonos. Tantos veículos. As forças do Sorridente haviam vencido batalhas contra o bando de A'Yark no passado, matando alguns Tuskens e pondo o resto para correr. Mas aquilo era diferente.

A'Yark havia atacado o humano em sua própria toca e fracassado. Não haveria piedade dessa vez.

A'Yark viu o veículo voador passar entre os sóis. O sol mais velho também havia fracassado na hora de matar, e sua sentença era uma vida inteira de fuga. A'Yark até podia fugir agora, e viver. Mas o restante, não.

E A'Yark havia enviado A'Deen para junto deles. Seu último filho sobrevivente. O fim de sua linhagem. *Muitas linhagens estão acabando*. A'Yark amaldiçoou sua dor e disparou colina acima.

— Você pegou eles! Você pegou eles! — O rosto de Orrin era todo sorrisos quando ele desligou o comlink. O skyhopper os havia guiado bem, e seu operador apontava a exata localização dos Tuskens abaixo. Outra confirmação vinha das inúteis rajadas de blaster que os Tuskens disparavam para o ar, tentativas em vão de derrubar o veículo de três asas.

O Desfiladeiro de Hanter, um domo vulcânico no pé das colinas do Deserto de Jundland, serpenteava a partir de sua enorme abertura, emoldurada por dois cantos. Ali, ramificava-se em uma dezena de escadarias íngremes, a maioria delas alta demais até mesmo para que um Wookiee fosse capaz de subir. Mas as paredes oeste e leste do desfiladeiro eram niveladas no topo, e os colonos podiam contar com algo que os Tuskens não tinham: olhos no ar. Os Tuskens haviam entrado numa verdadeira câmara da morte.

— Fiquem longe da beirada — ordenou Orrin aos colonos estacionados ali perto. Não havia sentido em abrir fogo. — Esperem até que eles tentem subir. Aí, podem acabar com todos eles.

E era o que já estava acontecendo. Do alto de uma escarpa que se projetava desfiladeiro adentro, outro grupo de colonos já estava disparando para baixo, acertando Tuskens como moscas pousadas em uma parede. Rajadas alaranjadas salpicavam a face da encosta ao redor dos nômades. Um após o outro, eles uivavam e caíam. Mais colonos disparavam nos Tuskens que atingiam o chão. Orrin reconheceu Jabe e Veeka entre eles.

Gritos de alegria se fizeram ouvir à esquerda de Orrin, quando a cena se repetiu mais acima do desfiladeiro. Orrin relutara em ordenar uma investida tão cedo depois do ataque ao oásis, mas agora percebia que havia sido a coisa certa a se fazer. As pessoas precisavam disso. Os habitantes locais não se sentiriam seguros em relação ao Lote ou ao Chamado dos Colonos sem que alguma coisa fosse feita para cauterizar a ferida. O ataque merecia uma resposta à altura.

Não, aquilo tinha que acontecer. E, andando calmamente em direção à beirada, com o rifle erguido, Orrin se surpreendeu com a sensação de bem-estar que experimentava naquele momento. Ele não estava só, percebendo o mesmo espírito de otimismo nos rostos daqueles a seu redor. Reconheceu entre eles vários dos vizinhos do leste, que haviam enterrado os corpos da milícia de Cliegg Lars, anos antes. Orrin não era capaz nem sequer de imaginar o que eles haviam visto naquele dia. Poucos haviam falado a respeito, desde então. Alguns eram a favor de retaliação na época, mas acabaram entendendo que sair em uma caçada tão distante do território que conheciam seria provavelmente um tiro no pé.

Orrin pensou que recuar após uma cena como aquela era algo que certamente afetava uma pessoa. Você podia até se esconder e dizer a si mesmo que estava fazendo a coisa certa, mas, se fosse humano, seu sangue acabaria virando pó em suas veias. Ou ácido. Para os que estavam ali com Orrin, aquele momento era mais do que simplesmente certo.

Era *necessário*.

Ao chegar à beirada, ele se agachou. Toda essa cautela não era necessária. Nenhum disparo vinha do fundo do desfiladeiro. Dezenas de guerreiros envoltos em trapos corriam de um lado para o outro, alguns abandonando os bastões gaffi e as armas, buscando caminhos que os levassem para fora da zona de morte.

Mas que bando de imbecis, pensou Orrin. Ele teve medo de que as criaturas tivessem ficado mais inteligentes, quando atacaram o oásis. Era improvável, claro; alguém que enrolava ataduras na cabeça e vivia no deserto não podia ser muito esperto. Mas o Lote de Dannar era, de fato, o centro de defesa para todas as terras que cercavam o Oásis Pika. E eles não haviam atacado a torre com a sirene, afinal? Vendo os selvagens na correria pela sobrevivência agora, Orrin deduziu que aquilo havia sido puro acaso. Olho-de--rolha podia até ter algum bom senso, mas o resto dos Tuskens era realmente de baixa qualidade.

Orrin ajoelhou-se e começou a trabalhar, a fim de ajudar a diminuir a quantidade de Tuskens. Um caçador de aspecto franzino estava no alto da colina em frente, lutando para subir uma inclinação rochosa, indo em direção a uma fenda. Orrin avistou o bandido e atirou. O disparo pegou o Tusken no meio das costas, jogando-o do outro lado da crista e para fora de seu campo de visão.

— Era o Rolha? — perguntou seu vizinho.

— Alto demais. Mas depois a gente descobre quem é quem — disse Orrin, e estalou a língua. — Eles já estão até usando mortalhas, pessoal. Podem derrubar todos no chão!

Annileen perdeu o fôlego.

Do lado oeste do desfiladeiro, ela e Ben haviam pilotado ao longo de um caminho em espiral, cheio de pedras, até uma fenda mínima na lateral da colina. Arrastando-se pelo barranco de fragmentos de rocha, ela tinha ouvido os ecos dos disparos por todo o desfiladeiro. Agora, deitada de bruços, ela pôde ver o que estava acontecendo.

— Eles... Eles estão sendo massacrados — disse Annileen. Ben, alguns metros atrás dela, não disse nada. — Os Tuskens, quero dizer — completou, olhando para trás. — Estão sendo massacrados.

— Eu sei — disse Ben.

Ele estava de joelhos, com os olhos fechados, parecendo estar com dor de cabeça. Seriam os sóis, os sons, a tensão do dia inteiro? Annileen não saberia dizer. Ben parecia novamente recolhido àquele lugar obscuro, do qual suas viagens até o Lote o haviam ajudado a escapar. Mas Annileen também podia sentir uma dor de cabeça chegando... Especialmente quando via Jabe, atirando alegremente na galeria, ao lado de seus amigos.

Ela balançou a cabeça. De onde estava, não havia como chegar até Jabe. No entanto, aparentemente ele não estava correndo perigo algum, e nem ela ou Ben. Annileen levantou-se, com a intenção de tentar gritar para o filho, mas seus músculos, tensionados desde que os Tuskens chegaram ao Lote, subitamente ficaram moles como geleia. Sentindo o ar deixar seus pulmões, ela caiu de joelhos, mantendo os olhos ainda centrados em Jabe.

Ben juntou-se a ela no ponto de vigia. Ajoelhado a seu lado, ele falou, usando seu tom de voz baixo e calculado:

— Como você se sente em relação a isso? Digo, depois do que os Tuskens fizeram a Dannar. E à loja.

— Mal. — Annileen fechou os olhos, sem perceber por que havia respondido aquilo. Mas repetiu: — *Mal.*

Ben baixou a cabeça. Por um momento, ela pensou tê-lo ouvido dizer: "*Ótimo*".

A'Yark deu um salto, e sua capa drapejou quando as botas atingiram o solo. Do alto da ravina, outro guerreiro se encolhia sob uma protuberância. Ao ver A'Yark, o guerreiro se esgueirou para fora, trêmulo e aterrorizado.

Não é meu filho. A'Yark simplesmente apontou na direção de uma pequena elevação, atrás de onde estavam. Era outro covarde, outro tolo perdido que não merecia salvação. Mas haveria tempo para recriminações mais tarde.

Um disparo de blaster atingiu a face de rocha mais próxima. Pés tornaram a se pôr em movimento, em ritmo constante. A'Yark conhecia bem o desfiladeiro e seus esconderijos. A'Deen estaria ali, em algum lugar. A'Deen, que havia escutado, e não fugido. Escutado, e ido encontrar os outros.

A'Yark ouviu mais vozes Tuskens vindas da elevação. Ainda havia uma chance.

— Aquele ali é apressadinho — disse Mullen, enquanto observava o pai disparar.

— É. — Orrin não conseguia mirar direito no Tusken, mas não importava. Sempre que uma Pessoa da Areia pulava para fora da mira do seu rifle, outra entrava nela, praticamente implorando para levar um tiro.

Rajadas de blaster vinham de toda parte, todas indo em uma só direção. Orrin pensou que aquela seria lembrada como uma das grandes batalhas de todos os tempos.

Séculos antes, Alkhara, um pesquisador que se tornara bandido, havia se voltado contra seus aliados Tuskens no Grande Platô de Mesra, exterminando todos eles. Cerca de uma década antes, dezenas de Tuskens haviam sido mortos, apanhados no meio de uma batalha entre Hutts. Ninguém contou os corpos naquela época; da primeira batalha, só a lenda existia. Orrin era um fazendeiro, não general, mas tinha a sensação de que a Batalha do Dia da Comet Run estaria bem no alto da lista das maiores derrotas já sofridas pelos Tuskens.

Era algo estonteante. Baixando o rifle, seus olhos foram de um cadáver a outro. Eram tantos os corpos que ele começou a parar para pensar.

— Estamos passando da conta... — ele disse baixinho ao filho. Um colega fazendeiro ouviu e riu.

— O que foi? Vocês estão com medo de que a gente acabe nem precisando mais do Chamado dos Colonos?

Mullen olhou ansioso para o pai.

— Não — disse Orrin, levantando a voz. — Sempre haverá uma Pessoa da Areia atrás de cada rocha no Deserto.

Orrin voltou a se agachar e examinou os nichos na face oposta de pedra. Ao acompanhar uma queda com os olhos e subir a mira na sequência, ele percebeu um movimento. Seu dedo roçou o gatilho por meio segundo antes que sua mente registrasse o que ele havia visto.

— Annie?

Mullen se aproximou quando Orrin levantou e apontou. Passaram os macrobinóculos de Mullen entre eles. De fato, era Annileen, Orrin constatou.

E Ben. Mais uma vez.

— Eles estão simplesmente ali parados, sentados — disse Mullen. — Não querem participar?

Orrin tornou a olhar para eles e abriu um sorriso.

— Nem todo mundo foi feito pra lutar.

Annileen voltou para a speeder bike, que flutuava aos pés da escadaria de rocha. Não havia muito mais que ela pudesse fazer. Orrin levaria Jabe para casa. E havia tanta coisa para cuidar no armazém... Arrasada, ela olhou para Ben.

— Meus convidados foram embora. Tenho certeza de que poderíamos aceitar uma mãozinha na limpeza se você quisesse ficar...

— Eu realmente preciso pegar Rooh e ir para casa.

— Está bem. — Ela não tentou argumentar. Começou a descer a colina, passando por pedregulhos enormes, indo em direção ao veículo.

Não chegou lá. Um Tusken alto emergiu de trás de uma grande rocha, erguendo seu gaderffii com as duas mãos sobre a cabeça. Por um momento, ela ficou parada, assustada demais para se mover.

O Tusken fez a mesma coisa, reconhecendo-a.

— *Ena'grosh*!

Annileen sentiu o braço de Ben tocar o seu por trás... Então, o mundo começou a voar ao seu redor. No segundo seguinte, Ben estava em pé onde ela havia estado, com os braços levantados e lutando contra o Tusken pelo controle da grande arma. Capas marrom e bege dançavam em uma espiral cambaleante pelo terreno acidentado, e as botas por pouco não atingiram Annileen onde ela havia caído.

Annileen estendeu a mão, torcendo para agarrar a bota do Tusken e derrubá-lo. Mas, na confusão, acabou agarrando Ben, desequilibrando-o. O Tusken avançou furioso, forçando Ben a recuar. Caído, Ben agarrou o gaderffii com as duas mãos, fazendo força contra o peso do agressor, que agora tentava esmagá-lo.

Ajoelhando-se rapidamente, Annileen lembrou-se da única coisa que havia trazido consigo, além de Ben e da speeder bike. Arrancando o blaster de seu coldre, ela cambaleou na direção do Tusken, preparando um tiro à queima-roupa...

... só para ver o caçador subitamente cair, como um peso morto. Ben ergueu o gaderffii e a figura rolou uma, duas vezes, caindo inclinação abaixo na direção da speeder.

Annileen correu até Ben.

— Você está bem?

— Estou — ele disse, limpando a poeira de sua roupa. — Mas acho que nosso amigo já estava praticamente morto quando me atacou.

Mantendo a pistola apontada para o corpo, Annileen se aproximou lentamente. Os mantos do Tusken estavam chamuscados, como resultado de um disparo de blaster de precisão.

— Praticamente morto? Mas ele tentou matar você.

— Em um último esforço — disse Ben, levando a arma do guerreiro colina abaixo. Annileen olhou para ele, sem acreditar. Ben estava calmo, como de costume, e passou por ela para enfim ajoelhar-se ao lado do corpo do Tusken. — Sim — ele disse, examinando o cadáver. — Morto, com certeza. E também era jovem. Provavelmente tinha a idade de Jabe.

Annileen arregalou os olhos. Ela nunca havia olhado uma Pessoa da Areia de perto. Ninguém queria ficar muito tempo perto deles, como ela própria havia acabado de vivenciar! Além disso, não havia muito o que ser visto. As ataduras, os mantos e a capa escondiam a figura em seu interior. Mas ela podia ver agora, quando Ben rolou o Tusken para cima: a estrutura do guerreiro era pequena, como a de seu garoto.

— A idade de Jabe... — disse ela, encarando Ben, cética. — Pessoas, como nós?

— Não, a lição aqui não é essa. — Ele olhou para ela. — Você queria estudar exobiologia. A galáxia está cheia de criaturas que não se parecem em nada conosco. Podemos tentar compreendê-las, e devemos fazer isso. Mas, ainda que aceitemos que elas fazem o que lhes é natural, ninguém é obrigado a obedecer quando um sarlacc pede para jantar.

Annileen riu pela primeira vez desde aquela tarde, no armazém. Mas o suspiro de alívio que se seguiu ainda não havia saído totalmente de seus pulmões, quando ela viu outra figura, espiando-a por cima da crista norte. A visão a fez ficar paralisada.

— Olho-de-rolha — ela disse, reconhecendo o rosto de antes.

— E companhia — disse Ben, fazendo gestos para oeste e sul. Todos os sobreviventes estavam ali, ao que parecia, espreitando por sobre as colinas. Cabeças se levantavam e desapareciam, assim como uma série de gaderffiis e rifles blaster.

Annileen começou a caminhar em direção à speeder bike. Ben levantou-se e a impediu.

— Não — ele disse. — Eles vão atirar em nós, assim como a milícia atirou neles.

A milícia! Annileen olhou para trás, para a elevação a leste. Ela e Ben certamente virariam alvos se tentassem subir por ali, e ninguém do grupo de Orrin sequer sabia que eles estavam ali.

Perceberam movimento atrás das colinas.

— Eles estão se reagrupando. Provavelmente certificando-se de que estamos sós — ele disse, baixando a voz. — Fique calma e me siga.

Ela olhou para ele, espantada.

— Para fazer *o quê*?

— Uma pequena experiência de exobiologia — ele disse, ajoelhando-se ao lado do Tusken morto. — Rápido. Me dê uma mãozinha!

CAPÍTULO DEZENOVE

Isso é loucura! Isso é loucura!

Annileen tremia sob os sóis da tarde, sem nem prestar atenção no calor. O medo há muito tempo havia transformado seu sangue em gelo, seus músculos em pedra. Mesmo assim, Ben caminhava; então, ela também caminhava.

Eles foram cada um até um dos lados da speeder bike flutuante, cada um segurando um dos guidões. O bastão gaderffii do guerreiro morto foi colocado transversalmente contra as barras, na frente deles e ao nível do peito, enquanto ambos empurravam o veículo para a frente. Caído sobre o assento, jazia o corpo do caçador Tusken, pendendo de onde Ben o havia colocado.

Annileen pensou que Ben estava ficando louco quando ele ergueu o cadáver fedorento do chão, e chegou a levantar a voz para discordar quando ele o colocou em cima da bike. No entanto, Ben rapidamente fez com que ela se calasse. Os sobreviventes Tuskens estavam lá fora, provavelmente procurando por eles. O fato de que não haviam atacado ainda, conforme Ben havia sussurrado a ela, queria dizer que estavam tentando descobrir se Ben e Annileen ainda estavam vivos. Mas era apenas questão de tempo. Então, ele começou a caminhar com a bike até a elevação norte.

Agora Annileen podia ver todos os Tuskens, do outro lado da colina. Olho-de-rolha estava ajoelhado, com a arma na mão, acima de sete sobreviventes Tuskens. Os guerreiros haviam se refugiado em uma depressão formada pelas correntes e pelos turbilhonamentos do vento, batendo contra as encostas que davam para o desfiladeiro.

Deitados de bruços em espécies de trincheiras de pouca profundidade, suas capas beges, misturadas à areia, os protegiam dos olhos de quem estivesse no skyhopper.

Annileen olhou para cima, preocupada. Ela já não via o veículo voador havia algum tempo. Talvez tivesse sido necessário reabastecê-lo, ou a milícia não precisasse mais dele. Contudo, Annileen certamente precisava dele agora. O Povo da Areia ficou olhando enquanto ela e Ben se aproximavam. Uns olhavam para eles; outros, para o alto. *Eles sabem*, ela pensou, prendendo a respiração. *Eles sabem que estamos sozinhos*.

— Você não está sozinha — disse Ben.

Na depressão arenosa a cerca de dez metros de distância, Olho-de-rolha se levantou. Outros também se levantaram, seguindo o gesto de seu líder. Discretamente, Annileen tirou a mão direita do guidão e apalpou o blaster, no coldre em sua cintura.

— Não faça isso — disse Ben.

A'Yark olhava fixamente para os dois, sem saber o que pensar. Certamente seu único olho que prestava estava começando a lhe falhar. Os humanos, tanto o Cara Peluda quanto a Moldadora de Ar, estavam caminhando firmemente em sua direção.

Aqui, não havia sirenes ou quaisquer outros truques que a Moldadora de Ar pudesse usar. Teria ela algum outro poder, um que a permitisse caminhar assim, de forma tão atrevida, no meio dos Tuskens? Mesmo que houvesse algo, tal presunção tinha de ser punida. Mesmo caçados, mesmo aterrorizados, os Tuskens teriam sua vingança...

— A'Yark! — disse um guerreiro. — Olhe!

A'Yark olhou entre os humanos e reconheceu a forma inerte sobre o veículo.

A'Deen.

Annileen esqueceu o aviso de Ben quando o guerreiro caolho resfolegou. Ela soltou o guidão e sacou a arma. Olho-de-rolha partiu na direção dos dois. Atrás dele, outros do Povo da Areia surgiram, vindos da depressão. Contudo, antes que Annileen pudesse atirar,

Ben se posicionou na frente da bike, colocando-se no meio da linha de fogo.

Somente nesse momento Annileen percebeu que Ben estava com a arma do garoto morto nas mãos. Ben levantou o gaderffii e, então, fez uma coisa que deixou tanto Annileen quanto os Tuskens espantados.

Ele o colocou no chão.

E o fez lentamente, de forma que os Tuskens pudessem ver com clareza cada um de seus movimentos.

Olho-de-rolha, que já havia cruzado metade da distância até eles, parou.

Ben não tirou os olhos dos Tuskens ao soltar a arma e recuar.

— Estou mostrando a eles — ele disse, em pouco mais que um murmúrio — que não peguei um troféu.

Ele deu mais um passo para trás e empurrou suavemente a hover bike com a mão. Annileen, assustada, tentou agarrar em vão o assento do veículo, quando ele passou por ela.

A bike flutuou desajeitada, cobrindo a distância até o líder Tusken, que a agarrou. Em um movimento apressado, Olho-de-rolha arrancou o corpo de onde estava e se ajoelhou sobre ele, enquanto os outros guerreiros permaneciam para trás.

Annileen ficou olhando a cena, enquanto o odiado caçador examinava o corpo. Alguma coisa não estava certa. As dobras da roupa, a forma da figura ajoelhada... Mas, principalmente, a maneira como Olho-de-rolha tocava o rosto do jovem morto...

— É uma fêmea — Annileen sussurrou para Ben. — *Ela é a mãe dele.*

A'Yark levantou a cabeça ao ouvir o som da voz da Moldadora de Ar e soltou um uivo.

Quem se importa se os colonos ouvirem? A fúria percorreu as pernas e os braços cansados de A'Yark. Muitos guerreiros tolos haviam morrido naquele dia. Mas A'Deen havia agido como um verdadeiro Tusken!

A'Yark urrou e ergueu o gaderffii de seu filho. Atrás dela, os demais Tuskens ergueram seus rifles. A Moldadora de Ar havia sido a responsável por aquilo. Sua existência havia provocado A'Yark a levar seu povo àquele grande massacre. *Quem se importa se a Moldadora de Ar tem um blaster, ou grandes poderes? Ela irá pagar pelo que fez!*

Antes que A'Yark pudesse dar mais um passo, o Cara Peluda disparou na frente da Moldadora de Ar, e seu manto marrom se abriu quando ele se moveu. Metal faiscou na cintura do humano, refletindo os sóis da tarde.

Uma arma. Não importa! A'Yark se preparou para atacar...

... e parou, tornando a olhar para o bastão de metal curto que pendia de uma presilha nas dobras do manto do homem. A Moldadora de Ar não podia ver, mas A'Yark, sim. E A'Yark se lembrava de ter visto algo assim antes, anos antes.

— Sharad — disse A'Yark, apontando para a arma parcialmente oculta do homem. — *Sharad Hett.*

Agora era a vez de Ben ficar estupefato. Annileen não podia ver o que havia feito a mulher Tusken parar de avançar, mas o que quer que ela havia acabado de dizer parecia ter deixado Ben intrigado.

— Sharad? — Ben fechou gentilmente as dobras de seu manto, parecendo compreender. — Você conheceu Sharad Hett.

Logo atrás, dois guerreiros começaram a se mover novamente. A líder de guerra resfolegou para eles. Começaram a discutir. Ben ficou ouvindo, profundamente interessado.

— A'Yark — Ben finalmente disse, ousando interromper. — Esse é seu nome? A'Yark!

Ouvir seu nome na boca de um colono fez A'Yark estremecer. Nomes eram coisas preciosas para os Tuskens. Os humanos davam nomes para animais, de modo que eles viessem quando chamados. Nenhum colono tinha o direito de chamar um Tusken pelo nome, em nenhum lugar. Não se quisesse viver.

E, no entanto, com o Cara Peluda era diferente. Ele carregava a espada que fazia luz, exatamente como Sharad Hett. Sharad havia sido o guerreiro mágico que vivera com seu povo tantos anos antes, um ser com os mesmos poderes que A'Yark havia atribuído à Moldadora de Ar.

Um dos companheiros mais jovens de A'Yark tornou a avançar. Ele não havia conhecido Sharad, nem entendia o poder do humano. Antes que A'Yark pudesse dizer qualquer coisa, o Cara Peluda levantou a mão.

— *Você não quer nos machucar* — ele disse, usando as estranhas palavras dos colonos. A'Yark conseguia entendê-las vagamente. Ela as havia aprendido com sua irmã adotiva, K'Sheek... E com Hett, com quem sua irmã havia se casado.

O jovem guerreiro não conhecia as palavras humanas. E, no entanto, ele agora as dizia, na língua Tusken:

— *Eu não quero machucar vocês.*

— *Já houve muitas mortes* — disse o Cara Peluda.

— *Já houve muitas mortes* — repetiu o guerreiro.

A'Yark ficou boquiaberta. Não eram palavras que um Tusken diria, em idioma algum. Não havia mais dúvida, e A'Yark percebeu seu erro. A Moldadora de Ar não havia salvado a si mesma de ser esmagada no deserto, naquele dia. Fora o Cara Peluda com seu poder, o tempo todo.

A'Yark lembrou-se do ataque ao prédio dos colonos de antes, e dos corpos no chão. Os golpes que sua gente havia sofrido não deixaram marcas das armas, e o Povo da Areia certamente conhecia esse tipo de marcas. Naquele momento, A'Yark não havia pensado muito a respeito. Agora, no entanto?

— Para trás — A'Yark disse a seus companheiros. — Eu explico depois. Para trás... E cuidado.

Os Tuskens ficaram ansiosos, mas obedeceram, recuando rumo à depressão.

— Ben? — a Moldadora de Ar perguntou ao Cara Peluda, assustada e intrigada.

— *Ben* — disse A'Yark, voltando a olhar para a arma prateada, que agora mal aparecia por baixo do manto dele. — Você é Ben.

Annileen havia pensado que não conseguiria ficar mais chocada do que já estava. Mas ouvir palavras do Básico na voz rouca de uma Pessoa da Areia era mais um fator de surpresa.

Ben simplesmente assentiu.

— Você costumava entender as palavras, não é? — ele perguntou, com cuidado. Sua voz era calmante, tão suave quanto no momento em que ele falara com os companheiros de A'Yark. De algum modo, eles o haviam compreendido... e obedecido.

Annileen ficou de queixo caído. *Quem é esse sujeito?*

— Talvez você consiga compreender isto — continuou Ben, apontando para o corpo atrás de A'Yark. — Essa mulher, *Annileen*, não atirou em seu filho. Você conhece as marcas. Essa marca foi de um rifle de longo alcance.

A'Yark não se virou para olhar.

— Um colono matou, todos os colonos mataram.

— Você está enganada.

Annileen pensou que aquilo não era algo para se discutir, naquele momento. Ela certamente havia atirado em vários Tuskens antes, no Lote. Ben parecia querer diminuir a tensão imediata com suas palavras. Seu corpo permanecia parado, pronto para agir, embora Annileen não soubesse o que um homem desarmado poderia fazer contra a mulher Tusken e seu bando.

A mulher Tusken. Annileen olhou para A'Yark, vista por ela antes apenas no Lote, em meio a uma névoa de retardante de fogo, e por outros, em pânico. Pelo que Annileen sabia até então, os Tuskens desempenhavam papéis distintos de acordo com o gênero: machos lutavam, mulheres cuidavam dos banthas. As poucas imagens que ela tinha visto na vida mostravam as fêmeas Tuskens vestidas em trajes ainda maiores, com capuzes puxados para baixo, cobrindo grandes placas faciais. Mas a Tusken caolha diante deles estava vestida como todos os outros, a não ser pela falta de bandoleira.

Ben apontou para os sóis, que se aproximavam rapidamente dos cumes que ficavam na parte oeste do Deserto de Jundland. Ele falou usando termos simples, correspondentes ao vocabulário da Tusken.

— Vocês atacaram. Os colonos atacaram. O dia termina. Nós vamos partir. — Ele acenou com a cabeça para leste, onde gritos e uivos haviam começado além da colina. — Nós partimos, vocês partem — ele acrescentou, com um tom sombrio — enquanto podem.

A'Yark olhou para o bastão gaderffii em suas mãos. Ele havia pertencido a seu pai, e isso não havia salvado sua vida. Nem tampouco a de seu filho. Era certo enfiar a ponta daquela arma nos humanos, esmagá-los com seu peso, transformar seus ossos em pó com suas aletas. O Cara Peluda, ou Ben, até poderia ter poder suficiente para matá-la. Ela morreria, mas outros viveriam, e eles cobrariam o preço.

Mas, então, A'Yark voltou a pensar na arma mágica que o homem carregava, e na última vez em que tinha visto uma delas. Ela queria saber mais sobre aquela arma, e o conhecimento não poderia vir de um mago morto. E, se os gritos humanos do outro lado da crista significavam que o resto do bando estava morto, então A'Yark e os sobreviventes não podiam mais ficar ali.

A'Yark voltou-se para A'Deen. Entregando seu gaderffii para outro dos Tuskens, ela ergueu o cadáver do chão.

— Nós partimos, vocês partem — disse A'Yark. — Enquanto *vocês* podem.

— Quarenta e oito — disse Mullen.

— Quarenta e oito! — Orrin olhou para o chão do desfiladeiro abaixo, enquanto descia a escadaria rochosa. — Essa é a contagem de cabeças?

Mullen deu uma rara risada, soltando um som gutural que sempre fazia seu pai estremecer.

— Não posso garantir nada em relação a partes do corpo — disse Mullen. — Alguns dos Tuskinhos que caíram bateram no chão com muita força.

Orrin inspecionou a cena. Era, de fato, uma bagunça. A trilha de cadáveres Tuskens dava a volta no desfiladeiro e sumia de vista. Ele assoviou.

— Não sabia que tantos deles haviam nos atacado no oásis!

— Jayla Jee viu que alguns outros estavam em acampamentos a leste do Lote — disse Mullen, referindo-se à amiga no skyhopper. — Acho que eles estavam à espreita para capturarem quem pudessem, depois. Mas, quando os Tuskens no Lote fugiram, todos deram o fora.

A maioria dos milicianos já havia descido até onde Orrin estava, garantindo que nenhum dos feridos do Povo da Areia voltasse para assombrá-los. A filha de Orrin estava ali também, tentando dar o melhor de si para passar pela pista de obstáculos orgânica que se estendia aos pés da face leste de rocha.

— Que nojeira — disse Veeka, tampando o nariz. — Vamos sair daqui.

Antes que Orrin pudesse responder, um bip agudo ressoou de seu bolso.

— Só um segundo — ele disse, sacando o comlink. — Como está o reconhecimento, Sky Um?

— Tudo limpo, Mestre Gault — disse a voz da piloto do skyhopper, em meio ao som de estática. Orrin a havia orientado a completar um círculo bem grande. — E parece que o senhor tinha razão — disse Jayla. — Annie Calwell e aquele errante estiveram aqui... Mas já partiram para oeste.

Oeste? Orrin ergueu as sobrancelhas. Oeste, rumo à casa de Ben, talvez? O Lote ficava na direção norte. Orrin pensou em ir atrás deles, mas um grupo de colonos que se aproximava comemorando o lembrou do que precisava fazer a seguir. Jabe, segurando um rifle, estava entre eles, recebendo tapinhas nas costas dos colonos mais velhos. Orrin desligou o comlink e sorriu.

— Pegou algum, filho?

— Peguei sim, senhor. Ou acho que peguei.

— Ora, então escolha um troféu para podermos ir embora.

Sorrindo, Jabe foi até os dois aglomerados de metal: os milicianos haviam empilhado os gaffi e os rifles separadamente. O garoto olhou para Orrin.

— O senhor acha que quem pegou meu pai está aqui?

— Grandes sóis, garoto! Eu não sei. Pegue logo seu favorito.

Enquanto Jabe pensava, Orrin se afastou para falar com Mullen.

— Precisamos de alguma coisa desse lixo?

— Não, já temos bastante.

Jabe enfiou a mão na pilha de gaderffii e encontrou um modelo prateado, menor que os outros e relativamente limpo. Veeka deu uma gargalhada.

— Bem do seu tamanho, tampinha. — Os outros riram do garoto, que ficou todo corado, e o cercaram, dando-lhe os parabéns.

Orrin voltou a olhar para o campo de extermínio. Os Tuskens mereciam tudo aquilo, em cada um dos mínimos detalhes, com certeza. Seu filho, Varan. Dannar Calwell. Até mesmo aquela mulher dos Lars: todos eles haviam recebido algum tipo de justiça, hoje. Mas Orrin entendia que aquele acerto de contas poderia mudar o resto do balanço contábil para sempre.

— Zedd vai estar pronto para sair em patrulha novamente em breve? — ele murmurou para o filho.

— Eu não contaria com isso — disse Mullen. — O dr. Mell não ficou com ele muito tempo, mas disse que Zedd pode ficar de molho por um mês, desta vez. Talvez mais. — Mullen ergueu uma sobrancelha peluda. — Por quê? Está com medo de que este negócio de hoje dê problemas depois?

— Não sei — disse Orrin. Ele se virou para a multidão e olhou fixo para Jabe. O garoto sempre parecia feliz fora do armazém, mas agora estava positivamente alucinado. Jabe avistou Orrin e ergueu seu troféu brilhante, o que gerou mais um viva dos outros.

Orrin voltou a sorrir: o garoto estava realmente crescendo. Juntou-se aos que aplaudiam.

— É isso aí, pessoal — ele disse, entrando no meio da multidão. — Primeiro, os pilotos da corrida tentaram estragar nossa diversão. Depois, os Tuskens. Vamos voltar ao Lote e mostrar a eles que ainda sabemos comemorar!

CAPÍTULO VINTE

Com cuidado, A'Yark colocava uma rocha em cima da outra. Era importante selecionar a mistura certa de pedras. A pilha tinha de durar por toda a eternidade acima da superfície de Tatooine, protegendo os restos de A'Deen. Os amanhãs só importavam para os mortos.

O clã de A'Yark não enterrava seus caídos. Nem poderia, ali nas sombras dos Pilares, onde o chão era duro o bastante para quebrar o cabo de qualquer picareta. Não, A'Deen ficaria deitado no topo do leito-altar, protegido da vida selvagem por massiffs, os reptilianos que os Tuskens treinavam como guardiões do acampamento. Sua batalha, então, seria contra os sóis: seu espírito contra o deles.

No fim, até mesmo o corpo do guerreiro mais valente sucumbiria ao vento. Então, um novo nível de pedras seria construído sobre seus restos, e o monte cada vez mais alto seria uma torre de apoio aos corpos dos filhos daquele guerreiro, ou a seus netos. Mas os túmulos dos ancestrais de A'Deen estavam muito longe, em outra parte do deserto.

Assim, ali, nas sombras noturnas daquele lugar desprezível, A'Yark construiu silenciosamente um túmulo solitário de pedras para um garoto que não chegou a ser guerreiro nem por uma semana. Nenhum descendente se juntaria à torre de A'Deen, mas seu espírito duraria tanto quanto as pedras de seu local de repouso. A'Yark escolheu cada uma delas com cuidado. Era trabalho de mãe.

A'Yark era isso, e era uma guerreira também. Os dois papéis, tradicionalmente divididos no passado, eram um luxo ao qual o clã não podia mais se dar. Simplesmente não havia número suficiente de Pessoas da Areia para preenchê-los. Tudo havia mudado depois de um único e terrível dia, treze ciclos antes. As perdas de hoje haviam sido ruins, mas não eram nada se comparadas ao que havia acontecido no dia em que o clã lutou contra os Hutts.

O dia em que Sharad Hett morreu.

A'Yark parou de escolher pedras e ficou pensando por um momento. Agora já era seguro fazer uma pausa e refletir, mais seguro do que jamais seria novamente. Ela pensou na arma de Ben, trazendo à mente a imagem do dono da outra que havia visto. Sharad Hett era o *ootman*, o Estrangeiro da lenda local. No entanto, para A'Yark ele era um ser real. Ele era, na verdade, parte da família, por causa de uma outra humana que A'Yark também havia conhecido: K'Sheek.

A'Yark nascera K'Yark, a mais nova de seis filhos. Quando três de seus irmãos morreram por causa da praga, seu pai Yark repovoou a casa por meio de uma prática cuja honra fora forjada pelo tempo: sequestro. K'Sheek, assim chamada pelos Tuskens que a raptaram de um assentamento local, já era quase adulta quando veio viver com a família de A'Yark. A'Yark, ainda criança, recebeu o privilégio, nem sempre muito agradável, de ensinar a K'Sheek o modo de ser e as palavras dos Tuskens.

Ao fazer isso, A'Yark aprendeu algumas das respirações sem alma que os colonos chamavam de palavras. Lembrava-se bem delas, pelo visto, pois aquele cujo nome era Ben havia entendido o que ela dissera hoje. K'Sheek ensinara muitas palavras humanas, a maioria delas tristes. Com o tempo, A'Yark percebeu que sua nova irmã havia vivido como escrava entre os humanos. A vida com os Tuskens tampouco era livre, pois os Tuskens não eram livres, estando para sempre presos e amaldiçoados a habitar as terras devastadas. Para K'Sheek, pálida e miserável, aquilo era quase mais horrível que a própria morte. Muitas vezes, A'Yark achou que ela iria desaparecer no vento.

Mas uma longa linhagem de torturadores Tuskens havia descoberto algo sobre os humanos: corpos frágeis frequentemente continham espíritos duráveis. Yark permitiu que tanto A'Yark quanto K'Sheek aprendessem o caminho dos guerreiros. Ele havia suposto, com razão, que K'Sheek aprenderia o caminho mais rapidamente e havia defendido suas filhas de todas as críticas. *Chegará o dia em que todos precisaremos lutar*, ele dissera aos anciões. *Somos muito poucos*.

Enquanto K'Sheek aprendia as palavras Tusken, ambas as irmãs aprendiam as práticas de combate. A'Yark viu que humanos tinham grande potencial, pois o talento de K'Sheek não parava de surpreendê-la. Mas algo ainda mais surpreendente estava por chegar do horizonte, vindo das cidades em direção ao acampamento Tusken.

Um voluntário.

Sharad Hett havia se aventurado por vontade própria pelo deserto, disposto a cometer suicídio — ou melhor, a se juntar aos Tuskens, o que era praticamente a mesma coisa. Um colono tomado à força até podia entrar para a tribo, assim como acontecera com K'Sheek. Mas ali havia uma diferença importante: os Tuskens haviam *escolhido* K'Sheek. Sharad Hett fora presunçoso demais, e tinha de aprender uma lição.

O povo de A'Yark certamente tentou ensinar uma a ele.

Mas Sharad sobreviveu a todos os castigos, sempre emergindo mais forte. Os anciões murmuravam entre si, dizendo que ele havia feito parte de um antigo exército estrangeiro, com poderes recebidos de espíritos enfurecidos. E Sharad carregava consigo uma grande arma mágica, algo que nenhum colono comum tinha: uma reluzente espada verde de energia.

Com o tempo, Sharad mostrou ser merecedor das roupas e do gaderffii de um Tusken, mostrando seu rosto para o céu pela última vez. Ele tomou a também humana K'Sheek como companheira, e, em um casamento não por conveniência, mas por afeto, juntos tiveram um filho, A'Sharad. Mas K'Sheek não viveu para ver o filho crescer. O poder contra o inimigo era uma coisa, mas Tatooine tinha outras ameaças. Pouco depois do nascimento de seu filho, K'Sheek desapareceu em uma tempestade de areia.

Sumiu no vento, simplesmente. Mas A'Yark não chorou a perda da irmã. A criança havia ligado Sharad aos Tuskens pelo resto da vida. Usando livremente os terríveis poderes e a arma que tinha à sua disposição, Sharad se tornou um líder de guerra, treinando o filho a seu lado.

A'Yark viu pouco dos humanos naqueles tempos. Com a morte de seu pai permissivo, seu destino se tornou o de qualquer outra mulher da tribo. Ela tomou um esposo e com ele teve filhos. O grupo cresceu bastante, à medida que sobreviventes de outros clãs se juntavam a ele, e durante um tempo os Tuskens foram fortes. Sob a liderança de Sharad, a estrutura havia substituído o caos. O conceito de liderança, algo que todo Tusken desafiava por princípios, foi se transformando lentamente em prática, já que Sharad passou a dar sua palavra final a respeito de qualquer questão.

Eles o temiam, sim. Mas também o seguiam. Sharad nunca acreditou que os Tuskens fossem um povo amaldiçoado. Com um guerreiro daqueles — um *mago*, na verdade —, os Tuskens podiam escapar de seu destino, tornando-se poderosos.

Mas isso também acabou se mostrando mera presunção. Outras forças existiam em Tatooine, mais poderosas que qualquer guerreiro. Por algum motivo, o maior dos Hutts, Jabba, havia manipulado tribos Tusken por todo o Deserto de Jundland a fim de provocar uma guerra sem trégua contra os colonos — uma guerra que havia tirado a vida do filho mais velho de A'Yark, com apenas seis ciclos de idade. Uma resposta tinha de ser dada, e Sharad levara seu clã e outros a uma batalha contra os Hutts. Mas Jabba também levou muitos de seus servos para a luta naquele dia, e incontáveis guerreiros Tusken morreram, incluindo o esposo de A'Yark, Deen. Sharad também morreu nesse dia. Até mesmo o filho de Sharad desapareceu, embora nenhum Tusken jamais tivesse encontrado o corpo.

Era um mau presságio, que se revelou verdade depois. A frágil aliança Tusken que havia sido forjada por Sharad se desfez em pedaços, e os clãs sobreviventes fugiram para as colinas. A'Yark, uma mãe com duas crianças pequenas, viu-se forçada a manter unido o que restou de sua tribo. Os poucos guerreiros que haviam sobrevivido estavam feridos, física e espiritualmente; eram capazes de carregar um gaderffii, mas incapazes de comandar outros. Sharad não havia deixado sucessor.

A'Yark não tinha procurado o papel de líder de guerra. Havia muito o que fazer simplesmente para garantir que o clã se alimentasse. Mas, como ninguém se ofereceu para assumir o papel, ela o fez. Afinal, a tribo pertencera a seu pai um dia, e ela o tinha visto partir em ataques com guerreiros antes. E, agora mais que nunca, seu povo dizimado entendia o significado de seu antigo ditado: *Quem tem duas mãos pode segurar um gaderffii.*

As perdas continuaram na década seguinte à morte de Sharad. A'Yark havia compartilhado delas, perdendo outro filho e um olho, tomado por uma infecção causada por um ferimento. O cristal que agora estava em seu lugar havia sido um presente de Sharad. Mas o mais duro golpe foi dado no espírito do clã. Vários anos antes, um bando ainda mais poderoso de Tuskens havia desaparecido literalmente da noite para o dia, deixando apenas os restos de seu acampamento para trás. Diante disso, o grupo de A'Yark foi ficando cada vez mais hesitante. Ela havia tentado reviver o ânimo dando o exemplo e, depois, por meio de empreitadas mais ousadas, como os ataques matinais. Contudo, depois de hoje, essas coisas não seriam mais possíveis. Não havia mais argila de sobra para que ela, A'Yark, pudesse moldar algo diferente.

A'Yark olhou para as tendas entre as torres de pedra. Seu povo vagava como um bando de espectros, como se todos ali estivessem à espera de um golpe final. E não haveria como impedir um golpe desses. Só restavam sete machos com idade para guerrear: os que ela havia trazido do desfiladeiro. E eles só estavam vivos porque sua covardia os havia feito correr mais rápido.

Entre todas as Pessoas da Areia, A'Yark era a que menos tinha objeções em relação a armar o resto do clã. Mas, ainda que cada mãe, ancião e criança carregasse um rifle nas mãos, as perspectivas não eram nada boas. Os Tuskens não costumavam treinar, e toda a experiência vinha das vivências de combate. Eles morreriam antes que pudessem aprender qualquer coisa.

Não, resistir não fazia sentido. O clã iria se dissolver, e seus membros acabariam em bandos onde não teriam posição nem voz. A não ser que...

A'Yark levantou a cabeça, assustada. *Sim*. Quando seu povo esteve em desespero antes, Sharad havia usado seus poderes para lhes dar uma razão para viver. Na verdade, ele havia conseguido que grupos maiores viessem ficar a seu lado. Com um líder semelhante, o clã Yark poderia se tornar mais que os restos de uma tribo outrora poderosa. O grupo de A'Yark poderia se tornar o núcleo de uma segunda frente unida de Tuskens, esmagando os colonos de uma vez por todas... com outro Sharad.

Com "Ben".

Se Ben era de fato outro Sharad, os Tuskens não podiam se dar ao luxo de vê-lo aliado com os colonos, isso era certeza. Mas... e se ele pudesse ser convencido a se juntar aos Tuskens? Ele teria de ser obrigado a fazer isso, pois já havia demonstrado violência contra seu povo dentro do armazém, durante o ataque ao oásis. Mas como ele poderia ser obrigado?

Ben parecia querer proteger a dona do armazém, mas não havia a menor chance de que a mulher pudesse ser usada na negociação. Outra incursão no complexo estava fora de questão. Humanos eram estranhas criaturas, que formavam laços com seres e coisas irrelevantes. Talvez houvesse mais alguém com quem Ben se preocupasse em Tatooine. Alguém por cuja proteção ele estivesse disposto a fazer de tudo.

Mesmo que isso significasse tornar-se um Tusken.

Mantendo o olho bem aberto, A'Yark resolveu descobrir se esse alguém existia. Seu corpo, antes exausto, estava mais uma vez cheio de energia e disposição. Se existisse um ponto fraco em Ben, A'Yark o descobriria — e certamente o exploraria.

Mas, antes, ela tinha que colocar seu filho mais novo na cama.

CAPÍTULO VINTE E UM

BEN NÃO TINHA FALADO MUITA COISA NO CAMINHO DESDE O DESFILADEIRO até sua casa. Annileen, por outro lado, fez exatamente o contrário: fazia uma pergunta atrás da outra, enquanto a speeder bike se movia por entre as sombras cada vez maiores, cruzando a parte ocidental do Deserto de Jundland.

O que aconteceu na loja com Ulbreck?

Qual foi o nome que Olho-de-rolha, digo, A'Yark disse a você?

E como você reconheceu esse nome, já que você é novo em Tatooine?

Ele não respondeu a nenhuma das perguntas de Annileen, agindo como se não fosse possível escutá-la por causa do ruído da bike. Além do mais, talvez realmente não pudesse ouvi-la. Annileen reduzia cada vez mais a velocidade do veículo, esperando que Ben não pudesse usar essa desculpa. Aparentemente, isso não estava funcionando.

— Você está perdendo altitude — ele disse.

Bem, com isso eu não vou discutir. Annileen podia sentir todo o peso daquele dia nos ombros, ao se aproximar do casebre de Ben.

— Chegamos — ela disse, acionando os freios. Antes, ainda perto do desfiladeiro, eles haviam discutido brevemente se deveriam voltar ao Lote para que Ben pegasse seu eopie. No entanto, a noite estava caindo, e, mesmo com os Tuskens daquela área aparentemente afastados por ora, ainda estavam em Tatooine. Outros muitos predadores se moviam na escuridão.

— Obrigado — ele disse, desmontando da bike flutuante. Ela olhou para a casa dele. Ben havia conseguido começar a limpar a área ao redor da construção, mas sem grandes progressos. — Eu apareço no Lote amanhã de manhã para buscar Rooh — ele completou. — Você nem vai saber que estive lá.

Annileen desceu do veículo e foi atrás de Ben.

— Sabe, minha oferta ainda está de pé, caso você queira economizar uma caminhada. Meu quarto de hóspedes estará vazio hoje à noite. Eu adoraria ter você...

— *Não!* — gritou Ben, subitamente. Em seguida, parecendo envergonhado, ele adotou uma expressão mais calma. — Quero dizer, tenho certeza de que sua família e sua loja vão precisar de toda a atenção que você puder dar a elas, depois de tudo que aconteceu hoje. Vocês não precisam de companhia extra por lá.

— Isso eu vou ter, quer queira, quer não — ela disse, lembrando-se do que os milicianos sempre costumavam fazer depois de uma ação. Será que eles realmente esperavam uma festa em um armazém destruído pelos Tuskens?

Provavelmente sim, ela pensou.

— Vou deixar você em paz, então — disse Ben. Ele começou a caminhar em direção a sua casa. — Espero que seu cliente esteja melhor. — Annileen empalideceu, ao lembrar-se do ferimento do Rodiano.

— Coitado do Bohmer... — suspirou ela. — Eu também pensei nele, agora há pouco. Sempre ficava ali sentado, olhando para o nada. Eu nunca soube por que fazia isso. Mas eu podia imaginar a *tristeza* que ele deveria estar sentindo na vida, para ficar ali, apenas sentado. Para ele se machucar daquele jeito...

Ben parou e olhou para trás.

— Não era tristeza.

— Como assim?

— Bom, eu o vi hoje... E também na minha primeira visita ao Lote. — Ben juntou as mãos. — Eu pude ver. Aquilo não era tristeza. Era *contentamento*.

Annileen olhava fixamente para ele.

— Como você sabe?

— É só uma sensação — ele disse, com os olhos azuis voltados para os sóis que se punham. — Mas eu já vi tristeza antes, e em todos os tipos de rostos. Bohmer estava contente. A bebida que você lhe trazia pela manhã, a mesa na qual ele se sentava... Aquele era, de fato, o lugar dele no universo.

— Mas ele foi ferido lá...

— Protegendo o lugar que amava. Acho que isso não vai ser uma grande questão para ele. — Ben virou-se e recomeçou a subir a colina, em silêncio.

Annileen lembrou-se da conversa com Ben sobre perda, mais cedo naquele mesmo dia. Ele estava lutando contra alguma coisa, ela via isso claramente. E era algo bem ruim. Mas, ao mesmo tempo, Ben parecia extremamente centrado. Centrado, no meio do nada.

Annileen lutou para encontrar as palavras certas, antes de finalmente se decidir por três:

— *Quem* é você?

Ele riu.

— Sou Ben. Nós já falamos sobre isso.

Não brinca, sério? Annileen balançou a cabeça.

— Filósofo freelance do deserto, sempre cuidando de todos os seres e indo em seu socorro!

— Acho que as coisas não aconteceram desse jeito. Tudo vai parecer diferente, quando você se lembrar disso depois.

Annileen parou ao pé da colina, pondo as mãos na cintura.

— Bem, você está desperdiçando seu talento por aqui. Alguém como você... Você deveria estar *fazendo* alguma coisa. — Ela fez uma pequena pausa, antes de continuar, acrescentando de uma vez: — Ou deveria ter uma *família* para cuidar.

Ben parou. Ele se virou e olhou para ela, e Annileen percebeu que o sorrisinho havia voltado a seu rosto.

— Bem, nunca se sabe. Talvez eu *já tenha* uma família para cuidar — ele disse. Annileen revirou os olhos. Em seguida, virou-se e montou na speeder bike. — Ah, sim! — chamou Ben subitamente, enfiando a mão nas dobras do manto e retirando um objeto retangular do bolso. — Na confusão, quase me esqueci: ainda estou com seu datapad.

— Pode ficar com ele — disse Annileen, acelerando. — Como lembrança de um dia maluco.

— Mas o safári. Sua inscrição...

— Eu não vou a parte alguma — ela disse. — Há uma nova espécie a ser estudada, e bem aqui. — Ela soltou o freio e planou para longe.

Entre os dias mais estressantes da vida de Annileen, aquele já ocupava a segunda posição, ficando atrás apenas do dificílimo parto de Jabe, que nascera em posição invertida. Mas o dia ainda não havia acabado.

Depois de deixar Ben, Annileen parou na casa do dr. Mell. Ao saber que Bohmer estava sedado e repousando em Bestine, ela voltou para casa, esperando encontrar um armazém sujo e bagunçado... E outra guerra, assim que encontrasse Jabe. Ele havia deixado de trabalhar, saído com amigos que não prestavam e desafiado suas regras indo atrás dos Tuskens. Duas vezes! Uma coisa era querer chegar ao mundo com a bunda virada para fora, mas Jabe parecia estar querendo bater o recorde de teimosia.

Annileen não ficou nada surpresa ao ver luzes acesas no interior do Lote, com landspeeders espalhados na área ao redor. O que de fato a surpreendeu foi o próprio Lote, assim que ela passou pela porta.

Sim, havia bêbados comemorando, em maior número do que ela já tinha visto naquele lugar antes. Mas o armazém em si estava impecável. O balcão e as prateleiras de armas haviam sido consertados, as manchas nojentas no chão haviam sumido e os produtos estavam de volta às prateleiras, razoavelmente perto de seus lugares originais. Até mesmo o cheiro havia passado.

Erguendo um drinque e saindo do meio de um grupo de pessoas que comemoravam ruidosamente, em sua maioria homens, Leelee sorriu para ela.

— Todos os que não foram com a milícia ajudaram — ela disse. — Isso nos arrumou algo para fazer.

Annileen olhou ao redor, desconfiada. Não confiava em ninguém para estar em seu armazém sem pelo menos um Calwell presente.

— As coisas todas ainda estão aqui?

— A gente pode ter comido uma coisinha ou outra que estava nas prateleiras... Mas é um preço pequeno a se pagar, não é? — Annileen foi até sua amiga. Mesmo para uma Zeltron, Leelee parecia ruborizada; a festa estava acontecendo já fazia algum tempo. Annileen reconheceu o marido de sua amiga, Waller, no meio do grupo, contando suas próprias histórias sobre o ataque aos Tuskens.

— Quem está com seus filhos? — ela perguntou a ele.

— Os droides de guarda — gritou Waller, brindando com uma caneca vazia. — O Olho-de-rolha está acabado! Agora, só precisamos dos droides!

— Só por *esta noite* — disse Orrin, soltando um pigarro alto por detrás do bar. Ele era uma visão surpreendente: tinha vestido sua muda extra de sofisticadas roupas urbanas que guardava no escritório, com um avental por cima delas. Anfitrião e bartender, ele enchia os copos, sempre com um sorriso no rosto. Orrin avistou Annileen e fez um gesto com a cabeça para as garrafas vazias. — Estou contando, pode deixar.

— Não está, não. — Annileen se aproximou dele. — Me dê um trago do que tiver sobrado — ela disse, sentando-se cansada sobre uma banqueta em seu próprio bar.

Orrin já estava servindo uma dose para ela.

— Você estava lá, não estava? — ele disse, dando uma gargalhada. — Annie, você é maravilhosa. Como era mesmo que Dannar dizia? Não se pode soletrar adrenalina sem Annileen.

— Dannar não sabia soletrar — ela disse, pegando o copo. — Foi justamente por isso que ele me contratou. — Ela virou a bebida em três segundos e colocou o copo no bar, à frente dele. — Agora, o que você pensa que estava fazendo levando Jabe para lá?

O sorriso de Orrin se desmanchou por um momento, antes que uma voz jovem o salvasse.

— Não culpe ele, mãe. Não foi ideia dele!

Annileen encarou Jabe, fuzilando o filho com os olhos, quando ele entrou. O garoto parou diante de Orrin.

— Wyle Ulbreck já foi, senhor.

— Maldição — disse Orrin, balançando a cabeça. — Eu queria esfregar a grande vitória na cara dele. — Olhou ao redor e levantou a voz. — Todo mundo sabe agora que o Chamado dos Colonos funciona, certo? Este lugar é a prova!

Um clamor de gritos e aplausos bêbados e irregulares cresceu no recinto. Annileen simplesmente o ignorou. Ela desceu da banqueta e impediu que Jabe seguisse até a multidão alegre.

— Jabe. Você precisa parar.

— Parar com o quê?

— Estou muito cansada pra enumerar a lista completa — ela disse, agarrando o filho pela camisa. — Mas vamos começar pelo desfiladeiro. Você estava *matando*!

— Matando Tuskens! — disse o garoto, acenando as mãos de modo teatral. — Eles não são civilizados, mãe. Eles não são *nada*!

— Você não sabe se isso é verdade — disse Annileen. — Eles não são ratazanas womp, que você pode matar para se divertir!

Jabe desvencilhou-se dela.

— Eles mataram o papai. Hoje eles tentaram matar *todos* nós!

— Eu sei, mas...

— "Mas" nada. Pelo menos *eu fiz* alguma coisa. — Os olhos do rapaz queimavam de ódio. — *E você?* Fez alguma coisa depois que papai morreu?

Annileen ficou encarando o filho, paralisada. Ele parecia mais e mais com Dannar a cada dia, mesmo quando agia como alguém que ela nunca havia visto na vida.

— Eu fiz, sim, uma coisa depois que ele morreu — ela disse, finalmente. — Eu abri o armazém, e no dia seguinte. — E, com um tom de voz mais frio, acrescentou: — Do jeito que ele teria desejado.

Jabe empurrou a mãe e passou por ela. Ela não o deteve. O garoto ainda fez uma pausa no bar para falar com Orrin em voz alta, de propósito para que sua mãe ouvisse.

— Com Zedd de cama, você tem uma vaga na equipe principal de vaporizadores. Eu estou disponível.

— Não está, não — Annileen gritou atrás dele. Secando as mãos em um pano de prato, Orrin deu um sorriso sem graça para o rapaz.

— Ela é quem manda, filho. Desculpe. — Orrin acenou com a cabeça para Annileen, que não respondeu. Um instante depois, ele se inclinou e falou, usando um tom mais baixo. — Tenho certeza de que existem outras maneiras de você me ajudar.

Annileen levantou as mãos para o céu.

— Hoje, você pode ajudá-lo limpando o que restou deste lugar. Pra mim, chega. — Pegando uma refeição pré-pronta de trás do balcão e uma garrafa vazia, Annileen passou pelo filho e saiu empurrando a multidão para chegar a seus aposentos.

O som da comemoração continuou a reverberar por todo o Lote e dentro de sua casa durante a maior parte da noite, mas ela não ouviu muita coisa. Cansada, comeu e se arrastou até a cama. No instante em que sua cabeça bateu no travesseiro, Annileen teve um último pensamento: o de que ela não havia visto Kallie desde sua volta. Mas seu corpo rejeitou qualquer preocupação a mais para um único dia, e sua mente enfim se rendeu ao sono.

Meditação

Eu não sei o que você consegue ver de onde está, Qui-Gon, mas duvido que tenha perdido a viagem de hoje.

Não, mais uma vez eu não pretendia que ela acabasse virando uma grande produção. Não precisa me lembrar do que nosso professor costumava dizer. Não estou atrás de empolgação ou de aventura... Ou melhor, atrás delas não estou, como ele teria dito. Eu estava indo até o armazém em busca de água, e justamente em um dia em que ninguém deveria estar lá. É só isso.

Cheguei a achar que o momento mais difícil do dia seria cruzar com o velhinho do incidente em Anchorhead: ele parece ser frequentador regular do Lote. Como ele não se lembrou de mim, achei que tudo ficaria bem.

Em vez disso, me meti em um tumulto e em uma verdadeira guerra nas colinas. E acabei me esquecendo completamente da água. E de minha eopie.

Será que sempre vai acontecer um incidente de proporções galácticas todas as vezes que eu quiser sair de casa? Porque posso ficar em casa, se for o caso. Sério, não seria nenhum problema!

Por outro lado, certamente foi bom que eu estivesse ali, considerando o que aconteceu no armazém. Mas não estou tão certo quanto à segunda parte da tarde, quando tive de sair correndo atrás de Jabe. Não havia como impedir tudo aquilo de acontecer. É difícil demais ver coisas assim e não fazer nada a respeito.

Mas acho que eu preferia ver e não fazer nada do que simplesmente não ver. Sinto tanta falta de saber o que está acontecendo em outros lugares. Não posso viver com os olhos vendados. Não é o jeito Kenobi de agir.

Por falar no que vi, não tenho tanta certeza de ter gostado do lado de Orrin Gault que acabei testemunhando hoje. Ele teve de se virar para não perder a reputação depois que o complexo foi atacado; isso eu até entendo. Mas ele detém poder demais por aqui. Essas pessoas o ouvem, e ele deve saber disso. Isso traz consigo uma responsabilidade.

Talvez eu esteja sendo duro demais. Ele agiu do jeito que tinha de agir, já que sua família e seus amigos estavam em perigo. Mas ambos sabemos aonde essa desculpa em particular pode levar.

Os Tuskens... Bem, essa foi outra surpresa. No entanto, talvez não devesse ter me surpreendido tanto. Eu conheci o homem que A'Yark também conheceu, há muito tempo, e ouvi histórias a seu respeito depois. Estou me esforçando para me lembrar de mais detalhes sobre isso. Quem sabe depois?

E então, Annileen.

Eu me vi tentado a chamá-la de "A Intrépida Annileen" neste instante, porque ela parece ser perfeitamente capaz de lidar com qualquer horror que este planeta possa conceber. É isso o que preciso me tornar: alguém familiarizado com todos os perigos daqui. Ela lida com eles sem se abalar. Não porque não tenha medo, mas porque sabe que tem de seguir em frente, para cuidar de todas as pessoas de sua vida.

Não é um modelo ruim a se seguir. Acho que posso me tornar "O Intrépido Kenobi", se preciso for.

Se eu tiver de seguir em frente, e ambos sabemos que terei de fazer isso, preciso de alguma forma parar de me martirizar por causa do que acontece. A dor existe, mas grande parte dela tem sido infligida por mim mesmo, nos últimos tempos.

Como isto. Você pode ver o que estou segurando aqui — novamente. Uma última lembrança, como eu disse a mim mesmo. Mas eu o estou guardando de vez, agora. Eu ficaria bem melhor se o pusesse de lado de uma vez por todas, procurando seguir em frente.

Como Annileen também tem de fazer. Acho que posso aprender alguma coisa com ela.

E, no entanto, quando penso nela, tenho de levar em conta...

Espere.

Um momento.

...

Tem alguém aqui!

CAPÍTULO VINTE E DOIS

— KENOBI.

Annileen esfregou os olhos.

— O quê?

— Kenobi — disse Kallie, sorrindo de orelha a orelha por cima de uma xícara de leite azul. — É o nome dele.

— O quê? — Annileen encarou a filha, fuzilando-a com os olhos. Annileen havia se levantado à hora inglória de sempre, lembrando-se da ausência de Kallie na noite anterior. Mas agora a garota estava ali, na mesa do desjejum, nos aposentos da família. Parecia bem acordada... E certamente trêmula de tanta empolgação.

— Esse é o nome dele — disse Kallie.

— Nome? Nome de quem?

— Nome do Ben!

Annileen deu um passo à frente.

— Como é que você sabe disso?

— Ela foi à casa dele! — gritou Jabe, da despensa.

Annileen virou-se para o balcão, onde viu que, para sua alegria, Jabe já havia preparado um caf ultraforte, capaz de curar qualquer ressaca. Ela tomou um gole dos grandes e voltou a atenção para a mesa.

— Agora... *O quê?*

— Ela foi à casa dele — repetiu Jabe, trazendo um prato para a mesa. Com olheiras, ele tinha a cara de quem havia dormido de roupa e tudo. — À casa do Ben.

O queixo de Annileen caiu.

— Antes de eu deixá-lo em casa ontem?

— Não. — Kallie concentrou-se em seu prato, como se nada de errado estivesse acontecendo. — Foi depois que ele voltou, enquanto ele estava lá. Depois que a senhora foi embora.

— Espera só um pouquinho. Você esteve lá à *noite*? — perguntou Annileen.

— E sozinha — acrescentou Jabe, provocando um olhar mortífero da irmã.

— À noite. Sozinha. — O corpo inteiro de Annileen tremeu. — Com *Ben*?

Kallie deu um sorrisinho cínico.

— Calma, mãe. A senhora está ficando com os olhos do tamanho dos de um Rodiano.

Annileen lutou contra a vontade louca de sair dali e dar um grito. Em vez disso, tornou a encher sua xícara e sentou-se à mesa, ao lado de Jabe, que tinha um ar de deboche no rosto.

— Está certo — ela disse, esfregando as costas da mão na testa. — Do começo.

Mais calma, Kallie começou a explicar:

— Eu peguei a LiteVan, como a senhora mandou. Para me livrar dos corpos.

— Eu quis dizer que deveríamos chamar os fazendeiros de Orrin para nos ajudarem a fazer isso. Não para você ir sozinha!

— Foi horrível, mãe. O cheiro estava deixando os costas-de-orvalho alucinados. E não estava nada bom para mim, também. — Kallie torceu o narizinho. — Assim que cheguei lá, simplesmente desenganchei o hoverpallet e deixei ele lá. Pode acreditar em mim, a senhora nunca mais iria querer usá-lo.

Mais uma despesa. Annileen franziu a testa.

— E depois?

— Depois eu passei pelo Desfiladeiro de Hanter, mas tudo já tinha terminado. Os landspeeders estavam indo embora. E, então, vi vocês dois indo em direção à casa do Ben. Eu queria me certificar de que a senhora estava bem...

— Então você nos seguiu?

— Eu tentei fazer isso, mas sua bike era bem mais rápida que a LiteVan. Quando cheguei lá, a senhora já tinha partido.

— Se eu já tinha ido embora, como você sabia que estava no lugar certo? — perguntou Annileen.

Kallie apontou para trás do balcão.

— A senhora circulou a casa dele no mapa outro dia, depois de voltar para casa.

— Eu poderia ter marcado um poço de sarlacc a ser evitado!

— Mas não marcou — disse Kallie. — E me contou sobre a cortina na porta dele.

Annileen fez uma careta.

— E você falou com ele? Não posso acreditar que você foi incomodá-lo na...

— Ah, ele não sabia que eu estava lá — disse Kallie. — Bom, pelo menos eu acho que ele não sabia. Eu estava meio que... vagando do lado de fora.

Annileen levantou-se bruscamente, e a cadeira rangeu contra o piso de pedra.

— Você ficou espionando o Ben?

— Não consegui ver muita coisa...

— Não me interessa! — Annileen olhou para o teto, mortificada. — Você invadiu a privacidade do homem?

Jabe balançou a cabeça, entre uma mordida e outra.

— Estou feliz que não fui eu desta vez — ele disse.

— Cale a boca — retrucou Kallie, bufando.

— Espere — Annileen disse, virando-se para a filha —, você achou que *eu* estava lá, não achou? Na casa daquele homem!

Kallie corou.

— É, o pensamento me ocorreu, *sim*.

— Então você ficou escutando atrás da porta dele!

— Não é uma porta. É uma cortina. E eu não fiquei muito tempo — disse a filha.

— Quanto tempo?

— Umas duas horas.

O queixo de Annileen caiu.

— *Umas duas horas?*

— Eu precisava ter certeza de que a senhora não estava em outro cômodo — disse Kallie, sorrindo mansinha. — E, então, a coisa ficou interessante...

— Não dou a mínima se ficou interessante ou não — disse Annileen. — Você podia ter morrido lá fora, à noite.

— Mas não morri.

Annileen balançou a cabeça. Nunca havia um bom argumento contra isso, não quando ela discutia com os filhos. Eles já tinham tido aquela discussão sobre segurança inúmeras vezes. Um perigo ao qual se sobrevivia não era um perigo real, segundo eles.

Além disso, uma invasão daquele nível era um item inteiramente novo no já vasto portfólio de mau comportamento de seus filhos, o que tornava o episódio ainda pior. *O que Kallie tinha na cabeça para achar que aquilo era uma atitude aceitável?* Annileen achou sua cadeira e jogou-se nela, deixando a gravidade tomar conta do resto.

Kallie interpretou a expressão aérea da mãe como um sinal para prosseguir.

— O nome dele é Kenobi.

— Alguém o chamou assim?

— Ele chamou a si mesmo desse jeito — disse Kallie. — Eu não consegui ver com quem ele estava falando, mas ele disse isso. Ben estava simplesmente sentado ali, falando sobre como foi seu dia, as pessoas que ele havia conhecido... E sobre os Tuskens.

Annileen olhou para ela, com ceticismo.

— Você não está simplesmente inventando essa história, está? — Ela experimentou dizer o nome em voz alta: — "Ben Kenobi". — Annileen conhecera os sobrenomes de muitos outros clientes ao longo dos anos, e os vira sendo escritos de diferentes maneiras em seus recibos.

Jabe enxugou o resto de molho em seu prato.

— Tem um monte de Kenobi por aí. Aquele casal do Desfiladeiro de Bildor...

— Tinha aquele piloto de podracer — Kallie interrompeu, animada.

— Não! Ele era um Muun!

— Por favor, não comecem com isso — disse Annileen. — Eu já estou com dor de cabeça. Só me conte o que ele falou. Tudo.

O sorriso cínico de Kallie voltou, enquanto ela enxugava um bigode de leite azul do rosto.

— Pensei que a senhora quisesse proteger a privacidade dele.

— Agora é um pouco tarde para isso. Desembucha.

Kallie contou, da melhor maneira que pôde, o que conseguiu lembrar da conversa. "Ben Kenobi" estava chateado com sua viagem até o Lote, chateado por viver sempre se metendo no meio de confusões. Ele estava perturbado pelo que tinha visto na Fenda... *E quem não estaria?*, pensou Annileen. Além disso, não parecia animado com a maneira como Orrin havia liderado o ataque. Jabe revirou os olhos ao ouvir isso. E, então, ele havia falado sobre a Intrépida Annileen.

— E depois? — perguntou Annileen.

— E depois, nada — disse Kallie. — Ele me ouviu... Ou sei lá, ouviu alguma coisa. Corri de volta até a colina onde estava a LiteVan.

Jabe bufou.

— E ele foi atrás de você com uma machadinha de metal enorme?

— Não! — Kallie deu de ombros. — Bem, se foi, eu não vi. — Ela mordeu o lábio. — Mas, pensando bem, eu vi *uma coisa* antes de fugir...

Annileen quase teve medo de perguntar.

— O quê?

— Bom, ele estava sentado, como eu disse, de costas pra mim. E estava na frente de um baú, algo assim. E acho que ele estava segurando alguma coisa... Era algo especial, eu acho. Ele estava falando sobre abrir mão dessa coisa... E aí, foi o que ele fez.

Jabe ficou olhando fixo para ela.

— O que era?

— Se eu soubesse, já teria contado — disse Kallie. — Idiota.

Annileen se sentou, novamente fascinada.

— "E, no entanto, quando penso nela, tenho de levar em conta..." — Annileen levantou a cabeça e começou a falar, toda atrapalhada: — O que, em nome do Grande Poço, *isso* quer dizer? Tem certeza de que ele não falou mais nada?

— Mais nada sobre *a senhora*, quer dizer?

— Kallie!

— Não, não falou — disse Kallie, inclinando-se desanimada, colocando o cotovelo sobre a mesa. — E não disse absolutamente nada a *meu* respeito.

Jabe deu um sorriso cínico.

— Mas que ingratidão. Depois de você ter deixado ele te salvar, e tudo mais.

Kallie resmungou.

— É!

Annileen fez um esforço para tentar assimilar aquilo tudo.

— E você está me dizendo que não havia mais ninguém lá...

— Eu acho que não havia... Mas não tenho certeza.

Annileen pensou. Ele podia estar falando com alguém por meio de algum sistema de comunicação, embora transmitir qualquer coisa do Deserto de Jundland fosse uma tarefa muito difícil a maior parte do tempo. Ou podia estar ditando uma mensagem.

Ou talvez fosse aquela família secreta que ele havia mencionado. Seria isso o que Kallie o tinha visto segurando? Quem sabe algum objeto que o lembrava da família que havia deixado para trás? Isso explicaria um pouco da tristeza que parecia tomar conta dele, às vezes.

Jabe tinha outra explicação.

— Ele tem jeito de maluco — ele disse, levantando-se com seus pratos. — Sujeito piradinho, sentado no meio do deserto, falando sozinho.

— Você não sabe se é isso — disse Annileen. — E esse "sujeito piradinho" nos salvou aqui. E ainda me ajudou a rastrear você até o desfiladeiro.

— Onde eu não corria perigo algum — disse Jabe, enxugando as mãos. — Eu ficaria mais preocupado com isso de a senhora ficar sozinha com ele.

Annileen olhou para baixo.

— Não estávamos sozinhos quando os Tuskens apareceram.

— Estou falando além disso — disse Jabe. — O que a senhora sabe sobre esse sujeito?

— Evidentemente, não o bastante. — Annileen parou para refletir. Depois de alguns momentos, no entanto, ela riu. — Você não percebe, Kallie? Ele ouviu você. Ben *sabia* que você estava lá fora. Aquilo foi tudo de propósito, um teatro para você!

Kallie levantou-se da mesa.

— Pense assim, se quiser. Mas acho que Ben Kenobi pensa na senhora — disse Kallie, dando um tapinha nas costas da mãe ao passar por ela.

Annileen levou as mãos à cabeça.

— Não consigo acreditar nisso. Criei um sádico e uma voyeur! Será que meus dois filhos são loucos?

Parado na porta aberta com a irmã, Jabe respondeu:

— Não sei, mãe. Foi você quem saiu atrás dos Tuskens com o outro maluco.

Enquanto seus filhos saíam para trabalhar, Annileen ficou sentada imóvel à mesa.

— Ele *não é* louco... — ela disse, franzindo o rosto. — Ele apenas... *gosta de falar sozinho*. — Pondo a xícara de lado, Annileen decidiu que não valia mais a pena pensar naquele assunto.

E, então, acabou adormecendo sentada na cadeira.

CAPÍTULO VINTE E TRÊS

— REI DE JUNDLAND!

Orrin simplesmente assentiu e acenou quando a família de quatro pessoas passou, dando vivas para ele ao deixarem o oásis. Não havia por que ser modesto, não agora. Os milicianos tinham vencido uma batalha histórica na véspera, e a notícia já se espalhava pela região. Orrin se certificaria de que ela chegasse aos Devaronianos em Mos Eisley, também. Assim, eles saberiam que o sócio deles havia sido devidamente vingado, e sem demora. Talvez ainda houvesse esperança para o contrato do hotel.

Mesmo depois da comemoração até altas horas na noite anterior, Orrin havia acordado cedo, na expectativa de começar seu bom dia o mais depressa possível. Até agora, a manhã vinha excedendo suas expectativas. Todos por perto sabiam que aquele era o dia da semana em que ele trabalhava no Lote, e muitos já tinham ido visitá-lo ali. Era bom receber elogios dos vizinhos, mas era ainda mais importante que algumas pessoas que ele próprio havia pensado em visitar estavam agora indo até ele, a fim de assinarem os serviços de proteção do Fundo.

O sucesso vende.

Não havia nada que pudesse desanimá-lo hoje. Nem mesmo o velho Ulbreck, que havia chegado ao Lote logo depois do desjejum, armado com uma nova série de histórias para entediar a clientela. Orrin teria de esperar para oferecer-lhe de novo o Chamado dos Colonos, assim que ele ficasse sem gente para torturar.

Sua reunião com o mecânico Gloamer também não o havia incomodado, ainda que tenha lhe saído bem cara. O mais engraçado era que, embora a maior parte do dano provocado pelos Tuskens ao Lote já tivesse sido reparado, o estrago mais duradouro havia sido justamente o causado por sua filha mimada, quando jogou o X-31 de Annileen contra o muro de pedra. Os consertos iriam deixar o landspeeder de Annileen parado na oficina durante semanas. Orrin alugaria a Annileen um veículo de sua frota de trabalho com o maior prazer. Mas deixaria Veeka, cujo Sportster ficara em estado ainda pior, conseguir suas próprias caronas por algum tempo. Talvez reduzir um pouco a velocidade fosse algo bom para ela.

Não, a única coisa que realmente havia testado seu sorriso naquele dia tinha sido o velho Número Um. Seus técnicos estavam descobrindo agora o que ele já havia percebido antes. O mecanismo do vaporizador sobrevivera — coisinhas resistentes, esses Pretormins —, mas as preciosas configurações de Dannar haviam se perdido. O primeiro frasco de testes acabou produzindo o que Orrin considerou um coquetel absolutamente desinteressante de duas partes de hidrogênio e uma de oxigênio. Testes posteriores tampouco trouxeram bons resultados... E isso o entristeceu profundamente.

Mas hoje a tristeza teria de esperar. Cada visitante havia trazido uma coisa diferente para ele: novos negócios, elogios — até mesmo um bolo. E agora que via outra figura se aproximando a pé, vindo do sudoeste, Orrin ficou se perguntando que boas novas essa pessoa traria.

Orrin forçou a vista. *Ora, ora*, pensou. Ele se endireitou e acenou para quem chegava.

— Ei, Kenobi! *Ben Kenobi!*

Por um momento, o homem encapuzado pareceu ter desaparecido atrás da duna. Quando Orrin subiu correndo a elevação, no entanto, descobriu que Ben havia apenas se ajoelhado para ajustar a bota.

— Achei que fosse você — disse Orrin.

Ben se levantou. Quando Orrin apertou vigorosamente sua mão, ele disse:

— Desculpe. Pensei ter ouvido você dizer...

— Ben Kenobi. É esse seu nome, não é?

Ben olhou para baixo, ao redor, e então novamente para Orrin.

— Sim, mas...

— Mas o quê? — Orrin sorriu.

— Só estava curioso para saber como você ficou sabendo.

— Ah! — Orrin soltou uma gargalhada alta e deu um tapa nas costas de Ben. — Você vai descobrir, quando entrar. — Então, ele se virou na direção do armazém, chamando Ben para acompanhá-lo.

— Quem sabe outro dia? — Ben apontou para além do armazém. — Eu não ia entrar. Só vim buscar minha eopie...

Um grito agudo veio do Lote.

— Ben!

Os homens olharam na direção da voz que gritava e viram Kallie parada na porta aberta do armazém, acenando freneticamente. Annileen estava ao lado dela, parecendo um pouco envergonhada.

— Acho que você vai ter de entrar, meu irmão. — Orrin pôs a mão no ombro de Ben. — "Kenobi." Havia um Kenobi lá nas cercanias de Arnthout, que vendia bobinas amortecedoras para repulsores. Você é parente dele?

— Tudo é possível. — Ben deu um leve sorriso, mantendo os dentes trincados, enquanto Orrin o empurrava na direção da porta.

Kallie saiu para cumprimentá-lo. Ela sorria.

— Rooh estava esperando você, Ben.

Annileen foi até lá, agarrou a filha pelos ombros e a girou em cento e oitenta graus.

— Você. Fora. Agora. — Kallie tornou a olhar para Ben, abriu mais um sorriso e correu feliz da vida para dentro do armazém. Orrin deu uma gargalhada.

Ben olhou para Annileen.

— Sério, eu só estou aqui pela eopie...

— Bobagem — disse Orrin. Oito pessoas que antes teimavam em não assinar o Chamado dos Colonos finalmente tomaram uma decisão inteligente e acabaram assinando naquele dia; talvez Ben fosse o Número Nove. — Um drinque para nosso novo vizinho!

Orrin segurou a porta para Ben. O homem avançou, só para ser impedido por Annileen. Ela olhou para ele.

— Antes de você entrar, eu só quero dizer... Desculpe.

— Não sei bem pelo que você tem de se desculpar — disse Ben. Então, ele entrou no Lote.

— *Kenobi!*

Os olhos do homem se arregalaram ao som de seu nome, vindo do bando de gente sentada ao fundo do bar. Orrin o guiou para dentro.

Leelee Pace desviou a atenção de seus pacotes e acenou para ele.

— Olá, Ben Kenobi!

No corredor de itens diversos, o dr. Mell disse ao filho:

— Ali está aquele Ben Kenobi. Acho que ele é médico, também!

E, no bar, Jabe contribuiu com a situação, lançando um olhar furioso enquanto limpava o balcão.

— E aí, velho Ben maluco. Ainda falando sozinho?

Ben olhou para Annileen... e depois novamente para Orrin. O visitante parecia intrigado, e Orrin ficou feliz em ver isso. Era algo que acontecia o tempo todo. As pessoas vinham para o oásis com a intenção de manter o máximo de discrição possível, fosse qual fosse a razão. O que elas não sabiam era que a vida em uma cidade pequena fazia da privacidade algo completamente impossível. Ao ver Wyle Ulbreck se aproximando, Orrin lançou-lhe um olhar solidário.

— Você é aquele sujeito de ontem — disse o velho, puxando a manga do manto de Ben como se fosse um droide alfaiate checando uma costura. — Você é um Kenobi?

Ben puxou a manga de volta.

— Eu...

— Contratei um Kenobi, certa vez. Gormel, era como eles o chamavam. Um ladrão. Fedia a especiarias o tempo todo. Levei menos tempo para despedir o homem que você levaria para dizer seu nome.

— Bem, eu não disse meu nome... Não para você, pelo menos — disse Ben, dando-lhe educadamente as costas. — Por favor, com licença.

Ulbreck o seguiu.

— Você viu ontem quando aquele Povinho da Areia estava aqui; você viu quantos eu derrubei. — Ulbreck fez um gesto, indicando as mesas do bar. — Venha contar ao pessoal o que eu fiz. Tem gente que não quer acreditar na palavra de um homem honesto...

Orrin intercedeu.

— Sinceramente, Wyle, outra hora. — Orrin separou Ben quase à força do velho e o conduziu na direção do bar. — Desculpe por isso — ele disse, baixando a voz. — Algumas pessoas acabam se agarrando a você feito mynocks, se você deixar.

— Está tudo bem — disse Ben, pondo os olhos em Kallie enquanto ela batia papo com algumas amigas adolescentes. — Acho que já sei o que aconteceu.

— Desculpe — disse Annileen, mais uma vez. — Kallie foi nos procurar e acabou xeretando. Estou arrasada com essa história.

Orrin fez um gesto para que os outros saíssem do bar, abrindo espaço para ele e Ben.

— As fofocas se espalham muito depressa quando não há muito o que fazer — disse Orrin. Ben assentiu.

— Eu imaginava que a invasão e o massacre fossem manter o circuito das fofocas ocupado por algum tempo.

Orrin ergueu uma sobrancelha.

— Eu não chamaria aquilo de "massacre" — ele disse, com o tom de voz mais sério. Não havia gostado da palavra. — Foi *justiça* — completou. Ben baixou os olhos, como se tivesse se dado conta de que havia dito a coisa errada. — Não há inocentes entre os Tuskens, Ben. Nós sabemos que aquele grupo específico foi o que nos atacou aqui, mas, na verdade, isso não importa. Eles são todos predadores, iguais aos krayts.

— Entendido.

Orrin acenou para que Jabe trouxesse as bebidas. Não queria que Ben ficasse desconfortável demais... Especialmente se ele estivesse pensando em assinar o Fundo. Mas não se importava em fazer o homem sofrer um pouquinho, também. Orrin conhecia bem o tipo de gente ao qual Ben pertencia.

Ben faria esse papel de sujeito modesto e desinteressado até atrair a atenção de todas as mulheres do oásis... Então, elas iriam descobrir que ele era pura encrenca. Orrin só não havia decidido ainda que tipo de encrenca ele poderia ser. A história de Kallie, espalhada pelo bar antes mesmo do almoço, acrescentava evidências à hipótese de loucura. Mas as ações de Ben no dia anterior sugeriam que ele poderia ser outra coisa, talvez até um veterano das Guerras Clônicas que havia perdido a coragem de lutar. Faria sentido, considerando esse coração mole pelos Tuskens, agora.

Mudança de tática, então. Orrin levantou o copo.

— Um brinde a manter as pessoas em segurança.

Ben assentiu.

— Posso aceitar isso.

Em seguida, Orrin recomeçou seu discurso de venda. Desta vez, descreveu o Fundo do Chamado dos Colonos como a melhor esperança de paz. Se os Tuskens eram de fato inteligentes, como seu encontro com Olho-de-rolha parecia sugerir, então talvez pudessem aprender, disse Orrin. Se aprendessem que cada casa de colono no deserto estava agora sob proteção, poderiam voltar suas atenções ao Mar de Dunas Ocidental, por exemplo.

— É melhor que eles perturbem os Jawas, para variar. — Orrin começou a falar de preços, sabendo que, como a casa de Kenobi ficava próxima do Deserto de Jundland, ele podia pedir uma taxa bastante razoável. Mas, então, Ben o interrompeu, perguntando algo que surpreendeu Orrin.

— Quanto custaria — Ben perguntou, sondando — estender sua proteção para ainda mais longe? — Ele manteve os olhos fixos ao drinque em suas mãos. — Digamos... Até onde aconteceu aquele sequestro sobre o qual você me contou?

— Até onde? A propriedade dos Lars?

— É, por ali — disse Ben.

Orrin reparou que Annileen estava parada ali perto. Desde que ele e Ben haviam começado a conversar, ela parecia estar dando voltas por ali, indo para um lado e para o outro, cuidando das coisas do armazém. No entanto, Orrin reparou que ela sempre voltava ao bar, feito um cometa em órbita, tentando ouvir o que fosse possível.

— A propriedade dos Lars é bem longe. Não é, Annie?

— Depois do Oásis Motesta — ela disse, voltando a seu trabalho nas prateleiras.

— Depois até mesmo das planícies Jawa — disse Orrin, fazendo cálculos. — Que tipo de negócios você tem lá e que precisaria de proteção?

— Só estou curioso — Ben respondeu, de modo casual. — Você estava descrevendo o potencial do Fundo há um minuto. Eu estava apenas me perguntando até onde ele seria viável.

Orrin concordou.

— Bem, vamos ver — ele disse, puxando um datapad do bolso de seu colete.

Ben aguardou, enquanto Orrin fingia calcular os números. Era algo impossível, na verdade. Orrin sabia que não havia a menor chance de se estender o raio das patrulhas até a fazenda de Owen Lars. A propriedade ficava a mais de cem quilômetros do oásis, com um trecho enorme das terras altas orientais no meio do caminho; o Chamado dos Colonos teria de instalar diversos arsenais extras mais para leste, antes de sequer cogitarem cobrir uma área tão grande. E não cogitariam isso, pois o Fundo era, por princípios, uma organização local.

Mas Kenobi não precisava saber disso.

— Eu acho que mil e novecentos créditos por ano cobririam isso — disse Orrin. A cifra era imensa. Era mais que qualquer associado estava pagando naquele momento, a não ser Ulbreck, se algum dia o velho mordesse a isca. — E nós precisaríamos desse valor adiantado, para conseguirmos reservas de armas e montarmos as patrulhas. — Orrin encarou Ben diretamente nos olhos. — Não sei se você consegue juntar isso tudo.

Ben suprimiu uma risada.

— Também não sei se consigo!

Foi o que pensei. Orrin assentiu e começou a guardar o datapad. Então, Ben disse, em um tom de voz mais suave:

— Mas tampouco sei se *não consigo.*

Orrin ergueu uma sobrancelha. Ele sabia que Kenobi tinha dinheiro suficiente para comprar suprimentos, mas por que uma pessoa de posses viveria e se vestiria como ele?

— Que tipo de trabalho você...

Orrin foi interrompido por um zumbido agudo vindo de fora, sincopado com um *tumm-tumm-tumm* que aumentava de volume a cada segundo, fazendo as latas dançarem nas prateleiras. Annileen olhou para cima.

— Mas o que...

Jabe espiou pela janela de trás do balcão.

— Você não vai acreditar, mãe! — O zumbido passou de leste para oeste, dirigindo-se para a área de estacionamento. Annileen correu na direção da porta lateral, com Orrin a seu lado.

Orrin levou um segundo para se dar conta do que estava vendo. Era um landspeeder, mas algum imbecil o havia modificado para que o veículo se parecesse com um snubfighter, com asas montadas de cada lado e um longo nariz pontudo encaixado na parte dianteira. O veículo estava pintado em um tom vermelho berrante, com chamas falsas alaranjadas saindo dos escapamentos. E agora dava voltas violentas na areia, com seus falsos canhões alados quase batendo em diversos dos veículos estacionados ali perto.

O *tumm-tumm-tumm* se transformou em uma batida musical. Orrin via agora que a turbina central do ridículo landspeeder era, na verdade, um alto-falante gigante, tocando sons que quase levantavam as pedras do chão.

Atrás de Orrin e de Annileen, Kallie gritava para se fazer ouvir:

— Os animais estão ficando loucos! A sirene do Chamado quebrou?

— Eu não sei *o que* é isso — disse Annileen, de queixo caído.

A tampa do estranho veículo deslizou para a frente para enfim revelar o piloto, uma coisa fina com cara de couro e cabeça em forma de lágrima. Seu crânio terminava em uma espiral cinza que apontava para o céu. Ele vestia uma capa de chuva preta — no calor de Tatooine! — e, quando ficou de pé no compartimento do piloto, Orrin enxergou não um, mas *três* coldres de ombro, com blasters despontando por baixo. Com uma bengala cravejada de joias na mão, o estrangeiro desceu do inusitado speeder.

Metade dos ocupantes do armazém já estava nas janelas, vendo o piloto. Dois joelhos dividiam cada uma de suas pernas em três partes, e tornozeleiras douradas balançavam enquanto ele chutava a areia com seus cascos. Qualquer tilintar que as argolas fizessem era algo puramente hipotético, porque o alto-falante continuava a tocar seu som altíssimo.

— É um Gossam — disse Ben, da janela.

— É um idiota — Annileen respondeu da porta. — O que é que ele trouxe?

Eles logo viram o que era. Enfiadas no banco traseiro do veículo estavam duas enormes massas verdes, figuras que agora lutavam uma com a outra. O piloto permanecia um mistério para muitos dos frequentadores do Lote, mas todos reconheciam os Gamorreanos, aqueles grandes guerreiros mercenários que trabalhavam para qualquer mequetrefe que se dispusesse a alimentá-los. Os dois brigavam entre si, cada qual tentando se espremer pelo espaço apertado para sair do veículo. Quando um deles finalmente venceu e saiu pela direita, o speeder inteiro quase tombou para o outro lado. O piloto Gossam xingou os Gamorreanos, batendo neles com sua bengala com a ponta repleta de pedras preciosas.

— Quem ele pensa que é? — disse Annileen.

Orrin ficou paralisado. Subitamente, ele reconheceu a figura. *Não. Não, eles não iriam enviá-lo para cá. Iriam?*

Foi necessário a Orrin apenas um segundo para que ele respondesse sua própria pergunta. Ele recuou de volta ao armazém, quase tropeçando nos próprios pés. Aquele ótimo dia tinha oficialmente chegado ao fim.

CAPÍTULO VINTE E QUATRO

— Estamos aqui para ver Orrin Gault – falou o Gossam de rosto murcho, parado na porta do Lote.

— Não estou ouvindo nada do que você está me dizendo — disse Annileen. — Ficamos todos surdos com tanto barulho.

Ela só deixou a criatura entrar depois que o visitante concordou em desligar aquilo que se supunha ser música; só essa comunicação já havia exigido dois minutos de uma língua de sinais improvisada.

Os cascos do Gossam fizeram clique-claque no piso de pedra-sin do Lote. Seus olhos amarelos doentios vasculhavam as prateleiras ao seu redor, como se estivessem fazendo um inventário das mercadorias ali expostas. Ele meteu a mão dentro da jaqueta para pegar um frasco, revelando os blasters de forma a garantir que Annileen os visse com clareza. Um gole depois, seus lábios cinzentos estalaram alto.

— Orry-Orry-Orry — ele disse, como se estivesse tentando falar uma língua nova. — Orrin. Orrin Gaa-*uooolt. Orrin Gault*. Algum desses sons é familiar para você, empregadinha?

Orrin não estava lá, mas por cima das prateleiras Annileen viu que a porta do escritório dele estava aberta. Ele provavelmente tinha ido pegar seu blaster. Atrás do balcão, Jabe já puxara a pistola de dentro da caixa registradora. Annileen fez um gesto para que ele ficasse de fora daquilo. Se ela não queria o filho caçando Tuskens, certamente não iria querer que ele morresse em um tiroteio com... Com quem, mesmo? Bom, com quem quer que fossem aquelas pessoas.

— Sou Bojo Boopa — disse o Gossam, inspecionando Annileen. — Mas você me chamará de Mestre Boopa.

— Não se não quiser que eu dê risada. — Annileen olhou para a esquerda. Ben estava parado perto de um cabideiro de roupas, de forma casual, tentando não prestar atenção aos visitantes. Mas ela viu que os olhos dele voavam como dardos entre ela e Jabe, o que a deixou reconfortada.

Os Gamorreanos avançaram, causando tumulto e dando encontrões nas prateleiras. Artigos começaram a cair no chão.

— Ei! — Annileen deu um passo à frente, apenas para ficar completamente paralisada quando um dos titãs rugiu. O outro cerrou o punho e deu um soco em uma das estantes, derrubando pacotes por todo o corredor. No bar, Jabe começou a se mover.

— Não há necessidade de criar problemas — disse Ben, colocando seu corpo entre os Gamorreanos e Annileen. Boopa olhou de soslaio para ele e recolocou o frasco dentro da jaqueta, em um movimento que exibiu seus blasters para todos os clientes atentos.

— Você é o quê? Um herói?

— De maneira alguma — respondeu Ben, ajoelhando-se. — Sou o zelador. — Começou a apanhar os recipientes caídos e a recolocá-los nas devidas prateleiras.

Orrin saiu de seu escritório nos fundos.

— Eu sou Orrin Gault — ele disse, sem o sorriso de antes. Aproximou-se de Boopa e o encarou com frieza. — Podemos lhe servir algo?

— Dificilmente. — O Gossam fungou desdenhoso, girando o pescoço. Ao ver o aposento de onde Orrin havia emergido, ele apontou. — É lá que você faz negócios, Orry?

— Às vezes.

— Ora, então vamos. — Rodando sua bengala, Boopa seguiu corredor abaixo, na direção do escritório.

Orrin lançou um olhar para Annileen e uma olhada de relance para Ben, antes de se virar para segui-lo.

— Não vai levar mais que um minuto — ele disse. A porta se fechou.

ORRIN, *VOCÊ MENTIU PARA MIM*, PENSOU ANNILEEN. NÃO LEVOU SÓ um minuto. Já eram quase quinze, cada um deles passado numa alternância entre ansiedade e irritação.

Ansiedade por não saber o que estava acontecendo dentro do escritório. Certamente os recém-chegados não eram fazendeiros de umidade. Orrin já havia lidado com gente de reputação duvidosa antes; era algo quase obrigatório quando se gerenciava um rancho do tamanho do dele. Sempre havia algum fornecedor, em algum lugar, sob o poder esmagador de um Hutt. E ela sabia que Orrin de vez em quando lidava com comerciantes cujas propriedades provavelmente não tinham sido obtidas de forma legal. Mas aquilo era apenas uma forma de economizar nas despesas. Isso parecia outra coisa.

— Você acha que eles foram enviados pelos Devaronianos por vingança, depois que o sócio deles morreu? — ela tinha sussurrado para Ben.

— Nunca ouvi falar de hoteleiros vingativos — ele respondeu.

Ela mandou Kallie e Leelee para fora. Vários clientes já tinham partido assim que viram os Gamorreanos — e ouviram e cheiraram algumas de suas ocasionais manifestações gasosas —, mas alguns dos mais resistentes permaneciam ali, de guarda em suas mesas. Jabe havia se recusado a sair, assumindo uma posição no balcão das armas. Annileen pensou que, se Ulbreck tinha conseguido deter uma multidão de Tuskens dali, Jabe estaria razoavelmente seguro. Ela reparou que o velho fazendeiro havia partido, talvez decidindo que a aventura na véspera já era história suficiente para uma semana.

E lá estava Ben, olhando calmamente alguns cobertores e avaliando chaves de boca. Seus olhos iam de vez em quando para os Gamorreanos e para a porta fechada do escritório. Ele estava curioso, com certeza, mas nem de longe tão ansioso quanto Annileen, e a presença dele ali a deixava mais calma.

Calma o bastante para sentir-se irritada. Se os Gamorreanos já haviam visitado algum armazém antes, Annileen não saberia dizer. Mas eles iam pegando o que quisessem das prateleiras, como se fossem sua própria despensa particular. Estavam fazendo uma bagunça gigantesca, mas, enquanto estivessem enchendo a barriga, não iriam sair quebrando coisas... nem pessoas.

— Isso não é bom — sussurrou Ben, ao passar por ela.

— A loja sobreviveu aos Tuskens. Pode dar conta disso.

— Não, quero dizer que o baixinho acabou de comer um punhado de parafusos de metal. Ele vai lamentar ter feito isso, depois.

Annileen havia varrido seu quinto corredor na esteira dos Gamorreanos, quando a porta do escritório se abriu. Ela se esforçou para ouvir as palavras de Boopa.

— ... não vai funcionar, Gault. Você pode ser um homem importante aqui — disse o Gossam, surgindo pela porta —, mas este seu pequeno reino não passa de um cisco no olho do chefe.

Orrin saiu e pôs as mãos na cintura.

— Bem, você pode dizer uma coisa a seu chefe, ou a quem quiser saber: este oásis é para gente de bem. Não queremos você por aqui! — Orrin deu um olhar de esguelha para a área de jantar, onde os clientes de olhos arregalados ouviam tudo, com atenção. Ele apontou para a saída. — Agora, saia. E leve seus brutamontes com você!

Boopa chamou seus companheiros gordos com um gesto.

— Vamos, rapazes. Este lugar fede. — Ele olhou ao redor, torcendo o focinho. — Você recebeu Tuskens aqui!

O trio saiu do prédio, um atrás do outro. Orrin seguiu-os e ficou parado na porta, gritando para eles.

— E mantenha essa maldita música desligada quando saírem daqui!

Annileen foi até a janela e ficou olhando, espantada. Boopa já tinha voltado a seu ridículo veículo e agora se afastava. Em silêncio. Ela voltou a olhar para Orrin.

— O que foi tudo isso?

Orrin virou-se para encarar os ocupantes do armazém.

— Nada — ele disse, endireitando-se. — Uns gângsteres achando que podem tirar dinheiro de gente honesta em troca de proteção. Aquela velha história. — Ele apontou com o polegar para a janela. — Mas acontece que o Chamado dos Colonos tem suas utilidades. Assim que eles ficaram sabendo da velocidade com que conseguimos trazer um exército até aqui para lutar contra os Tuskens, perderam o interesse.

Essa declaração foi feita da maneira mais modesta possível, sendo algo vindo da boca de Orrin, disparando uma onda de empolgação por sua plateia. Vários clientes se aproximaram, ansiosos para conversar a respeito de entrar para o Fundo do Chamado. Annileen olhou para Ben, que parecia tão confuso pela experiência quanto ela.

Annileen virou-se para varrer os restos do jantar dos Gamorreanos, mas Orrin se afastou da multidão e a puxou pela manga.

— Ah, Annie. Precisamos conversar... *Sobre seu landspeeder.*

Annileen levou um susto. Não esperava por aquele assunto agora, não com tantos novos negócios para resolver.

— Houve um atraso — disse Orrin, parecendo sincero. — Foi o que Gloamer disse. Mas não precisa se preocupar. — Soltando a manga de Annileen, ele pegou sua mão. — Vou dar um jeito, de algum modo. Nesse meio-tempo, você pode usar o USV-5.

— *Seu* landspeeder? — Aquela oferta surpreendeu Annileen. O veículo de luxo de Orrin era o orgulho de sua existência. Ela suspeitava que o único motivo pelo qual Orrin havia deixado seu filho nos controles da máquina era fazer parecer que ele tinha contratado um motorista.

— Eu não me importo — disse Orrin, colocando a outra mão em cima da dela. Ele as apertou bem, olhando diretamente nos olhos de Annileen. — Afinal de contas, você é quase *família*.

Annileen arregalou os olhos. Quando Orrin começou a falar do conserto do landspeeder dela, Annileen já estava esperando sua costumeira desculpa-com-um-sorriso. Mas aquilo era diferente. Ele parecia sério. Era uma expressão que até tinha significado quando vinha de outras pessoas, mas tão infrequente em Orrin que ela não tinha sequer um nível de comparação para medir sua real sinceridade.

— *Família* — ele tornou a dizer, alto o bastante para que quem estivesse ao redor pudesse ouvi-lo.

Annileen se deu conta dos olhares ao redor do salão. Parte dela queria perguntar de onde aquilo estava vindo. Em vez disso, ela só conseguiu gaguejar.

— O-obrigada.

Ela retirou a mão das dele e deu um passo para trás. Orrin virou a cabeça e viu Ben, parado no corredor seguinte.

— Ah, Kenobi — ele disse, secamente. — Você estava pronto para falar de negócios a respeito do Fundo, certo?

Ben deu de ombros.

— Desculpe. Acho que andei fazendo você perder seu tempo...

Orrin retribuiu o olhar com frieza.

— Não existe lei que proíba isso. — Orrin olhou para a bagunça no chão. — Sabe, Ben, essas coisas vivem acontecendo quando você está aqui. Detesto que estejamos aborrecendo você de alguma forma.

— Sim, eu deveria estar cuidando de minha vida — Ben disse, com humildade. Ele se curvou em uma mesura, virando-se em seguida.

Orrin voltou a seu escritório, acompanhado pelos clientes mais exultantes. Annileen ficou ali parada, com os olhos esbugalhados. *Sério que Orrin acabou de mandar um de meus amigos embora?*

Subitamente indignada, ela foi pisando duro na direção de Orrin, com a intenção de fazer exatamente essa pergunta e ele. Se aquilo havia sido um passa-fora, era o mais suave e educado que ela já tinha ouvido na vida. No entanto, ninguém a não ser ela tinha o direito de dizer a uma pessoa em seu armazém o que fazer. Mas, quando Annileen alcançou a multidão, algo lhe disse para olhar para trás.

Ben já havia partido.

Uma Kallie sem fôlego a encontrou logo na porta que dava para o estábulo.

— Ben foi embora? — ela perguntou, ansiosa. — Rooh sumiu!

— Foi. — Com um suspiro, Annileen voltou a olhar para o interior da loja. — E ele nem sequer levou o barril de água que devemos a ele.

— Bizarro. De onde a senhora acha que ele é, mãe?

— Não sei. Mas seja de onde for, eles certamente não entendem o conceito de compras por lá.

Meditação

Chega.

Apenas três visitas — e caos em todas elas.

Eu não deveria ter ido. Estou pondo a missão em perigo.

Não voltarei mais lá.

E, desnecessário dizer, terei essas conversas apenas mentalmente, de agora em diante. Espero que o senhor entenda por quê.

PARTE TRÊS

O CENTRO LUMINOSO

CAPÍTULO VINTE E CINCO

Quando se fazia parte do Povo da Areia, aprendia-se a conviver com novas feridas a cada dia. Ao nascer, cada bebê Tusken era bem enrolado em ataduras. As enfermeiras trabalharam tão rápido que A'Yark jamais vira o rosto de nenhum de seus filhos. Canalizados por pequeninas peças bucais, os choros das crianças eram gritos metálicos e angustiantes. Bebês não tinham como avaliar a maldição que a simples existência representava, e tampouco entendiam a vergonha da carne exposta. No entanto, rapidamente se acostumavam ao preço da cobertura imposta ao corpo.

Incontáveis ao longo de uma vida inteira, as feridas eram algo que eles simplesmente tinham de suportar. Anos antes, K'Sheek demorara para aprender isso; a mulher humana sequestrada havia pensado que os panos que a envolviam poderiam ser trocados, fosse por uma questão de limpeza ou de conforto. Ela estava errada. Enquanto cresciam, os membros do Povo da Areia iam acrescentando mais e mais ataduras às de seu nascimento. Cada nova extensão de pano era um testemunho de sua resistência e de sua sobrevivência. Se uma pedrinha se alojasse no meio das ataduras, ela era simplesmente coberta por outros panos. O abscesso que ela eventualmente provocasse era nada mais que uma lembrança do passado. Uma planta-funil era capaz de fazer crescer uma pele nova sobre suas feridas. Um Tusken podia fazer o mesmo.

A'Yark entendia que a derrota sofrida naquele dia era apenas mais uma ferida com a qual o Povo da Areia deveria aprender a conviver. Derrotas tinham de ser sentidas, cada uma delas, e mereciam ser lembradas. De fato, nos dias que se passaram desde o massacre no desfiladeiro, A'Yark havia sentido essa derrota cada vez que abria os olhos. Os sobreviventes nos Pilares eram patéticos, agarrando-se a suas vidas como líquens. Os primeiros dias foram os piores, com o punhado remanescente de guerreiros fazendo incursões ridículas para encontrar melões hubba. *Ataques corajosos, até parece!*

Em seguida, as discussões. Agora, aquelas brigas já não representavam tanto perigo para A'Yark, uma vez que grande parte de seus rivais estavam mortos. Mas anciões infelizes andando em círculos lamentando suas sinas era algo que a irritava imensamente.

E, finalmente, o poço sagrado nos Pilares, normalmente confiável, agora estava seco a maior parte dos dias. A necessidade do clã não havia sido muito reduzida pelo massacre: ainda restava uma manada de banthas sem dono, e não fazia sentido matá-los, independentemente do que dizia a tradição. Os mais preocupados culparam A'Yark tanto pelo ataque fracassado quanto pelos problemas com a água, apesar do fato de que ela vinha recebendo notícias semelhantes a respeito de outros clãs, em outros lugares. Se Tatooine havia se enfurecido com seus hospedeiros, todo o Povo da Areia estava sofrendo, e não apenas uma tribo.

A'Yark não tinha tempo para recriminações. Pois, embora grande parte de seu tempo fosse dedicado a impedir que o grupo se dissolvesse, ela ainda precisava encontrar horas extras para o que julgava realmente importante: vigiar Ben.

O antro do humano não era longe, ficando mais para oeste, ao longo da face norte do Deserto de Jundland. A'Yark havia encontrado o lugar com facilidade. Os ventos vinham sendo suaves, e, embora Ben tivesse demonstrado astúcia na tentativa de esconder suas pegadas, ninguém sabia rastrear tão bem quanto um Tusken.

Ben não retornara ao oásis em muitos dias, e A'Yark havia pensado muito sobre isso. Ele não estava protegendo a mulher humana Annileen? O complexo era o lar *dela*. Será que ela havia se mudado para o dele? A'Yark não sabia, mas não pretendia se aventurar até o oásis para descobrir. Isso seria uma loucura, agora.

Entretanto, um dia, A'Yark avistou Ben cavalgando para leste. Havia cidades naquela direção, mas ele não estava tomando a rota mais rápida. Em vez disso, mantinha-se próximo à crista da cadeia de colinas, evitando contato com assentamentos. Incapaz de ir muito longe sem deixar seu clã indefeso para trás, A'Yark acabou perdendo-o de vista.

Então, ela ficou sentada em seu bantha e aguardou, montando guarda.

Ben retornou ao lar no dia seguinte. Sua única carga era o equipamento de acampar que levara consigo. Fosse qual fosse o motivo de sua viagem para o leste, não tinha sido para coletar suprimentos.

O que motivava um humano? A'Yark desejou ter passado mais tempo ouvindo Sharad Hett falar. Ele não gostava muito de conversar sobre sua vida pregressa com os estrangeiros. Afinal, fora exatamente isso que o levara a se juntar aos Tuskens. Nem mesmo a K'Sheek ela tinha feito muitas perguntas. O Povo da Areia não tinha interesse em entender seus inimigos. Era suficiente saber que eles sangravam e morriam quando atacados.

Mas, agora, com o poder de seu bando destroçado, A'Yark *precisava* entender. Esse Ben queria alguma coisa, todos os seres queriam algo. Isso governava seus hábitos e movimentos. Seria possível que o que ele queria estivesse a leste?

A'Yark teria de pensar melhor nisso uma outra hora. Os coletores de melões estavam demorando a voltar. *Nem isso eles sabem fazer direito*. A'Yark terminou de afiar a ponta de seu gaderffii e desceu dos Pilares até o piso do deserto.

Olhando para nordeste, ao longe, ela viu algo peculiar: um bantha atrás do outro começou a aparecer no horizonte. O membro mais velho do grupo de coletores cavalgava a fera na dianteira. O quarto e último bantha tinha um cabo preso no pescoço, e estava arrastando algo que parecia um landspeeder, só que três vezes mais comprido que qualquer um que A'Yark já tivesse visto.

— O que será, agora? — Com o gaderffii erguido em sinal de indignação, A'Yark disparou areia afora, tentando chamar a atenção da caravana improvisada. O hovercraft tinha uma grande superfície plana na traseira, com um objeto imenso deitado em cima dela.

Uma torre de vaporizador.

A'Yark parou subitamente. Um jovem Tusken operava o veículo, embora certamente não da maneira correta. A coisa andava aos solavancos, batendo nas patas traseiras do bantha irritado à frente. A máquina soltava faíscas, com fumaça saindo de baixo do capô; aquela provavelmente seria sua última viagem, a qualquer lugar.

A chegada de A'Yark fez com que os Tuskens nos banthas parassem. Isso, por sua vez, resultou na colisão do landspeeder com o traseiro do bantha. O animal gritou e escoiceou, e suas patas enormes fizeram com que o veículo flutuante balançasse furiosamente no ar.

A'Yark não sabia em que guerreiro bater primeiro. Escolheu o que estava na máquina.

— Um colono abandonou ela — disse o suposto piloto.

— E você não matou ele?

O tom da líder guerreira foi o bastante. O jovem guerreiro baixou a cabeça, envergonhado.

— Eles fugiram. Achamos que o troféu era mais importante.

— O troféu! — A'Yark caminhou ao longo da extensão da superfície plana. — O que vamos fazer com isso? — Ela bateu no vaporizador com o gaderffii, produzindo um estampido alto. — Vocês são Jawas, agora? Vão vender lixo em troca de migalhas?

— Isso faz água — disse o guerreiro sentado em cima do primeiro bantha. — Água! Nós precisamos de...

— Eu sei o que isto faz! — A'Yark olhou com desprezo para a abominação metálica, espantada que algum Tusken desconhecesse a ofensa que ela representava à ordem natural. — Colonos profanam a terra com vaporizadores. Nós destruímos eles. Nós não... — A'Yark fez uma pausa. — Espere... — ela continuou, depois de pensar por um momento. Encarou o piloto. — Você pegou essa coisa da fazenda do Sorridente?

— O líder guerreiro humano do oásis... Aquele do desfiladeiro? — O piloto encolheu-se em seu assento. A cena do massacre ainda estava fresca em sua memória. — Não. Você disse para ficarmos longe das terras dele. Foi em um lugar diferente.

Bem, pelo menos uma coisa eles foram capazes de escutar, A'Yark pensou. Suas missões de reconhecimento lhe deram uma ideia de quais territórios o Sorridente considerava como seus. Tomar algo que lhe pertencesse poderia mobilizar suas forças para mais uma caçada. A'Yark nunca recuava de uma batalha, mas os outros não estavam prontos para mais aquele confronto. Era melhor evitar o conflito, por enquanto.

Sons vieram de dentro da formação rochosa. A'Yark virou-se para ver crianças espiando, curiosas com os recém-chegados. Outros veriam o dispositivo gigante também, se o deixassem perto da entrada da fenda. A'Yark apontou o gaderffii e grunhiu uma ordem.

— Este negócio vai ficar na caverna embaixo da protuberância. Levem ele lá para cima... E tentem não quebrar nada.

Os jovens guerreiros olharam uns para os outros, intrigados com a mudança de atitude. O próximo grito de A'Yark fez com que se movimentassem rapidamente.

A'Yark viu o objeto passar e calculou seus próximos passos. Não tinha certeza do que iriam fazer com aquilo, se é que iriam fazer alguma coisa. Mas as circunstâncias eram difíceis, e mesmo um objeto sem sentido para os Tuskens como aquele poderia se tornar importante na luta contra os colonos.

Bastava uma minúscula pedra para provocar uma ferida.

CAPÍTULO VINTE E SEIS

— Me dê a má notícia – disse Orrin, forçando a vista sob seu chapéu de fazendeiro.

Veeka desceu escorregando os andaimes.

— Oitenta e sete milímetros.

— Só isso? — Orrin estava surpreso. Um humano em Tatooine podia suar mais do que isso em cinco minutos. — As configurações têm que estar erradas.

A jovem enxugou a testa irritada e olhou fuzilando para o pai.

— Quer subir lá e ver?

Orrin não queria. As coisas pareciam estar assim por toda parte, na cadeia oriental. Apenas um mês antes, a fórmula de água pura Gault tinha produzido bem nas torres de teste. Agora, ela já estava programada em todas as Pretormins, naquela que normalmente era a época mais produtiva do ano.

E o céu parecia ter desistido das torres.

— Diagnóstico?

— Nada diferente hoje do que já tínhamos visto ontem — falou Veeka, enxugando as mãos nas calças de trabalho. — Pai, precisamos fazer alguma coisa.

Mas o quê? Orrin não sabia. Um desempenho assim não era normal. Era contra tudo o que ele conhecia sobre aquela arte *e* ciência. Nada na atmosfera havia mudado, tudo estava bem dentro dos parâmetros esperados. E, no entanto, cada uma de suas máquinas de dez mil créditos estava fornecendo apenas água comum, meio copo de cada vez.

Alguns fazendeiros simplesmente perdiam o jeito. Ele não conseguia acreditar que a resposta fosse essa. Tudo acontecia por um motivo. Mas era quase como se o fato de os Tuskens terem danificado o velho Número Um duas semanas antes tivesse destruído a receita em toda parte. Não havia ligação entre as duas coisas, é claro. As máquinas eram entidades separadas, cada uma ajustada à mão. Contudo, era como se a magia tivesse desaparecido dos vaporizadores.

Veeka voltou a subir a torre, preparando-se para fechar as portas de manutenção, mantidas bem no alto, acima do alcance do Povo da Areia ou de animais selvagens. Agarrada à lateral, ela gritou:

— Tem alguém chegando!

O velho caminhão repulsor de Wyle Ulbreck vinha aos solavancos pelo horizonte, da direção do oásis. Orrin o reconheceu no mesmo instante, assim como seu filho, que trabalhava ali perto. Mullen viu o pai ajeitando a camisa.

— Não me diga que você vai tentar de novo!

— Um fazendeiro vive de esperança — disse Orrin, acenando com o chapéu para o viajante.

O veículo de Ulbreck reduziu a velocidade e parou perto do grupo. O velho colocou a cabeça para fora da janela e forçou a vista.

— Ah — ele disse, reconhecendo Orrin. — É você.

Orrin sorriu. *Quem mais seria na minha própria terra, seu imbecil?*

— Você está indo embora cedo, Wyle. — Orrin foi até a porta. — Finalmente acabou de contar a todos como salvou o Lote da horda enfurecida de Tuskens?

— Não é isso — disse Ulbreck. — Recebi um chamado. Uns Malditos da Areia roubaram uma das minhas novas torres, antes mesmo que pudéssemos erguê-la.

Ulbreck desatou a falar de Tuskens, Jawas e incompetentes em todo lugar. Orrin não tentou esconder sua própria diversão, enquanto esperava uma pausa.

— Lamento ouvir isso — ele finalmente interrompeu. — Alguém se feriu?

— Apenas meu bolso! — Ulbreck bateu o punho contra o console do veículo. — O que, pelos sóis, os Tuskens iriam querer com um vaporizador?

Orrin não fazia ideia. Jamais ouvira falar em tal tipo de roubo antes. Alguns vaporizadores não eram muito mais altos que um humano, mas seus Pretormins e as novas máquinas industriais de Ulbreck eram parafernálias gigantescas. Para os Tuskens terem conseguido roubar uma, o tão pretensamente eficiente pessoal da segurança de Ulbreck deve ter fugido do transportador e deixado o motor ligado.

A deixa estava prontinha para ele.

— Talvez seja hora de dispensar algumas pessoas... E de trabalhar com profissionais de qualidade comprovada — disse Orrin.

— Não comece com isso de novo! — Ulbreck olhou fuzilando para Orrin. — Você não consegue sequer proteger o Lote. Como vai proteger minha fazenda? — Ele se virou e cuspiu em uma caneca que mantinha por perto. — Umas pestes, esses da Areia. Desperdiçando tempo, custando dinheiro...

Orrin não se deixou abalar.

— Bem, vejamos, Wyle. Desde que os Tuskens atacaram o oásis e nós reagimos, ninguém mais viu o Olho-de-rolha ou nenhuma outra Pessoa da Areia por perto. Mas você acabou de ser atacado. E seu pedaço de terra é o maior a não estar protegido pelo Chamado dos Colonos.

— O que você está dizendo? — Irritado, Ulbreck desligou o motor, fazendo com que o caminhão repulsor pousasse na areia, com um ruído seco.

— Estou dizendo que talvez os poucos Tuskens que deixamos viver tenham descoberto onde ficam os pontos fracos de nossa comunidade. E você é um deles.

Ulbreck soltou um palavrão.

— Você está louco. Os Tuskens têm cabeças que nem pedras. São incapazes de pensar. — Ele olhou para a torre do vaporizador de Orrin, que se erguia enorme atrás deles. — Além do mais, digamos que isso seja verdade. Posso colocar minhas próprias sirenes, igual a você.

— Sim, mas alguém vai responder a elas? — Orrin enfiou a mão no bolso, tirando dali o ativador remoto. Depois do ataque ao oásis, ele o levava a todo lugar. — Não é apenas o som, Wyle. Com isto, consigo trazer um exército para cá. Um exército que posso enviar para pegar seu vaporizador de volta... E rachar umas cabeças no processo.

— Esses vagabundos não são um exército. Só querem a bebida grátis que você...

— Se isso for necessário... — Orrin olhou para ele, de maneira astuta. — Agora, não posso mais aceitá-lo com as taxas antigas. Os preços subiram. E incluir seu território inteiro vai incorrer em custos com os quais você vai ter de arcar. Último a entrar, você sabe.

— *Nunca* a entrar, isso sim! — Ulbreck religou o motor. — Não me importo se o próprio Jabba, o Hutt, assinar esse Chamado. Wyle Ulbreck cuida de seu próprio negócio!

Orrin jogou as mãos para o céu. Com um gemido metálico, o caminhão repulsor continuou a caminho.

Mullen olhou para o pai.

— Eu disse que era perda de tempo.

— Achei que valia a pena tentar mais uma vez — disse Orrin. — Tão perto assim da colheita, ninguém mais tem dinheiro, a não ser Wyle. — Ele pensou por um segundo e riu. — E talvez aquele Kenobi.

Mullen ergueu uma sobrancelha.

— Kenobi?

— Ben. O sujeito que fez você de bobo, lembra? Esse é o nome dele — disse Orrin. Rapidamente, contou a eles as perguntas de Ben a respeito de estender a proteção até o leste distante.

— Perto de Anchorhead? — perguntou Veeka, descendo a escada. — Que tipo de negócios ele tem lá?

— Não faço ideia. — Orrin esforçou-se para lembrar de detalhes da conversa. Ben havia mencionado a fazenda dos Lars. *Por que ele iria se importar com o que acontecia naquela região?*

Veeka enfiou o kit de ferramentas na traseira de seu veículo de trabalho.

— Você acha mesmo que ele tem dinheiro? Será que ele não estava só de conversa? — Ela sorriu. — Pensei que você tinha dito que ele era um idiota.

— E disse, mesmo — disse Orrin, olhando para os picos distantes de Jundland. — O homem vive na periferia, falando sozinho e vestindo-se como se os Tuskens tivessem roubado suas roupas. Esse é o tipo de farrapo humano que sua mãe teria acolhido. — *E fugido junto*, ele pensou, sem precisar acrescentar. — Mas gente louca também precisa de proteção. Algumas dessas pessoas até têm dinheiro.

Mas provavelmente aquela pessoa maluca, não. Orrin sabia que não valia a pena perder tempo pensando no homem. Ben não aparecia havia dias, e tinha problemas maiores chegando. Ele deu uma última olhada triste na direção do vaporizador.

— Vamos embora. Não vamos conseguir consertar isso no prazo.

Mullen ficou surpreso.

— Não vai ter colheita? Mas aquele pessoal que veio ver você...

— Não devia nem ter chegado perto do Lote — Orrin disse, irritado. Aquilo tinha sido um ponto de discussão na família. Alguém nas equipes de trabalho deveria ter detido o "Patrão Boopa" antes que ele chegasse ao Lote. Ou pelo menos alertado Orrin de sua chegada.

Veeka parou ao lado do irmão. Para variar, ela parecia séria.

— O que você vai... Quero dizer, o que nós vamos fazer?

— Seu bisavô me disse uma coisa — disse Orrin. — Todo problema tem duas soluções. Você aguarda até achar *duas* saídas, e depois tenta ambas ao mesmo tempo. Porque, quando você precisar de um plano B, já vai ser tarde demais.

Orrin fez uma pausa e pensou no que estava programado para acontecer nas próximas vinte e quatro horas, e nos planos que tinha para lidar com isso tudo.

— Vão ver se Zedd está pronto para voltar ao trabalho — ele disse, dando um sorriso reconfortante enquanto entrava em seu veículo. — Tenho que preparar umas coisas.

CAPÍTULO VINTE E SETE

LEELEE QUASE DEIXOU CAIR SEUS PACOTES QUANDO ABRIU A PORTA.

— *Annileen!*

No meio da área de refeições do Lote, um andaime se inclinava, com dois de seus apoios enfiados no teto em forma de cúpula. Annileen agarrava-se em cima da estrutura, pendurada precariamente. Ela olhou para trás para falar com a recém-chegada.

— Oi, Leelee. Quais são as novidades?

A Zeltron colocou os pacotes no chão e correu até lá. Um balde jazia virado no meio de uma poça branca de sabão, perto de onde estava a torre prestes a desabar.

— Você está lavando o teto?

— Não estou mais. — A mão molhada de Annileen tornou a escorregar. Ao se agarrar, ela fez toda a estrutura tremer. — Estava chamando por Jabe, mas acho que ele está na sala de estoque!

— Dormindo, você quer dizer. — Leelee empurrou uma mesa para longe, a fim de alcançar o andaime. Ela o firmou por tempo suficiente para que Annileen pudesse se virar e alcançar um dos suportes verticais.

Cuidadosamente, Annileen desceu.

— Obrigada — ela disse, respirando fundo. — Estava com medo de ter que esperar as pessoas chegarem para o jantar.

Leelee olhou ao redor. A clientela da tarde era sempre menor durante a época da colheita. O armazém estava vazio, a não ser pela velha Erbaly Nap'tee, que buscava alguma coisa em uma cesta de sobras.

— Erbaly não se ofereceu pra ajudar?

— Não, mas me pediu ajuda — disse Annileen, enxugando as mãos no macacão. — Fico feliz em dizer que sou capaz de dizer tudo o que está no estoque até mesmo quando estou pendurada no ar. — Ela endireitou o balde caído e procurou o esfregão, como se nada tivesse acontecido.

Leelee estava estarrecida.

— Você decidiu lavar o teto... sozinha.

— Na verdade, estava colocando selante — disse Annileen. — Vocês fizeram um bom trabalho de limpeza depois do ataque, mas eu queria arrumar aquelas marcas de blaster na pourstone antes que provocassem rachaduras.

— O que, daqui a trinta anos?

Annileen deu de ombros.

— Estou com tempo agora. — Ela começou a passar o esfregão.

Sem entender muito bem, Leelee voltou para pegar os pacotes.

— Ainda bem que eu cheguei — disse Leelee. — Mas, se você tivesse guardado aquele ativador com você, poderia ter acionado o Chamado dos Colonos.

— Ah, isso deixaria todo mundo nos campos bem feliz, com certeza — disse Annileen. — Até posso ver a manchete no holo: *Mulher chama milícia para salvá-la de sua própria estupidez.*

Deixando o chão para depois, Annileen foi para trás do balcão. Ela olhou surpresa para a pilha de pacotes que Leelee havia trazido para postar. Leelee era uma escultora talentosa nas horas vagas, especializada em designs primitivos; tinha clientes em mundos ao redor de toda a Orla Exterior.

— Como você encontra essas pessoas? — perguntou Annileen.

— Ex-namorados — disse a Zeltron, soltando um sorriso recatado. Ela passou o dedo rubro por uma lista digital de nomes no manifesto de carga que estava segurando. — Todos eles ainda são fãs.

— Fãs de seu trabalho... ou de você?

— Uma artista tenta não fazer perguntas desse tipo — disse Leelee. — Você também poderia ter um hobby, Annie. Tem andado com energia acumulada há várias semanas. O que está acontecendo?

— Não sei — disse Annileen, processando os pacotes.

Leelee tinha razão, claro. Apenas durante as duas últimas semanas, Annileen já havia mudado o layout da seção de embalagens, ajudado Kallie a consertar a cerca que o costas-de-orvalho destruíra e ajustado os procedimentos contábeis do armazém. Só naquela manhã, ela havia construído uma nova mesa à mão, feita especialmente para Bohmer e sua nova hoverchair, agora que ele finalmente tinha sido liberado para voltar e retomar seu consumo de caf. Ainda que os fatos cotidianos não parecessem ter mudado tanto nos últimos dias, ela tinha a sensação de estar em um verdadeiro redemoinho mesmo assim.

— Eu sei qual é o problema — disse Leelee.

— Não pedi nenhum conselho. — Annileen parou de transcrever. — Escute, eu entendi. As coisas grandes em meu mundo nunca vão mudar. Mas há um bocado de coisas pequenas que posso consertar, e posso começar a resolvê-las agora mesmo.

— Besteira — disse Leelee. — O que acontece é que você não vê Ben desde que ele fugiu daqui na última vez, e isso está fazendo você subir pelas paredes. E pelo teto — ela acrescentou.

Annileen revirou os olhos.

— É mesmo? — ela perguntou, com frieza. — O que faz você pensar isso?

— Bom, você acabou de colocar na minha mais recente obra-prima uma etiqueta de envio para algum lugar chamado "Sistema Kenobi".

Annileen olhou para as letras que imprimira distraída e corou.

— Epa...

— Tudo bem — disse Leelee, apontando para o pacote com a etiqueta errada. — É uma estátua de fertilidade, na verdade.

— Ah, é *tudo* de que eu preciso. — Annileen soltou uma gargalhada, balançou a cabeça e corrigiu a etiqueta. — Ok, admito. Estou incomodada porque ele nunca mais voltou.

Ela quase tinha perdido a conta de quanto tempo se passara desde o ataque dos Tuskens e do louco e surreal dia seguinte: a visita do "Patrão Boopa" e a estranha mudança no comportamento de Orrin em relação a ela. Além disso tudo, houve o sumiço de Ben, depois de se tornar o centro das atenções. Ele não havia voltado desde então.

— Acho que espantamos ele — disse Annileen.

Às vezes, isso acontecia com os recém-chegados. Eles não sabiam que os locais sempre faziam fofocas a respeito de cada um que chegava, mas que eram rapidamente esquecidas quando outro aparecia. Ela até evitara acrescentar ainda mais combustível à fogueira, guardando para si o encontro que tiveram no deserto com a matriarca dos Tuskens. Havia funcionado. Apenas duas pessoas tinham mencionado Ben para Annileen nos últimos tempos: Orrin perguntava ocasionalmente se ele havia retornado, e Kallie fazia a mesma coisa, só que a cada cinco minutos.

Orrin apareceu no corredor que dava para a garagem. Annileen o viu olhar por um breve instante para o andaime antes de sumir em seu escritório sem dizer uma só palavra.

— Esse aí é outro que está bem estranho — ela sussurrou para Leelee. O comportamento irretocável de Orrin em relação a Annileen vinha sendo algo impressionante. Era a nova história a cativar a atenção dos clientes regulares. — Quer falar com alguém, fale com ele.

Leelee bufou e disse, de forma direta:

— Annie, minha amiga, Ben é exatamente do que você precisava.

— Como assim?

— Você manteve Orrin ao alcance das mãos durante anos — disse Leelee —, e ele se acostumou com isso. Mas agora que existe outro pretendente para a Princesa Annie, ele tem de agir depressa.

Annileen olhou horrorizada para a porta do escritório.

— Eu *não quero* que ele aja!

— É mesmo? — Leelee deu um sorrisinho debochado. — Eu acho que você *quer* manter Orrin interessado... para forçar seu homem misterioso a fazer alguma coisa.

— Você está doente da cabeça — disse Annileen. — Sério, o que há com vocês Zeltrons? Vocês arranjariam casamentos até para droides, se eles dessem ouvidos a vocês.

— Eles dão ouvidos, Annie. É por isso que existem tantos droides.

Annileen grunhiu. Aquilo realmente não era do que ela precisava, nem o que ela estava procurando. As coisas estavam boas com Orrin do jeito que sempre foram. *Bem, não, não estavam.* No entanto,

Orrin era mais como um irmão mais velho para Annileen... Ou, às vezes, como um terceiro filho. Ele fora amigo de Dannar, e ela ainda o via dessa forma. Por que ele iria querer que isso mudasse agora?

Annileen estava prestes a dizer algo, quando Leelee a mandou se calar. Orrin emergiu do escritório, tendo trocado de camisa e arrumado os cabelos, após seu dia nos campos. Ele viu as mulheres e sorriu.

— Como estão minhas pessoas favoritas hoje?

— Uma de nós quase enterrou a outra — disse Leelee, fazendo um gesto para o andaime. — Você tem que tirar Annie deste lugar antes que ela comece a alfabetizar as latas de óleo.

Dando um enorme sorriso, Orrin foi andando até atrás do balcão.

— Não tema. Orrin Gault tem um plano, e ele já está em andamento. — Ele envolveu Annileen com o braço, dando-lhe um meio abraço. — Você vai tirar o dia de folga amanhã. — Ele sorriu para ela. — Feliz aniversário.

Annileen se afastou.

— Como assim?

— Acabei de falar com Tar Lup — ele disse, referindo-se ao antigo assistente dos Calwell. — Ele tirou uma folga do trabalho em Eisley, e eu o convenci a ficar amanhã aqui, tomando conta do armazém.

— Por que Jabe não pode... — Os olhos verdes de Annileen o encararam, desconfiados. — Espere. Onde eu vou estar?

— Mos Eisley. Você merece um dia na cidade — ele disse. — E quero que você leve toda a família. Kallie pode fechar o estábulo: ninguém está por estes lados agora, de qualquer maneira. — Ele estreitou os olhos. — Leve Jabe também. Talvez, se vocês passarem mais tempo juntos como uma família, as coisas melhorem.

Bestificada, Annileen olhou para Leelee. A Zeltron estava com os olhos arregalados, ouvindo a conversa com toda a atenção.

— Você vem conosco, suponho? — Annileen perguntou a Orrin.

— Ah, não — ele disse, procurando alguma coisa no bolso. — Não com a colheita!

— Certo. — Ela olhou para ele, ainda sem entender sua intenção. — Por que Mos Eisley?

Orrin encontrou o que estava procurando: um pequeno envelope selado.

— Aqui — ele falou. — É a outra parte da surpresa, para garantir que você vá. Abra só hoje à noite.

Annileen pegou o envelope.

— O que você está aprontando, Orrin?

O fazendeiro riu.

— Só quero que você garanta que eu esteja por perto quando abrir isso. — Ele piscou para Leelee e saiu de trás do balcão.

— Meu aniversário é *depois* de amanhã — disse Annileen.

— Esta oferta só vale para amanhã — devolveu Orrin, caminhando na direção de seu escritório. — Passei a tarde toda fazendo esses planos. Não mande o coitado do Tar embora! — A porta se fechou atrás dele, sendo trancada em seguida.

Leelee tentou pegar o envelope.

— Me dá! Quero ver!

— Não! — disse Annileen, puxando-o para longe. Sentia-se zonza. *O que é que está acontecendo aqui?*

Meditação

Eu tive o sonho novamente.

Foi como descrevi antes. Eu não era eu mesmo. Mas via o mundo através... de alguma coisa. De um túnel, um filtro. E, então, ouvi um grito.

Você está cansado de ouvir sobre esse sonho, imagino. Eu venho tendo o mesmo sonho, uma vez por semana, desde que cheguei a Tatooine. Sempre acordo assustado. Sempre sinto que, de algum modo, ele está relacionado a Anakin.

Só as duas últimas versões mudaram um pouco. O túnel está mais estreito e mais brilhante. Normalmente, a vista é nebulosa e vermelha. Dessa vez, foi quase como ver por meio... Bem, dos olhos de um Tusken, por mais estranho que isso possa parecer.

E ouvir o grito não me afetou tanto dessa vez. Senti-me mais distanciado, mais apartado do que estava acontecendo. No passado, ele provocava um efeito mais forte em mim.

Não sei o que isso quer dizer.

Fico preocupado que o sonho represente o fim gradual da luz na galáxia, ou minhas próprias inquietações quanto a estar longe das ações. Será que um dia estarei aqui tempo suficiente para que não sinta mais os gritos daqueles feridos por Palpatine?

Não se preocupe, Qui-Gon. Não estou falando isso em voz alta. Ainda estou envergonhado com o que você deve estar pensando daquele meu terrível erro, quando me deixei ser ouvido. Você deve pensar que voltei a ser um Padawan.

Mas sei como aquilo foi acontecer. Eu estava me concentrando demais em tentar contatar você, tentando replicar as sensações que tive naquela vez em que você falou com Yoda e comigo. Estava tentando me separar mentalmente de meus arredores, e, por isso, não senti a aproximação de Kallie.

Não parece que a garota tenha ouvido nada muito revelador, ou que ela tenha me visto segurando o sabre de luz de Anakin. A Força estava comigo ali. E aparentemente existe um número razoável de pessoas por aqui cujos nomes soam parecidos com Kenobi, então ninguém fez a conexão. Ainda.

Mesmo assim, não posso correr mais riscos. Eu estava ficando muito apegado às vidas das pessoas do oásis. É irônico. Era você quem sempre me dizia para me concentrar mais na Força viva, nas vidas daqueles ao nosso redor, em vez de no panorama geral, ao qual Mestre Yoda se vinculava. Viver aqui, me envolver nesse mundinho, com seus pequenos dramas? Tem sido bastante esclarecedor.

Eu perdi tudo isso quando estava correndo para todos os lados a fim de salvar a galáxia. Deixei de ver que, para muita gente, as lutas menores são tão importantes quanto nossas lutas maiores são para nós. Foi uma ótima lição a se aprender.

Mas ela tem de terminar.

Então, estou confinando minhas viagens estritamente à minha missão. Chequei o estado do garoto no começo dessa semana, e a fazenda parece estar bem. Consegui manter distância de Owen Lars dessa vez. O homem não gosta nem um pouco de mim.

E vou continuar trabalhando na casa. Tenho de fazer alguma coisa a respeito da unidade de refrigeração, aparentemente construída no tempo de Arca Jeth. Mas não se preocupe, existem outros armazéns em Tatooine além do Lote. Não muitos, mas existem alguns...

CAPÍTULO VINTE E OITO

— FELIZ ANIVERSÁRIO, ANNIE!

Annileen acenou de volta da janela do speeder truck.

— Obrigada!

Não havia por que explicar àquele fazendeiro que seu aniversário era apenas no dia seguinte. Todo mundo que havia visitado o Lote desde a noite anterior já tinha ouvido o motivo de sua viagem. E, nas últimas três colinas, homens trabalhando em suas colheitas já haviam gritado a mesma saudação para ela, todos eles parecendo bastante empolgados.

Annileen também estava empolgada. Bem-vestida, estava indo para Mos Eisley, com a filha no banco do carona e o filho no de trás. E nenhum deles ainda havia começado a discutir. Era um verdadeiro milagre de aniversário.

Estavam na LiteVan II, hoje. Dannar trouxera o modelo fora de linha SoroSuub de volta ao serviço no ano em que se casaram, e o veículo ainda dava conta da maior parte do trabalho pesado do Lote. Orrin havia precisado de seu landspeeder USV-5 de volta por alguma razão, mas Annileen não se importou. Ela ainda estava zonza, sem acreditar muito bem no conteúdo do envelope que Orrin havia lhe dado. Agora, Jabe e Kallie estavam discutindo sobre isso, na cabine escurecida.

— Eu falei que Orrin é um grande sujeito — disse Jabe.

— Acho que eu estava errada — disse Kallie. Sua irmã mais velha, também arrumada com roupas coloridas tiradas direto do cabideiro do armazém, lia o convite de cor dourada à luz da janela. — "Para Annie: Este certificado vale um"... *Ben!*

Annileen olhou para a filha, assustada.

— O que foi?

— Ali! — disse Kallie, baixando o documento e apontando para fora da janela. — À direita! Ben Kenobi!

Annileen freou e virou a máquina enorme ao mesmo tempo. De fato, Ben e Rooh entraram em seu campo de visão.

Era uma visão até engraçada, que a fez se lembrar de sua primeira ida à casa dele, com o filhote de bantha zangado. Ben estava de quatro no meio de uma planície deserta, tentando falar com Rooh. A eopie estava deitada de bruços na areia, com as patas dobradas debaixo do corpo, enquanto mastigava um arbusto solitário de folhagem do deserto. Seu arnês estava ligado a um trenó improvisado, sobre o qual estava uma pesada e antiga bomba resfriadora.

Annileen estacionou a LiteVan ao lado dele.

— Vai para algum lugar? — ela perguntou.

— Essa era a ideia original — disse Ben. — Não está dando certo.

Annileen desligou o motor. Kallie levou a mão à trava da porta. Jabe inclinou-se sobre o banco da frente, aborrecido.

— De novo não, mãe. *Esse sujeito....*

— Esse sujeito nos ajudou, e agora precisa de nossa ajuda — disse Annileen. — Fique sentado aqui e evite os sóis.

Quando Annileen desceu do veículo e pisou no chão do deserto, Kallie já estava lá, dando o melhor de si para que Ben reparasse em seu traje vermelho de festa. Mas a atenção do homem encapuzado permanecia em sua eopie.

— Rooh simplesmente parou — disse Ben. — Ela está comendo este... Bom, seja lá o que for isto.

— É sálvia do deserto — disse Annileen.

— Eu achava que nada crescia aqui.

— Sempre tem algo que cresce, em qualquer lugar. — Annileen ajoelhou-se ao lado dele e acariciou o focinho da eopie preguiçosa. — Pronto, garota. Está tudo bem.

Aparentemente desconfortável com a proximidade de Annileen, Ben se levantou e fez um gesto para a carga.

— Não consigo fazer com que ela se mova. Fico pensando se o trenó está preso errado.

— Não, está certo — disse Annileen.

— Então ela está simplesmente se recusando a carregar o peso extra — disse Ben, em pé sobre o animal escarrapachado.

— Isso com certeza — disse Kallie. Ela tentou sufocar um riso, e não conseguiu. Annileen fez um gesto para que ela parasse, mas percebeu que também estava sorrindo.

Ben olhou para elas, levemente confuso.

— Tem alguma coisa que eu não estou percebendo, não é?

— É, tem alguma coisa, sim — disse Annileen, ajoelhando-se ao lado do animal e tocando o abdômen dele. — E essa coisa vai chegar em uns dois dias, ao que parece.

— Você não pode estar falando... — Ben olhou para a barriga de Rooh, bestificado. — Prenha? — ele gaguejou. — Simplesmente não é possível. Eu só tenho *um* eopie!

— Não por muito tempo — Kallie disse, com um risinho.

Annileen deu a volta e sentiu o abdômen de Rooh.

— Há quanto tempo você a tem?

Ben deu um chute na areia.

— Ahn... Não me lembro. Comprei-a já faz um tempo. — Franziu bem a testa. — Você não acha que isso... Ahn, bem, *aconteceu* no oásis, acha?

Kallie explodiu de tanto gargalhar. Annileen também sorriu, mas olhou para baixo para não deixar Ben ainda mais envergonhado.

— O tempo de gestação de um eopie é um pouco maior que isso. Parece que você ganhou dois pelo preço de um na compra.

— Não se pode culpar ninguém quando se trata de amor — disse Ben. — Ou o que for. — Ele abriu um sorriso forçado e se ajoelhou, fazendo um carinho no rosto do animal. — Você andou guardando segredos, minha amiguinha!

— Parabéns, vovô — disse Annileen.

Com a ajuda de Kallie, Annileen retirou o arnês das costas de Rooh. Libertado, o animal se levantou e voltou a comer as plantas. Annileen olhou para a unidade refrigeradora.

— Está bem maltratada — ela disse.

— Já foi muito usada — disse Ben.

— Na Grande Guerra do Hiperespaço, talvez. — Annileen balançou a cabeça. — Nunca vi uma bomba refrigeradora tão velha.

Ben pigarreou.

— Sim, bem, eu estava torcendo para que já tivessem visto uma dessas na oficina em Bestine — disse, fazendo um gesto para leste.

— Você vai a *outro armazém*? — perguntou Kallie, com uma perturbação evidente nos olhos.

— As pessoas são assim, meu amor — disse Annileen. — Dê um desconto a elas uma vez e elas nunca mais voltam a respeitar você.

Uma voz debochada gritou do interior da janela escura da LiteVan.

— Você não vai conseguir consertar isso em Bestine!

Ben olhou para Annileen e ergueu uma sobrancelha. Annileen revirou os olhos.

— Meu filho. O outro eremita. — Ela caminhou até o speeder truck e bateu com força no caixilho da janela. — Como é que sabe disso, Jabe? Você nem sequer viu a bomba!

Jabe olhou para eles.

— A loja de suprimentos em Bestine está fechada. O filho dos Geeler vai se casar. Eles estarão fora por uma semana.

Ben olhou preocupado para os sóis e depois baixou a cabeça para olhar a unidade danificada. Engoliu em seco.

— Uma semana, você diz?

— Ou mais — disse Jabe, voltando a desaparecer na escuridão do banco de trás. — O casamento é em Naboo. Decidiram aproveitar e tirar férias.

— Que maravilhoso para eles — disse Ben, desanimado.

Kallie agarrou o braço da mãe, quase derrubando-a.

— Mãe! Ben pode vir para Mos Eisley com a gente!

— Mos Eisley? — O rosto de Ben ficou paralisado. Ele olhou para leste, e seu rosto mostrava apreensão. — Não preciso ir a Mos Eisley!

A voz de Jabe tornou a gritar.

— Ouviram isso? Ele não precisa ir a Mos Eisley.

— Você fique quieto — disse Annileen. Ela olhou novamente para a bomba refrigeradora. — Você consegue consertar isso no mesmo dia, lá — ela disse.

Ben fez que não com as mãos.

— Não, não. Tenho certeza de que vocês estão numa viagem para comprar suprimentos. Vão precisar de espaço...

Kallie estava explodindo de entusiasmo.

— Não, tudo bem! Não vamos carregar nada!

— Não?

— Não! Não! — A filha de Annileen encontrou o documento no bolso, estendendo-o em seguida para Ben. — Leia isto!

Sem pegar o papel da mão da garota, Ben leu em voz alta as palavras escritas à mão:

— "Para Annie: Este certificado vale um landspeeder de luxo SoroSuub JG-8 na Delroix Speeders de Mos Eisley. Pergunte pelo Garn. Lamento por toda a confusão com o speeder de sua família, espero que isso sirva de compensação." — Ben fez uma pausa antes de concluir: — "Feliz aniversário. Com amor, Orrin." — Ben voltou a olhar para Annileen, com a sobrancelha levemente erguida, e sorriu gentilmente. — Isso quer dizer que...

— Não sei. Orrin tem agido assim ultimamente. Como vou saber o que isso quer dizer?

Kallie bateu palmas, empolgada.

— Eu sei o que isso quer dizer. Quer dizer que vou ganhar um landspeeder novo. O antigo da mamãe, assim que Gloamer acabar de consertá-lo!

— De jeito nenhum! — Jabe gritou de dentro da LiteVan. — Ainda não decidimos isso!

Annileen deu de ombros.

— Ainda estamos negociando uma distribuição de bens. Talvez os dois fiquem com ele.

— Isso é sábio? — perguntou Ben.

— Ah, sim — disse Annileen. — Dessa forma, quando finalmente decidirem fugir de casa, eles irão mais longe. Agora, venha com a gente.

— Não, sério, não é necessário. — Ben apontou para um par de figuras perto de uma torre, em uma cadeia distante de colinas ao norte. — Vou pedir ajuda ao pessoal a quem esta terra pertence.

Annileen olhou bem para as figuras ao longe.

— Nem se dê ao trabalho — ela disse, ao reconhecê-los. — Estamos no território de Wyle Ulbreck. Depois que os Tuskens o roubaram ontem, seus sentinelas estão provavelmente acorrentados aos vaporizadores.

— Qualquer coisa pra evitar que o pão-duro se junte ao Chamado dos Colonos — Jabe disse de dentro da van. — Ele vai aprender uma bela lição, um dia.

Annileen apontou para Ben, fingindo rigidez.

— E se continuar lutando contra essas coincidências que acontecem em nossas vidas, Mestre Kenobi, elas vão acabar se vingando de você. Agora, venha — ela disse, voltando-se ao trenó. — Vamos colocar essa unidade no caminhão.

Rendendo-se, Ben deu palmadinhas na cabeça de Rooh.

— Devemos levá-la conosco?

Um grito veio do interior do veículo.

— Vocês não vão colocar esse animal no *meu caminhão*! — gritou Jabe.

— "Seu"... — Annileen deu um suspiro. — Há um minuto você queria meu landspeeder! — A LiteVan ficou em silêncio. — Ele está de mau humor — ela disse a Ben. — Mas tudo bem, acho que nossa mamãe grávida vai ficar mais feliz em casa. — Annileen direcionou Rooh para oeste e lhe deu uma palmada no traseiro. O animal começou a trotar no mesmo instante, retraçando a trilha deixada pelo trenó na areia. — Ela vai achar o caminho.

Ben olhou para Rooh, preocupado.

— Sabe, eu realmente deveria ir com ela. Para garantir que ela vai ficar bem.

Kallie riu.

— Não sei em que outro tipo de problema ela poderia se meter!

— Não se preocupe — disse Annileen, limpando as mãos. — Ela vai estar de volta antes do feliz acontecimento. E você vai estar vivendo em uma casa fresca e confortável.

Conformado, Ben se virou para ajudá-las a levantar a unidade refrigeradora.

— Eu realmente detesto me impor e fazer você mudar seus planos...

— Você não está mudando *esses* planos — Kallie disse, apressada. — Nós vamos para Mos Eisley!

Annileen sorriu. A relutância de Ben era quase charmosa. O homem, ela suspeitava, simplesmente não queria ter dívidas com ninguém. Ela teria de convencê-lo a não se preocupar com isso.

— O clã se pronunciou — ela disse. — É melhor você vir junto.

Ben respondeu com um sorriso dolorido.

ORRIN ACHAVA QUE O SHISTAVANEN TINHA UM ROSTO DE ASPECTO maligno: nada a não ser presas, orelhas pontudas e cabelos da cor de lama. E, no entanto, Tar Lup era um dos seres mais animados que ele já havia conhecido. E parecia ainda mais animado, ali em pé atrás do balcão do Lote de Dannar, ostentando seu belo paletó comprado na cidade.

— Muito obrigado mais uma vez por essa oportunidade, Mestre Gault — disse Tar, e o grunhido natural em sua voz de algum modo soava quase amigável. — É bom ser o encarregado, mesmo que apenas por um dia. Não faço isso em meu emprego regular.

Empoleirado em cima de uma cadeira na área de refeições, Orrin baixou a holocâmera que estava segurando.

— Isso é ótimo, Tar. Fico contente que você tenha podido vir ajudar. — Desligando o dispositivo, ele desceu. Orrin também se certificara de estar em seu melhor aspecto, com as roupas finas que Annileen encomendara de fora do planeta. Ele precisava disso.

Ao passar na frente do funcionário substituto, Orrin olhou para o hologravador em suas mãos.

— Ah, isto faz parte de outra surpresa para Annileen — ele falou. — Vou arrumar um piso decente aqui dentro, para variar.

Tar deu um sorriso cheio de dentes.

— Que maravilha. Sempre gostei muito dos Calwell.

— Eu também — disse Orrin, passando por Bohmer em sua mesa. O Rodiano havia escolhido justamente um dia em que Annileen não estava para fazer seu retorno, mas ela não estava perdendo grande coisa. Todo costurado e fortemente medicado, Bohmer parecia ainda mais catatônico do que de costume. Orrin atravessou a fenda no balcão. — Tar, preciso voltar lá para trás por um segundo, se você não se importa.

— Certamente. — O Shistavanen saiu do caminho.

Tudo resolvido, pensou Orrin, dando outra olhada na lista eletrônica atrás da caixa registradora. Checou o crono na parede. Ele tinha tudo de que precisava, e tempo suficiente para chegar até suas reuniões. Tudo estava indo de acordo com o plano. *Ambos* os planos.

Veeka entrou, vinda do estacionamento.

— Pronta quando você estiver pronto, pai. — Ela foi até o bar e tirou seu frasco do colete. Pulando pela superfície do balcão, ela passou o braço por trás de Tar, assustado, para pegar uma garrafa.

— Não, senhora — disse Orrin, antes que ela pudesse começar a encher o frasco. — Hoje não.

— Que seja. — Irritada, Veeka largou a garrafa, que voltou a seu lugar com um tilintar de vidro. Orrin passou o hologravador a ela.

Tar ficou apenas olhando, intrigado, enquanto pai e filha caminhavam na direção da saída.

— O senhor vai voltar para o almoço?

— Não, vou ficar fora a maior parte do dia — ele disse, dando uma última olhada no armazém. — Mas, bem... Diga a Annileen que tenho uma coisa a dizer a ela a respeito de hoje à noite.

Tar respondeu, mas Orrin não ouviu. Ele tinha coisas a fazer.

CAPÍTULO VINTE E NOVE

DURANTE A PRIMEIRA METADE DA VIDA DE ANNILEEN, MOS EISLEY não havia sido mais do que uma ideia distante. Seu pai tinha medo daquele lugar, e o trabalho como funcionária de armazém lhe dava poucas oportunidades de viajar. Mas a cidade estava sempre lá, como um ímã que atraía as naves estelares que ela ocasionalmente via voarem sobre sua cabeça. Aquele lugar sempre havia inspirado sua jovem imaginação.

Imagens que ela tinha visto mostravam Mos Eisley como uma rede densa de ruas apinhadas, separando cúpulas empoeiradas, velhas e decadentes. Ela não quis acreditar nas imagens. Aqueles veículos no céu vinham de lugares cosmopolitas, com torres reluzentes. Por que visitariam Tatooine, se a cidade não fosse algo especial? Ela tinha muita vontade de descobrir.

Quando a oportunidade finalmente chegou, era um dia já repleto de grandes expectativas: o de seu casamento. Depois da grande festa de despedida de seus amigos, Dannar a tinha surpreendido conduzindo o landspeeder emprestado de Orrin para além de Bestine, prosseguindo para leste. À medida que os quilômetros iam passando, a expectativa da jovem noiva só aumentava. Naves espaciais que sobrevoavam o oásis sem barulho ali rugiam e reluziam, todas partindo ou chegando da miragem fumegante no horizonte. Por alguns minutos maravilhosos, Annileen havia se permitido imaginar que sua lua de mel surpresa incluiria uma viagem em uma daquelas naves estelares. Para os Mundos do Núcleo, talvez. Ou melhor, para um daqueles lugares selvagens do panfleto do safári da universidade.

Chegar às ruas de Mos Eisley, que no fim das contas eram tão feias e cheias de gente quanto as imagens haviam mostrado, não fez nada para abafar suas esperanças. Seus sonhos voavam mais alto.

Dannar estacionara o veículo na Estalagem das Sombras Gêmeas, um estabelecimento aceitavelmente limpo, ainda que longe de ser luxuoso, logo depois da Praça Kerner. A estada ali já era o presente, sendo tudo o que um dono de loja rural em começo de carreira podia pagar.

Mas, mesmo com suas esperanças estelares sufocadas, Annileen logo percebeu que, se estava procurando um local exótico com estranhas criaturas, Mos Eisley bastava de sobra. A Praça Kerner era uma vizinhança de relativamente alto padrão, com showrooms limpos ao lado de bazares de rua. Localizadas perto do escritório de auxílio aos viajantes da República, as ruas ali eram seguras o bastante para que se pudesse caminhar ao crepúsculo, sem a necessidade de um blaster na mão. E Dannar até a havia levado para jantar na Corte da Fonte, onde Annileen havia ficado maravilhada com cada pequena coisa que vira. Só um estabelecimento de propriedade de um Hutt seria rico o suficiente para que pudesse se dar ao luxo de usar água na decoração.

Mos Eisley *era* uma bagunça violenta e congestionada, mas também era empolgante e surpreendente: uma porta emperrada meio aberta para outra dimensão, cheia de aventura. Ainda que Mos Eisley não fosse a melhor coisa do universo, se comparada a uma aventura pelas estrelas, mesmo assim a cidade ainda estava vários pontos acima de qualquer outra coisa em Tatooine. Até hoje, Annileen lembrava-se de cada momento da viagem.

Ela e Dannar nunca mais voltaram juntos a Mos Eisley, já que uma emergência ou outra no armazém sempre interferia em seus planos. Mas Annileen havia retornado à cidade diversas vezes desde a morte de Dannar. Ia normalmente sozinha, mas foi uma vez com cada filho, individualmente. Ela e Dannar sempre falaram em levar toda a família em algum momento, mas a chance nunca viera.

Agora, ela caminhava pelas ruas da cidade com os dois filhos ao mesmo tempo e, pela primeira vez, com uma nova companhia.

Ben caminhava atrás do grupo, com o capuz puxado para baixo, cobrindo a cabeça. Ele andava rápido para conseguir manter o passo dos Calwell, e não falava muito. Pareciam com qualquer outra família a passeio pela cidade, só que com um filho que não estava muito feliz por ter o pai por perto e um pai que também não estava lá muito animado.

— Ele podia ter esperado na oficina — disse Jabe, quando o grupo virou uma esquina.

— Ia levar cinco horas! — disse Kallie.

— Eu não teria me incomodado — disse Ben, de forma conciliadora. — Havia uma cadeira lá.

— E ela tinha um motor em cima — disse Annileen, balançando a cabeça. A irritação e o mau humor de Jabe com sua companhia encapuzada não haviam diminuído em nada desde a viagem do deserto até lá. O garoto começou a caminhar mais rápido no meio da multidão, à frente de sua mãe e da irmã. — Mais devagar, Jabe — disse Annileen. — Permaneça com o grupo. — Ela olhou para trás e sorriu para Ben. — Você também.

Ben seguiu, obediente, mas Annileen podia ver que andar por uma cidade lotada não era a primeira opção dele para uma boa diversão. Estranho, ele parecia tão viajado. Bem, talvez ela pudesse mudar isso.

Então, virando a esquina na Praça Kerner, o quarteto encontrou uma forma diferente de tráfego. Dezenas de Ithorianos de cabeça de martelo percorriam o espaço aberto, batendo no chão com seus pés em forma de troncos de árvore e sacudindo animadamente matracas e fitas prateadas. Em um segundo, a massa de gigantes de pele marrom engolfou os visitantes humanos.

— Acho que entramos no meio de um casamento — gritou Ben, lutando para se fazer ouvir por cima do barulho.

— Eles fazem muito isso por aqui — Annileen gritou de volta, sorrindo.

Um Ithoriano com pele de couro passou dançando por eles, com suas pernas compridas. Ao ver Annileen, a criatura de pescoço longo a agarrou pelos ombros e saiu rodopiando com ela para dentro da multidão festiva. Dentro do redemoinho, Annileen pôde ver Jabe alcançando seu blaster, e Ben pondo a mão no pulso do rapaz. Agora, Kallie também estava na dança, assim como praticamente cada pobre pedestre que havia passado ali por acaso.

O rodopio reduziu a velocidade por tempo suficiente para que ela visse Ben em pânico nos braços de uma Ithoriana alta, enfeitada com guirlandas de flores. A mãe da noiva? Annileen não sabia. Enquanto ambos rodopiavam, ela só sabia que Ben definitivamente não queria dançar, e que ele também certamente não tinha escolha, enquanto a onda de participantes da festa voltava a crescer.

Por fim, o estranho a soltou, e a força centrífuga a jogou para a lateral da rua. Annileen segurou-se a uma coluna de pedra, rindo e tentando respirar ao mesmo tempo. Kallie, encantada, foi a próxima a se livrar, seguida por Ben. Com o capuz ainda baixo e cabelo despenteado, ele parecia um homem que havia acabado de sair de uma corrida de pods.

Pegando seu chapéu de volta, Annileen procurou por Jabe no meio da multidão. Foi achá-lo no prédio mais próximo, encostado de forma reservada e claramente preparado para apontar sua arma para qualquer um que chegasse perto.

— Achei que você queria sair do armazém para se divertir — ela disse.

— Essa não é minha ideia de diversão — disse o filho. Mas sua cara de preocupação desapareceu um segundo depois, quando uma procissão de mulheres Twi'leks com pouca roupa emergiu do prédio atrás dele, carregando bandejas com bebidas multicoloridas.

Bem, já sabemos qual é sua ideia de diversão, pensou Annileen. Mais um grupo de serviçais apareceu: machos Twi'leks, com roupas ainda mais inadequadas aos perigosos sóis, trazendo bandejas de prata com alimentos exóticos para todos.

— Essa festa está ficando melhor a cada momento — disse Kallie, sorrindo. — Podemos ficar por aqui?

Annileen olhou para Ben. Ele parecia cinza. Ela não podia imaginar que ele quisesse ficar no festival um segundo sequer a mais. Porém, olhando para o edifício de onde os serviçais haviam emergido, ela percebeu onde estava. *Coincidência fortuita*, pensou, achando graça.

Fazendo um gesto para que o estressado Ben esperasse por um momento, ela colocou seus filhos de lado.

— Crianças, vocês podem almoçar aqui. Uma hora, e nos encontramos — ela disse.

— Duas! — disse Kallie.

— Três! — acrescentou Jabe, olhando para as mulheres, de queixo caído.

— Uma hora e meia — disse Annileen. Ela espetou o dedo no peito de Jabe. — Você está de sobreaviso. Não queremos ter outro Mos Espa. Se você perder Kallie de vista por um instante que seja, ou se chegar perto de algo mais forte que leite azul, ela vai me chamar. Vou estar aqui num segundo, e você vai sofrer muito. — Ela olhou para os convidados que festejavam, enlouquecidos ao redor. — E que nenhum de vocês se enrosque com... Ora, com ninguém!

Kallie riu. Revirando os olhos, o irmão assentiu.

— Onde *você* vai estar? — ele perguntou.

Annileen tornou a olhar para Ben, que não podia ouvi-los.

— Tenho umas perguntas que precisam de respostas — ela disse. — Divirtam-se, crianças.

Com o chapéu na mão, Orrin desceu os degraus da filial do escritório do Fundo de Investimento Aargau. Não havia motivo algum para que ele se sentisse mal, pois o funcionário não lhe dissera nada diferente do que ele já vinha ouvindo uma vez por mês, nos últimos três anos. Banqueiros irritavam Orrin ainda mais que advogados. O que se podia esperar de indivíduos com tanto dinheiro a ponto de parecerem dispostos a jogá-lo aos montes em cima de outras pessoas, do outro lado da galáxia, só porque elas tiveram uma ideia?

Até mesmo quando se trata de uma boa ideia, pensou Orrin. Ao menos o banqueiro havia confirmado o que ele queria saber. Orrin retirou a holocâmera da bolsa e a jogou no banco traseiro do USV-5.

Mullen estava lá, roncando. Orrin olhou ao redor. Não sabia para onde Veeka havia escapulido.

— Acorde — ele disse, batendo no filho adormecido com o chapéu.

Por reflexo, Mullen levou a mão ao coldre do ombro, antes de reconhecer o pai.

— E aí?

— Está tudo de acordo com o plano. Pelo menos com o "plano um". — Orrin examinou os edifícios do outro lado do banco até encontrar o que estava procurando. Ao localizar a cantina, também encontrou Veeka, surgindo de lá de dentro acompanhada por três viajantes espaciais humanos de aspecto bem depauperado, todos parecendo já bem impossibilitados de voar, apesar de ainda ser a hora do almoço. Ao ver o pai, ela se despediu de suas companhias.

— Ela faz amigos bem rápido, não é? — Orrin disse, conformado.

— Isso é porque ela sempre paga a rodada — disse Mullen, indo para o banco da frente.

Com as mãos na cintura, Orrin olhou fuzilando para Veeka, quando ela se aproximou.

— Você algum dia vai me escutar?

— Eu estou bem — disse Veeka, derrubando o holoemissor para o lado e deslizando para o banco de trás do landspeeder. — Vou estar preparada.

Ela parece suficientemente sóbria, pensou Orrin. Bem, a essa altura ele não podia se preocupar em consertar a família. Haveria oportunidade para isso... depois.

Orrin prendeu a arma à cintura e subiu no banco do carona. O motor foi ligado, e o landspeeder voltou a andar nas ruas lotadas de Mos Eisley.

— Coloque os vidros opacos — ele disse. — Não quero dar de cara com Annie hoje.

CAPÍTULO TRINTA

ANNILEEN ENCONTROU O PEQUENO ESTABELECIMENTO COM FACILIDADE. Ela e Dannar o haviam descoberto anos antes, a poucos passos da Pousada das Sombras Gêmeas e subindo a rua do prédio do qual os Twi'leks haviam emergido. Ben não resistiu quando Annileen o pegou pela mão, arrastando-o para além da multidão e para dentro do café.

— Obrigado — ele disse no saguão, soltando o ar. — Tenho uma dívida de vida com você.

— Você realmente odeia multidões — ela disse, subindo as escadas até o andar de cima.

— Quando Ithorianos dançam, é sempre melhor sair de perto.

O mestre da casa os saudou calorosamente. Annileen sempre gostou do Café Tatoo II e fazia questão de incluí-lo em suas viagens solitárias ao espaçoporto. O gentil idoso a levou até a varanda que dava para a praça, coberta por um toldo. Ben escolheu uma mesa distante dos demais frequentadores, que comiam. Annileen se sentou em frente a ele, pediu o almoço especial para os dois e juntou suas mãos, pronta para estudar o homem à sua frente. Ela havia esperado uma verdadeira eternidade por outra chance de falar com ele a sós. Agora, ela não sabia que pergunta fazer primeiro... Isso se Ben fosse deixar que ela fizesse alguma.

Ele se mexeu na cadeira, desconfortável.

— O funcionário da oficina disse cinco horas, certo?

— Cinco horas — ela disse. — Tire o capuz. Você está em um lugar civilizado, agora. — Ben obedeceu. — Fiquei preocupada quando você não voltou ao armazém — ela continuou. — Já faz muito tempo.

— Ah. Sim, andei ocupado — ele disse, erguendo o copo para beber.

— Com o quê?

— Com coisas.

— Coisas... — ela repetiu, incrédula. Era fantástico como aquele homem era capaz de usar uma coisa tão pequena quanto uma xícara para se esconder.

Aparentemente sentindo sua frustração, Ben colocou a bebida em cima da mesa e sorriu.

— Você viu o terreno em que estou montando meu "palácio". Ainda estou na fase de separar o lixo que pode ser tóxico.

Annileen assentiu.

— Tive medo de que tivéssemos assustado você. Com Kallie xeretando por aí, dizendo a todo mundo seu sobrenome...

— A maioria das pessoas tem um — disse Ben. — Por que eu não deveria ter?

Annileen pôs os cotovelos em cima da mesa, inclinando-se na direção dele.

— Também fiquei preocupada que *Orrin* talvez tivesse assustado você — ela disse, falando mais baixo.

— Ah, não. — Ben recostou-se casualmente na sua cadeira, aumentando um pouco a distância entre os dois. — Eu gosto de Orrin. E... Bom, ele parece gostar de você.

— Esta semana, pelo menos — disse Annileen. — Em geral, isso quer dizer que ele está querendo alguma coisa de mim.

— O landspeeder é um belo gesto. Talvez ele esteja sendo sincero.

Annileen sentou-se reta, olhando para ele com ceticismo.

— É mesmo?

Ben voltou a se mexer, traçando a borda do copo à sua frente com o dedo.

— Sabe, eu não sei muito dessas coisas. Às vezes, porém, as atitudes das pessoas podem mudar ao longo dos anos. Elas podem se aproximar. — Ele sorriu sem jeito para ela.

— Sei. — Annileen estendeu a mão até seu copo e bebeu; agora, era ela quem escondia a expressão. Por dentro, estava achando bastante graça daquilo tudo. Não sabia se Ben estava tentando empurrá-la para Orrin ou não, mas o que ele havia acabado de revelar trazia em si uma certa dose de verdade. Ele podia ser capaz de deter costas-de-orvalho em fuga e falar com Tuskens, mas Ben Kenobi parecia completamente perdido quando se tratava de discutir assuntos do coração.

Um droide serviçal depauperado aproximou-se por trás de Ben, poupando-o de mais momentos de embaraço. Annileen reconheceu o ser mecânico.

— Oi, GG.

O droide bípede de cor violeta colocou a comida na mesa e, em seguida, curvou-se em uma mesura.

— Muito gentil de sua parte se lembrar, madame. — O droide era um modelo antigo, e suas mãos tremiam levemente enquanto ele colocava os pratos diante do casal. — Bom apetite a vocês, clientes.

Annileen sorriu quando o garçom eletrônico se afastou, sacolejante.

— GG-8 nos atendeu quando Dannar e eu estivemos aqui em nossa lua de mel — ela contou a Ben. — Foi a primeira vez em que um droide me serviu alguma coisa. Eu me senti a Rainha de Alderaan.

Ben pegou o garfo.

— Você bem que podia ter um droide no oásis, não?

— Os fazendeiros não gostam deles. Acham que tiram empregos na região.

— Bem, você parece gentil com eles — ele reparou.

— Não há motivo para não ser — ela disse.

Ben sorriu e começou a comer.

DURANTE TODO O ALMOÇO, ANNILEEN SE SENTIU COMO UMA CAÇADORA que estivesse perdendo uma trilha. Ben ainda parecia ter aquela tristeza oculta dentro de si, que vinha à tona independentemente de sua vontade. Mas cada tentativa de levá-lo a fazer uma revelação pessoal resultava em um ágil desvio de assunto. Ela não conseguia ficar zangada com ele; até mesmo aquele duelo verbal tinha graça e tranquilidade, tanto quanto o almoço deles no dia da corrida de pods.

Ao contrário, ela chegou a sentir pena da quantidade de esforço que ele estava fazendo para mudar de assunto.

Muito bem, ela decidiu, ao terminar a sobremesa. Se Ben fosse insistir em estar mais interessado na vida dela do que em falar da dele, bem, Annileen estava disposta a fazer esse sacrifício. E Ben parecia *mesmo* disposto a ouvir toda a sua ladainha de preocupações.

Falaram sobre Kallie, e o futuro que ela tinha pela frente. O estábulo ainda não era um trabalho de verdade para ela, mas não havia muitas opções além disso. Será que ela seria realmente feliz casada com algum fazendeiro?

E, claro, eles falaram de Jabe. Annileen havia ficado de olhos bem abertos no filho desde o massacre dos Tuskens. O rapaz não estava necessariamente descontrolado, mas, por alguma razão, ele parecia querer que ela pensasse que sim. Ben concordava com ela, aparentemente.

— Quando as pessoas lhe mostram sinais, é importante lê-los — ele disse.

No entanto, na maior parte do tempo eles falaram sobre ela. Sobre sua infância e os animais. Sobre o pai dela e o rancho, que havia fracassado. Sobre as esperanças que ela teve um dia de poder estudar, e de como essa direção havia mudado. E sobre a coisa que, acima e além dos Caçadores Tuskens, das bobagens que Orrin aprontava ou até mesmo da criação de seus filhos, ocupava a maior parte do tempo em sua vida.

O Lote.

E Ben não queria ouvir nenhuma das reclamações costumeiras a esse respeito.

— Eu sei que você adora aquilo. Eu já vi você lá. Você gosta de mandar, de ser o centro que mantém tudo em equilíbrio.

Annileen riu.

— Quer o emprego? É seu.

— Ah, não — disse Ben, mordiscando a sobremesa. — Nunca tive jeito para a política dos grandes salões. — Deu mais uma mordida. — Nem dos pequenos. — Annileen sorriu. — Pegue as festas, por exemplo — ele continuou. — Eu sempre as considerei grandes experiências de dinâmica social que perderam o controle. É como se você estivesse testando a tensão de todos os seus relacionamentos ao mesmo tempo.

— Você tem dado muitas festas lá no Deserto de Jundland?

— Só eu e a eopie... *Os eopies*, em breve.

— E um ou outro xereta, eventualmente — disse Annileen. — Se não se importa que eu diga, você não parece feito para essa vida de eremita.

Com a boca cheia de bolo, Ben parou de rir.

— Estávamos falando de *você*.

— Certo. Bem, a vida no armazém não é tão boa quanto parece. — Annileen olhou para o toldo esfiapado sobre suas cabeças e cerrou os punhos. *Ok, se você realmente quer ouvir, lá vai.*

— Estou escutando.

— Você vê o Lote como um lugar para onde ir quando quiser — ela disse. — Para interagir, sair da mesmice. Bem, todo mundo no oásis o vê da mesma maneira. Todo mundo. Eles aparecem antes que o segundo sol suba pela manhã... E depois *nunca mais vão embora.*

— Eu notei um certo *status* de residente em alguns dos clientes, de fato.

— *Alguns*? — As mãos de Annileen tremeram em cima da mesa, sacudindo os talheres. — Dannar costumava brincar dizendo que o Lote era a décima maior cidade de Tatooine, quando cheio. E não sei se ele estava errado. — Ela olhou para o prato vazio. — Mal consigo segurar minha própria família, e ainda tenho de receber todas essas outras pessoas. Não estou só alimentando e vestindo os meus. Estou cuidando de todo mundo! — Respirando fundo, ela olhou para Ben. Ele ainda estava ouvindo com atenção, mas ela ficou envergonhada mesmo assim. — Desculpe — ela disse. — Estou falando demais?

Ben falou com calma, com aquela velha austeridade totalmente em evidência.

— Uma vida que parece pequena por fora pode ser infinita por dentro. Até mesmo alguém vivendo no lugar mais remoto do universo pode se preocupar com centenas de outras pessoas. Ou com toda a galáxia.

Annileen olhou fixo para ele, encantada.

— *Quem* é você, afinal?

— "Ben Maluco", segundo seu filho. — Ele sorriu. — Acho até que gosto de como isso soa...

Ben parou de falar, subitamente. Annileen acompanhou seu olhar até o outro lado da rua, onde viu um humano de uniforme preto e quepe. Ele estava parado ao lado de uma figura inteiramente vestida com uma armadura branca.

Seria aquele algum tipo de traje espacial?

— O que é *aquilo*? — ela perguntou.

Ben escorregou na cadeira, afastando-se da mureta da varanda.

— Bem, não tenho certeza — ele disse, com a voz mais baixa e suave que antes. Tornou a olhar para eles, pelo canto do olho. — Eu diria que parece um soldado clone. Eu já... Vi holos deles. — Ben estudou a figura por mais um segundo, antes de desviar o olhar. — Mas os uniformes estão um pouco diferentes.

Annileen ficou observando a estranha dupla. Eles não estavam olhando para ela — ou sequer para a festa que acontecia ao redor deles. Em vez disso, estavam examinando o prédio na frente do qual estavam parados.

— Aquele traje deve ser insuportável nesse calor — ela disse. — Por que será que eles estão aqui?

— Não sei — disse Ben, com cabeça baixa, raspando o prato. — Ahn... O que eles estão fazendo agora?

Olhando o datapad na mão da figura de chapéu, Annileen reconheceu aquele comportamento no mesmo instante.

— Estão fazendo um inventário — ela disse. — Aquela ali costumava ser a estação de apoio da República em Tatooine. Não sei o que é agora, com tudo o que tem acontecido lá fora.

— O *que exatamente* tem acontecido? — perguntou Ben.

— Você deve saber mais sobre isso que eu. Eu nunca saí do planeta — ela disse. — Mas, se estão com essa Nova Ordem ou seja lá o que for, talvez eles ainda estejam decidindo o que fazer com as coisas que possuem.

— Hum... — disse Ben. Ele olhou ao redor, agora se sentindo pouco à vontade.

Annileen checou seu crono.

— Acho que é melhor descermos e voltarmos para pegar as crianças.

— Sabe de uma coisa? Acho que deveríamos esperar um pouco. — Ben espreguiçou-se e deu palmadinhas no estômago. — Antes de descermos à rua, quero dizer.

Um pouco surpresa, Annileen assentiu.

— Claro. Mais tempo para conversarmos, eu acho.

— E, que estranho, estou ficando com frio de repente. — Ben esfregou a garganta. — Espero não estar pegando nenhuma doença. — Dizendo isso, ele puxou o capuz de volta sobre a cabeça, afundando ainda mais em seu assento.

Annileen balançou a cabeça. O "Kenobi Dissimulado" estava de volta.

Do outro lado da cidade, Mullen fez um sinal de seu posto, perto do edifício redondo.

— Nada ainda — disse Veeka, falando em seu comlink.

No banco do carona do landspeeder, Orrin balançou a cabeça.

— Eles disseram hangar Oitenta e Sete. — Pela terceira vez naquele minuto, ele checou se o blaster estava no coldre: simplesmente se sentia mais confortável sabendo que ele estava lá.

Orrin sabia que o hangar não era onde a segunda de suas duas reuniões em Mos Eisley deveria acontecer. Ele mesmo havia solicitado a reunião; a outra parte faria qualquer coisa para colocá-lo em desvantagem. Ele sabia que não precisava realmente se preocupar, considerando seus planos. Mas, mesmo assim, queria Mullen e Veeka por perto, checando tudo. Por mais defeitos que os filhos tivessem, certamente dariam conta da situação, se tudo terminasse em briga.

Ele tinha quase certeza de que aquilo não iria terminar assim, mas estendeu a mão para dar mais uma palmadinha no cabo de seu blaster.

— Você não vai precisar disso — disse uma voz atrás dele.

Orrin virou-se e viu Bojo Boopa sentado no banco de trás do USV-5, apontando um blaster para ele. O fazendeiro não tinha ouvido o Gossam entrar, mas agora via os companheiros Gamorreanos da criatura assumindo seus lugares, um de cada lado do veículo, abrindo passagem apenas para permitir a entrada de uma figura que Orrin nunca tinha visto antes.

— Belo speeder — disse o Klatooiniano, com o rosto cheio de escamas, sentando-se no banco do piloto. Então, a criatura com pele de bronze explodiu em risinhos. — Eu quero um! Eu quero um!

Orrin olhou para o estranho... E depois novamente para Boopa, alarmado.

— Apenas dirija, Jorrk — disse o Gossam, baixando a arma e ajeitando-se no assento almofadado. — Nosso amigão Gault aqui precisa estar em outro lugar. E é melhor ele nos contar o que queremos saber.

CAPÍTULO TRINTA E UM

— AGORA, CRIANÇAS – DISSE ANNILEEN –, VOCÊS PERCEBEM QUE esse será *meu* landspeeder, e não de vocês, certo? Só para termos certeza de que tudo está bem claro entre nós.

— Hein? — disse Jabe, sentado atrás dos controles. Igualmente enfeitiçada, Kallie passava a mão pelo capô. — Ah, sim. Claro, mãe.

Ben sorriu para Annileen.

— Acho que você está em apuros — ele disse.

— Já estou há uns dezessete anos — ela respondeu.

Annileen olhou ao redor do showroom da Delroix Speeders. Havia modelos ali que ela nunca tinha visto, e ela não teria mesmo essa chance, não lá no deserto. Com o cockpit aberto e manches de controle ornamentados na frente, o JG-8 parecia o menos prático de todos; ela ia precisar mantê-lo na garagem o tempo inteiro, se quisesse conservar sua cor rubi.

— É bonito — disse Ben, examinando de perto o display. O preço estava ali, na parte inferior, com valores incluindo opcionais ou não. Ambas as cifras estavam na casa das dezenas de milhares de créditos. Ele levantou a cabeça e olhou para Annileen. — Com certeza é um presente bastante generoso.

— Um presente. Certo — disse Kallie, revirando os olhos. — Quem não consegue ganhar corações, que os compre. É o jeito de ser dos Gault. — Ela tornou a olhar para a mãe, que estava admirando o interior do veículo. — Mas só desse jeito para a gente ter um negócio destes.

— Ah, eu poderia ter comprado isso, se quisesse — disse Annileen. — Mas nunca iria querer.

Ben ergueu uma sobrancelha.

— Não achei que uma comerciante do interior ganhasse tão bem.

Annileen sorriu.

— O que foi? Você pensou que entregas feitas pessoalmente a certos recém-chegados iriam prejudicar meus lucros?

— Eu realmente não...

— São vinte e tantos anos economizando e passando necessidade... E evitando qualquer coisa nova que Orrin trouxesse, tentando nos convencer a investirmos nela. — Ela passou a mão no tecido luxuoso dos assentos. — Mas isso aqui é incrível. Nunca pensei que algo assim sequer existisse.

— É incrível, não é? — perguntou uma voz rouca. O vendedor, um humano baixinho e animado, na casa dos cinquenta, deu palmadinhas carinhosas no motor traseiro do landspeeder. Em seguida, fez um gesto indicando o banco de trás. — É o modelo estendido, madame, vindo direto de Sullust. Espaço extra na parte de trás para cargas leves, ou para seus filhos. — O vendedor olhou para os adolescentes babando em cima do veículo, e depois para Ben. — Parabéns, senhor, por ter criado uma família tão bonita.

Ben gaguejou.

— Ah, não, não é...

— ... tão bonita assim quanto você pensa — finalizou Annileen. Ela sorriu ao ver o desconforto dele. *Respire, Ben.* Ela se virou para o vendedor. — Mas o landspeeder parece realmente maravilhoso, Garn. Bom, e agora?

— Mestre Gault autorizou a transação ontem à tarde, madame. Ele é todo seu. — O vendedor lhe passou uma bolsinha contendo os códigos de manutenção do veículo. — Por favor, diga a Orrin que Garn Delroix ofereceu um bom atendimento.

— Direi. — Annileen olhou para trás e viu que Kallie já estava no banco do carona e que Jabe tinha ligado o motor. — É melhor eu ir agora, se quiser vê-lo novamente. Vamos, Ben!

Ben a seguiu até o banco de trás. Annileen sentou-se, soltando o ar em uma interjeição de espanto.

— Você já andou em algo tão bonito assim?

— É bonito, mesmo — ele disse.

Jabe atravessou a porta larga, levando o veículo para as ruas lotadas de Mos Eisley. Até mesmo o tráfego a pé era mais barulhento que o landspeeder.

— Cuidado — Annileen avisou o filho, inclinando-se para a frente para ser ouvida.

— Não tem problema. — Jabe abriu um enorme sorriso e agarrou o manche de controle...

... e o landspeeder disparou como um foguete. A súbita aceleração empurrou três Calwell e um Kenobi contra os assentos luxuosamente acolchoados em que cada um estava.

Jabe guiava o veículo reluzente por entre as ruas curvas a uma velocidade perigosíssima. O landspeeder se aproximou de um prédio e depois de outro, antes de passar em disparada por debaixo do pescoço de um ronto sauriano assustado. Quando o gigante saiu correndo por conta do susto, o JG-8 já estava voando por outra rua.

— *Pare! Pare!*

Um segundo depois da ordem gritada por Annileen, Jabe apertou o freio, e o mundo parou de se mover do lado de fora. Piloto e caronas foram jogados para a frente, e as faixas de segurança os contiveram, como uma mãe ampararia sua criança.

Annileen, no entanto, foi menos gentil com o próprio filho.

— Jabe, o que você tem nessa cabeça?

— Desculpe! Eu só toquei de leve — disse o rapaz, acariciando o controle com admiração. — Não é tão bom quanto eu gostaria que fosse. Mas aposto que Gloamer vai poder envenenar este negócio.

— Nem pense nisso! — disse Annileen. Ben parecia estar se divertindo. Ela olhou para a filha. — Vocês dois, passem para trás. Os adultos vão assumir o controle a partir de agora.

Kallie abriu a porta e saiu do veículo flutuante. Enquanto isso, Annileen levantava-se em seu assento, perguntando-se onde eles tinham ido parar. Estavam no meio de um bazar, em uma parte de

Mos Eisley em que ela nunca estivera antes. Em pé do lado do veículo onde a mãe estava, Kallie apontou para a esquerda.

— Ei, aqueles ali não são os Bezzard?

Annileen virou-se para olhar. Era um jovem casal, sim... Mas eram mais velhos que seus mais recentes hóspedes.

— Não são os Bezzard — ela disse, forçando a vista. — Mas eu conheço eles...

Recostando em seu assento, Ben deu um leve sorriso.

— Annileen conhece todo mundo...

— Conheço, sim. O homem apareceu um dia desses, procurando peças para alguma coisa — ela disse. — É o filho de Cliegg Lars, Owen.

Ben arregalou os olhos e encarou o casal que emergia de trás da barraca de frutas. O homem trazia na mão uma cesta de compras.

— História triste, a dos Lars — disse Annileen, notando apenas de passagem a súbita movimentação de Ben para ajustar a própria bota. Do outro lado da rua, a mulher de cabelos castanhos que acompanhava Owen Lars virou-se, e Annileen viu o que ela carregava. — Ei, eles tiveram um bebê!

Kallie começou a acenar para o casal.

— Vamos chamá-los!

No mesmo instante, ainda que bem distante da mão de Jabe, o controle do landspeeder inclinou-se com tudo para a frente, fazendo com que o veículo voltasse a sair em disparada. Kallie rodopiou e caiu na rua arenosa, levando uma rajada de ar dos jatos dos motores gêmeos. A bordo, Annileen, sem nada que a prendesse, caiu nos braços de Ben.

Em pânico, o rapaz agarrou o controle. O veículo deslizou por cima de um carrinho com rodas e disparou a toda por um cruzamento, enquanto o jovem piloto tentava lutar com os controles.

— Tá tudo travado! — ele berrou.

Annileen pulou para cima do console central e ajudou o filho a puxar o manche para trás. O controle imediatamente cedeu, e o veículo desacelerou. O landspeeder parou flutuando na frente de uma nave estelar estacionada ilegalmente, cujo dono, temendo a chegada das autoridades, fugiu correndo para sua rampa de carga.

Annileen caiu de volta no banco de trás, sem fôlego. Ben parecia abalado e desconfiado, mas, tirando isso, intacto. Ela agarrou o filho pela manga.

— Jabe, eu tinha mandado você parar!

— Não fui eu, mãe! Começou a funcionar sozinho!

— *Sozinho*? — Annileen sentiu como se uma artéria tivesse estourado em sua cabeça. — Você quase matou sua irmã!

Levantando-se com cuidado, Ben ergueu a mão.

— Não, não, eu vi — ele disse. — Jabe está falando a verdade. Eu vi o controle. Ele escorregou para a frente sozinho, quando você não estava olhando.

Ambos os Calwell olharam para Ben. Annileen não parecia acreditar. Jabe ficou absolutamente incrédulo.

— Ob-obrigado — ele disse.

— Eu não acredito — Annileen reclamou. — Landspeeders caros não saem por aí dirigindo sozinhos!

— Mesmo assim, foi o que eu vi — disse Ben. — Jabe nos salvou. — Ele inclinou levemente a cabeça para o rapaz, que olhava para ele, ainda espantado.

Irritada, Annileen balançou a cabeça.

— Vou encher os ouvidos daquele vendedor!

Ben ergueu a mão.

— Não creio que isso seja necessário...

Annileen fuzilou Ben com os olhos.

— Como assim? Você gosta de nos salvar de animais selvagens ou de Tuskens, mas de veículos defeituosos, não?

Ben não soube o que dizer. Foi a coisa mais dura que Annileen já havia dito a ele, e ela lamentou ter feito isso no mesmo instante. Annileen voltou a afundar-se no assento, procurando se acalmar.

Ela olhou ao redor. Estavam em uma vizinhança que nunca havia visto antes.

— Onde estamos?

Voltando a colocar o capuz na cabeça, Ben vasculhou o local.

— Em algum lugar bem longe de onde estávamos — ele disse, com o que quase parecia satisfação. Annileen percebeu que Ben já estava respirando com mais facilidade agora, e isso a fez sentir-se melhor. Pelo menos até seu comlink começar a funcionar.

— *Jabe tentou me matar!* — gritou a vozinha vindo do aparelho.

— Foi um erro idiota — Annileen disse à filha pelo com. — Fique onde está, Kallie. Vamos voltar pra pegar você em...

Ben puxou a manga de Annileen, chamando sua atenção.

— Annileen — ele disse, apontando para seu lado do veículo. — Ali!

Ela olhou na direção apontada por Ben e viu um landspeeder que lembrava o de Orrin, mas sendo pilotado por um Klatooiniano. O veículo estacionou perto da Pousada Mos Eisley, e Bojo Boopa emergiu da traseira. A porta do passageiro se abriu.

— *Orrin!*

Annileen levantou-se no assento e ficou observando, pasma. Do outro lado, dois humanos armados saíram e revistaram Orrin. Ela viu que o coldre de Orrin estava vazio, e ele não fez nenhum gesto para se opor à revista. Parecia muito sério.

— Aquele é o Gossam que foi ao armazém! — disse Annileen.

Jabe levou a mão à arma.

— Estão assaltando ele!

— Não. — Ben estendeu a mão e tocou com firmeza o ombro do rapaz. — Acho que não é isso o que está acontecendo.

Então, o que está acontecendo?, perguntou-se Annileen, enquanto o humano e os capangas do estrangeiro conduziam Orrin para além do hotel, entrando em um beco. Ela olhou para Ben.

— Orrin nem sequer deveria estar na cidade hoje!

Jabe voltou a se mover, apenas para ser impedido novamente, dessa vez por Annileen.

— Mãe, estão levando ele! Temos que ajudá-lo!

— Não sabemos o que está acontecendo — disse Annileen. — Podem ser negócios. Pode não ser nada — ela acrescentou. Mas não acreditava nisso.

Ela olhou com tristeza para Ben, que já estava fora do veículo. Ele foi até o lado do piloto e falou, rapidamente:

— Vocês dois peguem Kallie e voltem aqui. Vou ver o que consigo descobrir.

— Você? — Jabe se opôs. — Você é louco. Nem tem um blaster!

— E se um for de fato necessário — Ben disse, com rispidez —, esse é apenas mais um motivo pelo qual você não deveria ir. — Sua expressão se suavizou. — Orrin foi uma das primeiras pessoas a me dar as boas-vindas por aqui. Se ele precisa de ajuda, eu vou consegui-la para ele.

Com relutância, Jabe concordou. Ben acenou para Annileen.

— Vejo você daqui a pouco.

Orrin marchou na direção das portas de hiperaço da casa. Era um lugar discreto: uma casa quadrada de pourstone, nas sombras da Pousada Mos Eisley, com uma grande cúpula à esquerda da entrada dianteira. Não era nem um pouco o que ele esperava. E, embora ele estivesse sendo escoltado, não havia nenhum guarda do lado de fora do edifício. Aquilo não fazia sentido.

Ou talvez fizesse. Quem seria louco de atacar *aquele lugar*?

Boopa apontou a entrada principal para Orrin, que subiu os degraus, pronto para qualquer coisa. Quase caiu para trás quando um orbe sensor preto despontou de uma íris perto da porta.

O objeto falou em hutês, e depois repetiu no Básico.

— *Identificação e objetivo!*

Orrin respirou fundo.

— Orrin Gault. — Ele olhou para as mãos e flexionou os dedos. — Tenho negócios importantes para discutir... com Jabba, o Hutt!

CAPÍTULO TRINTA E DOIS

SUOR HUMANO PINGAVA NOS LADRILHOS DE CERÂMICA FINAMENTE esculpidos. O *foyer* de Jabba era tão ricamente trabalhado quanto o exterior do edifício era modesto. Orrin não estava surpreso. Ele ouvira dizer que Jabba mantinha uma residência em Mos Eisley, além de seu palácio na montanha; o Hutt parecia querer transmitir uma espécie de presença paterna e benevolente aos habitantes locais.

Mas aquele lugar não tinha nada de benevolente. Era *ali* que os guardas ficavam, percebeu Orrin. Mais quatro Gamorreanos estavam parados, dois de cada lado da porta, com machados enormes nas mãos. Pareciam entediados.

Bojo Boopa e Jorrk entraram logo atrás de Orrin, com as armas prontas. Enquanto era conduzido por um amplo corredor, Orrin mais uma vez sentiu o espaço vazio em seu coldre. Boopa havia tirado até mesmo seus comlinks; Mullen e Veeka não tinham ideia de onde ele estava.

A câmara de audiências estava logo à frente, atrás de uma porta antiexplosão deslizante. Um droide bípede prateado emergiu e escaneou o corpo de Orrin, confirmando que ele estava desarmado. Orrin sentiu como se todos o estivessem observando. Por que faziam as pessoas passarem por isso? Era mesmo algo necessário?

— Jabba vai ver você agora — disse o droide, em tons guturais.

Grandes sóis, pensou Orrin, e sua pulsação disparou enquanto ele lutava contra a vontade louca que seus pés tinham de sair correndo. *Como as coisas chegaram a esse ponto?*

Ele respirou fundo e atravessou o limiar. No centro da sala circular, no alto da plataforma comprida de madeira construída para o trenó motorizado de um Hutt, Orrin viu...

... outra coisa. No lugar de um trenó, havia uma minúscula figura, vestindo um terno de negócios verde-claro e curvada sobre uma mesa. A criatura rosa e marrom digitava números em um datapad. Créditos de todas as cores jaziam em pilhas bem equilibradas no tampo da mesa. Um droide-cofre achatado se equilibrava com dificuldade em suas rodas ao lado, com as mandíbulas abertas e prontas para aceitar dinheiro vivo.

Orrin não reconheceu a espécie do funcionário à mesa. Ele tinha um rosto quase símio, com bochechas acentuadas por dois tufos retos, muito bem penteados, suíças que lembravam penas de escrever. Olhos negros grandes e atentos permaneciam fixos nos cálculos diante de si, enquanto ele digitava cada nova cifra com cuidado. E, assim como os Gamorreanos no portão, ele não parecia prestar atenção ao recém-chegado.

Jorrk empurrou Orrin para o centro do aposento. Atrás de si, Orrin viu mais três Gamorreanos, espalhados ao longo do perímetro do salão, e Boopa, colocando os comlinks e o blaster de Orrin em cima de uma mesinha.

Orrin levantou a cabeça e olhou a cúpula acima do salão. Frestas de luz de saídas de ventilação faziam cortes altos no teto e desciam filtradas por uma rede metálica pesada, suspensa metros acima do chão. A teia de metal não fazia sentido arquitetonicamente; a única quebra no padrão estava no ponto focal da cúpula, onde uma massa quadrada se localizava bem acima do centro do aposento. Orrin forçou a vista. Havia alguma coisa ali em cima?

Dando uma última e cautelosa olhada nos guardas, Orrin tirou o chapéu, dizendo:

— Estou aqui.

— E está mesmo! — O ser à mesa levantou a cabeça e abriu um sorriso cheio de dentes. — *Gostei* desse humano. Observador.

— Me disseram que Jabba estaria aqui — disse Orrin, sentindo um pouco de sangue voltar aos braços e às pernas. — Ou eles se enganaram, ou você perdeu bastante peso.

— Rá! — O estranho enfiado em seu terno bateu na mesa, como se quisesse dar ênfase ao que estava dizendo. — Observador *e* com senso de humor. — Ele colocou o datapad em cima da mesa e se levantou. — Sim, eu gosto disso! Quero fazer negócios com uma pessoa assim, quero sim!

— Mas quem é você?

— Ah, Mosep Binneed, seu humilde criado — disse a criatura, fazendo uma mesura. Ele era uns bons trinta centímetros mais baixo que Orrin. — Gerencio as contas de Jabba quando ele não está aqui.

Agarrando a borda de seu chapéu, Orrin deslocou o peso das pernas, desconfortável.

— Boopa disse que essa era a casa de Jabba, então supus que...

— Sua Imensidão é uma criatura ocupada — disse Mosep, erguendo uma pequena bandeja de dinheiro. Como se estivesse limpando migalhas de um prato, ele deslizou os créditos para dentro das entranhas do droide-cofre. — Mas Jabba sabe que o povo de Mos Eisley se sente melhor quando ele está por perto. Então, neste escritório, Jabba está sempre presente. Meu primo Lhojugg e eu cuidamos de tudo por aqui.

— É mesmo? — disse Orrin, sem se importar. *Nada de Jabba?* Uma boa notícia!

Mosep levantou a cabeça, com um brilho no olhar.

— Eu também viajo usando o nome de Jabba de vez em quando, representando seus interesses. Não faz mal deixar a concorrência confusa. Então, sim, para todos os fins, hoje, com a gentil permissão de nosso mestre, você poderia dizer que eu *sou* Jabba.

Jorrk deu um risinho sufocado.

— Macaquinho Jabba, Macaquinho Jabba!

— Isso não é gentil, Jorrk — disse Mosep, dando uma olhada de esguelha para o capanga. — Você vai ter de desculpar meu sócio. Ele viu um macaco de areia Geniseriano uma vez e nunca mais deixou de achar graça nessa piada. Eu sou, naturalmente, um Nimbanel.

— Olhou de volta para Orrin. — Mas uma boa tática de Jabba, não acha?

Orrin começou a ficar impaciente.

— Por que está me contando isso?

— Porque você faz parte da família, Orrin, meu garoto. Não temos segredos um para o outro, temos?

— Eu não faço parte da *sua* família!

Jorrk tornou a rir.

As suíças de Mosep se eriçaram e ele estendeu a mão para pegar seu datapad.

— Se insiste em ir direto aos negócios... Bom, vejamos. Sim, aqui está seu registro. — Ele leu em silêncio, estalando seus lábios sem pelos de vez em quando. — Nossa, isto é perturbador.

Enquanto Mosep continuava a cena, estalando a língua ocasionalmente, Orrin combatia a vontade irresistível de se mover ou dizer alguma coisa. *Isso é tortura!*

Ao pensar isso, Orrin levantou a cabeça e percebeu movimento sobre a rede. Uma figura escura e comprida passou pelas luzes, resvalando contra o metal e fazendo muito barulho.

— Alguma coisa... Tem alguma coisa lá em cima.

Mosep não levantou a cabeça do datapad.

— Devem ser as assoviadoras Kayven — ele disse. — Criaturas aladas carnívoras. Elas vivem nas vigas... Mas ocasionalmente nós levamos um agrado para elas.

Orrin levantou a cabeça, alarmado. Agora ele via que a forma quadrada quase acima dele era uma jaula, ligada a um sistema de polias e roldanas que ia até alturas invisíveis.

— Um *agrado*?

Mosep olhou para Boopa.

— Sim, quem foi o agrado de hoje? — ele perguntou.

Boopa levantou uma perna humana do chão a seu lado.

— Um apostador com problemas, eu acho.

Mosep sorriu para Orrin.

— Elas já estão bem satisfeitas. Pode relaxar.

Orrin não podia simplesmente relaxar. Ele ouviu mais sons acima, vendo mais sombras. Por um momento, pensou ter visto uma figura bípede em movimento, indo de uma das fendas de ventilação até o cabo. Outro barulho enorme, com mais asas batendo nas redes.

— Já li o suficiente. — O contador Nimbanel pôs o datapad de lado. — Você nos deve um bom dinheiro, meu garoto.

— Eu não sou seu garoto, Binneed.

— Só sei que certas obrigações não foram cumpridas — disse Mosep. — Mas estou me adiantando. *Você* convocou essa reunião. — Mosep sentou-se em sua cadeira e estalou os dedos peludos da mão. — Suspeito que *não* é porque você está pronto para nos devolver o dinheiro que nos deve, certo?

— Estou trabalhando nisso — disse Orrin, lutando para recuperar a coragem. — Não. Quero que vocês saiam — ele disse, com firmeza.

— Que nós "saiamos"? — Mosep deu um sorriso brando. Suas longas suíças se arrepiaram. — Como assim?

— Que saiam do meu pé. Seus arruaceiros têm ido ao meu rancho, ao meu armazém...

— *Seu* armazém? — Subitamente interessado, Mosep tornou a olhar para o datapad. — Não, não. Meus registros mostram que suas propriedades só incluem o rancho, os veículos nas garagens e os alojamentos de seus capangas.

— Eles são *fazendeiros*! — Orrin disse, furioso. — Não que vocês soubessem o que é isso. Vocês provavelmente nunca tiveram um dia de trabalho honesto em suas vidas.

— Ah, eles trabalham, sim — disse Mosep, separando créditos tranquilamente. — Pode não ser cavucando a areia ou suando no ar em busca de água, mas é trabalho. Investimentos são feitos. Capital é gasto. E um retorno é esperado.

— Sim, não suam; fazem *a gente* suar!

— Quem está fazendo isto ficar desagradável é você, Orrin. Ou "Mestre Gault", se preferir. O fato de você estar lidando diretamente comigo deveria ser considerado um sinal de respeito a você, acho eu. Meu superior sabe que existem diversas modalidades de negócios, e que cada uma delas deve ser conduzida de uma maneira diferente. — Ele voltou seus olhos pretos para Orrin. — Acredite em mim: se Jabba *quisesse* ser desagradável, você já estaria sabendo disso, agora. Mesmo assim, precisamos checar como estão nossos investimentos... E isso significa visitar o local. Incluindo esse armazém, dentro do qual você parece ter escritórios.

Outro barulho vindo de cima. Os capangas nem sequer prestaram atenção.

— Meus negócios dependem de minha reputação — disse Orrin, sentindo o peso da repreensão. — Parte do valor de minha operação é a boa vontade. Trabalhei vinte e tantos anos para construí-la. Se seus capangas começarem a aparecer por lá, eu perco isso.

— É mesmo?

— Pode apostar que sim — disse Orrin. — As pessoas vão começar a medir a água que sai dos tambores Gault para ver se eu as estou tapeando de alguma forma.

Mosep levantou-se da mesa e começou a caminhar.

— Agora é tarde para preocupações como essa. Tenho certeza de que você compreende isso, Orrin, como um bom homem de negócios que é. Ou *foi*. Você sabe que não podemos deixar que isso continue.

Orrin olhou ao redor, preocupado com qualquer movimento.

— Escute, a colheita deste ano vai ser grande. Grande *de verdade*. Demoramos um pouco para finalizarmos a configuração correta nos novos vaporizadores, mas a coisa está para virar...

— Receio não entender muito de agricultura — disse o contador. — Mas entendo de aritmética. Ainda que mantivéssemos o plano de pagamento em que estamos agora, não vejo como você poderia compensar o coitado do Jabba. Nem mesmo — ele acrescentou — se você acessasse seus *outros* recursos.

O comentário desconcertou Orrin.

— Outros recursos? Do que você está falando?

Mosep digitou algo no datapad e sorriu, como quem sabe um segredo.

— Muito inteligente o que vocês rapazes estão fazendo por lá. Ainda que Jabba tenha pensado nisso antes, há mais de uma década.

— Eu não sei do que você está...

— Tudo bem. Banque o inocente. — Mosep jogou o datapad em cima da mesa, perturbando o equilíbrio das pilhas de crédito. — Acho que é tão fácil que qualquer um pode fazer. Ainda mais que os Tuskens este ano não estejam sendo nada muito difícil de se revidar.

Outra balbúrdia vinda do alto. Orrin balançou a cabeça, tentando registrar tudo.

— Espere. Você disse que ia mudar o plano de pagamento?

— Sim — disse Mosep. — Pode-se dizer que *nós* queremos sair. — Ele levou os dedos aos botões do colete. — O dobro de seu pagamento normal para amanhã... E o valor total em duas semanas.

Duas semanas? Orrin engoliu em seco. Até mesmo a primeira condição era impossível.

— Eu procurei sempre pagar em dia. Você sabe disso! Só esses dois últimos pagamentos foram menores. Por que isso, agora?

Mosep sorriu.

— Achei que você queria acabar com tudo.

— Isso nunca vai acabar — disse Orrin, enfurecido. — Conheço sua laia! Vocês enfiam as garras numa pessoa e não soltam nunca mais!

— Em outra época — disse Mosep —, nós teríamos tido o maior prazer em manter um... *relacionamento* de longo prazo com seu negócio. Achamos você até bastante criativo, para um habitante da zona rural. Mas a verdade é que agora Jabba precisa de dinheiro, e não de investimentos.

— Precisa de... — Orrin olhou ao redor do salão. Tirando aquela confusão macabra no teto, o resto do aposento praticamente fedia a dinheiro, desde a tapeçaria finamente trançada pendurada atrás da plataforma, exibindo uma cena da história dos Hutts. — Vocês parecem estar indo muito bem!

Mosep olhou para os créditos em cima da mesa e riu.

— Não, Jabba precisa de muito mais. É esse tal de Império Galáctico que a República se tornou. É uma mudança e tanto. Até vermos como o novo governo irá lidar com os Hutts, Jabba quer tanto dinheiro na mão quanto for possível.

— Para subornar o novo pessoal, você quer dizer!

— Ou o que mais for necessário. Nenhum negócio gosta de incertezas. — Mosep olhou para seu crono de bolso. — Então, vinte e quatro horas para o penúltimo pagamento. Vamos deixar combinado assim?

Orrin se curvou, sentindo o peso da galáxia. Ele gaguejou.

— Eu... Eu tenho alguns planos. Posso conseguir o dinheiro. Mas poderia precisar de mais tempo. Se você puder aceitar um pouquinho menos amanhã...

No centro do salão, Mosep estalou os dedos, lembrando-se subitamente de algo.

— Sim, é isso mesmo. Eu tinha até me esquecido. Já aceitamos menos nos últimos três pagamentos. Foi por isso que enviamos Bojo até você. — Ele olhou para os guardas. — Bem, como você nos fez o favor de vir até aqui, pode ser castigado por isso de uma vez.

Orrin deixou o chapéu cair.

— *O quê?*

— Esmaguem as mãos dele — disse Jorrk, dando uma gargalhada. — Ele não vai precisar mais daquele carrão bonitão.

— Não — disse Boopa, dando um tapa com as costas da mão no peito do Klatooiniano. — Esmaguem as pernas dele. Ele passa o tempo todo naquele armazém. Tudo de que ele precisa está tão perto que ele só precisa se arrastar pra pegar.

— Não, não, não! — Mosep balançou vigorosamente a cabeça, e seu rosto desapareceu em um borrão de suíças. — Esse gentil ser ainda tem um dia para encontrar o pagamento. Não podemos permitir que medidas punitivas, por mais justas que sejam, impeçam sua mobilidade. — Mosep olhou para Orrin. — Vamos dar a ele uma hora com o disruptor neural, no porão. Senhor, seu coração está em boa forma?

Orrin arregalou os olhos.

— Eu... Eu...

— Suponho que iremos descobrir — continuou Mosep, acenando com a cabeça para os guardas. — Um minuto para o espetáculo, por favor. — Em seguida, fez um gesto chamando o droide que estava parado à porta. — Vou assistir à transmissão daqui. Pode me trazer um pouco de caf?

CAPÍTULO TRINTA E TRÊS

ORRIN SAIU CORRENDO PARA A DIREITA. ELE TINHA VISTO A PORTA fechada ali antes, dando acesso à rua e do tamanho de corpos de Hutts. Mas havia um Gamorreano posicionado na frente da saída, com uma espada gigantesca em cada mão. Outra figura imensa se aproximou de Orrin por trás. Bojo Boopa e Jorrk bloqueavam a entrada principal e frustravam qualquer chance de Orrin alcançar seus comlinks e seu blaster, ainda descansando tentadoramente em cima da mesa.

— Hora de brincar de "fritar o fazendeiro"! — disse Boopa.

— Fritar, fritar! — Jorrk exclamava, deleitado.

Orrin olhou ao redor, desesperado. Tudo o que viu foi Mosep, tentando sair do centro do salão antes que o leviatã Gamorreano pisasse nele.

— Cuidado, amigos! — disse Mosep. — Não há necessidade de pressa. A maioria dos acidentes acontecem no ambiente de trabalho!

O Gamorreano atrás dele atacou. Orrin girou, e sentiu os dedos gordos da criatura em suas costas. Mas o movimento apenas deixou Orrin bem ao alcance de Jorrk.

— *Fritarfritarfritar!*

— *Não!* — Orrin soltou-se do Klatooiniano, caindo na direção da plataforma de madeira. Seu peito bateu no chão de ladrilhos e ele tentou se arrastar para a frente, mas Jorrk agarrou seus pés. Contorcendo-se, o fazendeiro rolou de lado e, naquele instante, ouviu um estalido metálico. Uma forma de metal escura apareceu sobre as cabeças de seus agressores.

Klaaang! A jaula pesada de metal que estava pendurada nas vigas caiu, batendo em um dos Gamorreanos que avançava, escorregando das costas do brutamontes verde e derrubando Jorrk. Assustado, o outro Gamorreano tropeçou para trás e caiu em cima de Mosep. O contador soltou um urro de dor.

Boopa apontou para a cúpula: na malha onde a prisão metálica antes ficava, havia agora uma abertura quadrada. Ainda deitado, Orrin viu o mesmo que Boopa: uma figura vestida de bege no alto, entre as sombras, agarrada ao que restava da corrente.

— Tem alguém lá em cima! — gritou o Gossam. — *Atirem nele!*

Esquecendo-se do fazendeiro, Boopa começou a atirar para o alto. Jorrk se juntou a ele, e depois mais dois guardas vieram do corredor, com as armas erguidas para o teto. Orrin olhou rapidamente para a figura no alto; quem quer que estivesse lá em cima estava se movimentando de forma espetacular, usando a corrente que levantava a jaula, agora cortada, para quicar de uma parede a outra. Orrin não podia mais esperar. De quatro, ele rapidamente subiu na plataforma e foi para trás da mesa.

Orrin percebeu na mesma hora que a mesa do Nimbanel estava no ponto mais seguro do salão. Todos os capangas armados estavam disparando para o alto, pela fenda e através da malha de metal. E, embora os disparos aparentemente não surtissem nenhum efeito no intruso impossivelmente ágil, chamaram a atenção da dezena ou mais de assoviadores Kayven na cúpula. Irritados pelos disparos dos blasters, os répteis alados de um metro de comprimento começaram a mergulhar, atravessando a abertura na direção de qualquer coisa que se mexesse.

— Yaaaghh! — gritou Jorrk, quando um assoviador agarrou seu ombro e mordeu. Os Gamorreanos estavam guinchando, tentando afastar assoviadores com seus machados.

— As portas! — berrou Boopa, abaixado atrás de uma estátua. — Abram as portas da rua!

— Só o trenó de Jabba pode abrir a porta! — veio a resposta de algum lugar dentro do salão.

Orrin escondeu-se debaixo da mesa. De vez em quando, o fazendeiro aterrorizado ouvia um impacto de carne com o chão ali perto. Tentou procurar alguma arma, mas só conseguiu encontrar créditos, esparramados no chão ao seu redor.

— Fechem a porta antiexplosão — alguém gritou. — Eles vão entrar na casa!

Mas Orrin não ouviu o som de portas se movendo. Tudo o que conseguia escutar eram gritos, o trovejar de pés sobre o piso e os assovios agudos de predadores Kayven, que haviam claramente saído de suas dietas. A confusão passou apenas quando as partes envolvidas levaram a batalha para outra área da residência.

O salão ficou em silêncio. Orrin continuava encolhido embaixo da mesa, que havia caído de lado durante o tumulto. Mas, antes que ele pudesse sair dali, viu Boopa saindo de trás de uma estátua de bronze. Desconfiado e exausto, o Gossam olhava para cima e ao redor. Ao ver Orrin, ele sacou um blaster de um de seus coldres.

— Eu não fiz isso! — gritou Orrin.

— Eu sei que não, homem da água. Mas alguém vai sofrer por isso — disse Boopa, subindo na plataforma. Ele apontou a arma para Orrin, embaixo da mesa.

Orrin sentiu o impacto súbito de botas no tampo da mesa acima dele, longe de sua vista. Viu Boopa olhar para cima, espantado.

— Você? — Boopa gritou. — Eu já vi você antes!

Orrin viu o Gossam erguer sua arma...

... e sumir. Boopa foi levantado dos pés e saiu voando na direção da outra parede. Bateu de cabeça na superfície de pourstone, e então seu corpo mole desabou no chão, como um inseto caindo de um para-brisa.

Orrin piscou de perplexidade. Seria possível que um assoviador tivesse apanhado Boopa? Não conseguia entender como. As criaturas não eram grandes o suficiente para isso. Uma delas acabava de pousar no corpo de Boopa e estava começando a se banquetear. Não ouvindo mais nada, Orrin esgueirou-se por baixo da mesa. Não havia ninguém em cima dela. Quem Boopa tinha visto?

Acima, por entre a fenda quadrada na malha, a corrente quebrada continuava a balançar, com a luz que vinha das janelas reluzindo nela. Uma das janelas estava aberta para o lado de fora, mas não havia mais assoviadores para fugirem através dela. Tirando o animal que agora estava ocupado com Boopa, todos haviam sumido.

Cambaleando para fora da plataforma, Orrin testemunhou a bagunça que o salão havia se tornado. Dois Gamorreanos estavam ali jogados, morrendo, bem como dois capangas que Orrin não tinha visto antes. Seu blaster estava no chão, perto da mesa virada, junto a seu comlink branco. Ele podia ouvir o outro, vermelho, emitindo bips de algum lugar no meio dos escombros, mas nem se deu ao trabalho de procurar por ele. Seu chapéu estava esmagado embaixo da jaula.

E ainda havia os créditos, espalhados por toda parte ao redor da mesa de Mosep. Sem pensar, Orrin começou a encher os bolsos. Afinal, parte daquele dinheiro certamente era dele, mesmo. Ninguém ali iria sequer...

— *O-olá?* — Orrin parou na hora ao ouvir aquela voz. Embaixo de um Gamorreano, Mosep gemia. — Tem alguém aí? Acho que estou fraturado.

— Não fui eu, Mosep — disse Orrin, esquecendo os créditos e esgueirando-se na direção da porta. — Eu sou só um homem de negócios!

Parando na entrada, Orrin hesitou por um momento, para depois se virar de volta ao salão. Fazendo força, ele conseguiu rolar o Gamorreano até que este saísse de cima do corpo de Mosep. O Nimbanel voltou a respirar.

Fraco, Mosep virou a cabeça para a direita. Ao ver a bagunça, suspirou.

— Estou começando a achar que essa armadilha em particular foi mal concebida. — Ele voltou a olhar para Orrin. — Você tem minha gratidão — disse o contador com esforço, ainda deitado.

— E mais alguma coisa? — perguntou Orrin, com os braços rentes à cintura, para esconder o dinheiro que ameaçava sair dos bolsos.

— Vinte e quatro horas. — Mosep olhou para o salão. — Acho que vou ter umas contas de reformas para pagar antes da volta de Jabba.

Orrin olhou para o ambiente uma última vez e saiu correndo.

CAPÍTULO TRINTA E QUATRO

Annileen desligou seu comlink vermelho.

— Orrin ainda não está respondendo — ela disse. De que adiantava ter um link de comunicações direto com o homem se ele nunca respondia?

Isto é, se ele nunca *pudesse* responder. Parada ao lado de seu novo landspeeder, na frente da Pousada Mos Eisley, Annileen lutou para combater esse pensamento. Orrin e Ben tinham sumido havia mais de uma hora. Ela e Jabe tinham voltado para buscar Kallie, e depois ela mandara Jabe buscar a LiteVan, para lhe dar algo que fazer. Qualquer coisa para evitar que o garoto entrasse correndo na casa para salvar Orrin, se é que o fazendeiro precisava mesmo ser salvo.

Cansada de esperar, ela enfiou o comlink no bolso.

— Só vou até a porta.

Kallie puxou-a pela manga.

— Espera, mãe. Olha o Jabe ali!

A LiteVan parou flutuando ao lado do novo landspeeder.

— Vejam quem eu achei — disse Jabe, saltando. A porta lateral se abriu, e Mullen e Veeka desembarcaram.

— Ah, que maravilha — disse Kallie.

— Quieta. — Annileen foi até Mullen, que parecia mais perplexo que o normal. — Mullen, você conseguiu falar com seu pai?

O rapaz resmungou algo ininteligível. A seu lado, Veeka balançou a cabeça, em negativa. Annileen os pressionou.

— O que vocês todos estão fazendo em Mos Eisley?

Sem saber o que responder, Mullen olhou para a irmã. Veeka deu de ombros, pouco à vontade.

— A gente estava, você sabe, na cidade.

Annileen ficou encarando o casal de irmãos.

— Vocês são de uma ajuda incrível.

Os irmãos Gault obviamente sabiam de alguma coisa, o que já era uma situação suficientemente incomum para eles, aos olhos de Annileen. Mas, antes que ela pudesse fazer mais perguntas, um grito horrível rasgou o ar.

— Olhem lá! — disse Jabe, apontando rua acima.

A pesada porta da frente da casa se abriu. Meia dúzia de pessoas de diversas espécies saíram correndo de dentro dela, desesperadas. No segundo seguinte, três criaturas aladas dispararam pela abertura, uma atrás da outra. Elas passaram raspando pelas cabeças de pedestres em pânico, antes de virarem na direção dos telhados.

— Assoviadores Kayven — disse Annileen, sem acreditar. Ela estava em um safári extramundo, afinal, sem nunca ter deixado Tatooine!

Por fim, Orrin emergiu de dentro da casa. Com o rosto vermelho e os cabelos despenteados, o homem tinha o aspecto de quem havia se metido em uma discussão com um Wookiee. Ele começou a subir a rua, antes de mudar de ideia e virar para outra direção. Estava prestes a tomar um terceiro caminho, quando Annileen o viu e gritou.

— *Ei!* — Ela se aproximou dele. — Orrin, o que estava havendo lá dentro? O que foi tudo isso?

Zonzo, Orrin tornou a olhar para o edifício e começou a andar. O arremedo de polícia de Mos Eisley chegou, enquanto outros se aglomeravam para ver os assoviadores bem-alimentados ciscando ao longo do caminho. Orrin saiu apressado pelo meio da multidão, e Annileen precisou apressar o passo para segui-lo. Orrin finalmente reduziu a velocidade quando chegou até onde Boopa havia estacionado o USV-5, a uma certa distância da casa.

Ali, ele respirou fundo e deu um sorriso forçado para Annileen.

— Bem, acho que não vou vender água para aquele lugar!

— Está brincando? *Quem* eram aquelas pessoas?

— Um beco sem saída — ele disse, tirando um espelho de dentro de seu landspeeder. — Que me sirva de lição por tentar ir atrás de cada dica que me dão. — Orrin penteou o cabelo com os dedos.

Annileen olhou para os outros sem acreditar.

— É, ahn... Foi uma reunião de negócios — disse Mullen. Veeka assentiu.

— Isso. É... Quero dizer, por isso... que estamos aqui. — Ela engoliu em seco. — É.

Orrin revirou os olhos. Ele se moveu para endireitar o colarinho. Mas o ato de puxar a camisa fez com que dezenas de fichas de crédito caíssem dos bolsos de seu colete.

Tanto os Calwell quanto os Gault ficaram de queixo caído.

— Orrin, o que é isto? — Annileen exigiu saber.

Orrin se ajoelhou, com o rosto vermelho, enquanto tentava coletar os créditos do chão de terra. Eram trocados, em sua maior parte, mas de uma ampla variedade de sistemas... E eram muitos.

— O, bem, o *cliente* me compensou pela viagem.

Kallie olhou para a pilha de dinheiro em suas mãos e riu.

— Você veio de Coruscant até aqui?

O homem trêmulo não respondeu. Olhou para o filho.

— Venha já aqui, Mullen, e me dê seu chapéu!

Mullen ficou olhando, sem entender.

— Cadê o *seu* chapéu, pai?

— Cale a boca e passe ele pra mim!

Mullen passou o chapéu para o pai. Orrin retomou sua coleta frenética, só levantando a cabeça quando viu movimento no fim da rua, na direção oposta da casa.

Orrin largou o dinheiro, levantando-se.

— Kenobi — ele falou, observando a aproximação de Ben.

Annileen se virou.

— Você voltou! — disse ela, olhando para Ben e depois para a casa. — Pensei que você fosse ver como Orrin estava.

Ben fez uma mesura.

— Parece que você o achou primeiro.

Annileen o encarou intrigada.

— De grande ajuda você foi — disse Jabe, balançando a cabeça.

Orrin olhou para o chão, tentando encaixar as peças. Seus olhos se arregalaram.

— Você estava procurando por mim. Você... — Orrin parou no meio da frase e voltou a olhar para a casa, agora distante. Tornou a olhar para Ben. — Você estava aqui o tempo todo?

Ben apontou para trás com o polegar.

— Fui mandar consertar uma coisa. Os Calwell fizeram a gentileza de me indicar o caminho. E, sim, Annileen pensou ter visto você mais cedo. Mas eu acabei sendo desviado por um vendedor de rua muito insistente. — Ele juntou as mãos. — Aconteceu alguma coisa empolgante?

Orrin olhou fuzilando para ele.

— Não, nada. — Ele se voltou para Annileen, finalmente vendo o novo e reluzente landspeeder atrás dela. Seu rosto se iluminou. — Ei, você pegou ele!

— Foi o que você nos mandou fazer aqui — ela disse. — É lindo, Orrin. Mas custa tão caro...

— Não é nada. Está tudo bem! — Orrin fez um gesto para seus pés, onde Mullen e Veeka coletavam os créditos que restavam. Ele passou por cima deles para se juntar a Annileen ao lado de seu novo veículo. Colocando a mão esquerda no controle dianteiro do JG-8 e o braço direito ao redor da cintura de Annileen, ele conseguiu abraçar o landspeeder e ela ao mesmo tempo. — É uma beleza, não é?

Aceitando o abraço apesar do desconforto, Annileen assentiu.

— É, sim.

— E minha Annie também — ele anunciou aos demais, com o braço apertando-a com ainda mais força. — Uma beleza, quero dizer. — Orrin soltou Annileen e virou-a para si. — Annie, escute. Isso é importante. É, ahn... O motivo pelo qual eu queria estar aqui na cidade com você, agora. Eu sabia que Mos Eisley era especial para você. — Ele pegou a mão direita dela. — Aquele landspeeder é apenas o começo. Quero que você se case comigo.

— *Casar com você?* — Annileen arregalou os olhos. *O quê?*

— O oásis inteiro já nos casou há anos. O que estamos esperando?

— Nós estávamos *esperando*? — Essa era nova para Annileen. Ela olhou para os outros. Kallie e Jabe pareciam tão atônitos quanto ela. Mullen e Veeka permaneciam atentos. E Ben simplesmente observava, sem emoção.

Orrin agarrou a mão dela com mais força.

— Eu praticamente criei seus filhos. Você me ajudou a criar os meus...

— Não ponha a culpa em mim por *isso*! — Annileen puxou a mão. Então, olhou para Mullen e Veeka. — Sem querer ofender.

— Tudo bem — Mullen grunhiu. Os dois irmãos Gault estavam segurando seus chapéus, cheios de dinheiro vivo.

Annileen virou-se para Orrin.

— Você tem de admitir que isso é estranho. Até recentemente, você nunca havia demonstrado o menor interesse em mim!

— Ah, fala sério... — implorou Orrin. — Você sabe que isso não é verdade!

— Interesse *de verdade*. Você já fez umas brincadeiras, claro...

— Se brinquei, era só porque estava com medo — disse Orrin. — Com medo de que você fosse pensar que eu não era digno de tomar o lugar de Dannar. — Ele desviou o olhar. — Bem, eu andei trabalhando. Todo este tempo que passei aprimorando meu rancho, todo o trabalho com o Chamado dos Colonos... Era eu trabalhando em *mim mesmo*. Por você!

— Por mim?

— Para que você pudesse ver o que eu posso ser — ele disse.

Annileen arregalou os olhos. Eles tinham uma plateia agora, passantes que haviam se desviado das tentativas de aprisionar os assoviadores Kayven. Subitamente envergonhada, ela recuou.

— Você quer uma resposta agora?

— Logo — disse Orrin. Ele olhou para a rua, na direção da casa. — Ah, por que não agora? Sei que você gosta da Praça Kerner. Eles realizam casamentos lá o tempo todo. O que acha?

— Acho que você precisa tomar uma dessas suas pílulas antiestresse!

— Não brinque com isso, Annie — ele disse, abaixando-se em um dos joelhos. — Eu estou falando sério!

Abalada, ela voltou a olhar ao redor. Para o landspeeder. Para Ben. Para os outros, e depois novamente para Ben. Com os olhos novamente em Orrin, ela falou um pouco mais alto, em parte para que os estranhos ouvissem.

— Vou precisar de um pouco de tempo para pensar — ela disse.

O sorriso de Orrin murchou um pouco. Ele se levantou e tirou a poeira da perna da calça. Fez então uma mesura para Annileen e voltou para seu veículo. As pessoas que estavam vendo tudo na rua, sentindo que o momento havia passado, começaram a se dispersar.

Vendo que Orrin estava conversando com os filhos, Annileen falou com os dela.

— Vocês já viram algo parecido?

Kallie balançou a cabeça negativamente.

— Se Veeka Gault se tornar minha irmã, vou virar um daqueles monges B'omarr.

— Eles desligam seu cérebro — disse Ben.

— Pode acreditar — disse Kallie. — Eu iria preferir isso.

FALANDO BAIXINHO, ORRIN FEZ UM RESUMO DE TRINTA SEGUNDOS dos acontecimentos no interior da casa para Mullen e Veeka.

— Não vamos conseguir escapar dessa na base da conversa — ele disse, enxugando o suor da testa. — Não era nada inesperado. Sempre dois planos, vocês sabem.

— Não tenho tanta certeza quanto ao Plano Dois — disse Mullen.

Orrin olhou para o filho, exausto.

— Grandes sóis, o que há de errado com Zedd dessa vez? Com certeza as costelas dele já estão curadas...

— Ele ligou da clínica. Andou tomando os analgésicos errados — disse Veeka. — Zedd se viciou em remédios Wookiees.

Orrin balançou a cabeça.

— Ele está definitivamente demitido.

— A gente tem que ir *hoje*? — perguntou Mullen. — Acho que não dá pra gente ir sem ele.

— É esta noite ou nunca — disse Orrin. — Precisamos de um quarto integrante, e rápido. Mas acho que já encontramos um. — Orrin olhou para os Calwell, reunidos entre o LiteVan e o veículo luxuoso de Annileen. Jabe acenou respeitosamente com a cabeça para ele. Orrin vinha trazendo Jabe gradualmente para sua confiança, e o rapaz parecia mais que ansioso para ajudar, de algum modo. — É, isso até que vai funcionar muito bem — completou Orrin, caminhando na direção do grupo. — Jabe — ele gritou. — Quer voltar para o oásis com a gente?

Jabe pareceu surpreso pela oferta. Parado ao lado do veículo dos Gault, Veeka piscou para ele. Excitado, Jabe olhou para a mãe.

Annileen teve suas dúvidas.

— Kallie precisa levar a LiteVan para casa, para dar de comer aos animais. Não queria que ela fosse sozinha...

— Vamos seguir logo atrás dela, até minha fazenda — disse Orrin. — Meu droide cozinheiro vai alimentar Jabe e eu deixo ele em casa mais tarde, à noite. Todo mundo vai ficar em segurança.

Exausta por tanta atenção recebida antes, Annileen concordou.

— Está feito — disse Orrin, acenando para que o garoto fosse até seu landspeeder. Virando-se, Orrin viu Ben parado em contemplação, com o capuz cobrindo os olhos. — Achei que você tinha uma coisa sendo consertada, e que precisava pegá-la de volta — Orrin disse, com frieza.

— E tenho mesmo — disse Ben, assentindo e virando-se para Annileen. — Eu posso voltar para casa sozinho.

— Não — disse ela. — Eu deixo você e a unidade de resfriamento em sua casa. — Ela olhou para Orrin, que não parecia nem um pouco feliz. — Eu ainda mando em mim mesma... Acho eu.

— Tudo bem — disse Orrin, com o velho sorriso voltando ao rosto. — Então, vejo você hoje à noite.

CAPÍTULO TRINTA E CINCO

ENTÃO É ASSIM QUE UM EREMITA VIVE, PENSOU ANNILEEN QUANDO olhou a casa de Ben. Era mais limpa por dentro que por fora, o que, conhecendo Ben, era o que ela teria esperado. Mas a mobília era impossivelmente escassa. Ela não conseguia visualizá-lo vivendo ali com nenhum tipo de conforto. Todo dia devia ser como um dia de acampamento. O que até podia não ser um jeito ruim de se viver, Annileen imaginou, lembrando-se da bagunça de sua própria vida.

Ela terminou de lavar as mãos na bacia e secou-as rapidamente. Não poderia demorar muito ali, logo agora que havia acabado de entrar para se refrescar... Mas ela tinha dado um jeito nisso.

Ela tinha uma boa desculpa. Rooh havia encontrado o caminho de casa, conforme Annileen havia previsto, mas ela se enganara quanto à proximidade do parto do animal. Annileen e Ben haviam chegado justo no instante em que o primeiro sol tocava as montanhas ocidentais de Jundland e encontraram mãe e filho do lado de fora do comedouro. O exame que Annileen fez da eopie e do filhote concluiu que ambos estavam saudáveis, mas o esforço da manhã devia ter provocado o parto prematuro.

Dando uma última olhada ao redor, Annileen atravessou a cortina e saiu para a noite cálida. Ben estava ajoelhado ao lado de Rooh, que parecia feliz da vida, mastigando sua comida. Annileen ficou um tempo encostada na porta, sem querer perturbar aquele momento de tanta serenidade.

Mas Ben reparou em sua presença.

— Rooh está bem animada, apesar da provação pela qual teve de passar — ele disse, dando palmadinhas no focinho da nova mamãe. — Por quanto tempo ela deve descansar?

— Eopies são feitos de elástico — brincou Annileen. — Ela provavelmente já está pronta para sair correndo.

Ben ficou maravilhado.

— Tão rápido assim?

Annileen riu.

— Acredite em mim, tenho inveja dela. Jabe me deixou de cama por um mês.

Ela caminhou até o pátio. A unidade de resfriamento consertada estava no meio dos outros equipamentos quebrados lá fora. Ben havia permanecido a maior parte do tempo em silêncio durante a ida até a oficina para pegá-lo e a jornada até ali. Pouco havia acrescentado à sua história acerca da ausência de Orrin, tirando uma pergunta que ele fez a respeito das finanças do homem, que ela achou estranhamente fora de contexto. Depois disso, Ben não inquiriu mais nada. E não havia perguntado nada a respeito da única coisa sobre a qual ela mais realmente desejava uma opinião.

— Bom... — disse Ben, se levantando. — É melhor eu levar o equipamento para dentro enquanto ainda temos luz. Foi um dia adorável. Obrigado pela ajuda. — Com isso, ele passou por ela e foi até a unidade de resfriamento. Annileen permaneceu paralisada, enquanto ele se ajoelhava ao lado da máquina.

Por fim, ela cedeu. Annileen marchou até se posicionar no campo de visão dele.

— Ben... — ela disse. — Devo me casar com Orrin?

Ben fez uma pausa.

— Você *quer* se casar com Orrin?

— Não necessariamente — ela disse. — Mas muita gente acha que eu deveria fazer isso.

Ben levantou a unidade do chão.

— Tenho certeza de que seus outros amigos estão mais qualificados para lhe dar conselhos. Leelee...

— Não — disse Annileen. — Leelee, não. — Ela foi atrás dele e bloqueou sua passagem pela porta. Ele olhou intrigado para ela, que arrancou a unidade de suas mãos e a colocou ao lado da porta. — Eu quero saber o que *você* quer que eu faça.

Ben deu de ombros.

— A vida é sua. Cada indivíduo decide seu próprio destino...

Annileen soltou um grunhido.

— Pra você tudo é um ditado. Ben, você está me dizendo que nunca teve de lidar com uma situação da vida real? Em que já tenha precisado tomar uma decisão a respeito de outra pessoa?

Finalmente começando a sentir a frustração dela, Ben desviou o olhar.

— Eu sou humano — ele disse. — Houve alguém, um dia. Não era para ser.

— E você desistiu e se mudou para o Deserto de Jundland? — Ela riu. — Eu diria que você não encontrou a pessoa certa.

— Talvez eu tenha encontrado — disse Ben, olhando para ela por baixo de seu capuz. — Mas *eu* é que não era a pessoa certa.

— Mais palavras enigmáticas do Ben Maluco — disse Annileen. Sentindo sua confiança aumentar, ela deu um passo na direção dele, diminuindo o espaço entre eles pela metade. — Bem, eu não acho que você seja tão maluco assim. Acho que encontrou alguém que não esperava encontrar. E isso não é ruim — ela completou, estendendo os braços em sua direção.

Ben levantou as mãos para a frente, detendo o avanço de Annileen.

— Annileen... Não. Não posso fazer isso.

— Tem certeza? — Ela olhou bem nos olhos dele. — Eu acho que pode.

— Não, eu *definitivamente* não posso.

— Todo mundo perde as estribeiras de vez em quando.

Ele deu um risinho sem graça.

— Eu disse isso, não disse?

— Disse. — Ela agarrou as mãos dele, puxando-o para mais perto...

... mas ele recuou e lhe deu as costas.

— O que foi? — Ela olhou para as costas dele. — É por causa de Orrin? Não se preocupe com isso. Já lhe falei, não sinto esse tipo de coisa por ele.

— E não acho que você sinta por mim, também — disse Ben, andando na direção dos eopies.

— E você é especialista no que eu penso, por acaso? — Ela deu um sorriso caloroso. — Bem, está aí uma prova de que tem alguma coisa acontecendo entre nós. Orrin me conhece a vida inteira e não sabe o que eu penso. Você me encontrou um punhado de vezes e já sabe ler minha mente, pelo visto. — Seus olhos faiscaram na luz do anoitecer. — Na maioria das vezes. Então, ou você tem uma percepção super-humana, Ben... Ou eu tenho sua completa atenção.

Ben pegou as rédeas de Rooh e a encaminhou até o curral. Seu filhote trêmulo foi atrás.

— Annileen, acho que você tem uma boa casa, uma família adorável e um negócio bem-sucedido. E acho que você está terrivelmente entediada.

Ela olhou para ele sem acreditar.

— Você acha que eu sou tão simples assim?

— Não — ele respondeu, levantando o filhote pela cerca. — Acho que você é tão *complicada* assim.

Annileen cruzou os braços.

— Você acha que a coitadinha da Annie fica entediada com Tatooine, e, assim que um estranho de fora do planeta aparece, ela larga tudo e vai atrás?

— Outras pessoas já fizeram isso.

— Bom, você está enganado.

Ele olhou para ela.

— Mas seja honesta: você *não* está entediada?

Annileen virou-se e chutou a unidade de resfriamento, que soltou um clangor metálico.

— Eu estou *cansada* demais pra estar entediada! Tenho uma casa caindo aos pedaços porque estou morta toda noite. Na metade do tempo, caio de sono na mesa da cozinha. Meus filhos vivem tentando encontrar novas maneiras de se matar, como se este lugar já não fosse perigoso o suficiente. E meu *negócio*... — Ela quase gaguejou, ao andar a passos largos na direção do curral. — Meu negócio está dando uma de mamãe bantha para uma manada de órfãos crescidos! Não vejo muitas pessoas vindo para a Orla e dispostas a trocar de lugar com a velha Annileen.

— Conheço gente que faria isso — disse Ben, recostando-se na cerca.

Ela olhou fuzilando para ele. Ele começou a dizer alguma coisa, mas parou. Por um momento, era possível ouvir apenas o som do bebê eopie, esfregando o focinho no corpo de sua mãe.

Por fim, Ben voltou a falar.

— Annileen... acho que você aprendeu a conviver com essas coisas. Mas não pode mais fingir que elas não são um desafio para você. É simplesmente demais para você. — Virando-se, ele colocou as duas mãos na cerca e olhou para o deserto. — Você chegou a seu limite, e está procurando uma tábua de salvação a que possa se agarrar. E já que você acha que não consegue se mover, está desesperada para que alguém venha e lhe faça companhia neste mundo. Alguém que seja um desafio para você.

— Eu não tenho muita certeza quanto a isso — disse Annileen, juntando-se a ele na cerca. — Erbaly Nap'tee é bastante desafiadora.

— Você sabe o que eu quero dizer.

Ela olhou para os eopies e suspirou. Sabia, sim, o que ele queria dizer.

— Você está me dizendo que não se foge de uma armadilha atraindo mais alguém para dentro dela.

— Toda armadilha tem várias saídas — disse Ben. — Eu vi isso hoje mesmo. — Annileen achou esse comentário um pouco estranho, mas não quis insistir no assunto. — Além disso — ele continuou —, eu daria um terrível funcionário de loja.

— Você mal consegue fazer compras direito — ela disse. Eles riram. Ben começou a se afastar da cerca quando ela tocou seu braço, ainda que de modo menos incisivo, dessa vez. — Espere — chamou ela. — Você não vai escapar assim tão fácil. Isso não tem só a ver comigo. Tem a ver com você, também.

Ele tornou a erguer a mão.

— Eu já lhe disse, não estou procurando...

— Não — disse Annileen. — Não é isso. Naquele dia em que estávamos do lado de fora do Lote, eu perguntei se havia acontecido alguma coisa ruim com você. Você disse que sim, mas que aconteceu com outra pessoa.

— Exato.

Ela o agarrou pelo pulso.

— Você é um mentiroso.

— Como é?

— Você está mentindo pra si mesmo. Essa coisa, essa coisa ruim... Ela pode mesmo ter acontecido com outra pessoa. Alguém de quem você gostava, posso apostar. E isso quer dizer que também aconteceu com *você*.

Ben resistiu.

— Eu não sei se...

— Sabe, sim. Alguma coisa horrível aconteceu, Ben, e está destruindo você por dentro. Talvez seja por isso que você esteja aqui. Mas você está tentando seguir em frente como se não se importasse, como se você não... — Ela fez uma pausa. As mãos dele estavam de volta à cerca, e ele olhou para ela. — Você estava *lá* — Annileen murmurou. — Não estava? Quando essa coisa ruim aconteceu... *Você estava lá*.

Ben fechou os olhos e concordou, balançando a cabeça.

— Ela não aconteceu simplesmente... — ele disse, mal conseguindo respirar. — *Fui eu o causador dela*.

A mente de Annileen começou a disparar. A disparar e a correr para cenários sombrios, que ela preferia não imaginar. Mas Ben parecia falar sério sobre o que quer que aquilo fosse, e ela tinha de falar sério, também.

— Você... Você feriu alguém?

— Eles feriram a si mesmos — disse Ben. — Eu cheguei no final... Bem no final. Mas também estive lá no começo. Eu deveria ter impedido.

Ela balançou a cabeça.

— Você é apenas um homem.

— *Eu deveria ter impedido!* — A cerca balançou. — Eu fracassei! A responsabilidade de detê-lo era minha, e eu não o fiz. E terei isso na minha consciência para sempre.

Annileen olhava para a esquerda e para a direita. A cerca balançava com tanta força sob as mãos de Ben que ela pensou que os postes poderiam sair voando do chão a qualquer instante.

— Ben, você não pode se culpar...

— Não tem como você saber isso. — Ele se virou e agarrou-a pelos ombros, o que a surpreendeu. — Eu fracassei com todos. Você faz ideia de quantas pessoas pagaram por isso? Sabe quantas pessoas *estão* pagando por isso neste exato momento?

— Só conheço uma — ela disse.

Ben a largou. Seus braços caíram, pesados.

Ela jamais vira tamanha angústia nos olhos de alguém antes. Pelo que ele havia passado? O que ele *achava* que havia feito? Tantas teorias sobre o passado de Ben já haviam se formado e se dispersado em sua cabeça desde que ela o conhecera... Annileen lutava para repassá-las agora. Teria sido uma tragédia doméstica? Teria sido ele um soldado, cujas ações lhe custaram seu pelotão? Um executivo, cuja negligência havia acabado com sua corporação?

Os pensamentos de Annileen iam do pequeno ao improvavelmente grande, antes de concluir que nada daquilo importava. Dor era dor. E, se Ben havia magoado alguém antes, ela considerava que agora ele não constituía perigo algum. Exceto, talvez, à sua própria felicidade.

Cada instinto humano lhe dizia para abraçá-lo. Mas outra coisa, em algum lugar, lhe dizia para recuar.

E foi o que ela fez.

— Ben, acho que compreendo. Você veio para cá, creio, como forma de expiação. Talvez mais do que isso, não sei. Mas é parte isso. Se falar sobre essas coisas puder ajudar você...

Ben balançou a cabeça em negativa.

— Não vai ajudar. — Ele olhou de relance para os sóis que se punham, e então respirou fundo. Seu corpo se endireitou. — Desculpe. Eu agradeço muito a você pelo dia e pelo passeio, mas você deve voltar para casa enquanto ainda há luz.

Annileen ficou olhando para Ben, enquanto ele voltava para dentro da casa. Aquela reserva que já lhe era familiar havia retornado. Ela conseguira entrar por um momento, isso ela podia dizer com certeza. Mas via que não conseguiria ir mais adiante. Não hoje.

Com as mãos caídas ao lado do corpo, Annileen caminhou de volta até seu landspeeder, que reluzia rubro no crepúsculo. Quando chegou ao lado do veículo, ela se virou e olhou para Ben mais uma vez.

— Está certo — ela disse. — Eu não vou me esconder atrás de sua porta, esperando você me contar. Você pode fazer isso a seu próprio tempo.

Ele parou no caminho e olhou para leste, melancólico.

— Tempo eu tenho.

— Bem, isso eu também tenho — disse Annileen, sentando-se aos controles do veículo. — Eu não vou a lugar algum. — Ela ligou o motor. — Você ouviu isso, Ben? *Eu não vou a lugar algum*. Então, quando estiver pronto... você sabe o que a placa diz.

Ela partiu no crepúsculo, deixando Ben para trás, contemplativo. Ela suspeitava de que ele sabia muito bem do que ela estava falando.

Encontre o que você precisa no Lote de Dannar.

Meditação

Annileen.

Isso está se tornando um problema. Para ela... E acaba se tornando um problema para mim também.

Não, sei o que você está pensando. Já fui testado quanto a isso antes — e já vi isso acontecer antes — e sei o que significa me aproximar demais de alguém. Anos atrás, com Siri Tachi... Você esteve lá e viu parte daquilo.

E depois houve Satine... Jurei nunca mais colocar ninguém em risco semelhante.

E é apenas isso: não sou um Padawan sonhador. Não mais. Sei que laços pessoais podem funcionar contra nós. Às vezes, nós colocamos outras pessoas em perigo, devido à natureza de nossos deveres. E, pior, essas pessoas correm o risco de se tornarem posses, para serem protegidas e alvos de nossa obsessão.

Confesso que às vezes me pergunto se isso não subestima muito os Jedi. Nem todos são como Anakin. E se o simples ato de se preocupar profundamente com uma pessoa — especialmente alguém tão bom quanto Padmé — é destrutivo a princípio, então a Força tem uma visão bem peculiar do que constitui o bem e o mal. Você mesmo me disse que os Jedi não eram sempre contra relacionamentos. E pense: famílias são fortes na Força. Será que a Força realmente entende o que quer?

Não importa, eu me entendo. Posso abrir mão do amor. Eu abri mão do amor. Mas não estava preparado para abrir mão da coisa que tinha no lugar disso.

Comunidade.

Vivi minha vida na estrutura da Ordem Jedi. Sim, era uma organização, com um objetivo específico — mas também era uma família. Eu mesmo dizia isso: Anakin era meu irmão. Eu tinha muitos irmãos e irmãs. E pais e mães. E até mesmo um tiozinho verde estranho.

Agora eu não tenho mais aquele lar. Não tenho aquela família.

Quase todos os amigos que já tive estão mortos.

Eu... Eu nunca pensei exatamente nesses termos antes. Quase perdi o fôlego agora. Quase todos os amigos que já tive estão mortos. A maioria, mortos pela maldade Sith.

Nunca vivi sem uma Ordem Jedi sobre a qual me apoiar, ou para me ajudar quando as coisas ficassem ruins. O que significa ser um Jedi solitário?

Acho que você tentou me dizer isso, e mais de uma vez, com suas histórias sobre outros Jedi que viveram sem o apoio da Ordem, mas que ainda seguiam o Código. Kerra Holt, nos tempos de Bane, isolada da República. E quem era aquele meio Jedi? Zayne sei lá o quê? Zayne Carrick. Ele não fazia parte da Ordem Jedi, mas praticou bons feitos mesmo assim, por conta própria. Confiou em seus amigos e não precisou de nenhuma permissão oficial para fazer a coisa certa.

Talvez eu possa fazer isso. Não posso reconstruir a Ordem Jedi, mas certamente posso montar o sistema de apoio que ela fornecia. Pelo menos emocionalmente, se não puder fazê-lo em termos de poder suficiente para resistir ao Imperador.

Quem sabe começando com Annileen e o Lote...

Não. Isso seria seguir a Força viva somente, envolvendo-me no momento presente, sem me preocupar com o futuro, com os fios mais longos, as maiores questões. Um Jedi é responsável por equilibrar ambas as atenções. Eu sou responsável — especialmente agora que não há mais ninguém para fazer isso.

Mesmo assim, Annileen...

Espere.

Um momento.

Acabei de perceber uma coisa.

Já volto.

PARTE QUATRO

A FENDA

CAPÍTULO TRINTA E SEIS

As peças oculares de um Tusken podiam estreitar e confinar o mundo, mas também o colocavam em foco. Agora, apenas algumas horas depois que os sóis se puseram, havia muito a se ver no rancho que se estendia a sudeste do oásis.

Através da lente, as cúpulas da casa do rancho brilhavam amareladas, como um aglomerado de bolhas sob a luz das luas que nasciam. Maior que a maioria das outras casas do deserto, aquela tinha também a iluminação auxiliar de luzes de segurança, fixadas em postes. Decks sobre a areia ligavam a casa às garagens.

O velho estava parado em pé em uma dessas varandas, aguentando firme o friozinho da noite. A porta da casa estava aberta atrás dele, e a luz escapava por ela... Bem como as palavras de sua esposa, que podiam ser ouvidas desde a cordilheira norte. O velho Ulbreck procurava paz do lado de fora na maioria das noites, e tornava a fazê-lo naquela noite em especial. Soltando baforadas por fumar um cigarro proibido por seu médico e pela esposa, Ulbreck parecia relaxado e confiante em seu domínio. Ali ninguém podia lhe dizer o que fazer.

A outra pessoa presente teria sido mais difícil de se ver, se não fosse pelo movimento. Todo agasalhado contra o frio, Langer, o vigia noturno, continuava a andar de um lado para o outro, praticamente cavando uma trincheira no chão com a repetição de seus passos. Normalmente, o guarda ficava imóvel, mas não quando o velho estava do lado de fora. Langer tinha a reputação de ser bom de tiro com seu rifle, mas já não o usava há anos; parente distante da esposa de Ulbreck, ele tinha o emprego fácil de proteger a casa.

Os outros sentinelas ficavam bem longe, nos campos, patrulhando os vaporizadores. Era com eles que o velho realmente se preocupava.

Os intrusos mantinham a vigília. Como haviam estudado bem o rancho em noites anteriores, já sabiam de tudo isso. Conheciam os hábitos e as defesas de Ulbreck, e haviam cronometrado o tempo que os landspeeders dos sentinelas levavam para dar a volta no rancho. O roubo de um vaporizador em plena luz do dia, trinta e sete horas antes, havia obrigado Ulbreck a colocar mais sentinelas em cada veículo, mas as rotas e o tempo não haviam mudado, ainda.

Os membros do grupo de ataque haviam chegado em separado, vindos de duas direções diferentes. Em sua aproximação final, os quatro haviam convergido, correndo um atrás do outro à maneira dos Tuskens, até alcançarem suas posições atrás da cordilheira norte, conforme o planejado. Através de suas peças oculares, todos viam a mesma coisa. Tudo corria de acordo com o esperado. Só faltava aguardar que as nuvens cobrissem a lua maior.

Quando isso aconteceu, foram em frente. A primeira dupla de caçadores disparou cordilheira adentro, tomando cuidado para não tropeçar em seus trajes volumosos. Atrás, os dois que haviam permanecido no alto da duna ergueram os rifles e atiraram. Uma série de disparos nas luzes de segurança depois e a fazenda estava no escuro.

Langer foi o primeiro a notar.

— *Tuskens!* — Mas o grito só trouxe o disparo de blasters em resposta. Langer jogou-se ao chão para evitar os tiros, que pararam por tempo suficiente para permitir que a dupla de caçadores atacasse. O mais magro atacou primeiro, com seu gaderffii erguido. A extremidade não afiada da arma atingiu o rosto de Langer, deixando-o inconsciente.

Ulbreck colocou-se em movimento assim que ouviu o grito do sentinela. Seu rifle estava onde costumava estar nessas noites, bem perto da porta de entrada da casa. Mas agora os tiros vindos da cordilheira atingiam a varanda, impedindo que ele alcançasse a arma. Ele se abaixou atrás de um poste, gritando para a porta aberta:

— Magda! Peça Socorro!

Tarde demais. Com Langer incapacitado, a dupla que havia descido do desfiladeiro alcançou facilmente a casa. O mais atarracado dos dois abriu a porta lateral com um chute e jogou alguma coisa lá dentro. Veio um clarão... e, segundos depois, a construção começou a se encher de fumaça.

Tossindo, uma idosa saiu, tropeçando direto para as mãos enluvadas dos caçadores, que a esperavam. Aterrorizada, ela começou a gritar:

— Wyle! Wyle!

— Estou indo, Maggie! — gritou Ulbreck em resposta. Mas ele não poderia ir a lugar algum, não com a chuva de tiros que caía sobre o deck. O tiroteio parou apenas porque os atiradores resolveram descer pela cordilheira, soltando gritos de guerra. O velho fazendeiro lutou para colocar-se de pé, mas o menor dos agressores voou para cima dele, balançando seu rifle como um porrete. O cabo da arma atingiu o velho bem no nariz. Ulbreck soltou um urro de dor e caiu com força no deck, com o rosto sangrando.

Magda Ulbreck ainda gritava, enquanto os invasores a arrastavam para a frente da casa, levando-a para onde estava seu marido ferido. O líder do quarteto baixou o rifle e puxou uma faca de sua bandoleira. Com a lâmina enferrujada reluzindo ao luar, a figura envolta em mantos avançou de forma ameaçadora para cima de Ulbreck.

Magda voltou a gritar. Mas, mesmo em agonia, seu marido permaneceu desafiador.

— Vocês, seus malditos, não conseguiram me matar no Lote! Não vai ser agora que vão me fazer implorar!

O que segurava a faca assentiu. Aquela reação já era esperada. Ulbreck permaneceria desafiador, eles todos sabiam, até que sua esposa fosse ameaçada. Os agressores se voltariam para Magda e lhe dariam um susto. Poderiam causar algum tipo de dano estético, apenas para provocar algum efeito; seria algo pior que apenas isso, caso ela resolvesse lutar.

Mas ambos os Ulbrecks permaneceriam vivos, humilhados e aterrorizados. E se aquela noite de tensão não convencesse Wyle Ulbreck de seus erros, Magda certamente o faria, depois. A coisa sairia inteiramente de acordo com os planos. Já havia funcionado antes, em outro lugar.

Perfeito.

A não ser pela figura saltando do alto da cobertura da varanda.

As botas caíram bem em cima dos ombros do líder, derrubando-o ao chão. A faca saiu voando de sua mão quando o invasor bateu no chão, e seus óculos de visão noturna se torceram para o lado, por baixo das ataduras de cabeça. Por vários momentos, ele não conseguiu ver absolutamente nada, apenas ouvindo os sons de uma luta que acontecia ao seu redor.

Deslocando os óculos de volta, de forma a conseguir enxergar com pelo menos um olho, o líder cambaleou para a frente, tentando desesperadamente alcançar o rifle no chão. Mas o homem que havia pulado de cima já estava lutando contra os ex-captores de Magda. *Ex-captores*, sim, porque a mulher havia se libertado quando a figura vestida de bege-claro atacou. O homem agora estava entre ela e os invasores, desviando-se com agilidade de um golpe de gaderffii atrás do outro.

Ele saltava. Ele se abaixava. E, com mais um movimento-relâmpago, ele agarrou uma das armas. Deu, então, uma cambalhota para trás, levando o gaderffii consigo. Ao tocar o chão, pulou de volta para a luta com ele. O caçador agora sem arma acabou tropeçando e caindo de costas, deixando que o outro guerreiro assumisse a luta. Na verdade, para o único olho disponível do líder aquilo não havia parecido realmente um tropeção. Os gaderffii batiam um no outro com força, e os metais faiscavam pela noite.

Com uma energia que contrariava sua idade, Magda passou correndo por eles. O menor dos invasores, ocupado com o combate próximo, não pôde fazer nada enquanto ela apanhava seu marido, que sangrava no chão, ajudando-o a ir na direção das garagens, para fugirem dali. Enquanto os Ulbreck escapavam, o líder dos agressores finalmente encontrou o rifle perdido. Tentou mirar no salvador que duelava com os outros, mas novamente suas ataduras faciais estavam tortas, o que impedia o foco.

À sua frente, o duelo de gaderffii chegava ao final. O herói que acabava de salvar os Ulbreck atingiu seu oponente embaixo do braço com a aleta da arma, produzindo um grito bem agudo... e muito humano.

Chega! O líder dos invasores arrancou suas ataduras e os óculos de visão noturna, levantando o rifle. Com os olhos finalmente liberados, Orrin Gault encarou o rosto do salvador dos Ulbreck.

Ben Kenobi.

Orrin olhou na escuridão, incrédulo por um segundo.

— *Você?*

Então, ele disparou.

Ben girou, usando o gaderffii de algum modo para desviar o tiro. A rajada ricocheteou e passou queimando de volta por Orrin, atingindo um dos suportes da varanda, bem acima da cabeça do menorzinho dos falsos Tuskens. Assustado, o garoto virou-se para fugir.

— Vamos embora, Orrin!

Orrin tornou a disparar.

Atrás de Ben, Orrin viu os outros dois invasores ficando em pé, um ajudando o outro. Quando Ben desviou o segundo tiro do blaster, os dois começaram a se mover em sua direção.

Ben virou-se para olhar para trás.

— Não tente, Mullen — ele disse. — A farsa acabou.

Do outro lado de Orrin, uma cúpula se abriu. O caminhão repulsor de Ulbreck saiu, com Magda nos controles. O veículo disparou violentamente para fora da casa, virando em seguida para leste. Os acampamentos ficavam para lá, Orrin sabia disso. E lá estavam mais sentinelas.

Seus filhos também sabiam disso.

— Pai, vamos!

Com isso, Mullen e Veeka foram embora, correndo para os fundos da casa.

Ben olhou para trás com satisfação. Depois, encarou bem Orrin.

— Eu reparei uma coisa hoje... Você não se sai tão bem quando está sozinho.

Orrin virou-se e saiu correndo.

Na escuridão ao norte, Orrin viu dois membros do Povo da Areia disparando em suas speeder bikes. Era uma visão surreal, mas significava que Mullen e Veeka haviam escapado. Com o coração acelerado, Orrin apressou o passo para subir as dunas a oeste.

Por que eu estacionei tão longe?

Sem fôlego, ele olhou rapidamente para trás. Havia perdido o rifle ao cambalear na encosta de uma duna, e não pretendia voltar para apanhá-lo. Ainda mais agora, quando Ben aparecia sobre a duna. O homem deixou o gaderffii de Mullen cair na areia.

Orrin bateu no peito enquanto corria. Ele havia substituído sua pistola desde a tarde na residência do Hutt, mas não ia tentar apanhá-la nas dobras daquela vestimenta Tusken idiota. Não quando sua speeder bike estava bem ali, com o motor já ligado graças a seu jovem assistente.

Descartando a máscara que antes cobria seu rosto, Jabe Calwell estava parado entre as bikes, totalmente apavorado.

— Orrin, depressa! — ele gritou. — Ele está chegando!

Orrin olhou rapidamente para trás: Ben ainda estava no alto da crista, e gritava alguma coisa.

— Orrin, cuidado!

Orrin decidiu que não ia cair nessa. Alcançou a speeder bike...

... e, naquele instante, quatro figuras surgiram da noite, pulando em cima deles.

O *verdadeiro* Povo da Areia.

Dois Tuskens agarraram Jabe, puxando-o para a escuridão. Outro atacou Orrin, batendo na parte de trás de sua speeder bike com um gaderffii. O veículo flutuante fez uma espiral no ar na direção dele. Sem pensar duas vezes, Orrin pulou em cima dela.

A bike continuou a rodopiar com ele a bordo, e o mundo girava na mente de Orrin também. Ele viu Kenobi, ainda paralisado na encosta da colina. Viu Jabe, arranhando o ar em vão enquanto um dos captores levantava uma rocha para bater nele. E viu o quarto Tusken partir para cima dele, com o gaderffii erguido bem alto.

Olho-de-rolha.

Orrin apertou o acelerador e sumiu noite adentro.

CAPÍTULO TRINTA E SETE

ANNILEEN NÃO PARAVA DE ANDAR PELA LOJA ÀS ESCURAS. MAIS uma noite, mais um filho sumido. Enfim, qual era a novidade?

Ela não sabia o que estava atrasando Jabe, mas pelo menos dessa vez sabia onde ele estava. Ou pelo menos achava que sabia. Orrin havia levado os filhos e Jabe ao rancho Gault; Kallie havia seguido em frente até o Lote, conforme o prometido. Isso era o que a filha exausta de Annileen havia compartilhado com ela antes de voltar para casa e desabar de cansaço.

Mas já era quase meia-noite, e ninguém estava respondendo suas chamadas na propriedade dos Gault. Ela até havia tentado falar com Orrin no comlink vermelho, mas alguma coisa devia estar errada com a rede do subespaço. Tudo o que ela ouvia do outro lado eram grunhidos, sons parecidos com os que os Gamorreanos haviam feito em seu armazém. Era uma conexão errada, com certeza. Quem diria que Gamorreanos sequer portavam comlinks?

Ao menos agora ela podia se preocupar em paz. O armazém estava vazio quando Annileen retornou da casa de Ben. Tar Lup havia fechado o Lote na hora, o que era mais do que ela conseguia fazer, na maioria das noites. O empregado Shistavanen estava hospedado na casa de um amigo da região e devolveria as chaves pela manhã. Annileen precisava se lembrar de agradecer a ele. Mesmo com toda a rigidez com a qual ela própria comandava o Lote, ela tinha de admitir que Tar daria um bom gerente de seu próprio estabelecimento um dia.

As luas brilhavam do lado de fora atrás do balcão, lançando uma sombra azulada nos contornos interiores do Lote. Annileen suspirou.

O armazém parecia muito mais amigável à noite. Durante o dia, ou ele estava tentando matá-la de estresse, ou de tédio. Não havia meio-termo.

Ao longo dos anos, ela havia se acostumado com o fato de que nada nunca iria mudar. Claro, haveria algumas pequenas mudanças, no meio dos desastres diários e das calmarias intermitentes. Jabe e Kallie sempre trariam a ela novos e diferentes desafios. Os clientes se tornariam mais difíceis de serem recebidos. E continuaria a haver cada vez menos tempo para ela, ao final de cada dia. Mas esse seria um declínio leve e gradual, que só chegaria ao fim quando ela não pudesse mais colocar uma cadeira flutuante atrás do balcão. Então, ela daria entrada no centro de idosos na periferia de Bestine, onde, sem dúvida, Erbaly Nap'tee seria sua colega de quarto. Annileen passaria seus últimos anos explicando que não, ela não trabalhava ali no centro.

De fato, o declínio *havia* sido bem suave... até agora. Aquela viagem havia começado a ficar mais atribulada nos últimos tempos. Os altos pareciam mais altos, o que a enchia de empolgação e expectativa. E, agora, ela achava que os momentos lentos seriam intermináveis. Annileen passara a ficar mais preocupada com desperdiçar dias que desperdiçar dinheiro. Era como se sua vida tivesse subitamente ganhado uma importância e um peso que antes não tinha, ou que ela negava ter. Ela não sabia a razão para isso.

Bom, uma coisa havia mudado, é claro: Ben.

Desde aquele dia nos Ribombos, cada hora que ela tinha passado perto de Ben parecia cheia de vida. Ela mal conseguia acreditar que, na verdade, só se encontraram por um total de algumas horas, no decorrer de meia dúzia de encontros. Tanta coisa havia acontecido...

Os Tuskens haviam *atacado o oásis*, algo que eles não tinham feito em anos. Ela havia entrado no meio de uma batalha e encontrado um senhora da guerra Tusken — que acabou por se revelar matriarca e mãe, como ela mesma. Ela e Orrin haviam sido assediados por elementos de baixo nível, vindos da cidade grande. E o homem que seus filhos conheciam como tio havia subitamente declarado seu amor por ela.

E Annileen havia começado a imaginar uma vida diferente para si mesma.

Tudo isso havia acontecido, desde a chegada de Ben, vindo de... onde? Ela ainda não sabia. Inacreditável.

"Algumas pessoas atraem problemas", sua mãe havia lhe dito. E por "pessoas" sua mãe queria dizer "homens", e por "algumas" ela queria dizer "todos". Dannar havia levado quatro anos para passar no Teste de Estresse de Nella Thaney. Quatro longos anos, durante os quais ele tivera de mostrar que, embora pudesse um dia até ter aprontado das suas nas areias, era capaz de permanecer no mesmo lugar e abrir o armazém, todos os dias. Durante os dois primeiros anos de Annileen no caixa, a mãe havia contado seu pagamento toda semana, só para se assegurar de que Dannar iria manter a palavra. Um crédito a menos e ele teria sido um sonhador sem crédito algum, mais uma vez. Mas Dannar era o maior vendedor de Tatooine, pois no fim das contas acabou vendendo a si mesmo para Nella Thaney.

Nella não teria deixado Ben Kenobi chegar perto de sua filha nem à distância do alcance de um rifle.

Os ditados da mãe voltaram à mente de Annileen como novos em folha, como se estivessem sendo ditos mais uma vez. *Um homem sem passado é um homem sem futuro. Ninguém com bom senso se muda para Tatooine. Nada de bom sai do Deserto de Jundland.* Annileen se lembrava bem deles. Ela se pegou dizendo-os a Kallie algumas vezes, embora tivesse tido a integridade de xingar a si mesma depois. Ben não tinha meios para garantir seu sustento, pelo menos aparentemente, nenhuma disposição manifesta de se comprometer com qualquer coisa além de sua existência solitária. E, apesar de seus esforços, os problemas pareciam ir atrás dele aonde quer que fosse.

Mas, se Ben dava azar, por que Annileen se sentia tão melhor tendo ele por perto?

Ela foi até o balcão e fechou a tampa com dobradiças. Não iria precisar de sua arma. Ela não pretendia sair com seu novo landspeeder no meio da noite para ver se as luzes estavam acesas na casa de Orrin. Preferia imaginar que Jabe estava no meio de uma partida de sabacc e que acabaria virando a noite na fazenda Gault com Mullen, Veeka e seus amigos, e ela não iria se incomodar com isso.

Porque ela veria Ben novamente. Um dia. Talvez em breve, e tudo estaria bem. Sempre estava, com ele por perto.

Annileen passou pelas mesas e pelas cadeiras empilhadas, indo em direção ao corredor que dava para seus aposentos. Ao descer o salão escurecido, uma coisa se moveu nas sombras, dando-lhe um susto terrível.

— Kallie, achei que você tinha ido dormir! — disse Annileen, com o coração acelerado. Ela forçou a vista para tentar olhar pelo salão. — Kallie?

Uma figura envolta em sombras estava encostada na porta que dava para o corredor das garagens.

— Sou eu, Annie. — A voz de Orrin estava rouca e anormalmente aguda. — Precisamos conversar.

Orrin sentou-se na banqueta de bar que Annileen havia puxado do balcão.

— Não acenda as luzes — ele disse.

— Eu nunca faço isso a essa hora — ela disse, servindo-lhe uma bebida na escuridão. — A última coisa que eu quero é que alguém ache que ainda estamos abertos. — Ela segurou a caneca longe dele por um tempo, examinando-o. Na luz do luar, Orrin parecia tão cinzento quanto sempre. Seus cabelos estavam despenteados; o rosto, sujo. Das roupas sofisticadas que ele usara em Mos Eisley naquele dia nem sinal. Era como se ele tivesse se vestido no banco de trás de seu landspeeder. — Você trouxe Jabe de volta, espero.

Orrin passou direto pela caneca na mão dela e agarrou a garrafa.

— Nem sei por onde começar — ele disse, levantando a garrafa.

— Experimente pelo começo — ela disse, jogando o conteúdo da caneca na pia.

Ele olhou para ela e pareceu prestes a dizer alguma coisa, mas então balançou a cabeça.

— Não, não! Não posso lhe dizer essa parte agora. Você nunca...

— Comece por algum lugar!

Ele juntou as mãos. Elas tremiam. Recompondo-se, ele finalmente falou.

— Não me resta muito tempo. A essa hora, amanhã... — Ele fez uma pausa, olhando na escuridão para o crono atrás do balcão. — Não. Em cerca de quinze horas, preciso ter cinquenta e seis mil créditos.

Annileen deu uma gargalhada.

— Mas que esquema louco é esse agora?

— Não é esquema — disse Orrin, entre um gole afobado e outro. Ele enxugou o rosto com a manga. — É só um plano pra salvar minha vida. Meu rancho. Tudo.

Annileen ficou olhando para ele de queixo caído por um momento, antes de olhar para a porta do escritório.

— Espere. O Gossam e os Gamorreanos... — Ela pôs as mãos no balcão, inclinando-se sobre ele. — Foi sobre *isso* o negócio lá em Mos Eisley? — ela perguntou. Orrin apenas baixou os olhos, em silêncio. — É claro... — continuou Annileen, vagando meio zonza até a ponta do balcão. — É claro! — Ela voltou a olhar para ele. — Eu liguei para você no comlink, usando nossa linha direta. Quem atendeu foi um Gamorreano!

Com a cabeça abaixada, Orrin rolou a garrafa na testa.

— Eu perdi o comlink na casa de Jabba.

— De *Jabba*!? — Annileen explodiu. Orrin não se mexeu.

— Eles vão me matar, Annie — ele disse.

— Vão ter que esperar na fila! — Annileen gritou de volta, pisando duro na direção dele. — Foram os vaporizadores? Achei que aquele banco em Mos Eisley tivesse lhe emprestado o dinheiro pra comprar os Pretormins!

— E emprestou — disse Orrin. — Há seis anos. Depois que Dannar morreu. Depois que Liselle foi embora. Minha terra era a garantia. Mas a colheita que eu precisava para pagar tudo nunca chegou. Jamais consegui descobrir a fórmula certa. — Ele se levantou bruscamente e começou a andar. — Precisei pedir cada vez mais dinheiro emprestado. E o banco não queria mais me emprestar, e eu não conseguia pagar os juros.

— Então você foi procurar *Jabba*? — Annileen estava furiosa. Nada que seu filho tivesse feito nem nenhuma loucura anterior de Orrin já a tinha enfurecido tanto na vida. — O Hutt? O criminoso!

— Eu fui a todo lugar — disse Orrin, olhando para ela. Na luz dos raios de luar que vinham da janela, ele parecia um animal ferido. — Ninguém quer ajudar um fazendeiro! E eu não fui até Jabba. Quando alguém me ofereceu dinheiro, eu aceitei...

— Sem fazer perguntas — Annileen completou.

Orrin baixou a cabeça, envergonhado.

— Não fiz perguntas suficientes, não. E agora preciso de sua ajuda. — Ele olhou para atrás dela, onde estavam sua caixa registradora e seus datapads. — Sei como você guarda... Você pode me salvar. Salvar meu mundo...

Annileen tombou, recostando-se na pia da cozinha, atordoada.

— Você quer meu dinheiro. Pra pagar o Hutt!

— Não — disse Orrin, com um aceno de mão. — Quero dizer, sim. Mas não, não vai ser desse jeito. Vai ser *nosso* dinheiro, e meus campos serão seus campos. Assim que nos casarmos!

Annileen esfregou as têmporas.

— Acho que vou ter uma síncope. — Ela olhou para ele. — Sério que você ainda está pensando nisso?

— Claro! Fomos feitos um para o outro! — Orrin deu um sorriso, mas que começou a murchar diante dos olhos dela.

Annileen balançou a cabeça.

— Eu não entendo. Você está em apuros financeiros, mas tem dinheiro o bastante pra me comprar um landspeeder, só pra me ganhar? Aquilo deve ter custado...

— Milhares. Mas milhares não farão a menor diferença para mim. Meu problema é muito maior. Vou precisar de todo o seu dinheiro para me livrar de Jabba.

— E como você sabe que isso de fato vai acontecer? Ele é um Hutt!

— Eu não sei — disse Orrin. — Talvez não aconteça, é verdade. Mas sei que o *banco* não vai simplesmente desistir, e eu devo a eles muitas vezes essa quantia. — Orrin voltou ao balcão, tentando se recompor. — Também falei com eles hoje — ele completou, com mais calma. — Eles estariam dispostos a renegociar... E é aí que o armazém entra.

Chocada, Annileen olhou para todos os lados.

— Eu não vou dar meu armazém para eles!

— Ele será *nosso* armazém — disse Orrin. — Se o Lote for acrescentado à minha terra como garantia, eles irão negociar um novo plano de pagamento. Você tem dinheiro suficiente para tirar Jabba de cima de mim agora. Depois, o fluxo de caixa do armazém me ajudará a pagar os empréstimos, pelo menos até conseguirmos uma boa colheita. — Ele fez um gesto para as prateleiras às escuras atrás de si. — Eles sabem o valor disso aqui, o potencial do Lote. Eles *querem* tudo funcionando.

Annileen estava tonta, lutando para registrar tudo em sua mente. Orrin entrelaçou os dedos sobre o balcão, nervoso.

— Eles só querem uma garantia bem sólida de que o Lote permanecerá aqui como um ativo econômico, operando continuamente para pagar a dívida.

— Eu não posso garantir isso — disse Annileen. Olhando para ele, ela sentiu um momento de pena. — Sabe, se você tivesse pedido isso tudo como uma pessoa normal, eu teria tentado ajudá-lo. Você sabe disso. Mas mesmo assim eu não seria capaz de simplesmente me prender aqui por anos a mais... Por anos, só para ajudar um amigo!

— É por isso que temos que nos casar — ele disse. Orrin foi até o balcão e levantou a parte com dobradiças. — O banco disse...

— Você falou com o banco antes de me pedir em casamento? — Annileen quase explodiu de indignação. — Mas que romântico! Eles lhe deram a bênção?

— Eles ficariam satisfeitos — disse Orrin, voltando para trás do balcão. Estendeu a mão em busca da dela. — Eles saberiam que você e eu ficaríamos juntos a longo prazo, tornando tanto a fazenda quanto o Lote um sucesso. — Ele tentou sorrir novamente. — Não iriam executar minha hipoteca. E Jabba não iria me executar. Todos ficaríamos bem.

Annileen tentou puxar a mão de volta. Não poderia ir em frente com isso, mas também não queria que nada de mal acontecesse a Orrin. Por um momento, ela se perguntou se Jabe sabia alguma coisa a respeito daquilo tudo. E ele tinha voltado com Orrin?

E, então, ela pensou em outra coisa e arrancou sua mão da dele, com violência.

— Espere — ela disse, indo até a caixa registradora e os datapads. — Como você sabia como estão minhas contas? E como o banco poderia saber o valor deste lugar?

Com a cabeça baixa sob a luz fraca, Orrin deu um suspiro.

— Eu fiz cópias dos registros hoje de manhã, depois que você saiu.

— Você fez *o quê*? — O queixo de Annileen caiu.

— E fiz alguns hologramas.

Annileen bateu com força as mãos no balcão. Agora fazia sentido que Orrin a quisesse fora dali por um dia inteiro. Uma viagem de família a Mos Eisley, para obter um novo landspeeder... Isso seria perfeito.

— Tar Lup ajudou você a espiar meus arquivos?

— Não, não. Mas você havia me emprestado os códigos para que ele pudesse trabalhar. Eu acessei a conta antes que Tar chegasse.

— Saia daqui, agora — ordenou Annileen.

— Annie...

— Não me venha com "Annie" — disse ela, virando as costas para ele. — Não vou ajudar você a consertar isso. Saia.

Orrin aproximou-se dela.

— Annie, eles vão me matar... — ele insistiu. Parada no extremo do balcão, Annileen não disse nada. Não havia palavras. — Annie, estou implorando — Orrin disse, engasgado. — Você precisa se casar comigo. O banco disse que...

— Por favor, saia — disse Annileen, à beira das lágrimas. Ela sentia a presença dele atrás de si, podia sentir sua respiração acelerada. Orrin havia arruinado a própria vida e estava ali, agora, invadindo o único lugar que era absolutamente dela, tentando tomá-lo de suas mãos. — Apenas saia.

— Certo — disse Orrin, deixando os braços caírem. Ele se virou e começou a caminhar. Porém, depois de um momento, Annileen ouviu os passos pararem. Orrin agora estava atrás do balcão com ela, pensativo. — Talvez haja outra maneira — ele disse, enfim.

Annileen olhou para trás, mas não disse nada.

— A loja apenas tem que estar na família — disse Orrin, dando mais um passo na direção dela, com os olhos febris. — Quem sabe as crianças...

Annileen fez uma careta. A coisa estava quase ficando cômica, agora.

— Eu realmente não acho que Mullen seja adequado para se casar!

— Não — disse Orrin. — Mas eu poderia me casar com Kallie.

Annileen arregalou os olhos.

— *Como é?*

Orrin ergueu as mãos para explicar.

— Ela tem quase vinte...

— *Quase? Daqui a três anos!*

Antes que Orrin pudesse dizer qualquer outra coisa, o punho direito de Annileen atingiu seu maxilar.

Crac!

Levando a mão à boca, que sangrava, Orrin olhou para ela, traído e assustado.

— Saia! — Annileen gritou, empurrando-o, em uma tentativa de forçá-lo a sair de trás de seu bar. Mas o homem, que era bem maior que ela, acabou se virando, e suas mãos agarraram os ombros dela com força. Seus olhos demonstravam uma fúria imensa.

— Eu não quero saber como isso vai acontecer! Mas cansei de pedir! Eu preciso me salvar, você não entende?

Annileen começou a lutar.

— Me solte!

Orrin lutava com ela no espaço apertado. Garrafas viradas caíram no chão e se quebraram. A raiva de Orrin pareceu aumentar, e ele começou a sacudi-la. Annileen chorava.

— Annie, só me escute...

Ka-chowww!

Um clarão azul invadiu a escuridão, atingindo a parede logo atrás do ombro de Orrin. Annileen ainda estava paralisada nas garras do fazendeiro, que olhou para o outro lado do bar. Ali, sob a luz do luar, estava Kallie, de camisola, tremendo com o rifle em suas mãos.

— Saia de perto dela! — Kallie gritou.

— Kallie, você não atiraria em mim...

— Não aposte nisso! — Kallie voltou a disparar, estilhaçando uma garrafa bem à esquerda dele. — Eu nunca gostei de vocês! — O rosto dela estava contorcido de raiva. — Vocês sempre se aproveitam da mamãe, e agora estão tentando arruinar Jabe! Agora, solte ela... E me diga o que está acontecendo aqui!

Orrin soltou Annileen e balançou a cabeça.

— Kallie — ele disse —, você simplesmente não está entendendo. Nenhuma de vocês duas está. — Ele levantou a cabeça, e seu rosto se iluminou pela luz que vinha de fora. — Jabe está morto.

CAPÍTULO TRINTA E OITO

A'YARK OLHOU PARA O ROSTO EXPOSTO DO COLONO INCONSCIENTE, vestido com roupas Tuskens. Grotesco, como a carne sempre era. A'Yark estava feliz por já estar escuro. Mas ela podia dizer que o humano não era muito mais velho que seu A'Deen. A testa do humano sangrava, por causa da pancada da rocha. Ele só ainda estava respirando porque A'Yark queria saber uma coisa: *Por que ele está aqui?*

A curiosidade havia levado A'Yark ao rancho, em primeiro lugar. Os ladrões do vaporizador da véspera eram os mais incompetentes do clã, mas haviam tropeçado em uma falha no esquema de patrulhamento feito pelas milícias do Sorridente. A'Yark insistira, então, em retornar com eles após o escurecer, para aprender mais.

As descobertas tinham sido decepcionantes, até agora. Por terem roubado o inútil dispositivo de fabricação de água, os jovens tolos colocaram o fazendeiro daquelas terras em alerta. Sua casa não tinha defesas suficientes, mas, ainda assim, A'Yark não tinha fé na capacidade de seus companheiros para atacá-la.

No entanto, antes que ela pudesse dar as costas e voltar aos Pilares, os falsos Tuskens haviam chegado. O olho de A'Yark era bom o bastante para diferenciar impostores, mesmo à distância e na escuridão; o pior membro de seu povo não se comportava como aqueles incompetentes fantasiados. Então, Ben havia chegado, galopando em sua eopie. No mesmo instante, A'Yark resolveu ficar, ordenando aos outros que escavassem um esconderijo perto das speeder bikes dos farsantes, estacionadas por ali.

Ela tinha visto Ben sozinho, no alto da cordilheira oeste, inicialmente sem armas para lutar contra os colonos fantasiados. A luta havia confirmado o que ela já suspeitava.

— Você é Ben — ela lhe dizia, agora.

— Sim — disse Ben. Ele estava a meio caminho da elevação que levava até A'Yark, olhando para ela e seus companheiros, todos montando guarda sobre o jovem, que jazia ali, imóvel.

A'Yark lutou para se lembrar das palavras que K'Sheek dissera em suas conversas, tanto tempo antes. Mas elas sempre apareciam, quando necessárias.

— Você é... um grande *festeiro*.

Ben deu um riso leve.

— Sim, suponho que eu seja.

— Grande *guerreiro* — A'Yark repetiu, irritada.

— Guerras não... — ele começou, ainda sorrindo ao luar. Vendo que essa expressão em seu rosto a ofendia, ele a modificou. — Deixa pra lá.

Ben foi descendo cautelosamente até a depressão. Agora, ele parecia diferente. Sem o manto escuro, vestia uma túnica leve, que lhe dava mais liberdade de movimento. A roupa, no entanto, não tremia com o vento. Ele fez um gesto para o prisioneiro, caído ao fundo da trincheira escavada e vigiado pelo restante do grupo.

— Este garoto, Jabe, é filho de minha amiga. Você a conheceu.

— Ann-iih-liin — pronunciou A'Yark, sem pensar.

— Sim, você me ouviu dizer isso — ele respondeu. Por alguma razão, A'Yark achava as palavras do humano mais fáceis de serem compreendidas, e ele também parecia compreendê-la sem dificuldade. Seria a magia dele, de algum modo?

— Solte Jabe — ele disse, devagar. — Para que eu possa levá-lo a ela.

— Não — disse A'Yark.

Ben levantou a mão e acenou-a diante de A'Yark.

— Você irá soltá-lo.

— Não — disse A'Yark.

Ben assentiu.

— Tudo bem — ele baixou a mão. A'Yark ficou olhando desconfiada, enquanto ele começava a dar voltas, mantendo uma distância generosa do grupo de A'Yark. — Tudo bem. Você *deve* soltá-lo, então. Lembre-se: eu trouxe seu filho de volta. No dia do massacre.

— Meu filho estava morto — disse A'Yark, e as palavras saíam com cólera. Ao dizer isso, ela virou as costas e passou por cima do corpo de Jabe. Virando-se para que Ben pudesse ver, ela suspendeu o gaderffii sobre a cabeça do garoto, pronta para mergulhar a ponta pesada da arma dentro do crânio dele. — Você leva para Annileen um filho morto — ela anunciou. — É o certo.

Seus companheiros se dispersaram, mantendo os gaderffii preparados. Ben enfiou a mão na dobra de sua túnica. Na escuridão, A'Yark não conseguia ver onde ele carregava a arma, mas tinha certeza de que ela estava lá.

— Eu esperava que pudéssemos negociar — ele disse com calma. — Acho que vocês não são um povo acostumado a fazer transações.

A'Yark permaneceu em silêncio, sem entender. De algum modo sentindo a confusão dela, Ben continuou:

— *Troca*. Tuskens não fazem trocas.

— Não. Tuskens *tomam*! — gritou A'Yark, elevando seu gaderffii.

Ao som da voz dela, dois jovens guerreiros atacaram Ben, um de cada lado. Ben levantou as mãos rapidamente. Os guerreiros foram erguidos no ar, como se tomados por uma tempestade de vento invisível. Cada um foi parar de um lado do poço, e um dos gaderffii rodopiou pelo ar, passando sobre a cabeça de A'Yark. A outra arma foi se enterrar no chão, à esquerda dela.

Ben nem sequer havia olhado para os agressores.

— Esperem — A'Yark disse aos outros, no idioma deles. O ataque havia sido um gesto impensado, mas suficiente para mostrar a ela como ele era poderoso. Contudo, Ben havia escolhido não matar seus companheiros Tuskens. Teria sido intencional?

Ben apontou para trás.

— Quaisquer forças que os Ulbrecks conseguirem reunir vão proteger primeiro a casa, antes de virem procurar aqui. Ainda há tempo para nós todos conseguirmos o que queremos, A'Yark. Eu quero o rapaz.

— Não — disse A'Yark, voltando a baixar sua arma sobre o corpo de Jabe, em uma posição ameaçadora. Ela cutucou as roupas do adolescente com a extremidade sem corte do gaderffii. — Já é proibido que os Tuskens tirem suas máscaras. Mas um colono usar a máscara de um Tusken...

— ... é indescritivelmente pior — completou Ben. — É nisso que você acredita, não é?

— É no que se acredita. — A'Yark agarrou o gaderffii. — Jabe morre.

— Então, estamos num impasse — disse Ben, sacando a arma de metal que A'Yark havia visto antes. Ele a ativou, e uma lança de energia azul iluminou a ravina. Sharad Hett lhe dissera o nome daquilo, certa vez: era um *sabre de luz*.

Ben caminhou até o fosso.

— Não vou deixar você matar Jabe, não importa o que ele tenha feito.

— Nascemos para morrer — disse A'Yark.

— Talvez vocês, sim — disse Ben. — Mas é possível estar pronto para morrer... e ainda assim preferir viver. E acho que vocês preferem viver.

A pedra no lugar do olho de A'Yark reluziu púrpura na noite.

— Você está errado!

— Acho que não — disse Ben, olhando fixo para ela. — Já ouvi os colonos falarem de você, A'Yark, e vi suas ações. Você não ataca só para ameaçar. Você tem objetivos. — Ele baixou ligeiramente o sabre de luz. — Como o armazém no oásis. Você foi até lá por Annileen. Por quê?

A'Yark ficou parada, atônita. Como um humano poderia saber o que motivava um Tusken?

Ben parou por um momento.

— Ah — ele continuou —, já sei. Você achou que ela era como eu. E como Sharad Hett. Se você conheceu Sharad, deve ter visto que ele não era como os outros colonos. Ele carregava uma arma como esta. — Ben moveu o sabre de luz reluzente de um lado para o outro, cortando o ar diante de A'Yark e seu refém. — E podia fazer outras coisas.

— Sharad... *mago* — disse A'Yark.

— Mago... — Ben parou de mover o sabre de luz. — Sim. Era o que ele teria parecido ser.

— Você é da espécie dele — disse A'Yark, fascinada. — Você conheceu ele.

— Eu sou da espécie dele, sim. E eu o conheci. — Os olhos de Ben se estreitaram enquanto ele buscava cuidadosamente suas palavras. — Sharad Hett... *deixou* meu povo. Muitos anos atrás. Ele trouxe suas habilidades até vocês, tornou-se um Tusken. — Ben desviou o olhar, muito sério. — Ele *não* deveria ter feito isso. Mas vocês o aceitaram.

— Sim.

Ao ter uma ideia súbita, Ben encarou A'Yark.

— Você não era a *esposa* de Sharad, era?

A'Yark balançou a cabeça, em negativa.

— Não. K'Sheek vivia como minha irmã, quando ela vivia.

— Ah. Eu não sabia o nome dela.

Os agressores de antes, agora recuperados, lançaram olhares compridos e desesperados para A'Yark. Naturalmente, estavam intrigados. Era loucura conversar com um humano tão poderoso. E em terras de colonos, ainda por cima! Mas A'Yark percebeu que aquele era o momento pelo qual ela estivera trabalhando desde o massacre no desfiladeiro.

— Ben irá se juntar a nós — ela disse, bruscamente.

— Eu... — Ben parecia assustado. — Eu, me juntar a vocês?

— Sim. Como Sharad fez. — A'Yark chutou o ombro de Jabe. — Para salvar Jabe. Isso seria... Como você chama? Uma troca. Uma troca *Tusken*.

Ben ficou pensativo por um momento, como se contemplasse uma possibilidade que nunca havia sequer considerado.

— O Povo da Areia nos Pilares é pouco — continuou A'Yark. — Ben se junta. Lidera grupos de guerra.

Ben fez um gesto em direção a ela.

— Mas seu povo *já tem* um líder de guerra, A'Yark. Um líder formidável... *Você*.

A'Yark bufou. Se ele estava interessado em bajulá-la, não faria a menor diferença. Não importava o que A'Yark fosse, Ben era diferente. Uma coisa muito maior.

— Você atrairia outros — disse ela. — Ainda vivem alguns que se lembram de Sharad. Eles seguiriam você. O Povo da Areia voltaria a prosperar.

Nunca, na memória de A'Yark, uma oferta daquelas havia sido feita a alguém de fora. Até mesmo Sharad fora obrigado a passar pelos testes. E, no entanto, aquele humano até parecia achar o convite engraçado.

— Bom — disse Ben, quase inaudível —, esse certamente seria um jeito de ficar fora das vistas.

— O quê?

— Nada — ele disse, com a seriedade voltando ao seu rosto.

A'Yark parou, subitamente apreensiva. Não parecia preocupada quanto à iminente volta dos sentinelas humanos, mas se perguntava se deveria falar o resto. Muitas vezes, dissera a si mesma que não era tão supersticiosa quanto os outros. Mas algumas coisas que eram passadas entre gerações tinham de fato significado, e, depois de ver os feitos de Sharad, ela estava inclinada a acreditar em uma coisa, em especial.

— Dizem que um guerreiro chegará do céu para nos liderar. Ele ficará poderoso. Gerações que ainda não nasceram caminharão com medo.

Por um momento, Ben pareceu intrigado. A'Yark se perguntou se ela havia pronunciado as palavras de modo adequado.

— Isso foi uma profecia? — ele perguntou. — Ou um sonho que alguém teve?

— As duas são a mesma coisa.

— E você deseja esse fim?

— Os Tuskens querem. Sim. — A'Yark pensou que aquela era uma pergunta tola a ser feita. Ele não havia ouvido falar da destruição do acampamento dos Tuskens, anos antes, quando todos morreram, independentemente da idade? O Povo da Areia não podia viver se tais ameaças existissem e eles não pudessem sequer revidar. Se Sharad não tivesse sido o guerreiro da lenda, então talvez Ben fosse.

No entanto, por motivos que A'Yark não conseguia entender, Ben pareceu perturbado pela perspectiva de ganhar um imenso poder. Ele se curvou ligeiramente.

— Não posso me juntar a vocês — ele disse. — Não se sintam ofendidos. Eu, ahn.. Eu entendo do que estou abrindo mão. Mas isso não pode acontecer.

— Então garoto morre. E nós morremos, matando ele. E clã acaba. — Ela voltou a erguer o gaderffii sobre a cabeça de Jabe. — É o certo.

Ben olhou para baixo, parecendo decepcionado. Preparando seu sabre de luz, começou a se aproximar mais dos Tuskens.

Então, parou. Ele olhou para a speeder bike solitária.

— Você viu quem estava com o garoto.

A'Yark assentiu.

— O líder dos colonos. O Sorridente.

— O Sorri... — O rosto de Ben se iluminou ao entender. — Orrin Gault. Você está falando de Orrin Gault!

— *Or-rin-gaalt* — A'Yark pronunciou. — Eu vou matar Orringaalt. E todos os que vierem depois. — Ela falou em voz alta a teoria que vinha se formando em sua cabeça desde que vira os impostores. — De dia, ele nos ataca. De noite, ele conspira... para nos atacar de novo de dia.

Ben baixou a arma.

— Você quer dizer que Orrin já fez algo assim antes?

— Colonos vingam ataques que não foram feitos — disse A'Yark. — Eu não sei o que os colonos fazem. Mas eu sei o que os Tuskens fazem.

Rapidamente, A'Yark deu o nome de alguns locais da região. O conhecimento que Ben possuía da geografia do deserto não era o mesmo que o dela, e ele fez mais perguntas. Ela as respondeu.

Por fim, Ben desativou seu sabre de luz e o recolocou em seu esconderijo.

— A'Yark, o que fizeram com seu povo foi errado. O que Orrin fez é proibido para *meu* povo. É tabu. E ele levou Jabe a fazer isso. Se me deixar levar o garoto, vou cuidar para que mais nenhum mal venha de nenhum dos dois.

A'Yark insistiu.

— A vingança deve ser *nossa*. — Ela estudou Ben. — E você não fala pelos colonos.

Ben coçou o queixo peludo.

— Não, tem razão. Não falo. Esta não é nem sequer minha responsabilidade, não mais. Mas você não pode se vingar sozinha. Você não tem as forças necessárias para ameaçar o oásis, tem? — disse Ben. A'Yark não disse nada. — Achei que não. — Ben fez um gesto com a cabeça para os guerreiros que havia deixado viver. — Se você, digamos, esperar mais um dia, vou encontrar um jeito para que você obtenha justiça.

A'Yark não sabia o que *justiça* significava. Tanto K'Sheek quanto Sharad haviam sido cheios de termos sem sentido como aquele. Mas ela havia entendido o que Ben quis dizer.

— Preciso ver essa *jus-tissa* — ela disse, sibilando a última sílaba. — Para saber.

Ben assentiu.

— Acho que entendo. Pode haver um jeito.

— Fale.

— ESSA É MINHA PROPOSTA — CONCLUIU BEN, ALGUNS MINUTOS depois. — Mas isso requer trazer os colonos até sua... ahn, porta.

Quando A'Yark olhou para os jovens guerreiros, sua mente se encheu de dúvidas.

— Plano funciona — ela disse. — Eu vejo. Mas plano arrisca o clã.

— Entendo, mas não precisa se preocupar — disse Ben. — Eu não colocaria os outros em perigo, nem você. Eu estaria lá para proteger seu povo...

— *Ootman* mente! — retrucou A'Yark. — Nenhum estrangeiro se importa com o que acontece com Tuskens!

Aos pés dela, Jabe acordou, gemendo. Abrindo os olhos, viu A'Yark sobre ele.

— Oh-oh — ele disse, baixinho.

— Fique parado, filho — aconselhou Ben. — Estamos em uma fase crítica aqui. — Ele tornou a olhar para A'Yark. — Eu já lhe disse o que eu faria. Você irá soltá-lo?

A'Yark voltou a olhar para seus companheiros, inúteis. Sem saber o que havia sido discutido, estavam nervosos com um som que vinha de longe: landspeeders, seguindo do nordeste até o rancho. Não havia muito tempo para que uma decisão fosse tomada, e A'Yark estava inclinada a rejeitar a proposta de Ben. Era impossível pensar que ele poderia ter sucesso com aquilo. Ninguém poderia.

Ela agarrou o gaderffii.

— Eu digo...

Mais um som veio do sul, interrompendo-a. Movimento! Os guerreiros tropeçaram para trás, com medo.

— Os colonos — disse um deles para A'Yark. — Estamos cercados!

— Está tudo bem — disse Ben, caminhando até a duna sul. — Só um minuto.

— Não me deixe aqui! — Jabe gritou.

Ben desapareceu por apenas três segundos, quando sua eopie veio trotando pela crista sul. Ben vinha atrás do animal, carregando um embrulho nos braços.

— Esqueci que tinha estacionado aqui perto — ele disse.

A eopie entrou vagando pelo meio dos Tuskens, bestificados. Aos pés de A'Yark, o animal começou a roçar o rosto de Jabe com o focinho. A'Yark olhou para o embrulho que Ben carregava. Estava se movendo.

— O que é isso?

Um balido veio do embrulho envolto em sombras, e Ben o colocou no chão. O tecido escuro se abriu, e um jovem eopie, com poucas horas de vidas, saiu vacilante, caminhando em direção à mãe.

— Isso... não é daqui — disse A'Yark. Ela sabia que o velho que vivia ali não tinha estábulos.

— Hein? Ah, sim — disse Ben, devaneando enquanto observava mãe e filho juntos. — Quando percebi que Orrin estava com esse rancho na mira, precisei chegar aqui rápido. Então, não tive escolha, a não ser vir montado. Mas Rooh acabou de dar à luz hoje de manhã, e eu não podia deixar o filhote para trás.

A'Yark olhou fixo para ele.

— Como...

Ben apanhou o pano.

— Eu o carreguei. Sob meu manto. — Ele sacudiu a peça de roupa que antes embalava o filhote e a vestiu. — Ele dormiu muito bem.

A'Yark olhou para a eopie com os dois filhotes: um deles, humano. Ela sabia como era grande a distância até a casa de Ben. Ele havia percorrido o deserto inteiro... com um eopie recém-nascido no colo?

Ocorreu a A'Yark que Ben faria o que fosse necessário para devolver o filho de Annileen a ela... Assim como ele havia devolvido A'Deen. E, assim, ele seria capaz de qualquer coisa.

Luzes varreram a cordilheira oriental.

— Eles chegaram — disse A'Yark. Ela espetou Jabe de leve no ombro com a ponta de sua arma. — Você deve ir. Eu concordo com a troca de Ben.

Ben olhou ao redor, vendo a speeder bike.

— Preciso chegar rápido ao oásis, mas... — Ben olhou apreensivo para os eopies. — Não posso ir montado ao lado do veículo, e não posso carregar todos nós.

A'Yark fez um gesto, e os guerreiros avançaram para levar os eopies para longe dali. *Pelo menos disso eles são capazes*, ela pensou. A noite ainda era uma criança, e ela também tinha muito o que preparar.

Ajudando Jabe, confuso, até a speeder bike, Ben olhou para ela com apreensão.

— Vocês... Vocês não vão *comê-los*, vão?

— Nós fazemos o que queremos — disse A'Yark, ofendida. A insinuação de que não fariam algo era pior que qualquer suposição a respeito da dieta dos Tuskens. — Mas ninguém age se eu não digo. — Isso era verdade, de fato.

Ben subiu no veículo na frente de Jabe.

— Eu vou voltar. E se eu fracassar... Na próxima vez em que você me encontrar, farei o que me pediu. Eu juro.

— Vou garantir que sim — disse A'Yark. Dizendo isso, os Tuskens e os animais desapareceram sobre a duna e no meio da escuridão da noite.

CAPÍTULO TRINTA E NOVE

NA ESCURIDÃO DO LOTE, ANNILEEN CAMBALEOU CONTRA O BALCÃO.

— O que... *O que foi que você disse?*

— Jabe está morto — repetiu Orrin. Ele se ajoelhou entre os cacos das garrafas quebradas no chão, a seus pés. Ali embaixo, na escuridão, sua mente disparou. Annileen ia descobrir em algum momento que os Tuskens haviam levado Jabe, mas ele tinha esperado deixar isso de lado até resolver seus problemas financeiros.

Agora, ele se perguntava o que dizer a ela. Será que poderia dizer que ele tinha sido atacado pelos capangas de Jabba, que mataram Jabe sem querer em seu lugar? Isso convenceria Annileen do perigo que ele corria, mas também poderia ratificar sua decisão de não pagar nada aos criminosos. Enquanto pegava os pedaços de vidro no chão, Orrin pensou que poderia haver um outro jeito de garantir que ela o ajudasse. E esse jeito envolvia contar a verdade a ela.

A partir de determinado ponto, é claro.

— Os Tuskens o mataram — ele disse, levantando-se com os cacos. — Eu estava trazendo Jabe para cá quando meu veículo quebrou. Olho-de-rolha pegou ele.

— Os Tuskens? — Annileen agarrou Orrin. — Onde?

Orrin jogou o vidro na lixeira.

— Lá no deserto. Você não vai encontrar o corpo. Eles o levaram.

— Então ele pode não estar morto! — gritou Kallie, e lágrimas reluziam em seus olhos.

Annileen empurrou Orrin, finalmente saindo de trás do balcão.

— Eu tenho que ir — ela disse, seguindo até as prateleiras das armas. Annileen olhou para Kallie. — Vá se vestir.

Kallie entregou seu rifle para a mãe e correu de volta para seus aposentos.

— O que está esperando, Orrin? Ative o Chamado dos Colonos!

Orrin endireitou-se bem, já com o plano formulado na cabeça.

— Assim que amanhecer — ele disse. — Você sabe que não há nada a ser feito até lá. — Ele avançou de trás do bar. — Mas eu juro: vou chamar cada veículo que tivermos, até encontrá-lo. Você precisa ficar...

— De jeito nenhum! — Annileen olhou para Orrin. — Acione o Chamado agora, ou eu o farei!

Orrin enxugou as mãos em um trapo do bar.

— Ninguém virá até aqui, não a essa hora. Você só vai assustar os Tuskens, e eles vão se meter ainda mais para dentro do deserto. Ou vai forçar Olho-de-rolha a tomar alguma atitude desesperada. Você vai ter que confiar em mim, Annie. Ninguém conhece o Olho como eu. Venho caçando esse sujeito há anos!

Annileen olhou fuzilando para ele.

— Que belo especialista você é. Olho-de-rolha é fêmea!

— Hein?

— Eu a encontrei na cordilheira com Ben naquele dia! — ela disse, pegando uma bolsa.

Orrin ficou olhando fixo para ela, intrigado. Estava prestes a fazer mais perguntas, mas, então, voltou ao problema imediato. Ele andou em direção a ela, preocupado com para onde o rifle estava apontando.

— Eu prometo a você. Espere um pouco, e eu ponho o Grande Exército do Oásis lá fora.

Annileen balançou a cabeça. Nada, ao que parecia, iria impedi-la de procurar pelo filho. Kallie voltou, agasalhada, e sua mãe lhe passou um rifle. Annileen voltou a olhar para Orrin, furiosa.

— Por que você não me contou isso assim que chegou aqui?

— Eu precisava fazer com que você entendesse, primeiro — disse Orrin. — Não vou poder ajudar você a encontrar Jabe amanhã se os capangas do Hutt aparecerem. — Ele caminhou até o balcão das armas e apanhou um rifle para si, imaginando que uma exibição física de apoio cairia bem, naquele momento. — Escute, vou com você. Podemos dar uma olhada rápida. — Ele se virou para encarar Annileen. — Depois, temos de voltar para cá. Esqueça o negócio do armazém. Você me dá o dinheiro pra me livrar de Jabba...

— *Jabba?* — repetiu Kallie, atordoada.

— ... e dedicarei o resto de minha vida a encontrar Jabe. — Orrin lutou para parecer sincero. — E, se já for tarde demais, vou exterminar todos eles. Você perdeu Dannar para esses monstros. Eu perdi um filho. Faça como estou lhe dizendo, e vai ser...

A porta da frente do armazém se abriu com um estalido.

Com o rifle na mão, Orrin virou a cabeça na direção da entrada. Annileen e Kallie já estavam correndo em disparada pela escuridão ao longo do corredor. Suas armas caíram no chão.

— *Jabe, Jabe!*

Espantado, Orrin foi atrás. Pela porta aberta, Jabe entrou, cambaleante. Um manto marrom, grande demais para ele, soprava ao vento noturno quando ele entrou. Em um segundo, sua mãe e sua irmã estavam a seu lado.

— Você está ferido — disse Annileen, olhando o corte seco em sua testa.

— Está tudo bem, mãe — Jabe disse, fraco. — Ben deu uma olhada.

— *Ben?* — disseram ao mesmo tempo Orrin e as mulheres.

— Ele me trouxe para casa — disse o garoto, com cara de cansado e confuso.

Orrin avançou, com a arma levantada.

— Kenobi está aqui?

— Não — disse Jabe. — Ele me salvou do Olho-de-rolha. Não sei como ele fez isso, mas fez. — O garoto esfregou seus machucados. — Acho que eu estava errado sobre ele.

Annileen voltou a abraçar o filho.

— Esse é o manto de Ben! — ela disse, ao agarrá-lo pelo colarinho.

— Ele... Bom, achou que eu estava com frio — disse Jabe, afastando-se.

Orrin ficou ali parado, pasmo. Kenobi o havia visto disfarçado de Tusken na fazenda de Ulbreck. Mas Orrin havia suposto que os verdadeiros Tuskens tinham matado tanto Ben quanto Jabe. Se Ben estava vivo, isso mudava tudo.

Quando as mulheres voltaram para o armazém, em busca de água e de um medpac, Orrin aproximou-se de Jabe e falou baixinho com ele:

— Para onde Kenobi foi?

— Você me deixou lá — Jabe disse, com frieza.

— Deixa isso pra lá! Para onde ele foi?

— Não sei — disse Jabe. — Mas parecia com pressa. — Olhando primeiro para se certificar de que a mãe e a irmã ainda estavam nos fundos, Jabe abriu rapidamente o manto, e Orrin viu que ele ainda vestia o traje Tusken por baixo. — Ele não queria que o pessoal daqui me visse vestindo isso — sussurrou.

— Sei. — Orrin ficou pensando naquilo por um momento. Por que Ben não iria querer expor Jabe? Poderia haver motivos sinistros para isso tudo. Kenobi poderia estar pensando que tinha alguma vantagem, agora. *Poder*. Como ele iria utilizá-lo? Será que ele iria chantagear Orrin em troca de dinheiro? Ou quem sabe impediria que ele se casasse com Annileen?

Orrin decidiu que não importava qual das duas razões era a verdadeira. Algo tinha de ser feito a respeito de Ben.

— Não fale nada a ninguém sobre o que aconteceu hoje à noite — ele ordenou a Jabe, baixinho. — Não conte a...

— Não me conte o quê? — Annileen estava parada ali perto, segurando uma cadeira que havia trazido para Jabe. Deixou-a cair no chão. — Tem mais coisa aí, não tem? Alguma coisa que você fez, para tentar pagar suas dívidas? — Ela olhou para Jabe e depois de volta para Orrin. — O que aconteceu hoje à noite? O que foi que você fez? — ela exigiu saber. — O que *mais* você fez?

— O que tive de fazer — disse Orrin. — E agora posso estar em apuros.

— Você *já está* em apuros!

— Um tipo diferente de apuros — disse Orrin. — Apuros relacionados à lei. O tipo que tornará difícil que eu caminhe em liberdade, ainda que me livre dos criminosos e do banco.

Annileen levantou as mãos ao teto.

— Por que não? Você arruinou todo o resto de sua vida. — Ela respirou fundo e agarrou a manga do fazendeiro. — Orrin, já chega — ela disse, puxando-o em direção à porta. — Vá embora, e não volte mais. Vou pedir que alguém limpe as coisas de seu escritório e depois mande-as para você!

— Você não está entendendo — disse Orrin. — Esse problema. Eu estou metido nele, sim. Mas Jabe também está.

Annileen e Kallie olharam para o garoto, intrigadas.

— Jabe?

Parado nas sombras, Jabe olhou para baixo e engoliu em seco.

— Sim. Eu estou metido nele.

Sua mãe ficou de queixo caído.

— O quê? O que foi que você fez?

— Não interessa — disse Orrin. Ele apontou o dedo para a cara de Jabe. — O que interessa é que Jabe vai ter de ir embora também, se isso se espalhar. Mas não vai. Só mais outra pessoa sabe, e eu vou cuidar disso.

Atordoada e confusa, Annileen parecia não saber para onde olhar. Orrin mudou isso, metendo-se na frente dela.

— Você me ouviu? Posso garantir que Jabe continue livre — ele continuou, resfolegando. Não havia motivo algum para não mostrar sua raiva. — Eu ajudei sua família por anos. Trazendo negócios para cá, tomando conta de vocês. Está na hora de me pagarem de volta! Então, é melhor você me ajudar a continuar vivo pelas próximas vinte e quatro horas, Annileen. — Ele apontou para a caixa registradora. — Isso significa que nós vamos pagar o que eu devo ao Jabba amanhã. Eu... e *você*. Você está nisso comigo, queira você ou não.

Kallie aproximou-se da mãe.

— Mamãe, o que está havendo? O que vai acontecer?

— Não sei, meu amor — disse Annileen, olhando para Jabe e Orrin. — Mas acho que precisamos de ajuda.

Orrin olhou para o crono: pouco mais de quatorze horas até o prazo de Jabba. Dessa vez, os capangas estariam ali a sério. Não importava como tudo havia acontecido, e isso ainda era um mistério para Orrin, mas Mosep Binneed e seus asseclas haviam sido envergonhados mais cedo, na casa do Hutt. Orrin não esperava que alguém sob o comando de Jabba pudesse deixar algo assim acontecer duas vezes seguidas. Não se esse alguém quisesse continuar a respirar. Eles teriam de receber o que lhes era devido, e a coisa seria resolvida.

Antes, porém, Orrin teria de lidar com Kenobi. Revigorado, ele abriu a porta da frente para a noite.

— Eu voltarei amanhã a tempo. Vou consertar tudo. Você vai ver.

Abraçando seus filhos, Annileen estremeceu.

— Eu vejo um monstro — ela disse.

— Eu sou um fazendeiro — respondeu Orrin. — E vou salvar minha fazenda. —Ajustando as configurações em seu rifle, ele se voltou para Jabe. — Kenobi... Ele disse para onde estava indo, garoto? Disse *alguma coisa*?

— Ele tinha uma mensagem para você — Jabe respondeu friamente.

— Para mim? — O homem alto fez uma pausa, curioso.

— Sim — disse Jabe. — Ele disse: "Dê meia-volta agora".

Orrin arregalou bem os olhos ao pesar aquelas palavras. Então, saiu noite afora.

ANNILEEN TRANCOU A PORTA, COLOCANDO UMA BARRA NELA. TROCOU as senhas de todas as trancas eletrônicas, até mesmo a da entrada das garagens. Tar Lup teria de bater pela manhã. Então, ela pensou em entrar no escritório de Orrin, perto do armazém, até se lembrar de que Jabe estava nos fundos da casa, precisando de seus cuidados.

Seu filho estava sentado sob a luz solitária da mesa da cozinha. O manto de Ben havia sido retirado e estava agora sendo amorosamente dobrado por Kallie. Sob o manto, Jabe vestia os farrapos de um Tusken. Ele não fez nenhum gesto para escondê-los, mas parecia envergonhado e humilhado por vesti-los.

Vendo o olhar da mãe, Kallie falou para o nada.

— Acho que de agora em diante vou ter munição para cada briga nova.

Jabe balançou a cabeça.

— É uma longa história — ele resmungou. — Vocês não vão acreditar.

Annileen puxou uma cadeira e deu um suspiro cansado.

— Experimente.

No começo, Jabe falou devagar, mas foi ganhando velocidade, pulando de uma parte de sua jovem vida para outra. O pai que perdeu. O trabalho que detestava. A necessidade que tinha de se juntar aos Gault, que para ele estavam fazendo algo com suas vidas. E a vontade desesperada que tinha de agradar Orrin, um homem de estatura e independência.

E falou do favor que Orrin havia lhe pedido em Mos Eisley.

— Ele disse que era uma brincadeira — disse Jabe. — A gente ia se fantasiar e dar um susto nos Ulbreck.

O ar abandonou o corpo de Annileen. Ela murchou.

— *Wyle Ulbreck. Meu melhor cliente, Wyle Ulbreck.*

Kallie trouxe uma bebida quente para a mãe. A caneca tremia nas mãos de Annileen. Ela a colocou na mesa de volta, sem provar.

— Zedd devia ter ido com a gente, mas não pôde ir — disse Jabe. — Orrin tinha um baú cheio de equipamento Tusken. Devem ser dos resgates do Chamado dos Colonos, eu acho. Não sei, mas talvez essa fosse a minha chance de entrar na equipe de apoio principal de Orrin.

— Vestindo-se como as pessoas que assassinaram seu pai e assustando um velho. — A essa altura, Annileen estava tão entorpecida quanto um droide. — Faz perfeito sentido para mim. — Ela acenou para ele, meio perdida. — Continue.

— Só iríamos usar rifles ajustados para atordoar — disse Jabe, e sua voz vacilava. — Era para ensinar uma lição ao velho Wyle, por ficar se exibindo para Orrin o tempo todo. Ninguém gosta mesmo do Ulbreck, mãe. Você sabe disso!

Pálida como um fantasma, ela se levantou e pegou o medpac no balcão da cozinha. Ainda havia aquele corte horroroso na testa de Jabe. Era algo que ela podia tratar, ainda que não tivesse ideia do que estava se passando dentro do crânio do garoto.

Jabe respirava acelerado, botando para fora cada detalhe do ataque, enquanto Annileen limpava o corte. Ele contou como derrubou Wyle e como Mullen e Veeka capturaram Magda Ulbreck. Falou da chegada de Ben e da subsequente fuga dos Gault. E falou sobre quando os verdadeiros Tuskens apareceram, e sobre a emboscada. Suas palavras iam ficando cada vez mais rápidas e mais altas, e ele movia a cabeça, contrariando os esforços de Annileen de tratá-lo.

— Ai! *Ai!*

— Quer que eu pare? — perguntou Annileen, afastando o aplicador.

— Não — respondeu Jabe, com lágrimas nos olhos. — Eu quero sentir. — Triste, ele olhou para ela. — Quer que *eu* pare?

Ela balançou a cabeça.

— Eu preciso saber. Você disse que Ben salvou você?

Jabe assentiu.

— Acordei, e Orrin tinha ido embora. E Olho-de-rolha estava lá. E Ben estava conversando com eles. No Básico... — ele disse, intrigado. — De algum modo, ele estava falando com eles, negociando minha vida! — Cada palavra parecia lembrar a Jabe de como ele havia chegado perto do fim; ele lutava para respirar. — Mãe, eles iam me matar... Ou pior! — O rapaz não parava de piscar, e as lágrimas finalmente caíram.

Annileen colocou o aplicador de lado e levou a cabeça do filho a seu peito.

— Eu sei. Mas Ben estava lá.

— É — disse Jabe, fungando. — Eu não sei o que ele falou, mas deu certo. E Ben me tirou de lá. — Ele olhou para ela, com os olhos vermelhos. — Mas os Gault simplesmente me deixaram lá. Orrin *saiu correndo...*

— Está tudo bem...

— ... ele saiu correndo, e os outros já tinham fugido — completou Jabe, com a voz cada vez mais alarmada. — E Mullen e Veeka, lá com a velha... Eles agiram como se realmente fossem machucá-la, mãe! E eu bati naquele velho...

— E isso não foi correto — ela disse, acariciando seus cabelos empastados de sangue. — Mas nós descobrimos muita coisa esta noite.

— Eu queria algo para fazer — ele disse, e sua voz vacilava. — Estou tão cansado deste armazém... Queria um pouco de ação. Mas aquilo não foi a mesma coisa que sair com as milícias. Aquilo foi *errado*.

Annileen apenas concordou com a cabeça. *Bem, estou feliz em ouvir isso.*

Ela o libertou, enxugando os olhos dele.

— Você disse isso tudo para Ben? — ela perguntou, colocando a atadura.

— Tudo isso.

— E?

Jabe enxugou os olhos.

— Ele disse que eu deveria seguir o conselho dele para Orrin: que eu deveria dar meia-volta agora. E ele disse que só um tolo segue outro tolo.

Kallie ficou olhando, intrigada.

— Você ainda acha que ele é louco?

Jabe deu um sorriso cansado.

— Eu não sou ninguém para julgar.

CAPÍTULO QUARENTA

ANNILEEN HAVIA FICADO ALI SENTADA COM OS FILHOS ATÉ DEPOIS da meia-noite, pensando sobre o que havia acontecido com Orrin. Agora que seus filhos exaustos haviam ido se deitar, Annileen segurou seu travesseiro contra a brisa da noite e tentou colocar os pensamentos em ordem. Tantas novidades. Tão pouco sentido.

O que Jabe havia feito era ruim, sim, mas ela não conseguia entender o envolvimento de Orrin. Ele havia transformado o problema com que Jabe se envolvera em algo bem pior que uma simples brincadeira de mau gosto que dera errado. Mas se Orrin precisava de dinheiro cuja fonte não pudesse ser rastreada, não ia conseguir isso roubando de Wyle Ulbreck: o velho tinha fama de guardar a maior parte de sua fortuna em lingotes de aueródio, enterrados em algum lugar sob seu sistema de esgoto.

Então, o que eles estavam fazendo lá?

Ela olhou pela sétima vez para o crono ao lado da cama. Agora sim era seu aniversário, e já fazia três horas e meia, nas quais ela não havia pregado o olho, a não ser para chorar. Seu quarto pouco mobiliado estava a mais de um metro no subsolo, com uma janela alta ligeiramente aberta para o lado de fora; os cheiros do estábulo, tão pungentes quanto podiam ser às vezes, a lembravam de seu lar na infância. Mas, depois dos acontecimentos da noite, ela sentia apenas frio. Annileen puxou o tecido marrom sobre o qual estivera repousando, até ele cobrir sua cabeça.

— Meu manto está confortável?

Annileen olhou por baixo da coberta improvisada. Iluminado de trás pelo luar, Ben estava sentado na janela aberta. Vestia as roupas que ela o tinha visto usar do lado de fora de sua casa, no dia daquela primeira visita... E ele parecia muito sério.

Mas ela estava contente em vê-lo, mesmo ali, mesmo àquela hora. Dado seu pendor para aparições súbitas, aquela circunstância lhe pareceu quase normal.

— Olá, Ben — ela disse, sentando-se. Depois, percebendo que estava deitada seminua por baixo do manto, ela o puxou até o queixo e corou. — Desculpe — ela disse. — Acho que você precisa disso de volta.

— Não, não, fique com ele! — Ben virou a cabeça rapidamente, quase batendo no teto acima dele.

Annileen riu, sua primeira risada em horas. Ela pediu que Ben olhasse para fora por um momento, enquanto ela encontrava sua camisola.

— Problema resolvido — ela disse finalmente, devolvendo o manto a Ben quando ele desceu para o chão. — Você deve estar exausto — ela comentou, vendo os ombros do homem caírem quando ele se sentou no chão, encostando na parede. Ela quase havia esquecido que aquele dia começara no deserto, antes de Mos Eisley.

— Eu estou cansado. Andei muito ocupado — ele respondeu baixinho, a uma distância respeitosa da cama dela. No corredor, só havia escuridão. — Preciso que você ouça com atenção — ele disse —, porque não tenho muito tempo. — Ele olhou bem para ela. — Eu sei que Orrin esteve aqui.

Deslocando-se para se sentar sobre as pernas dobradas, Annileen assentiu.

— Ele falou a você sobre o dinheiro que devia a Jabba? — perguntou Ben.

— E ao banco. — Annileen balançou a cabeça com tristeza. — É tanta coisa... Não sei como ele chegou a esse ponto.

— A questão é a água — disse Ben. — Uma água mágica, que tinha um sabor muito melhor que qualquer outra. E os vaporizadores que a produziam.

— Você quer dizer isto — disse Annileen, levantando o frasco que estava em sua mesinha de cabeceira. Entregou-o a ele.

Ben não recusou. Bebeu com muita sede. Ao enxugar o rosto, continuou:

— Você me contou que Dannar nunca desenvolveu a fórmula, por causa do custo. Mas disse também que, depois da morte de Dannar, Orrin investiu pesadamente.

— Seis anos atrás — ela disse, assentindo. — Dannar já tinha morrido. A esposa de Orrin o havia deixado. Ele estava no fundo do poço. Acho que Orrin decidiu que era uma forma de retomar o rumo de sua vida.

— Mas o sucesso nunca veio — disse Ben. — As dívidas de Orrin cresceram. E ele pegou um empréstimo de alguém que trabalhava para Mosep Binneed, um dos gerentes dos negócios de Jabba.

— Orrin me contou — disse Annileen.

— Ele começou a vender coisas — disse Ben. — Eu sei porque acabei de vir de seu escritório no rancho.

Ela arregalou os olhos.

— Sério?

Ben assentiu.

— Imaginei que ele guardasse coisas lá que não iria querer deixar no escritório daqui do armazém. — Então, olhou para ela, com cara de culpado. — Embora eu tenha checado por aqui, também.

— Mas como você entrou? — Annileen forçou a vista. Então, suspirou, impaciente. — Não importa. Continue.

Ben levantou-se, ainda falando baixinho.

— Orrin estava falido. Então, ele voltou sua atenção a um recurso do qual tinha controle. Um fundo público.

Annileen perdeu o fôlego.

— O Chamado dos Colonos!

— Você me disse que o Fundo já teve dinheiro suficiente para defender metade da galáxia.

— Eu não estava falando sério — disse Annileen, estendendo a mão para fechar a porta que dava para o corredor. — E ele estava usando o dinheiro de modo legítimo, para comprar armas e landspeeders. Tem aquele arsenal inteiro nas garagens!

— Mas Orrin também usa aqueles speeders no rancho dele — disse Ben. — E há empréstimos feitos para todos os veículos do

Fundo. Quanto às armas, todas vieram de seu armazém. E ele não estava exatamente pagando o preço integral.

— E meu novo landspeeder?

— Alugado. O vendedor não deveria contar isso a você.

— Faz sentido. — A boca de Annileen se retorceu enquanto ela revirava os olhos. — Então, ele é um estelionatário. Acho que não estou surpresa.

Ben caminhava em frente à janela; sua sombra, lançada pela lua, caía sobre a cama.

— Receio que isso não seja tudo. Orrin só podia usar o Chamado dos Colonos como garantia enquanto o Fundo estivesse com liquidez. Quando os Tuskens estavam atacando, isso não era um problema. No entanto, há cerca de três anos algo aconteceu.

— Eu me lembro — disse Annileen. — Depois do ataque à fazenda dos Lars.

— Sim — disse Ben, parecendo misterioso sob a luz do luar. — Eu ouvi falar sobre isso. Depois daquele ataque, alguma coisa *aconteceu* aos Tuskens, só não sei ao certo o quê. Mas foi algo que arrepiou o Povo da Areia até a medula. E os ataques praticamente pararam depois disso. Não foi?

Annileen ficou sentada, imóvel como um boneco de madeira.

— Os ataques pararam — ele repetiu. — E, poucos meses depois, o dinheiro parou de entrar. O Fundo do Chamado dos Colonos começou a secar.

— As pessoas até pararam de comprar tantas armas aqui — ela acrescentou.

— Orrin não conseguia pagar as prestações de Jabba. Não havia mais de onde tirar o dinheiro. Sua estratégia se apoiava no medo que as pessoas sentiam dos Tuskens. Então, quando esse medo desapareceu, ele precisou criar um novo medo.

Annileen ergueu as sobrancelhas.

— Não acredito!

— É verdade — disse Ben, juntando as mãos. — Orrin, seus filhos e provavelmente alguns fazendeiros encenaram seus próprios ataques. Seu negócio de venda de armas voltou, e o Fundo voltou.

— Ele olhou pela janela. — E eles não escolhiam alvos aleatórios. Só atacavam aqueles que não queriam contribuir.

Ela ficou boquiaberta.

— Como você sabe disso? Jabe lhe contou?

Ben balançou a cabeça.

— O garoto parece ter sido levado para isso apenas agora, no fim — ele disse. Annileen ficou feliz por ouvir isso. — Não, a primeira pista que recebi foi de A'Yark, hoje à noite. Ela disse que seus Tuskens da Fenda de Roiya, que eles chamam de "Os Pilares", foram atacados por colonos nove vezes nesta estação. — Ele contou nos dedos. — Isto bate com os ataques registrados no Fundo. Mas A'Yark disse que os Tuskens só atacaram *quatro* casas durante esse tempo todo.

Annileen se sentou, ereta.

— Você acredita nela?

Ben olhou diretamente para ela.

— Por que, exatamente, um Tusken mentiria?

— Poderia ter sido outro bando. Existem tantos! — Tornando a olhar para a porta fechada, ela baixou a voz. — Um Tusken não pode saber tudo o que acontece com os demais!

— Eu acho que *essa* Tusken sabe. Mais do que a maioria, de qualquer maneira — ele disse. Ben ajoelhou-se diante dela. — Orrin visava as propriedades que não queriam negociar com ele. Seus ataques nunca matavam. Mas assustavam e feriam, levando as pessoas a entrarem para o Fundo. E, para completar a ilusão, ele enviava seus vigilantes para ataques punitivos contra os Tuskens... E estes, *sim*, ele matava. Orrin precisava manter um ciclo de violência para lucrar. Então, ele criou um. — Ben desviou o olhar. — Eu já vi isso antes — ele disse, sombrio.

Ela olhou angustiada para ele.

— Mas ataques Tusken de verdade *acontecem*! Nós vivenciamos um deles!

— Sim. Mas com que frequência você acha que Tuskens de verdade atacam fazendeiros e os deixam vivos? — Ben coçou a barba. — Você conhece Lotho Pelhane?

Claro que ela conhecia.

— Sim. Pai de Tyla Bezzard. Ele trabalhou para o rancho de Orrin, anos atrás. Os Tuskens o mataram no dia em que você e eu nos conhecemos!

— Lotho não queria pagar. Semanas antes, levou uma surra de agressores noturnos. Mudou-se para a fazenda dos filhos, onde finalmente assinaram o Fundo. — Ben olhou para ela. — Isso está nos registros de Orrin, junto a uma anotação de *problema resolvido* na noite em que Lotho foi atacado pela primeira vez, supostamente por Tuskens. — Ele suspirou. — Houve outros. Orrin não estava apenas tirando um dinheirinho do Fundo. Ele o transformou em algo que Jabba entenderia bem: um serviço de proteção.

Annileen olhou para as trevas.

— Então, ele traiu todas as pessoas do oásis.

— E do deserto — disse Ben. — Não se esqueça disso. O Povo da Areia tem morrido, porque matar o Povo da Areia era o serviço que Orrin vendia.

— Você não vai conseguir me fazer ter pena dos Tuskens — Annileen disse, indignada.

— Toda vida é sagrada. Até mesmo a que aparece em formas que não compreendemos. — Ele olhou para ela. — Você sabe disso, não sabe?

Ela fechou bem os olhos e respirou fundo. Então, assentiu.

— Mas tudo mudou hoje. Mosep quer seu dinheiro. Foi para isso a viagem a Mos Eisley.

— Então você *ouviu* alguma coisa!

— Sim. — Com os olhos fixos nela, Ben falava com cautela. — Eu... Eu receio que a proposta de casamento tenha mais a ver com dinheiro que com amor. Lamento ter de lhe dizer isso.

— Eu descobri isso umas duas horas atrás — disse Annileen. — Não ligo. Só queria que tivesse me dito isso no caminho para sua casa hoje!

Ben respirou fundo.

— Não gosto de interferir. Mas Mosep disse uma coisa a respeito de "outros recursos" de Orrin, o que me fez pensar no Chamado dos Colonos e em Ulbreck, seu maior problema no momento. Eu tinha um palpite, e então fui até lá e vi Orrin em seu disfarce. E ele me viu. Isso muda tudo. — Ele falava com severidade. — Neste exato momento, se bem o conheço, Orrin está planejando me matar.

— Matar você? — Ela riu. — Orrin pode até brincar de se fantasiar, mas não é um assassino!

Ben discordou.

— Ele não virá me procurar sozinho. Seu tipo nunca faz isso. Mas eu dou conta. Tenho um plano.

Annileen sentou-se na beirada da cama e fez um apelo a ele.

— Ben, não. Sério. Você mesmo disse que ele não havia matado nenhum colono até agora. Ele não é nenhuma ameaça galáctica...

— Existem monstros em todos os níveis da vida — disse Ben. — Não é preciso ter poder ilimitado para se fazerem vítimas. É preciso apenas estar desesperado.

— Ainda existe algo de bom nele — disse Annileen, pensando no homem sorridente que ela conhecia há anos. — Admito que ele é um canalha mentiroso, trapaceiro, descontrolado... Sei que é difícil enxergar a parte boa...

— Talvez *haja* algo de bom nele, sim — disse Ben, ao se levantar do chão. — O bem existe na maioria das pessoas. Mas olhe o que ele fez, o que ele está disposto a fazer. Onde você traça o limite?

A pergunta fez Annileen ficar zonza.

— Achei que vocês dois fossem amigos.

Ben fixou o olhar em um canto mais escuro.

— Eu não tinha tanta certeza disso — ele disse, baixinho. — Mas, ainda que tivéssemos sido amigos por anos, as coisas não seriam diferentes. Quando algo dá errado entre amigos, geralmente não há escolha quanto ao que fazer.

— Parece... que você sabe o que está dizendo sobre esse assunto.

— Mais do que eu jamais iria querer saber — ele murmurou, desviando o olhar.

Annileen levantou-se de onde estava. Ela tinha de conversar com Ben. Sim, os crimes de Orrin iriam afetar os Calwell se fossem expostos, mesmo que o papel de Jabe no ataque aos Ulbreck jamais se tornasse conhecido. As duas famílias estavam vinculadas aos olhos de todo o oásis, e ela também teve lucros com as compras de armas feitas pelo Fundo. As coisas poderiam estar perdidas tanto para ela quanto para Orrin. Mas Annileen não podia correr o risco de ver mais uma vida sendo destruída.

Ela estendeu a mão para ele.

— Você não tem de enfrentá-lo, Ben. Não é sua responsabilidade.

— Não — disse Ben, dando as costas para ela. — As coisas estão em movimento. Orrin vai chamar seus aliados para me calar, e eu vou chamar os meus. — Ele não explicou quem ou o que eles eram. — Mas não importa o final, seu caminho está claro.

— Meu caminho? — ela perguntou.

Ben virou-se, colocando as mãos gentilmente nos ombros dela.

— Annileen, você confia em mim?

— O quê?

— Você confia em mim? Para saber o que fazer agora?

— Confio — ela sussurrou imediatamente. — Totalmente. — *Como não confiei em mais ninguém desde Dannar*, ela quase disse.

Ele a olhou nos olhos.

— Do que você estaria preparada para abrir mão, a fim de salvar seu futuro?

Annileen inspirou fundo.

— Há poucas horas, eu estava preparada para abrir mão de qualquer coisa para resgatar meu filho.

— Era o que eu precisava ouvir — disse Ben. Ele falou com pressa. — Amanhã, quando Orrin vier me procurar, quero que você saia daqui. Você e sua família. Pegue o que precisar, mas pegue também aquilo que você não quiser perder. Porque você nunca mais vai voltar.

Annileen ficou com o coração querendo sair pela boca.

— É tão ruim assim?

Os olhos dele penetraram fundo nos dela.

— Acho que você sabe que sim. Eu disse que daria conta de Orrin, e darei. Mas se formos fazer o que é certo, o fim de sua vida e a de seus filhos aqui será um dano colateral. Lamento. — Ele olhou para baixo. — Eu impediria isso, se pudesse. Sei que não há nada pior que perder um lar que você conhece há tantos anos. Mas não consigo ver um futuro em que isso não aconteça.

As lágrimas de Annileen corriam soltas, agora. Ela não sabia o que dizer, a não ser que ele estava certo. Ela sobreviveu inteiramente da confiança de seus vizinhos. Quando a verdade viesse à tona, o que havia levado vinte anos para se construir desapareceria em um instante, e não importaria o que haviam sentido por ela antes.

Ele enxugou suas lágrimas gentilmente com as costas da mão.

— Sei que não é justo. A ordem que há em nossas vidas pode simplesmente desaparecer. Às vezes, é porque não somos diligentes o bastante. Às vezes, porém, não é culpa de ninguém...

Fungando, ela levantou a cabeça e olhou para ele.

— Não — ela disse, enxugando o rosto. — A culpa é minha. Eu não fui diligente. — Uma sensação de decisão tomou conta dela. Fosse aquela uma segunda chance para Annileen, ou o que quer que significasse a presença de Ben em seu mundo, isso não importava. Seu momento de depressão havia passado. Não sentia mais fraqueza. Endireitou-se. — Tudo bem — ela disse. — Vamos dar um jeito nisso. Estou pronta.

Ben se animou.

— Então, está certo. — Ele se virou e tornou a subir no alpendre. — Comece a fazer as malas. Faça os arranjos que precisar, mas não conte a mais ninguém. Encontre-me de novo logo antes que os sóis se ponham. Até lá, meu trabalho deverá estar terminado.

Ela lhe entregou seu manto.

— Para onde eu vou?

— Para minha casa — disse Ben. — E esse é só o começo.

Meditação

Vou colocar um fim nisso.

Você vê onde estou, Qui-Gon. Sentado no frio, sozinho na encosta de uma colina, esperando que os sóis nasçam. Você viu o que andei fazendo, as coisas que fiz. Além disso, você viu por que as fiz. Espero que não me julgue com muita severidade.

"Ainda tinha bondade nele." Foi o que Padmé me disse a respeito de Anakin. Não sei se acreditei nela. Talvez, se eu tivesse sido mais consciente de suas pequenas transgressões antes, pudesse ter visto para onde elas o estavam levando. Não sei. O que sei é que a queda de Orrin Gault não foi resultado de um único ato; ele viveu uma vida inteira de pequenos crimes. Ele sorri, mente, e as pessoas gostam dele. Mas chegou a hora de pagar a conta. E seu medo o levou a cometer atos ainda piores.

Acho que há uma chance para Jabe Calwell, se ele conseguir se afastar de Orrin. Eu sei, eu sei: não foi apenas Palpatine que corrompeu Anakin. Anakin tinha seus defeitos, também. Defeitos que não consegui ver, e não fui capaz de prepará-lo para lidar com eles. Mas o Imperador desempenhou um papel importante nesse processo. Não sei se teria sido possível isolar Anakin de sua influência. Eu tentei, mas já era tarde demais. Jabe é outra história, penso eu.

Outra chance de fazer a coisa certa.

Eu entendo. Não estou aqui para buscar a redenção, salvando jovens aleatórios da destruição. Não estou aqui sequer para expiação, como Annileen sugeriu antes. Sei que estou aqui por apenas uma razão.

Estou aqui para proteger Luke Skywalker.

E para estar pronto quando ele — e Bail Organa, ou quem mais defender a esperança na galáxia — precisar de mim. Se eu conseguir absolvição nesse ato, ótimo. Mas isso é secundário.

E também é secundário, receio, todo o resto ao meu redor. Annileen. O oásis. Essas pessoas. Tudo isso tem de ser secundário, de fato. A única maneira pela qual eu posso atuar em uma escala galáctica é não fazendo nada em nível local. Absolutamente nada.

Não importa o que minha mente ou meu coração me digam.

Você me ouviu nas últimas semanas. Pelo menos eu espero que sim.

Você não tem falado comigo, mas espero que tenha me ouvido. Você sabe que estou fracassando mais uma vez, dessa vez na tarefa de me tornar um eremita. Obi-Wan vive se metendo na vida de Ben Kenobi. Somos a mesma pessoa, é claro. Mas a minha parte Obi-Wan quer ajudar alguém, quer fazer o que é certo. Quer ser um Jedi! Só então sentirei que sou capaz de viver em paz enquanto outros sofrem.

Tenho tido tanta dificuldade para conciliar isso tudo... Como pode Ben existir se Obi-Wan não quer deixar que isso aconteça?

Mas a Força está me mostrando o caminho.

Vai ser difícil, mas há um caminho pelo qual passar, ainda que em meio de todas essas influências. Um caminho que me dará alguma justiça, ao mesmo tempo que me trará a privacidade de que preciso para realizar meu trabalho. Isso depende de que muitas coisas deem certo, e de utilizar aquele emissor de mensagens que mencionei algumas semanas atrás.

E também há a questão de meus "aliados". Nunca posso supor ao certo o que os Tuskens irão fazer. Eles são capazes de coisas imperdoáveis. Sei o que um grupo fez à mãe de Anakin, alguns anos atrás: Padmé me contou sobre isso. Sempre senti que havia algo mais, algo que ela não estava me contando... Talvez algo a ver com o destino de Anakin. Não sei se vou encontrar esses segredos aqui. Mas pelo menos A'Yark parece se sentir responsável por seu povo. Vou torcer para que Orrin confesse sua culpa e recue. Porém, se isso não acontecer, preciso tentar impedir males ainda piores.

Tantas coisas a se levar em conta...

Mas, quando os sóis se erguerem, acho que posso fazer tudo dar certo. Acho.

Bem... Existe mais um probleminha em potencial.

Annileen. Ela gosta de mim, e, certo ou errado, eu me deixei levar por essa emoção. Nessa última hora, acabei de colocar em ação os planos que fiz para ela. Mas e se ela não quiser aceitá-los?

E então, o que irá acontecer?

CAPÍTULO QUARENTA E UM

AS MANHÃS EM TATOOINE NUNCA FALHARAM COM ORRIN GAULT. E aquela estava sendo melhor que em seus sonhos mais loucos.

Ele não tinha tido muito tempo para sonhar — ou dormir — depois de deixar o Lote na noite anterior. Havia voltado para casa, para encontrá-la vazia e completamente silenciosa, a não ser por um ruído abafado no escritório: um rato de areia atrás das prateleiras, ele imaginou. Mullen e Veeka estavam nos fundos, queimando seus trajes Tuskens. Esse sempre havia sido o plano, caso viessem a ser descobertos.

Veeka colocara uma atadura no ombro, onde Ben a havia atacado com o gaderffii. Mullen estava com a lombar machucada, por causa de sua queda. Orrin havia ficado no frio com eles, planejando suas próximas ações.

Essas ações começaram no Lote. O segundo sol mal havia nascido quando Orrin ativou o Chamado dos Colonos. Depois de minutos de guincho estridente da sirene, os trabalhadores do oásis apareceram na frente das garagens, esperando para serem direcionados. Não levou muito tempo. Muitos deles de qualquer forma já estavam indo ao Lote para o desjejum, famintos, justo como ele esperava que estivessem.

Hoje eles lutariam para o benefício de Orrin. E por um novo membro.

— Está vendo, Wyle? — disse Orrin, olhando a multidão de vigilantes que se aglomerava. — Esse é meu exército. *Seu* exército.

— É — disse Wyle Ulbreck. Ali parado em pé ao lado de Orrin, o velho parecia estar sentindo um cansaço infinito. Seu nariz estava quebrado e com um curativo, e ele levava consigo algo que Orrin jamais havia visto com ele antes: um pequeno tubo de oxigênio, que o velho abria de tantas em tantas respirações. — Ainda temos que esperar que meus homens apareçam — ele resmungou, cuspindo no chão em seguida.

Orrin deu um sorriso debochado. Ulbreck havia sido uma surpresa, um bônus fabuloso. Orrin teria acionado o Chamado de qualquer maneira, para executar seu próximo movimento. Mas, instantes depois do nascer do primeiro sol, um piloto havia trazido Ulbreck até ele. Então, o velho começara a falar, ainda que de má vontade, de como suas forças haviam fracassado na noite anterior, e de como sua Magda quase tinha morrido. Então, falou as palavras que Orrin esperou tantos anos para ouvir: "Quero entrar". O plano havia funcionado, afinal. Incrível!

Fazia sentido, pensou Orrin. Ulbreck tinha visto a chegada de Ben, mas não vira Orrin ser desmascarado. E um batedor *tinha* visto Olho-de-rolha deixar a região. Isso havia sido suficiente para fazer o homem mais mesquinho de Tatooine pagar o preço da proteção. Ulbreck iria mandar alguém trazer a quantidade combinada de lingotes de auródio, assim que tirassem as coisas nojentas de baixo de sua estação de refrigeração. Aquilo seria o suficiente para pagar uma grande parte da dívida que Orrin tinha com Jabba. Orrin faria o ataque de retaliação de graça.

E isso ainda daria conta de outra questão. A presença de Ulbreck significava que Ben não tinha ido falar com ele, a fim de acusar Orrin. Pelo menos não ainda, presumindo-se que ele pretendia fazer isso. O segredo de Orrin poderia ser mantido. E, em pouco tempo, todo esse capítulo estaria encerrado.

As coisas iam ficar bem.

Orrin viu Annileen indo do armazém até a garagem. Ele não havia se atrevido a pôr os pés no armazém, mas reparou que ela parecia ter pedido a Tar Lup para ficar e trabalhar no turno do desjejum. Isso era bom. Ela precisava de descanso, depois da noite anterior. Orrin se sentia mal por aquilo, mas iria fazer algo para compensá-la. A partir de agora.

Pedindo licença e afastando-se de Ulbreck, ele foi até Annileen. Ela estava vestindo suas roupas para trabalho mais pesado, com os cabelos puxados para trás. Ela olhou para ele com desconfiança.

— Uma noticiazinha boa, Annie — ele disse. — Não vou mais precisar de tanto dinheiro quanto eu havia pensado.

— Ótimo.

— Achei que você iria gostar de saber.

— Ótimo. — Olhando para a frente, Annileen viu Ulbreck e foi até ele. — Você está bem, Wyle?

Orrin ficou olhando nervoso, enquanto ela se aproximava do velho. Ele imaginava que Jabe pudesse ter contado a Annileen a respeito do ataque, mas isso era tudo o que garoto sabia.

As palavras dela acalmaram Orrin.

— Lamento que isso tenha acontecido a você e Magda — ela disse, apertando a mão do velho. — Lamento *mesmo*. — Afastando-se dele, ela lançou um olhar amargurado para Orrin.

Assim está bem, pensou Orrin. Ela protegeria o filho e perderia um bom dinheiro. Mas iria superar.

Annileen parou para olhar a multidão que se reunia ali.

— O que é isso? — ela perguntou, quase indiferente.

— Você ouviu o Chamado — disse Orrin, sabendo muito bem que qualquer um que tivesse tímpanos o teria ouvido, naquele tom de voz. — Sabe como ele funciona. Aconteceu um ataque, haverá uma resposta. — Ele olhou para ela. — Jabe está bem?

— Vai ficar bem. Não vai trabalhar hoje. — Vendo Gloamer trabalhando nas garagens, ela pediu licença.

— Não vai nos desejar sorte? — Orrin perguntou com um sorriso. Isso foi demais, ele percebeu. Annileen simplesmente se afastou mais rápido.

Ah, bem, ele pensou. *É melhor mesmo que ela não ouça o resto.*

— NÃÃÃO POOOSSO ACREDITAAAR NIIISSO, SENHOOORA — DISSE Gloamer.

— Essa é a oferta — disse Annileen, revisando a documentação no datapad. — Você andou fazendo um excelente trabalho com as garagens, e sei que estava pensando em expandir os negócios.

Com seus olhos parecendo apenas pequenos pontos no crânio alongado, o mecânico Phindiano sempre parecia um pouco tristonho.

Mas agora até mesmo Annileen podia ler a surpresa em seu rosto. Ele a havia chamado até a garagem a fim de lhe dizer que as peças para seu velho landspeeder finalmente tinham chegado. Em vez disso, recebeu a proposta irrecusável.

— Ser dono de um armazém! — ele disse, com os braços compridos no ar. — Eu não seeei. Eu não seeei como...

— Duvido que não saiba — disse Annileen, dando palmadinhas em suas costas. — Você é bom com clientes. E não há nada demais em vender células de energia e cerveja. Fale com Tar. Ele sabe como. E gostaria de ter essa chance.

O mecânico emitiu um zumbido contemplativo. Por fim, assentiu, recuando um metro para poder oferecer o braço tremendamente comprido em um aperto de mão.

— Vou fazeeer a transferêêência de crééédito — ele disse, pegando o datapad.

— Você não pode contar a ninguém — disse ela. — Não até hoje à noite, depois que formos embora.

Gloamer assentiu. A cabeça do Phindiano girou noventa graus. Olhos amarelos a estudaram com tristeza.

— Para ooonde vocêêê está iiindo?

Annileen sorriu gentilmente.

— Para uma aventura.

Ela lhe deu as costas e voltou para o corredor que dava para o Lote. Soltando o ar, encostou-se na parede, com um ruído seco. Havia mesmo acabado de fazer aquilo? *Eu realmente acabei de vender o armazém?*

Ainda mais incrível era o fato de que seus filhos estavam aceitando tudo aquilo muito bem... até agora. Ao acordar, ficou sabendo que Kallie e Jabe a tinham ouvido falar com Ben, afinal; pelo menos a última parte da conversa. Jabe ainda estava tão abalado com o ataque que estava pronto para se mudar até para o Setor Corporativo. E Kallie estivera tão apaixonada por Ben desde seu primeiro encontro com ele que a perspectiva de ele se oferecer para resgatar sua família da desonra se encaixava com perfeição no mito que ela havia criado para si.

Mesmo assim, a última hora havia sido difícil. Ao ver Ulbreck chegar, Jabe temeu pelo pior. Annileen o convencera a sair do esconderijo, dando-lhe o trabalho de separar as coisas que iriam levar consigo. E Kallie, lá no estábulo, havia percebido o verdadeiro significado de partir. Não havia um sucessor óbvio para cuidar de seus adorados animais, e a melhor ideia de Annileen, a de deixar as pessoas que alugarem as criaturas hoje ficarem com elas, não estava descendo bem para Kallie.

Também não estava descendo bem para Annileen. Passando pelo armazém, ela os viu todos ali: Bohmer, na mesa de sempre, com sua caneca; Leelee, endereçando apressadamente outra pilha de caixas; até mesmo Erbaly Nap'tee, contando botões em voz alta enquanto vasculhava uma gaveta repleta de roupas usadas. Como Annileen poderia deixar tudo isso para trás?

Ela podia imaginar a voz de sua mãe na cabeça. No que estava pensando? Sim, ela gostava de Ben. Mais profundamente do que imaginava ser possível gostar de alguém, a essa altura da vida. Ninguém mais havia se mostrado à altura de Dannar Calwell. Mas Ben de fato esperava que ela abrisse mão de tudo, apenas pela perspectiva de tempos difíceis à frente? Nella Thaney levaria a filha direto de volta às garagens. Ela mandaria Annileen dizer a Gloamer que havia sido apenas uma brincadeira, e ele esqueceria tudo. O mecânico não entendia o conceito de humor, de qualquer forma. Annileen poderia até mesmo não precisar proteger sua família do desastre: pela porta lateral, podia ver Orrin, com um sorriso no rosto enquanto falava com Ulbreck. Orrin encontraria um jeito de sanar seus problemas. Era o que ele sempre fazia. E Ben não estava correndo nenhum risco real: Orrin era só garganta! Por que passar por tudo isso?

Annileen já sabia por quê. Ela sabia, e isso eliminava todas as suas dúvidas. Tudo o que lhe restava era descobrir o que Orrin estava planejando.

Ela saiu de fininho do Lote para ver o espetáculo. Era fácil se esconder na multidão, já que a massa de gente era a maior que ela já tinha visto ali. Não eram apenas os vigilantes regulares, agora. Os landspeeders de Wyle Ulbreck, estacionados ao longo da duna ocidental, estavam cheios de fazendeiros. Mullen e Veeka distribuíam armas aos pilotos. Annileen perguntou-se como Orrin podia ser visto na multidão, se já era difícil o suficiente se fazer ouvir.

Num instante, ela descobriu.

— Ouçam todos! — berrou Orrin. Annileen olhou para o alto. Orrin havia subido a escada de serviço e estava agarrado ao velho Número Um. Com a mão livre, ele segurava de encontro à boca um alto-chamador, um amplificador portátil que fazia sua voz explodir pela área do estacionamento. — Esse é um grande dia — ele disse. — E um dia terrível. Fomos *traídos* por um de nós!

Um burburinho percorreu a multidão armada. *Um traidor, aqui?*

— Bom, não se preocupem. Ele não é um de *nós* — acrescentou Orrin. — Vocês são todos boa gente. Mas todos conhecem ele: *Ben Kenobi*!

Annileen perdeu o fôlego. O nome que Kallie tinha ouvido estava subitamente na boca de todo mundo.

— Isso mesmo, vocês ouviram direito — disse Orrin, falando pelo dispositivo de metal verde. — Podem ter visto ele por aqui, podem ter ouvido as pessoas falarem dele. Alguém até o chamou de Ben Maluco. Vivendo no deserto, falando sozinho. Bom, ele é maluco, mesmo. Ele é amante de Tuskens!

— Não! — Annileen ouviu alguém gritar.

— Eu sei — disse Orrin. — É difícil de acreditar que qualquer colono quisesse ajudar aqueles monstros. Mas eis o que nós sabemos. Kenobi surgiu aqui de repente, logo depois que os ataques diários de Olho-de-rolha começaram. Ele saiu correndo do armazém sem nem sequer levar o que comprou! E na vez seguinte em que vimos ele? Os Tuskens atacaram o Lote! — Ele aumentou o volume da voz. — Ele estava aqui quando eles atacaram, mas não lutou contra eles! Então, ele supostamente salvou Annie Calwell do Olho-de-rolha, falando com os Tuskens. *Falando* com eles!

A multidão agitou-se com o choque. *Falando com Tuskens? Impossível!*

— Pois é — disse Orrin, abaixando a voz. — Mas faz sentido. Nenhum bárbaro poderia entender o sistema do Chamado dos

Colonos, certo? Bem, Kenobi os ajudou. Ele me ouviu falando sobre isso no Lote. Ele sabia que o rancho de Ulbreck era o único lugar que não estava coberto. — Orrin assentiu na direção de Ulbreck, abaixo. — Bem, os Tuskens roubaram uma unidade de vaporizador do Mestre Ulbreck há uns dois dias. E então, na noite passada, atacaram a casa dele. E Kenobi estava com eles!

Annileen ficou olhando, hipnotizada, enquanto um fazendeiro trazia uma caixa para que Wyle subisse nela. O velho parecia abalado.

— Gault tem razão — Ulbreck falou para os ouvintes. — Eu vi Kenobi. Mas ele estava lutando *contra* os Tuskies, eu acho. Não tenho certeza. Minha Maggie estava em apuros...

— Por causa de Kenobi — Orrin rapidamente interrompeu. — Por causa do Povo da Areia que ele levou até lá! Estou disposto a apostar que o velho Ben tinha arrumado confusão com seus "sócios". Ele estava lá pelo dinheiro de Wyle... E os Tuskens não ligam pra dinheiro. Eles começaram a brigar entre si.

Outra confusão na multidão. Todo mundo sabia da fortuna de Ulbreck.

Orrin balançou a cabeça com tristeza, para que todos pudessem ver sua emoção.

— Esse Kenobi... Se esse é mesmo seu nome, eu nem sei mais. Ele me mostrou uma de suas faces, uma falsa. Não sei se ele é um bandido ou se virou Tusken, por mais louco que isso possa parecer. Não importa. O que importa é que ele colocou gente boa em risco. E nós vamos detê-lo *para sempre*!

Blasters foram disparados para o ar. Annileen estremeceu. Não era o que ela esperava! Ben havia dito que Orrin reuniria alguns aliados, mas ela esperava que fossem mais fazendeiros imbeciloides, do tipo de Zedd. Aquilo era diferente. A força era grande demais, e Orrin também estava diferente: ele estava eletrizado. Falando aos vigilantes sobre o esconderijo de Ben no Deserto de Jundland, um lugar onde nenhuma pessoa de bem viveria, Orrin provocou uma onda de ódio pela multidão, fazendo todos ali se movimentarem em busca de ação.

Ele havia conseguido: pulara de bajulador a senhor da guerra em poucas palavras. Ela nunca tinha visto nada parecido. E, certamente, não vindo dele. Orrin atingiu seu auge.

— Nós cuidamos uns dos outros. Então, sigam-me... Vamos lá!

Um grito rouco e furioso se fez ouvir. Motores foram acionados, um depois do outro, e mais armas foram disparadas para o alto. Annileen quase caiu de joelhos, sentindo suas pernas sem vida. Ben não poderia estar esperando por isso. Quem *poderia* imaginar algo assim?

Orrin desceu da torre, virando-se em seguida. Mullen e Veeka estavam aguardando por ele, segurando uma jaqueta camuflada aberta. Orrin enfiou os braços nela, e eles o vestiram como se o pai fosse um rei-guerreiro.

Andando na direção do seu USV-5, Orrin viu Annileen. Ele piscou para ela, e foi embora.

A poeira soprou contra o armazém, enquanto um speeder cheio de marcas de disparos atrás do outro passava em disparada. Olhando tudo aquilo, indefesa, Annileen pensou por um momento no ataque de retaliação que se seguira ao ataque ao oásis. Naquele dia, ela havia agarrado a speeder bike e partido com Ben atrás de Jabe. Mas agora quem estava em perigo era Ben. Ben, que havia salvado Jabe. Ben, que lhe havia dito à noite para não ir atrás dele, que ele daria conta de Orrin.

Annileen olhou para as garagens. Estavam em sua maioria vazias agora, a não ser por seus dois landspeeders. Olhando para o veículo de luxo emprestado, ela subitamente se lembrou de alguma coisa.

Annileen voltou correndo para o armazém. Tar, que atendia crianças deixadas ali pelos pais, olhou para ela da área de jantar, espantado. Annileen ignorou-o e correu para trás do balcão. Ajoelhando-se, virou a lixeira de cabeça para baixo e começou a vasculhá-la. No meio do vidro quebrado, encontrou o comlink vermelho que havia descartado na noite anterior. Ela o acionou, apertando o botão de chamada.

— Alô? Quem é? — perguntou uma voz gentil, do outro lado do link de comunicação.

— Aqui é Annileen Calwell — ela disse, falando com urgência. — Sou vizinha de Orrin Gault. Eu sei quem você é. E você precisa saber o que ele está prestes a fazer!

CAPÍTULO QUARENTA E DOIS

DÊ MEIA-VOLTA AGORA.

Jabe havia dito aquelas palavras no armazém; supostamente, eram uma mensagem de Ben para Orrin. Agora, enquanto Orrin checava sua arma, o fazendeiro tornava a ouvir aquelas palavras. Ou achava que ouvia, no vento que passava assoviando por seu landspeeder.

Orrin não sabia o que pensar da mensagem. Se Ben planejava extorqui-lo, teria de haver uma reunião entre os dois, para conversarem. Se ele simplesmente estivesse planejando expor os Gault, já teria ido até o Lote. Ou talvez ele tivesse ido à procura de alguma autoridade, sem saber que de fato não havia nenhum poder assim ali.

Não fazia sentido.

— Quinze quilômetros até a cabana de Kenobi — disse Mullen, guiando o veículo, com seus óculos de proteção.

Orrin assentiu. Enfiando a arma no coldre, ele olhou ao redor, espantado. Seu USV-5 corria na vanguarda de um esquadrão de hovercrafts, disparando rumo a sudoeste. Cada veículo que o Fundo do Chamado dos Colonos operava estava ali, além das equipes de Ulbreck. Orrin duvidava que tantos veículos já tivessem atravessado o deserto ao mesmo tempo antes.

Ele riu sem querer. *É, Orrin, você tem influência, mesmo.* Talvez lidar com fazendas não fosse sua vocação, enfim. Tatooine não oferecia muitas chances para um político de carreira, mas com esse novo império em ascensão, quem saberia dizer?

Não importava. Ben nem sequer iria se dar conta do que o havia atingido.

Orrin ergueu seus macrobinóculos para vasculhar o nada à sua frente. Do banco de trás, Veeka apontou para diante, à esquerda.

— Ali!

No meio do deserto, Ben estava parado sem nenhum pudor, em cima de uma speeder bike. Ajustando o foco, Orrin viu que era uma de *suas* speeder bikes: aquela que Jabe havia pilotado para chegar à casa dos Ulbreck.

— Todo mundo já avistou ele — apontou Mullen. — Pai, eu acho que a gente deveria dar meia-volta agora.

Orrin levantou a cabeça, assustado.

— O que foi que você falou?

— Eu disse que se a gente virar e der a volta, o flanco esquerdo irá nos acompanhar — disse o filho. — Vamos pegar ele no meio e cercá-lo feito um bantha.

— Ah, ok — disse Orrin, procurando um lenço dentro da jaqueta, para enxugar o suor da testa. O landspeeder sacudiu e girou, e mais de uma dezena de veículos repulsores o seguiram.

Orrin voltou a apontar o visor para Ben novamente, ainda a quase um quilômetro de distância. O homem simplesmente retribuiu o olhar, sereno, como se estivesse consciente de que os olhos de Orrin estavam sobre ele. Finalmente, Ben ativou a bike e deu meia-volta.

— Isso mesmo — disse Orrin, sorrindo. — *Você* pode dar meia-volta agora.

Kenobi fazia zigue-zague na extensão aberta de areia. O caminho a oeste, que levava de volta à sua casa, estava bloqueado por uma fileira de landspeeders; o norte e a cordilheira aberta, por outra. Por um momento, Orrin pensou que o homem poderia tentar ir até a grande fenda no Deserto de Jundland, a trilha que os Jawas seguiam para chegar ao Mar de Dunas Ocidental. Em vez disso, Ben parecia estar se dirigindo ao ramo das terras altas de Jundland, mais a leste.

Orrin entendeu imediatamente.

— Que espertinho — ele disse. — Está tentando nos fazer entrar no Desfiladeiro de Hanter. — Annileen havia dito que ela e Ben testemunharam o massacre dos Tuskens dali. Orrin não sabia se Ben gostava do Povo da Areia ou não, mas mesmo assim ele parecia querer levá-lo para uma armadilha. — Cortem a passagem dele — disse Orrin, pelo sistema de comunicação. — Mandem ele para dentro da fenda!

Para Orrin, a Fenda de Roiya sempre tivera o aspecto de uma parede de bloquinhos, construída por uma criança... que depois havia decidido derrubar a metade. Ali, o Deserto de Jundland se curvava para dentro, formando um semicírculo de terreno plano e desértico, na boca de uma escarpa de dentes imensos e irregulares. As amplas passagens por entre os dentes se contorciam para o sul por dentro das vastidões desérticas, subdividindo-se em corredores menores. Os Tuskens gostavam de se esconder ali. Os que haviam atacado o oásis estavam se dirigindo para a fenda antes de acabarem por engano no Desfiladeiro de Hanter, quilômetros a leste. Com a fenda, porém, não havia como atirarem na milícia do terreno mais elevado. Os pilares de pedra eram altos demais, e as trilhas entre eles subiam de forma bem gradual, fazendo várias curvas no caminho.

As fileiras de landspeeders mantinham suas formações, e Ben se dirigia para a fenda. Sem fazer uma pausa sequer, sua speeder bike disparou na direção de uma das rampas mais estreitas, cheia de pedregulhos. Em poucos segundos, ele já havia desaparecido. Orrin soube então que estava tudo acabado para Kenobi. Veículos dos fazendeiros começaram a entrar no semicírculo, assumindo posições em frente a todas as aberturas, e não só aquela pela qual Ben havia entrado. Não havia escapatória.

Mullen parou o landspeeder dos Gault.

— Nós vamos atrás dele?

— Não tenho certeza se vamos precisar fazer isso — disse Orrin. — Ele é um turista. Vai descobrir que existem Tuskens lá em cima e vai dar meia-volta.

— E se ele for amigo dos Tuskens, como você falou? — perguntou Mullen.

Orrin revirou os olhos.

— Aquilo foi para atiçar a *multidão*, Mullen! — Ele deu um sorriso de ironia. — Mas e se for? Vão ver que trouxemos um exército, e vamos matar ele assim mesmo.

Orrin desceu do veículo e ajeitou a jaqueta. Fez um gesto de cabeça para que seus filhos se aproximassem.

— Agora, lembrem-se de uma coisa — ele disse, baixinho. — Se Kenobi sair, não podemos dar a ele a chance de dizer uma só palavra. Acabem com ele rápido, e os outros irão atrás.

Veeka olhou para o pai.

— E se ele estiver desarmado?

— Vamos dizer que vimos ele sacar uma arma — disse Orrin, olhando fuzilando para a filha. — Está preocupada com ele? Quer continuar vivendo do meu dinheiro, não quer?

— Não estou nem aí pra ele — ela disse, cuspindo no chão. — Menos um mendigo no deserto. Só queria saber o que você iria dizer.

— É só seguir minhas ordens, como de costume. — Orrin enfiou a mão no veículo para pegar o alto-chamador. Virando-se, foi para o meio do grupo. Sob os sóis do meio-dia, as formações de pedra davam a Orrin a impressão de estar dentro de uma arena natural gigante. O lugar estava em silêncio, a não ser pelos estalidos de rifles blaster sendo ajustados. Colonos armados permaneciam agachados atrás de seus veículos repulsores flutuantes. Os olhos que não estavam fixos nas fendas estavam em Orrin.

— Saia, Kenobi! — Orrin gritou para o amplificador.

Sua voz ecoou por todo o lugar, mas não obteve resposta. Observando de um lugar protegido, Ulbreck olhou para trás, desconfiado.

— Não estou gostando disso...

— Não se preocupe — disse Orrin, fazendo um gesto na direção de um grupo de colonos na parte de trás. — Mandem as cargas de fumaça. — Os morteiros foram um dos primeiros investimentos do Fundo, e nunca chegaram a ser usados. Mas foram projetados exatamente para isso: expulsar o inimigo da toca. Uns poucos disparos parabólicos para dentro das fendas e Ben não teria onde se...

— *Ayooooo-eh-EH-EHH!*

Orrin ficou paralisado. O grito tornou a vir das colinas. Era o som de um dragão krayt. Era exatamente igual à sirene do Chamado dos Colonos, só que mais natural. Elevando-se em um trinado, o ruído chegou a todos na arena improvisada.

Orrin olhou para os demais, com um sorriso matreiro no rosto.

— Não se deixem enganar. Esse truque é *nosso* — ele disse.

Alguns dos colonos começaram a ficar nervosos, mas todos permaneceram em suas posições. Orrin voltou a seu landspeeder, levando a boca ao alto-chamador.

— É melhor parar com isso, Kenobi, ou vai assustar seus amigos. — Orrin acenou para os colonos que estavam preparando os morteiros: estava na hora.

Então, aconteceu. O Zeltron, marido de Leelee, foi o primeiro a notar.

— Escutem! — disse Waller Pace. — Estão sentindo?

Orrin não tinha tempo para Zeltrons sensíveis e suas emoções.

— Permaneçam focados — ele disse. Mas agora Orrin sentia também, e ouvia. Era um zumbido baixo, elevando-se lentamente, crescendo cada vez mais. Pedregulhos no chão começaram a rolar, e a poeira a subir.

— Tremor de terra! — gritou Veeka.

Orrin balançou a cabeça. Não, não era isso. Era outra coisa, descendo pelas fendas do Deserto de Jundland em um trovejar. E agora ele via o que era.

Banthas!

Uma atrás da outra, as enormes feras começaram a descer pela rampa de pedra na qual Ben havia subido com sua speeder bike. E não só dali! Várias trilhas amplas desciam das montanhas, e agora elas também estavam repletas, transbordando em banthas, de todos os tamanhos. Bem na direção dos colonos.

— *Estouro de manada!* — gritou Ulbreck, abaixando-se sob seu veículo flutuante. A massa de animais peludos percorria o chão do deserto como água derramando-se de uma represa rompida, fazendo colonos mergulharem em todas as direções.

O alto-chamador caiu da mão de Orrin na cabine aberta de seu landspeeder. Ele tentou usar o veículo para se proteger, mas um bantha gigante o atingiu primeiro, batendo com o tronco no capô do hovercraft. Um segundo mais tarde, um segundo bantha atingiu o USV-5, fazendo tanto Orrin quanto o veículo rodopiarem.

Por toda parte, a cena se repetia. Animais enfurecidos batiam nos landspeeders, jogando-os para o lado como brinquedos. Colonos pulavam e caíam para os lados, desesperados. Na retaguarda, as feras derrubaram os morteiros, o que resultou em cargas de fumaça voando sobre as cabeças dos fazendeiros. Duas das bombas atingiram as paredes da fenda, com um clangor ensurdecedor. No instante seguinte, o ar se encheu de fumaça.

Orrin agarrou-se a seu landspeeder até ele quicar em uma pedra, o que o fez cair no chão. Zonzo e atônito, ele passou longos momentos perdido na fumaça. Em algum lugar, um blaster disparou e um fazendeiro gritou. Orrin não se moveu.

Em meio à neblina, uma voz falou com ele, vinda de um lugar próximo. Era a voz de Ben.

— *Dê meia-volta agora.*

Orrin piscou de perplexidade. Antes, ele tinha ouvido aquelas palavras apenas pela voz de Jabe, e depois quando Mullen as dissera. Ao ouvi-las novamente agora, da boca do próprio Ben, ele percebeu que a mensagem não era uma ordem. Em vez disso, a voz de Ben era calma e consoladora, como se estivesse dando conselhos a um amigo.

Orrin estendeu a mão para pegar seu blaster, ainda preso em seu coldre, mas não havia para onde apontá-lo.

Quando a fumaça amarelada finalmente começou a baixar, ele tossiu e esfregou os olhos. Os landspeeders haviam sido jogados de lado como cartas de sabacc ao vento. Alguns ainda flutuavam, sendo conduzidos pelos motores de encontro às paredes mais próximas. Os colonos estavam no chão, tentando respirar e pegar suas armas caídas. Pelo menos estavam todos se movimentando, até onde Orrin podia ver.

Em meio a esse cenário, mais três criaturas emergiram das terras altas: um filhote de bantha veio trotando, seguido, de modo improvável, por uma mãe eopie e seu filhote. O trio de retardatários passou atropelando a cena caótica, seguindo a manada para o meio do deserto, a noroeste.

Orrin encontrou Mullen e Veeka tentando se levantar, com dificuldade. Mullen havia levado uma chifrada de bantha na lateral da cabeça, e sangrava pela têmpora.

— Você consegue lutar? — perguntou Orrin.

Mullen soltou um grunhido zangado, o que Orrin aceitou como uma afirmativa.

— Kenobi está brincando conosco — resmungou o rapaz, já com a arma na mão.

Então, alguma outra coisa veio descendo pela fissura na rocha, soltando um zunido agudo: uma speeder bike e seu piloto, pela trilha que Kenobi havia subido para as montanhas. Ela vinha em uma linha reta, uma que a faria passar por cima das cabeças dos integrantes da milícia, até seguir na direção do deserto mais além.

— Atirem nele! Atirem nele!

Os mais rápidos pegaram o veículo em um fogo cruzado, quando ele passou em disparada. Vários disparos acertaram a speeder bike, e ela se iluminou com o clarão do fogo, rodopiando em uma espiral para a direita. Seus pontões dianteiros atingiram o chão com força. O veículo e o passageiro deram várias cambalhotas, indo finalmente de encontro a um veículo repulsor vazio.

Orrin correu até lá. Os destroços estavam por todo lugar. Um corpo queimava no meio deles. Empolgado, Orrin se aproximou pelo lado do piloto.

E viu que a figura era, na verdade, uma sacola de aniagem, fumegante. Metade dela havia sido rasgada, onde fora amarrada aos guidões. Sem pensar, Orrin enfiou a mão nos destroços em chamas, tirando de lá o material que recheava o falso piloto: ataduras de cabeça Tuskens.

— *São de seu armário, Orrin* — disse Ben. A voz ecoava por todo lugar, mais alta que o grito do krayt e certamente mais alta que o sussurro fantasmagórico que Orrin tinha ouvido antes. — Eu as trouxe de sua casa!

Olhando surpreso ao redor, Orrin jogou as ataduras fora. Não importava como Ben estava dizendo aquilo. Lembrando-se de onde havia deixado o alto-chamador cair, Orrin correu na direção de seu landspeeder, jogado contra a rocha. Ele parou ao lado dela e enfiou a mão dentro do veículo, procurando o cabo do amplificador. Encontrando ali uma coisa, ele a levantou...

... e ficou olhando, intrigado, para o gaderffii em sua mão.

— Isso também estava entre as suas coisas — Ben gritou, do alto.

Ele está usando o alto-chamador, Orrin percebeu. De algum modo, o homem havia retornado ao fundo da fenda no meio de todo o caos e da fumaça e trocado o amplificador pelo gaderffii. Mas Orrin não tinha tempo para pensar a respeito. Metade da milícia estava olhando fixo para ele, que ainda segurava a arma Tusken.

Onde quer que Kenobi estivesse, estava vendo aquilo, também.

— Estão interessados em sua coleção, Orrin. As armas e as roupas que você roubou dos Tuskens no passado. As que você usou, com sua família, em ataques a seus vizinhos!

Ciente dos olhares sobre si, Orrin lançou a arma ao chão, enojado.

— Que história maluca é essa? — ele disse, forçando um riso. — Dançar com Tuskens é coisa do Kenobi!

— Você me entendeu errado — disse Ben, e sua voz vinha de todos os lugares e de nenhum ao mesmo tempo. — Eu só queria viver aqui em paz. Você é o único que está fomentando a guerra, tudo para vender seu serviço de proteção!

— Ele não é nosso — Veeka gritou, claramente abalada. — Diga a eles, pai!

Orrin olhou nervoso para ela. *Cale a boca*, ele implorou com os olhos. *Só eu é que tenho de falar!*

— Ele está errado — disse Orrin, encarando os outros. — Nós guardamos alguns troféus de lembrança, claro. Quem não guardaria? Mas ele pegou esses troços aqui com os amigos dele, os mesmos que mandaram os banthas. E o Fundo do Chamado dos Colonos não é nosso, de fato. É um fundo público!

— Então, preste contas a eles — disse Ben. — Diga a eles que você não tem roubado do fundo para pagar suas dívidas. Diga a eles que você não atacou o pai de Tyla Bezzard quando ele não quis assinar, deixando o homem ferido e incapaz de se salvar depois, quando os Tuskens atacaram de verdade. — Sua voz aumentou de volume. — Diga a eles que você não atacou a fazenda dos Ulbreck ontem à noite. Diga a eles que você não fugiu quando eu apareci por lá!

Orrin se endireitou, procurando um rosto amigo no qual pudesse fixar seu olhar. Não havia muitos. Um a um, os colonos ficavam irritados, agitados ou espantados. E Wyle Ulbreck parecia prestes a explodir.

— Isso é verdade, Gault? Isso é verdade?

Mullen olhou para o pai, morto de vergonha.

Mas ainda havia uma saída. Orrin procurou seu melhor sorriso, e o encontrou.

— Pessoal, pessoal. Eu sou um fazendeiro — ele falou, gritando para que todos pudessem ouvi-lo. — Como vocês. Eu tiro água do ar. Aquele homem... Ele tira é *histórias* do ar. — Ele deu de ombros dramaticamente. — Vocês já desfrutaram da minha generosidade. Sabem que eu me saio muito bem sozinho. Tenho todo o dinheiro de que preciso, e mais!

— Mas que notícia excelente — disse outra voz amplificada, esta vinda do deserto. Orrin olhou para trás, subitamente dando-se conta do grande esquife flutuando logo na entrada da fenda. Sobre o convés, com um capanga armado de cada lado, estava Mosep Binneed. Ele usava um colar cervical e segurava um alto-chamador na frente da boca. — Jabba quer seu dinheiro, Orrin Gault! E ele quer agora!

CAPÍTULO QUARENTA E TRÊS

A'YARK ESTAVA ESCORADA EM UM DOS PILARES, OLHANDO OS colonos lá embaixo, depois da encosta rochosa.

— O povo do Hutt — ela disse, com a voz transbordando de nojo. — A gente pode sentir cheiro deles. — A Tusken lançou seu olhar ao outro lado do corredor natural. — Você disse que só haveria colonos.

Ben estava agachado ali perto, segurando o aparelho sonoro de Orrin e inspecionando a cena abaixo. Sob seu manto, Ben havia enrolado um pano sobre a parte inferior do rosto, em deferência às sensibilidades dos Tuskens; agora, ele o puxava para baixo e coçava o queixo. O humano parecia espantado pelo aparecimento do esquife.

— Isso não estava nos meus planos.

A líder de guerra estava fervendo de ira.

— Você disse a nós...

— Eu disse a vocês que levaria Orrin Gault à justiça. Disse que ele poderia escolher entre a justiça do povo dele... ou a sua. — Ben balançou a cabeça. — Achei que ele daria meia-volta.

A'Yark não se importava com o que os colonos queriam. Ben havia levado o inimigo ao portão deles, conforme o prometido, mas em um número bem maior do que o clã poderia enfrentar. A'Yark havia posicionado os poucos guerreiros de que dispunha nos outros pontos de acesso, mas, se os colonos realmente quisessem seguir Ben até o interior dos Pilares, nada poderia impedi-los. O acampamento seria tomado.

Então, Ben havia agido com rapidez, convocando as mulheres e as crianças Tusken a conduzirem sua manada preciosa de banthas até o barranco. A maioria dos banthas havia perdido seus cavaleiros no massacre do desfiladeiro, e A'Yark tinha ficado satisfeita ao vê-los conseguindo algum tipo de vingança, ainda que pequena. Os animais haviam ganhado um tempo precioso para eles. Mas agora a chegada dos asseclas do Hutt havia aumentado o perigo. Os criminosos não temiam os Tuskens, como todos deveriam fazer.

Foram os Hutts que mataram Sharad Hett, anos antes.

A'Yark sabia que Ben merecia a morte por trazer isso até eles. Se isso estivesse em seu poder, ela o faria. Mas, à luz dos sóis, ela teve de admitir que a queda deles havia começado muito antes de sua chegada.

— Deu errado — ela disse, sem saber por que estava falando. — Nós somos tão fracos... Os Tuskens são todos tão fracos... Tudo por causa do que aconteceu, há mais de três ciclos.

Ben olhou curioso para ela.

— O que aconteceu?

— Outro massacre — ela disse. — Um acampamento de guerreiros poderosos, completamente erradicado. Mulheres e crianças também.

Por algum motivo, as palavras pareceram atingir um alvo lá no fundo de Ben.

— As crianças, todas mortas? — ele engoliu em seco. — Um dragão krayt? Algum outro predador?

A'Yark balançou a cabeça.

— Predador, sim. Mas a morte veio em duas pernas — ela disse. — Nós sabemos.

— Mas as crianças... — disse Ben. — Os colonos normalmente não as matam, não é?

— Colonos fazem órfãos, colonos abandonam — ela disse. — Predador massacrou.

Ben parou, como se estivesse tentando juntar as peças de um enigma.

— Será que...

A'Yark viu os olhos dele se fixarem em algum ponto à frente, enchendo-se de pavor. Para ela, era como se Ben estivesse em outro lugar, imaginando algo. Parecia até mesmo estar *vivenciando* alguma coisa que enchia sua mente de horror.

— O que foi? — ela perguntou.

Ben recuperou a compostura.

— Uma coisa que vou ter de pesquisar em outro momento — ele disse. — Estou começando a suspeitar que a autoconfiança do Povo da Areia pode não ter sido a única vítima daquele evento.

— Agora não importa — ela disse, afastando-se do ponto de vigia. — Preciso esconder meu povo.

— Eu vou ajudar — disse Ben, levantando-se para ir atrás. — Proteger lares é minha especialidade. — Ao dizer isso, ele se virou e subiu a rampa atrás da guerreira.

MULLEN OLHOU BOQUIABERTO PARA O PAI.

— O pessoal do Jabba? É muito cedo! Ainda temos cinco horas!

Orrin ficou olhando para os recém-chegados sem dizer uma só palavra. Mais landspeeders carregados de bandidos chegaram atrás do esquife. Mas por que agora? E como eles ficaram sabendo que estariam ali?

Colonos apontaram as armas para o esquife, mantendo os criminosos à distância. Os milicianos, que já tinham ficado inquietos com os banthas e as palavras de Ben, agora pareciam definitivamente abalados. Os capangas de Jabba estavam bem ao lado dos Tuskens na lista de piores inimigos dos colonos. Ambos viviam por um estranho código, em um mundo próprio... Pelo menos até saírem para aterrorizar aqueles que viviam em paz. Agora, haviam bloqueado o acesso dos colonos ao deserto, assim como eles próprios haviam aprisionado Ben.

Waller arregalou os olhos. Suas sobrancelhas rubras foram lá para o alto quando ele olhou para Orrin.

— Jabba? Você fez negócio com *Jabba*?

Antes que Orrin pudesse pensar em uma resposta, Mosep voltou a falar.

— Me disseram que você estava levando um exército, se é que isso pode ser chamado de um, até as colinas. Agora, por que é que você iria fazer uma coisa dessas, com uma conta vencendo hoje?

Veeka olhou para o pai, preocupada.

— Eu já conheço essa história — continuou o contador Nimbanel, no convés do esquife. — As pessoas se recusam a aceitar suas obrigações e tentam fugir delas. Alguns pegam em armas e tentam lutar. — Ele estalou os dedos de modo despreocupado, e Jorrk assumiu seu posto na arma do convés. — O prazo da tarde foi rescindido, Orrin. Você vai pagar o que deve agora.

— O que significa isso? — Orrin gritou, nervoso. — O *amante de Tuskens* trouxe você aqui? — Empolgado por ter encontrado outra tática, ele se animou ao olhar ao redor. — Acho que Kenobi também resolveu trabalhar com mais essa escória!

— Eu não sei de quem você está falando — disse Mosep, impaciente. Atrás do esquife, mais um veículo estava chegando do norte. — Um de seus *vizinhos* me ligou.

Um de meus vizinhos? Orrin engoliu sem jeito, sentindo a garganta seca. Ele tinha rivais entre os fazendeiros, de fato. Mas será que algum deles sabia de algo? Ele olhou ao redor, chocado e surpreso, ansioso para dar um bom espetáculo.

— Algum de vocês aqui está tentando armar para mim? Me envergonhar com esse absurdo?

O landspeeder que tinha acabado de chegar passou pela fileira de veículos dos criminosos. Os colonos levantaram seus rifles contra o hovercraft que entrou no meio deles... E em seguida baixaram as armas, ao reconhecerem quem o estava pilotando.

Navegando entre os landspeeders virados pelos banthas, Annileen parou o JG-8 cor de rubi perto de uma das trilhas que subiam fenda acima. Ela desceu perto dos Gault e ergueu um comlink vermelho bem no alto.

— *Eu* os chamei — ela disse.

A bordo do esquife, Mosep ergueu um comunicador idêntico: aquele que Orrin havia deixado cair no antro dele. O contador deu um sorriso cheio de dentes.

— É bom ver a senhora, Mestra Calwell.

Orrin olhou para Annileen, com o queixo caído.

— *V-você?*

— Sim. — Respirando fundo, ela se voltou para os vigilantes. — Ben é inocente. Eu ouvi o que Orrin disse lá no Lote. Agora, vocês deveriam ouvir a história verdadeira!

Mullen partiu para cima de Annileen, ameaçador.

— Mulher, é melhor não!

Annileen virou-se para ver Veeka aproximar-se do outro lado. A garota agarrou o braço de Annileen. Seus olhos pareciam alucinados.

— Pense naquele seu moleque! — disse Veeka.

Orrin só podia olhar para Annileen, como se estivesse implorando.

Annileen soltou seu braço do de Veeka com um safanão. Encarando Orrin, ela falou com uma segurança que ele já tinha ouvido antes: ela era agora a "torre de energia", como ele a havia descrito tantas vezes.

— Eu não vou deixar você ferir alguém cujo único crime foi me ajudar — ela disse. — Eu me importo, sim, com minha família. Mas o que você está fazendo é *errado*!

Ulbreck avançou, com o rifle na mão e claramente confuso.

— Eu não sei que diabos está acontecendo aqui! — disse o velho.

— Eu acho que sei — disse Waller. Ele balançou a cabeça para Orrin. — Nós confiamos em você... — Por toda parte, os colonos começaram a desviar as armas do esquife e do hovercraft dos Hutts e apontá-las para os Gault.

Orrin olhou para a direita. Lá estava o USV-5, onde tinha ido parar depois do estouro da manada. O fazendeiro começou a correr na direção dele...

... só para ver seu precioso hovercraft explodir em uma flor de chama e metal.

Quase derrubado pela onda de choque, Orrin viu o que havia acontecido. No esquife, Mosep fez um gesto para o Klatooiniano que controlava a arma fumegante sobre o convés.

— Jorrk é meio imbecil, mas, com uma arma desse tamanho, nem mesmo ele consegue errar — disse o contador. — Vocês só vão poder resolver seus assuntos com Gault depois de termos acabado com os nossos. Ele nos deve dinheiro!

Ulbreck olhou com ódio para o Nimbanel.

— Vocês piratas não têm "querer" aqui! Isso aqui é a cordilheira!

Os companheiros do velho fazendeiro levantaram os rifles.

— Nossa justiça vem primeiro! — disse outro colono.

Mosep olhou para os sóis e enxugou suor do rosto peludo.

— Vocês são mesmo um bando de gente teimosa — ele disse. — Falei com o agente de Orrin que era um erro oferecer crédito a qualquer um de vocês. — Ele virou o alto-chamador para falar com seus capangas. — Tentem não matar a mulher humana que acabou de chegar — disse Mosep. — Ela nos trouxe até aqui. Não seria educado. — Ele puxou de leve o colar cervical e olhou de volta para os fazendeiros. — Lamento, mas se insistirem em tornar isso desagradável...

Uma rajada de rifle se fez ouvir, acompanhada por um estalo agudo ao lado de Mosep. Assustado, ele girou o torso para ver o que havia acontecido. Lá estava Jorrk, olhando estupefato para o que havia sobrado de sua arma de convés, explodida, fumegante. Mais um disparo soou, e o Klatooiniano caiu morto para trás. Mosep olhou para os colonos.

— Matei sozinho uma sala cheia de Tuskens — gritou Ulbreck, com a mira do rifle apontada para o esquife. — Não vou deixar vocês fazerem o que quiserem por aqui!

Ao som das palavras do velho, todos os colonos chegaram à mesma conclusão. Como se fossem um só, eles se viraram e atiraram nos capangas de Jabba. O fogo foi retribuído, o que fez os outros pularem em busca de cobertura atrás dos landspeeders virados. Sobre o esquife, Mosep soltou um grito e se escondeu atrás do Gamorreano mais próximo, apenas para ser achatado quando o capanga verde levou um disparo de blaster entre os olhos.

Pego em meio ao tiroteio, Orrin agarrou Annileen, puxando-a para fora do fogo cruzado. Por um segundo, ela olhou para ele, sem dizer palavra, até a mão dele apertar seu braço.

— Crianças! Vamos embora! — gritou Orrin.

Assustada, Annileen tentou se soltar, mas agora Mullen agarrava seu outro braço. Com tiros de blaster dos capangas vindo da fenda, Orrin a empurrou na direção do JG-8, ainda estacionado ali perto. Annileen gritou, mas, no meio do barulho, apenas Waller e dois outros colonos ouviram, os três agachados para se proteger.

— Orrin, pare! — gritou Waller.

Com a mão livre, Orrin sacou a pistola e a colocou na cabeça de Annileen.

— Nós vamos sair daqui — ele disse, empurrando-a na direção do landspeeder. Veeka jogou um punhado de armas na frente do veículo e sentou-se aos controles.

— Não vamos conseguir passar por tudo aquilo — ela gritou, apontando de volta para a batalha, que seguia a todo vapor.

Orrin não tinha a menor intenção de seguir por aquele caminho. Apontou para o corredor em forma de rampa que levava para cima: o caminho rochoso que Ben havia seguido, rumo ao interior da formação.

— Vamos para lá! Anda logo!

Sob o fogo dos capangas de Mosep, Waller não pôde fazer mais nada a não ser observar a filha de Orrin acelerando o JG-8 pelo terreno impossível. O hovercraft gemia em protesto, contra um terreno não projetado para navegação. Disparos perdidos de blaster passaram raspando pelo veículo. O leme auxiliar bateu em um afloramento de rocha, quebrando-se. Então, o landspeeder deixou a batalha para trás...

A'Yark atravessou correndo o acampamento, e seus mantos voavam atrás de si.

— Para as cavernas! — ela gritou, guiando anciões e animais. Crianças e massiffs caninos escamosos soltaram gritinhos agudos e saíram correndo do poço sagrado, deixando tarefas e refeições por terminar.

A clareira era como um anfiteatro razoavelmente nivelado, cercado por grandes torres de pedra, a meio quilômetro de formação acima. Na maior parte do dia ela ficava coberta pelas sombras, mas agora, ao meio-dia, tudo estava exposto. A leste e oeste, blocos se esfarelavam e se empilhavam contra as montanhas. Normalmente, eles ofereciam sombra e abrigo; hoje, eram o esconderijo de último recurso. A'Yark enfiou rifles blaster nas mãos de um par de enfermeiras que estavam descendo para esconder as crianças. Ela não confiava que elas saberiam o que fazer com as armas. Havia esperado demais para ensinar-lhes isso.

Um ruído mecânico veio da falha geológica ao norte; a passagem estava sendo guardada por A'Yark e Ben. Era um landspeeder, como A'Yark percebeu no mesmo instante. A subida deveria ter sido impossível! Em desespero, ela olhou para o outro lado. Seus poucos guerreiros ainda estavam lá embaixo, em seus postos de observação, vendo a batalha. Não havia como chamá-los. O tempo havia acabado.

Ela se virou e viu Ben correndo com um par de bebês Tuskens que se contorciam, levando-os para um lugar seguro. Com o gaderffii na mão, ela correu até eles. Entregando a segunda criança a uma mulher Tusken, Ben olhou a ampla abertura entre as pedras titânicas ao sul.

— Para lá? — ele perguntou.

— Território ruim — disse A'Yark. — É tarde demais. Eles estão aqui. Rápido!

A'Yark e Ben deslizaram sobre uma pilha desabada de granito. Olhando para trás, viram o landspeeder vermelho vindo aos trancos e barrancos pela entrada rochosa do norte.

— Orrin... — Ben disse baixinho. — Ele não quer dar meia-volta.

A'Yark olhou. O Sorridente não estava só. Sua prole estava nos bancos da frente, e ele segurava Annileen no banco de trás, com a arma apontada para ela. Segundos depois, o landspeeder parou com um solavanco angustiado no terreno irregular, a oitenta metros de sua posição. Os filhos de Orrin desceram e olharam ao redor, desconfiados.

A guerreira colocou devagar seu gaderffii no chão. Havia um rifle atrás dela. Ela estendeu a mão para apanhá-lo, mas Ben tocou sua mão enluvada.

— Você não pode — ele disse. — Eles estão com Annileen!

— Ela não interessa — A'Yark sussurrou para Ben.

— Eu decido isso.

A'Yark balançou a cabeça. *Loucura*. Os humanos estavam se armando. Outros não os seguiriam em breve?

Mantida presa por Orrin, Annileen gritou.

— Ben! Se você estiver aí, fique longe!

A'Yark não conseguiu ouvir o que os captores de Annileen disseram a ela depois disso, mas estava claro que não iam fazer nada para que ela parasse de gritar.

— Eles querem me tirar daqui — sussurrou Ben. Ele sentiu o sabre de luz sob o manto, mas retirou a mão em seguida. — Não posso colocar Annileen em perigo.

— Então eu ataco. — A'Yark agarrou o pulso de Ben. — Você também. Você tem um dever.

— Não se preocupe. — Ben olhou para trás, para onde três crianças se encolhiam sob um afloramento de rocha. — Eu lhe disse, vou proteger sua gente, caso Orrin...

— Não isso. — A'Yark olhou para Ben, tentando compreendê-lo. *Será que ele não consegue entender o que todos os Tuskens já sabiam?* Ela falou baixo, mas rapidamente.

— Orringault mostrou sua verdadeira face. Você mata ele agora, ou ele persegue você para sempre! — Ela apontou para os sóis. — É a maneira dos irmãos do céu.

Ben ficou olhando para ela.

— Essa... Essa é uma outra lenda?

— Essa é *a* lenda.

A'Yark ficou olhando Ben, que refletiu sobre a história. Depois de um momento, ele balançou a cabeça.

— *Não vou* deixar isso por resolver. Mas também não vou colocar a vida de Annileen em risco. — Ele olhou para a esquerda, para a floresta de monolitos empilhados contra o monte ocidental. — Fique aqui — ele disse, arrastando-se para sair da cobertura. — Eu tenho uma ideia!

CAPÍTULO QUARENTA E QUATRO

ORRIN NÃO VIA COR ALGUMA NAQUELE LUGAR, TIRANDO A DO landspeeder. E até mesmo o brilho de showroom que o veículo costumava ostentar já havia sumido, enterrado sob camadas de pó. Veeka ajoelhou-se ao lado dele, examinando o chassi amassado pela subida atribulada da montanha.

— Ele pode correr? — perguntou Orrin, ainda segurando Annileen.

Veeka balançou a cabeça, em negativa.

— Os estabilizadores já eram — ela disse. — Dá até pra voar, se você não ligar pra onde ele for.

— Não há *para* onde ir — disse Mullen, olhando desconfiado ao redor, para o acampamento abandonado. — Como alguém pode viver em um lugar assim?

— Eu não chamaria isso de "vida" — Orrin bufou com desprezo, empurrando, em seguida, Annileen para Mullen. — Segure ela. — Orrin vasculhou as bases dos pilares de pedra próximos a onde eles estavam. Finalmente tomando uma decisão, ele verificou seu colete camuflado e a arma. — Veeka, esqueça o speeder e fique de olho em atiradores. Vou tentar uma coisa.

Com cautela, ele caminhou por sobre os pedregulhos até chegar ao centro da clareira. Ali havia um poço deplorável, pouco mais que um buraco irregular, cercado por panelas de latão amassadas. Ele se virou.

— *Kenobi!* — gritou.

Como resposta, nada a não ser ecos.

E Annileen.

— Ele é muito esperto para você — ela disse.

Orrin olhou para trás, com cara de asco.

— Cale a boca.

O fazendeiro voltou sua atenção para o perímetro. Alguma coisa estava se movendo ali, em ambos os lados da clareira. Ele podia ouvir. Mas, assim que ele olhava para cada uma das direções, o ruído também parava.

Isso não é bom, pensou Orrin. Ele olhou novamente para o caminho que havia pegado para chegar até ali. Desejou ter pelo menos alguma ideia do que estava acontecendo na batalha abaixo. Será que ele e os filhos conseguiriam levar o corpo de Kenobi lá para baixo e colocar a culpa nele por toda aquela confusão? Ou iriam precisar seguir em frente, talvez atravessando uma boa parte do Deserto de Jundland até alcançarem a liberdade? Ele deu voltas ao redor do poço, chutando um balde.

De trás de uma pedra, uma criatura reptiliana espinhosa, com cerca de meio metro de comprimento, entrou na clareira aos pulos. Um massiff! De olhos escuros e mandíbulas enormes, ele correu direto para Orrin, que rapidamente sacou a arma e disparou. Atingido pela energia laranja, o massiff soltou um grito e desabou no chão.

Orrin olhou para Mullen e Veeka.

— Obrigado pela ajuda — ele disse, secamente.

— Estamos de olho nos bichos maiores — disse Mullen. Ele estava segurando o braço de Annileen com uma das mãos e a arma com a outra, enquanto seus olhos continuavam a vasculhar tudo o que os cercava.

Orrin olhou para a criatura fumegante e teve uma ideia. Verificando primeiro se os filhos lhe davam cobertura, ele colocou a arma no coldre e foi até o massiff derretido. Ergueu a carcaça.

— Vamos dar uma melhorada no ambiente — ele disse, em voz alta. Voltando ao poço, ele pendurou teatralmente sobre o buraco o corpo, que pingava fluidos. — Você vai lá para baixo...

— *Não!* — gritou a voz de Ben, de longe.

Orrin manteve o massiff erguido pelas patas e olhou ao redor.

— O que foi? — ele gritou. — Não quer que eu envenene o poço de seus amigos?

— Eu estava dizendo isso para A'Yark — a voz de Ben trovejou. — Aquela que você chama de Olho-de-rolha. Porque ela vai atirar em você, e você pode acidentalmente deixar o animal cair lá dentro, de qualquer maneira.

Em algum lugar, Orrin ouviu o clique da trava de segurança de uma arma. Ele assentiu. Então, os Tuskens estavam *de fato* dando ouvidos a Kenobi.

— Fico feliz de ter conseguido chamar sua atenção — ele disse.

— Dê meia-volta agora — repetiu Ben.

Desta vez, Orrin percebeu que a voz estava vindo da floresta de pilares a oeste.

— Eu não estou com vontade de dar meia-volta — ele disse, jogando a forma flácida da criatura no buraco. Ela quicou duas vezes antes de bater no fundo, com um ruído oco. O poço estava seco.

Orrin olhou ao redor. Ninguém havia atirado nele. Ben queria Annileen viva, e os Tuskens estavam seguindo suas ordens. Mas Ben podia mudar de ideia a qualquer momento, e Orrin não pretendia deixar que ele jogasse o Povo da Areia para cima dele. Sacando a arma, Orrin andou cuidadosamente até uma abertura nas rochas a oeste. Olhou novamente para Mullen e Veeka, murmurando uma ordem: "Esperem por mim".

Orrin começou a caminhar no meio dos megalitos. Era uma das formações naturais mais bizarras que ele já tinha visto em Tatooine, quase como se tivesse sido deliberadamente projetada pela natureza para formar um labirinto. O vento da montanha assoviava entre as torres, altas o bastante para bloquear até mesmo os sóis do meio-dia. Ali certamente não lhe faltaria proteção. Já conseguir fazer um disparo direto, isso era outra história.

— Eu sei que você está aí, Kenobi! — ele berrou.

— Dê meia-volta agora. — A voz de Ben ressoava por entre as rochas, mais próxima do que antes.

Orrin girou e atirou. O disparo atingiu a base de uma torre, deixando um buraco fumegante na superfície.

Ele continuou a andar. Percebeu mais um movimento: passos, rápidos e leves. Orrin tornou a disparar, em direção a um corredor comprido. Nada. Em algum lugar, ouviu uma criança Tusken chorar. Orrin grunhiu impaciente.

— Chega de jogos, Kenobi!

— Concordo — disse Ben, e sua voz vinha de um lado diferente, agora. — Então, *dê meia-volta*.

— Não! — Orrin sentiu os olhos queimarem. Com a mão esquerda, sacou uma segunda arma; ergueu ambas e começou a atirar, várias vezes, para todos os lados. Podia ver movimento e poeira levantando. Ele só precisava de um tiro certeiro. Só um!

O DISPARO DOS BLASTERS, VINDO DO LABIRINTO, RESSOOU PELA CLAREIRA.

— Ben, cuidado! — Annileen tornou a gritar.

Sem a limitação que a presença do pai costumava impor, Mullen deu um empurrão em Annileen, que tropeçou nos estilhaços de pedra e caiu. Esparramada por entre as rochas, ela se virou e viu o rapaz apontando o blaster em sua direção.

— Nunca suportei esses Calwell metidos a besta — ele disse, com uma das pálpebras estremecendo enquanto caminhava na direção de Annileen.

Com o rifle na mão, Veeka olhou para o irmão.

— Papai não disse pra matar ela.

— Precisamos dela agora? — perguntou Mullen.

— Nem sei por que a gente precisou dela algum dia — a irmã respondeu.

— Você se importa?

— Nem um pouco — disse Veeka.

ORRIN CONTINUAVA A DISPARAR, ENQUANTO AVANÇAVA. MANTINHA as mãos bem separadas uma da outra, atirando em ambas as direções, descendo os corredores de pedra, e depois para a frente e para trás. Ele ouvia gritos vindo de vários lugares: os lamentos patéticos de crianças Tuskens apavoradas. Aquele era um bônus. Toda a frustração dos últimos meses, toda a preocupação dos últimos dias percorria seu corpo e chegava até os blasters em suas mãos.

— *Apareça!*

Um estalido emanou de algum lugar no alto. Por reflexo, Orrin apontou os blasters para a direção do som. Kenobi já havia caído em cima dele antes, mas o fazendeiro não iria se deixar enganar mais uma vez.

No entanto, Orrin viu que os pilares de rocha eram altos demais para qualquer homem escalar. Então, de repente, ouviu outro estalo arrepiante, e uma placa no formato de uma faca, que tinha se mantido equilibrada por eras, deslizou da formação, caindo em sua direção.

Orrin pulou para a frente um segundo antes que o pedaço imenso de pedra apunhalasse o chão onde ele havia estado. Acima, uma fissura apareceu em outra torre de pedra. E mais outra. Orrin lançou seus olhos aterrorizados para cima e ao longo das fileiras compridas de colunas de pedra. Aquilo não era um tremor de terra provocado por bantha. Era algo praticamente irreal, como se alguma coisa invisível estivesse fazendo força contra as pedras!

Ele avançou em disparada, mantendo os blasters ainda nas mãos, mas levando os braços ao rosto para protegê-lo da chuva de poeira. Pedregulhos começaram a cair, e pedaços maiores continuaram se soltando, batendo em toda parte. Orrin tossiu quando uma saraivada de pedras bateu em suas costas. Mais uma lasca enorme caiu logo à sua frente, e outra atrás.

— *O que está acontecendo?* — ele gritou.

Orrin levantou a cabeça e viu uma sombra caindo sobre ele.

Um trovão retumbou nas rochas a oeste. Mullen olhou irritado para a irmã.

— O que diabos está acontecendo lá pra...

Antes que ele conseguisse terminar a frase, Annileen jogou um punhado de areia em seu rosto. Cego, Mullen cambaleou, e Annileen o agarrou pelo tornozelo, puxando-o na direção dela, e mordendo-o com força.

Ao ouvir o uivo do irmão, Veeka apontou seu rifle para Annileen. Ela disparou uma vez, mas seu ombro ferido fez o braço saltar para a esquerda num espasmo, e ela errou o tiro. Com instinto animal, Annileen saltou para agarrar as pernas de Mullen, derrubando-o para trás. Ela tentou lutar com ele para evitar que Veeka desse outro tiro, dessa vez sem empecilhos, mas Mullen era forte demais. Ele a prendeu no chão e apontou o blaster bem na cara dela.

Foi aí que Veeka gritou.

A'Yark atacou, vindo da cobertura a oeste e soltando um grito de guerra Tusken. Antes que Veeka pudesse levantar seu rifle, o gaderffii de A'Yark esmagou suas mãos e fez com que ela o derrubasse. Um contragolpe com a ponta do gaderffii rasgou a lateral do corpo de Veeka.

Sentindo muitas dores, Veeka levou as mãos ao ferimento e caiu, arrastando-se para tentar fugir. A'Yark pulou por cima dela para chegar até onde Annileen e Mullen estavam. Espantado, Mullen tirou o blaster do rosto de Annileen para mirar na guerreira Tusken.

Com todas as forças que lhe restavam, Annileen empurrou, forçando o homem musculoso para o lado. O disparo saído da arma de Mullen passou raspando pela cabeça de A'Yark, mas a líder guerreira Tusken não parou. A'Yark girou o gaderffii e enfiou sua ponta bem fundo no abdômen dele. Annileen afastou-se o máximo que pôde, enquanto A'Yark mergulhava a arma sem parar no corpo de Mullen.

— Milícia mata — A'Yark disse, no Básico. — Milícia morre!

Em meio a uma nuvem de poeira, Orrin tentava se arrastar por baixo da pilha de escombros. Cada movimento era doloroso. Ao ouvir o grito de Veeka, ele se levantou de um pulo, sentindo os ossos se deslocarem em sua perna esquerda.

Orrin foi ao chão, caindo aos pés de Ben. Nas sombras, a figura encapuzada se ajoelhou ao lado dele.

— Eu *disse* a você para dar meia-volta — disse Ben.

Mais além, Mullen soltou um uivo. Ben levantou a cabeça por um momento e, em seguida, balançou a cabeça, com tristeza. Orrin pensou que, o que quer que estivesse acontecendo, Ben parecia convencido de que Annileen estava a salvo. O homem não tinha pressa nenhuma de sair dali.

Orrin cuspiu poeira amarga da boca.

— Não podia... dar meia-volta. — ele disse. — O pessoal de Jabba estava ali...

Ben balançou a cabeça.

— Não foi isso o que eu quis dizer. Seu medo levou a isto, a tudo isto. Esse seu medo de perder o que você tinha o colocou no caminho do sofrimento.

Ben olhou para trás. De sua posição no chão, Orrin viu uma criança Tusken encolhida emergir de trás de um dos pilares de pedra para encarar os dois humanos. Ben sorriu de modo reconfortante para a pequena figura mascarada, antes de voltar a olhar para Orrin.

— Eu sei como o caminho termina para você — continuou o homem encapuzado. — Mas ainda há tempo, se você der meia-volta agora. Aceite a responsabilidade pelo que fez. Isso não vai resolver sua questão com os Tuskens, mas poderá ser o começo de sua redenção.

Orrin sentou-se no chão. Ele piscou para tirar a areia dos olhos.

— Eu vou perder tudo.

Ben inspirou fundo.

— Às vezes é preciso perder tudo para encontrar seu verdadeiro caminho.

Ben começou a se levantar. Mas, então, ele olhou para cima, alerta. A oeste, um monolito com uma placa triangular equilibrada sobre ele subitamente cedeu, incapaz de suportar seu próprio peso, enorme. Pedras imensas despencaram. O pequeno Tusken correu para se proteger ao lado de Ben. Mais pedras se soltaram e caíram, com um estrondo.

Com a queda dos escombros, Orrin pôde ouvir mais crianças Tuskens chorando no labirinto. Mas ele estava mais interessado na reação de Ben. Parecia que o homem não tinha sentido o menor medo do fenômeno anterior, quase como se ele próprio tivesse orquestrado a coisa toda. Mas agora Ben parecia preocupado, segurando a criança Tusken com uma das mãos.

— Tem alguma coisa errada — disse Ben, com a voz quase inaudível. — *Eu não fiz isso...*

A'Yark enterrava o gaderffii várias vezes, sem parar. Tentando se levantar, Annileen viu Veeka agachada ali perto. Inerte e pálida, a filha de Orrin assistia enquanto seu irmão lutava e se debatia, até finalmente deixar de se mover sob o ataque de A'Yark. Então, ela se virou e fugiu para a fenda norte, pela trilha que levava colina abaixo.

A'Yark ergueu sua arma ensanguentada e olhou para Veeka, que corria. No entanto, antes que ela pudesse ir atrás da garota, as crianças Tuskens, assustadas pelo barulho vindo da floresta de pedras, saíram correndo de seus esconderijos a oeste e se aglomeraram ao redor de A'Yark, separando-a de Annileen.

Annileen virou-se para segui-la, mas A'Yark a surpreendeu, gritando:

— *Ben!*

Annileen parou e olhou para trás. O enorme grupo de crianças se agarrava aos mantos de A'Yark, e ela baixou sua arma e olhou para oeste. Uma nuvem de poeira cinzenta subia para o ar, acima das pedras verticais. A'Yark, que momentos antes parecia sentir um ódio mortal, agora estava enfeitiçada. Ela falou algo com as crianças em seu próprio idioma, antes de olhar para Annileen e repetir suas palavras no Básico.

— Veja isso, *Ann-ih-liin* — disse A'Yark. — Veja Ben.

Annileen encarou fixamente, sem compreender, a poeira que se levantava. Ela sabia que estava no coração do território Tusken, e que deveria ir atrás de Veeka até a segurança da milícia. Mas Ben ainda estava ali, e também Orrin... E algo grande havia acontecido.

— Foi uma avalanche? — ela perguntou, enquanto a poeira subia. — Ben está correndo perigo?

— Perigo não — A'Yark disse, baixinho. Ela assentiu, voltando a olhar para oeste. — Avalanche não. Eu tinha razão.

Annileen preparou-se para mover-se novamente. Mas, então, as crianças Tuskens começaram a falar sem parar, puxando os trajes de A'Yark. A guerreira falava apressadamente com elas, ficando claramente mais preocupada a cada nova informação que as ansiosas crianças lhe estavam fornecendo. Então, mais um estrondo ensurdecedor se fez ouvir do oeste, um estrondo que sacudiu os pilares.

— E isso? *Isso* é um perigo? — perguntou Annileen a A'Yark. A guerreira de algum modo parecia menos assustadora agora, cercada por crianças agitadas.

— É perigo — respondeu A'Yark.

O próximo som vindo do oeste gelou a espinha de Annileen:

— *Ayooooo-eh-EH-EHH!*

Ela já tinha ouvido esse som muitas vezes antes, e naquele instante percebeu que aquilo não era uma simples gravação.

— Dragão krayt... — ela sussurrou.

— Acordado pelos sons — disse A'Yark. Apressadamente, ela tentou carregar um par de crianças, sem largar o gaderffii ensanguentado. Mais crianças corriam dos pilares ocidentais, indo para a clareira. — Preciso esconder os *uli-ah* — disse a guerreira.

Agindo por impulso, Annileen avançou e pegou a mão enluvada de uma criança Tusken.

— Eu vou ajudar.

CAPÍTULO QUARENTA E CINCO

ORRIN OLHAVA, ESTUPEFATO, O MONSTRO AVANÇANDO PELOS PILARES de pedra em sua direção. Grande demais para caber no corredor entre os megalitos, o grande réptil simplesmente forçava seu caminho como um tanque de batalha, estraçalhando as pedras enquanto seguia. Pedregulhos impressionantes quicavam na pele esverdeada do quadrúpede, sem provocar qualquer dano aparente.

Era um krayt dos desfiladeiros, maior que qualquer um de que Orrin já tivesse ouvido falar. Cinquenta metros de comprimento? Sessenta? Ele não pretendia medi-lo. Aterrorizado, vasculhou os destroços em busca de suas armas. Uma delas estava lá, esmagada sob a rocha. Onde estava a outra? E será que ela adiantaria de alguma coisa?

— Kenobi! — gritou Orrin. — Me ajude!

Claramente espantado com o monstro recém-chegado, Ben olhou para Orrin. Porém, mais crianças Tuskens passaram correndo e gritando por eles, saindo assustadas de seus esconderijos, e sua atenção se voltou para elas.

— Depressa! — gritou Ben, apontando para leste. — Vão!

— Esqueça elas! — Orrin tentou chamar novamente a atenção de Ben, mas viu que era tarde demais. O krayt as havia visto através da nuvem de poeira. Com seus olhos dourados brilhantes, ele avançou, e as patas com garras passavam facilmente por cima das pedras.

O dragão partiu para cima de Ben e das crianças Tuskens, atacando com sua poderosa cauda. Petrificado, Orrin cobriu o rosto com o braço. Ele olhou para longe e viu Ben se abaixar rapidamente, empurrando as crianças para o chão com ele. O pilar que a cauda atingiu se estilhaçou, e os pedaços caíram na direção do homem e da criança que estava com ele na base. Ben voltou a se mover. Para agarrar as crianças, Orrin pensou...

... mas, em vez disso, Ben jogou as mãos para o céu. Os destroços pararam no meio do ar, como se coletados por uma bacia invisível. Orrin olhou para aquilo, espantado. E depois voltou a olhar para Ben, fascinado. O rosto de Ben estava tenso com o esforço, mas ele rangeu os dentes e pareceu empurrar o ar, com força. Meia tonelada de pedra se desviou da criança Tusken caída sem causar-lhe qualquer dano.

Orrin ficou boquiaberto. O krayt atacou.

Ben também, agora brandindo uma arma de luz azul brilhante.

Um sabre de luz!

Saltando diretamente para o caminho da criatura, Ben a atacou com sua arma. O corte pegou o krayt no rosto, atingindo uma série de seus dentes já tortos. Espantado, o dragão recuou. Atrás de Ben, a criança Tusken correu para ficar ao lado de Orrin, e o fazendeiro estava assustado demais para afastá-la. Ben estava voltando a se mover: dessa vez, saltando agilmente de uma rocha até as pedras ao lado esquerdo da criatura, atraindo sua atenção para longe de Orrin e do pequeno Tusken.

Pedras grandes viravam pó sob as patas do leviatã, que avançava violentamente. O dragão bateu a cabeça com chifres contra o pilar quebrado em cima do qual Ben havia se equilibrado, mas Orrin reparou que Ben não estava mais lá. Uma cambalhota para trás colocou Ben próximo à parte traseira do krayt, e o homem deu um golpe de sabre de luz em uma de suas duras barbatanas.

O ato pareceu apenas enfurecer o dragão, que se afastou de Ben, pulverizando mais colunas no processo. Por trás de uma formação prestes a cair, surgiu um ancião Tusken, carregando um bebê. A figura ficou paralisada de pânico, perante o avanço rápido da criatura.

Ben estava correndo, também. Ele fez um movimento deliberado pelo ar com a mão livre e, bem à frente do krayt, o par de Tuskens subitamente começou a voar, saindo do caminho do monstro. Surpreso, o dragão parou e soltou um grito para o céu.

Era um som que eles ouviriam lá no oásis, Orrin pensou. A criança Tusken se encolheu, enterrando a cabeça no ombro de Orrin. Dessa vez, Orrin empurrou-a de volta. Ben, o louco, havia alcançado o dragão na clareira recém-criada. Qualquer pensamento de simplesmente fugir dali havia passado: Orrin tinha de ver aquilo.

Ciente agora do perigo que a arma de Ben representava, o krayt virou-se nas quatro patas e atacou com a maciça cauda farpada. Ben saltou sobre ela na primeira vez em que ela passou, mergulhando na segunda e cortando-a na terceira. Não houve quarto ataque: o krayt uivou e recuou.

Orrin olhava a cena, atônito. Os pilares de pedra emolduravam os combatentes como em uma arena improvisada. Mas Orrin pensou que era uma arena estreita demais, e que aquele certamente se tornaria o fim de Ben. O krayt pareceu perceber isso também. Prejudicado pela cauda ferida, o animal escolheu uma nova tática: esmagar Ben com seu imenso peso. Apontando-se para o homem e inclinando a cabeça, o dragão jogou o corpo para a frente, em um movimento de rolagem. Sem ter para onde pular, Ben desapareceu sob a massa furiosa. Outro megalito foi atingido, e depois mais outro, virando e quebrando como garrafas de cerveja derrubadas em um bar. Uma chuva de lascas de pedra atingiu o krayt, que continuava rolando, até desaparecer na nuvem de poeira. Ben não podia ser visto em parte alguma.

Um segundo depois, o dragão tornou a aparecer, correndo da névoa na direção de Orrin e da criança Tusken. Orrin soltou um grito, mas o krayt também, parando a poucos metros deles. O animal virou a cabeça para trás, com a boca pontuda, semelhante a um bico, mordendo na direção de seus ombros... E agora Orrin via por que: Ben estava ali, agarrando-se às costas rugosas da criatura, com a túnica suja e rasgada. De algum modo, ele havia sobrevivido e agora estava sobre a criatura. E ele não era um simples cavaleiro. Estava atacando repetidamente a parte traseira do krayt com o sabre de luz. Era isso o que impedia seu avanço, como Orrin percebeu.

E parar era mortal, para o krayt. Saltando de escama em escama, Ben chegou ao pescoço do monstro. Encontrando uma placa mais fraca em sua carapaça, Ben enterrou a lâmina azul lá dentro. O krayt gritou, mais alto que qualquer uma das sirenes de Orrin jamais havia gritado. Ele estremeceu, e Ben precisou lutar para ficar em cima da fera. Mas ficou, e seu sabre de luz voltou a encontrar um ponto vulnerável no animal: desta vez, no interior de seu cérebro primitivo.

Então, o dragão morreu, e sua cabeça caiu a poucos metros de Orrin e da criança, com um impacto trovejante.

Pasmo, Orrin olhou para a carcaça maciça. Uma língua preta nojenta escorregava de sua boca. Ao lado de Orrin, a criança olhou mais uma vez para o dragão e para seu salvador, antes de sair correndo sem dizer uma palavra sequer.

Ben desceu das costas do krayt e ficou olhando em silêncio para o animal abatido. Para Orrin, Ben pareceu satisfeito no primeiro momento, mas depois triste no instante seguinte, ao perceber o que havia acabado de fazer na frente de sua testemunha.

— Você... *Você é um Jedi!* — exclamou Orrin.

Ben não disse nada. Seus braços estavam caídos ao lado do corpo, e o sabre de luz apontava para o chão.

A mente de Orrin dava voltas alucinadas. Ele pensou nos holonoticiários que tinha visto em Anchorhead algum tempo antes. Havia acontecido alguma espécie de golpe, perpetrado contra a República pelos Jedi, ele achava. Orrin não sabia muita coisa a respeito dos Jedi. Nunca fizera muito sentido para ele por que a República colocava sua fé em um grupo que não controlava nem compreendia. Não parecia um negócio inteligente. Alguma coisa deve de fato ter dado errado, porque os Jedi haviam sido expurgados, dando origem ao Império.

— É por isso que você está aqui — disse Orrin, agarrando-se a uma das paredes rochosas, em uma tentativa de se levantar. — É por isso que você está se escondendo. Estão procurando por você. Todos!

Ben simplesmente olhava para o cadáver do krayt. No entanto, não havia desativado sua arma, e naquele instante Orrin percebeu o perigo em que estava. Ben havia acabado de matar um dragão krayt, e agora seu segredo havia sido revelado.

Orrin fez uma careta ao tentar se mover, apoiando-se contra as torres de pedra.

— Você vai me matar!

Ben olhou para ele.

— Isso eu ainda não decidi.

— Ainda não *decidiu*?

Ben deu um sorriso fraco.

— Não é meu costume matar pessoas para evitar que elas falem. Essa é uma coisa que *você* faria.

Orrin foi cambaleando de uma superfície de pedra a outra, tentando chegar até a clareira. Atrás dele, Ben suspirou, virando-se para segui-lo. Caminhava devagar, finalmente desligando seu sabre de luz e devolvendo-o a seu esconderijo sob o manto.

Ele não vai me matar, pensou Orrin, lutando contra a dor. Isso o levou a seu próximo pensamento: *Eu tenho uma carta na manga.*

Orrin sairia do planeta, visitaria esse tal Império e voltaria a ser alguém. Ele novamente tinha algo para vender: o esconderijo de Ben Kenobi. Ao diabo com Tatooine, com aquilo tudo! Com esforço, ele saiu para a luz dos sóis.

Annileen não estava em parte alguma, nem Veeka. Mas Mullen estava ali, no chão, perto do JG-8. Um massiff solitário estava sobre o corpo dele, banqueteando-se.

Com o coração na mão, Orrin arrastou a perna quebrada ao longo da clareira. O massiff, que já havia acabado de se saciar, foi embora. Orrin alcançou o corpo do filho e desabou no chão ao lado dele, gemendo. Mullen tinha sido morto pelas mãos de um Tusken, justo como seu adorado filho mais novo, gêmeo de Veeka.

Onde estava Veeka? Forçando a vista, Orrin viu pegadas e uma fina trilha de sangue que seguia para a saída norte. Seria o sangue de Veeka ou o de Annileen? Veeka teria conseguido fugir até a milícia? Se fosse esse o caso, não havia como ajudá-la, assim como não poderia ajudá-la se os Tuskens estivessem com ela.

Ben aproximou-se dele, ficando a uma distância respeitável. Orrin levantou a cabeça da bagunça que havia sido o corpo de Mullen. Será que Ben esperava que ele o respeitasse agora? Depois disso tudo?

Ele soltou o ar, em um resfolegar de ódio.

— Eu vou contar tudo a eles. Ao Império! E eles vão *destruir* você!

Ben juntou as mãos e olhou para o chão. Orrin lutou para se levantar novamente.

— Você me ouviu, Jedi? — continuou Orrin. — O Império vai destruir você... E tudo o que você ama.

Ben balançou a cabeça.

— Ele já fez isso.

O fazendeiro o ignorou e cambaleou na direção do landspeeder danificado.

— É melhor me matar agora, porque estou falando sério! — Ele se colocou com dificuldade dentro do veículo. — Eu vou fazer isso, Kenobi!

— Não vai, não — disse Ben. — Eu vi seu futuro. Acho que você não vai viver muito mais tempo.

— Por sua causa!

— Por *sua* causa. Porque você não deu meia-volta. — Dizendo isso, Ben deu as costas a Orrin e começou a se afastar.

Orrin ficou olhando boquiaberto para o homem, mas só por um momento. Ativou o JG-8, que gemeu em protesto. Não havia volta, não com a milícia e os bandidos lá embaixo. Não, ele só poderia ir em frente, passando pela abertura que dava para o sul, em direção seja lá ao que houvesse naquele caminho. Se Veeka sobrevivesse, ele voltaria a encontrá-la... de algum modo.

Ben ficou simplesmente parado, observando enquanto o veículo avançava alguns metros de cada vez, andando e parando aos trancos. Orrin lutava com os controles, socando o painel.

— Ande, maldição!

DEPOIS QUE AS CRIANÇAS JÁ ESTAVAM BEM ESCONDIDAS, ANNILEEN voltou para a clareira, passando por uma abertura estreita a leste. Visitar Tuskens em seu lugar de último recurso já era inquietante o suficiente, mas ela quase deu meia-volta ao ver Orrin flutuando em sua direção, pilotando o JG-8 todo quebrado.

Então, Annileen percebeu que Orrin não estava indo na direção dela, mas se dirigindo para a saída ao sul da clareira. Orrin aparentava estar ainda pior que o veículo, com os cabelos cobertos de poeira e a boca cheia de sangue. Parecia não prestar a menor atenção a ela. Ao olhar para trás, Annileen viu Ben parado em pé, a cinquenta metros de distância, sem se esforçar para persegui-lo.

Orrin pareceu finalmente reparar nela apenas quando o landspeeder parou subitamente, mais uma vez. Annileen mal conseguia reconhecer o homem, a não ser pelo sorriso diabólico que tomou conta de seu rosto quando ele a viu. Suas palavras pingavam de satisfação venenosa.

— Ben andou mentindo pra você — ele disse.

Annileen deu de ombros.

— *Você* fez isso o tempo todo.

Orrin bufou. Mas, antes que ele pudesse dizer mais alguma coisa, a Tusken que ele conhecia como Olho-de-rolha emergiu do labirinto ocidental perto da abertura sul, com o gaderffii na mão. Os adversários se encararam por um instante. Orrin mirou o veículo na direção da Tusken e pisou fundo no acelerador.

O JG-8 pareceu esquecer seus problemas técnicos, indo com tudo para a frente. A'Yark permaneceu parada, sem se perturbar, enquanto Orrin corria para atropelá-la... Até o momento em que ela atirou seu gaderffii. A pesada arma girou pelo ar e atingiu o para-brisa, com uma força terrível.

Orrin foi atingido por uma chuva de vidro, tendo seu para-brisa sido esmagado pela segunda vez por alguém que ele havia irritado. Mas o landspeeder avançou mesmo assim, atingindo a guerreira Tusken com toda a força, levando-a consigo até a saída sul.

Annileen foi atrás do landspeeder. Ela percebeu que Orrin não conseguia ver nada através do vidro quebrado, mas ainda assim continuava acelerando. Annileen parou a tempo de ver o hovercraft errar a entrada da trilha de banthas estreita, que levava para a encosta do despenhadeiro. O veículo navegou à deriva por vários segundos, até que, não havendo nada que as unidades antigrav pudessem repelir, tombou, girando e girando. Desapareceu em meio ao terreno ruim.

A alguns metros atrás de Annileen, Ben veio correndo.

— A'Yark! — ele gritou.

Annileen olhou para baixo. No penhasco que dava para a trilha de banthas, A'Yark se pendurava a uma rocha. Annileen correu até lá e estendeu a mão para pegar a da caçadora. Atônita, a Tusken olhou para ela, e seu olho de joia reluziu à luz dos sóis. Então, a Tusken murmurou uma coisa, e Annileen sentiu A'Yark escorregar.

Alcançando Annileen, Ben inclinou-se sobre o precipício e olhou para A'Yark.

— Você quer viver — ele disse. — Lembra?

Por um momento, A'Yark não se moveu. Mas, então, sua mão apertou com força a de Annileen. A colona e o estrangeiro puxaram a senhora da guerra para cima.

Ferida, mas não vencida, A'Yark ajoelhou-se e olhou para a fumaça que se elevava das colinas, vinda do desfiladeiro abaixo. O Deserto de Jundland era impiedoso.

— Você conseguiu o que queria — disse Ben.

— Nem tudo. — A'Yark virou-se e, endireitando-se, passou por Ben e Annileen. Voltou a subir para o platô. — Mas trato foi cumprido. Podem ir.

Annileen assentiu. Ela podia ouvir os sons de botas: os Tuskens voltariam a qualquer instante. Mas, com Ben ali, ela não sentia medo algum.

— Eu agradeço a você — disse Ben a A'Yark, com uma mesura.

Parada diante de uma passagem que dava para o interior do labirinto, A'Yark olhou friamente para trás.

— Você se lembra, Ben — disse A'Yark. — Você sabe o que você pode ser. — Ao dizer isso, ela voltou a deslizar para as sombras.

Annileen e Ben atravessaram rapidamente a clareira, parando apenas ao lado do cadáver de Mullen. Então, Annileen ficou lívida, voltando-se para a direção em que Orrin havia partido.

Ben olhou para ela.

— Eu lamento — ele disse.

— Eu não — respondeu Annileen. Virando-se, ela o abraçou.

Não foi um abraço de paixão, mas o colapso exausto de alguém que teve um dia muito longo... e uma noite, e o dia seguinte. Aquele abraço Ben não pôde recusar. Annileen olhou para ele e estava prestes a falar alguma coisa.

Ele falou primeiro.

— Aqui não — ele disse, e sorriu. — Minha casa. Esta noite.

Então, empurrou-a com carinho na direção da trilha que levava para baixo.

CAPÍTULO QUARENTA E SEIS

BEN SEGUIU SEU CAMINHO PARA CASA. ANNILEEN TAMBÉM, E ASSIM começou a tarde mais difícil de sua vida.

Ela emergiu das colinas, encontrando uma comemoração de vitória moderada. Os fazendeiros tinham ido ao Deserto de Jundland atrás de um pretenso traidor, mas acabaram entrando em uma batalha com um dos inimigos de sempre: os gângsteres de Mos Eisley. E o pessoal do campo tinha dado uma surra no povo da cidade. Mosep Binneed, matemático o bastante para saber calcular suas chances na hora, havia decidido reduzir as perdas que já tinha na questão Gault, recuando com apenas a cauda de seu esquife em chamas.

Ulbreck e os outros ficaram aliviados ao ver Annileen, mas descontentes ao saber que sua chance de um ajuste de contas com Orrin lhes havia sido roubada. Ali perto, Annileen viu Veeka, sendo tratada pelo dr. Mell. Em estado de choque, a garota ferida não reagiu quando Annileen deu a notícia da morte de seu pai.

Annileen foi cercada de perguntas, vindas de todas as direções. Felizmente, o marido de Leelee viu a situação em que ela estava e se ofereceu para levá-la de volta ao Lote. Deixou-a lá e partiu sem dizer uma só palavra. Em casa, a faminta Annileen comeu enquanto fazia as malas, explicando aos filhos intrigados o que havia acontecido. O que ela entendeu do que acabara de acontecer, pelo menos.

No fim da tarde, Leelee chegou pela porta dos fundos da residência, com o rosto de uma cor róseo-acinzentada. Ela ficou do lado de fora enquanto recontava a Annileen o que vinha sendo dito na casa dela e em outras ao redor do oásis.

Em um momento em que todos os ressentimentos ocultos contra os Gault subitamente encontraram sua voz, a maioria das pessoas se apressou em não encontrar um defeito sequer em Ben. Era algo de fato típico de Orrin, segundo elas, desviar a culpa para um infeliz recém-chegado... E alguém teria de estar aterrorizado para buscar abrigo justamente em um lugar que, como todos sabiam, era um ninho de Tuskens. Aterrorizado ou louco. Mas, embora todos tivessem apreciado a revelação feita por Ben, muitos ficaram incomodados com o fato de que ele em poucos dias ficara sabendo de certas verdades que gente que trabalhava ao lado de Orrin há anos nunca descobrira. Inocente ou não, Ben era uma figura estranha, e poucos ali tinham vontade de voltar a vê-lo.

Sob o bombardeio de perguntas dos colonos, a antes durona Veeka havia se transformado em uma coisinha patética e balbuciante, que descrevia em detalhes como Orrin roubava dinheiro do Fundo e atacava aqueles que não o assinassem. Então, temendo por sua vida, ela começou a culpar os Calwell, afirmando que Jabe havia participado de tudo com eles, não só do ataque encenado aos Ulbreck, como também de todos os outros antes. E, na história de Veeka, Annileen sabia de tudo, e tinha lucrado com as vendas de armas e cerveja.

Ninguém estava tremendamente inclinado a acreditar em Veeka, muito menos no imbeciloide do Zedd, que repetiu a história dela quando confrontado para explicar seu papel em tudo aquilo. Mas os registros financeiros encontrados na casa de Orrin, que ele não havia conseguido apagar, por falta de tempo ou excesso de confiança, eram devastadores. Eles detalhavam dezenas de milhares de créditos pagos do Fundo para o Lote ao longo dos anos por cerveja, armas e uso das garagens, desde o tempo de Dannar Calwell.

Tudo bastante legítimo, do ponto de vista de Annileen; mas as somas eram impressionantes para as mentes dos prospectores mais pobres, que viam naquilo uma conspiração. Vários frequentadores mais antigos se lembraram de Jabba fomentando uma guerra com os Tuskens, anos antes, para vender armas vagabundas a eles. O que estava acontecendo agora era algo parecido? Annileen parecia ser uma pessoa acima de qualquer corrupção, claro, mas eles não tinham visto Orrin ir para detrás do balcão tantas vezes, para tirar dinheiro da caixa registradora? E ele não tinha a autorização de Annileen para isso? E quanto a todos os registros financeiros particulares dela, armazenados no datapad que estava bem na mesa dele? *Quão* separadas eram as famílias, na verdade?

Annileen já sabia a resposta: não eram muito separadas. Havia muitos laços a desatar, laços que Annileen havia deixado crescer ao longo dos anos porque era mais fácil não discutir com Orrin. Mas enquanto esses vínculos entre as duas famílias antes as haviam levado a uma posição de respeito e de relativa riqueza, agora as tornava foco de inveja e desconfiança.

Tudo havia acontecido do jeito que Ben dissera que aconteceria, e Annileen agora podia somar "adivinhação" a seus outros talentos. Ela já havia notado que ninguém tinha ido ao Lote para jantar. Sua posição era insustentável. Com o tempo, poderia até resolver as coisas, se estivesse em Coruscant, com um advogado, por exemplo. Mas aquilo era Tatooine, e ali boatos e sentimentos ruins se espalhavam como areia ao vento, e decisões, uma vez tomadas, jamais mudavam.

Ela e Leelee se abraçaram, às lágrimas. Annileen era incapaz de sequer começar a explicar à amiga o que havia acontecido, ou quais eram seus planos. Ela simplesmente prometeu que iria contatá-la novamente.

E, então, fechou a porta, pronta para dar uma volta pelo Lote pela última vez.

A LUZ RETORNOU LENTAMENTE A ORRIN. QUANDO CHEGOU, FOI devastadora... Assim como a dor.

O céu tremeluzia por algum motivo, parecendo um redemoinho brilhante no fim de um túnel. Orrin não conseguia sentir suas pernas. Elas estavam ali, isso ele podia dizer; suas mãos estavam repousando sobre elas. Mas não havia qualquer sensação em seus pés, nem nos dedões.

Foi o acidente, ele pensou. *Eu me queimei*. Ele já havia passado por isso antes. Quando criança, havia ficado ao ar livre durante um dia inteiro de verão, sem chapéu ou proteção para a pele. Voltara para casa com um rosto tão queimado e seco que até sorrir doía. Seus pais o mantiveram em casa por um dia inteiro depois disso, com o rosto coberto em ataduras para evitar que ele ficasse futucando as feridas. Agora, o tecido em seu rosto tinha uma sensação parecida, só que era mais grosseiro.

Sim, era isso. Ele havia sido coberto de ataduras e levado até Bestine. Provavelmente o dr. Mell estava lá, falando com os médicos da região a respeito de seu caso. Orrin respirou aliviado.

E, então, ele ouviu sua respiração.

Havia alguma coisa sobre sua boca, algo metálico, batendo em seus dentes quebrados quando ele a abria bem.

Outra lembrança sensorial o invadiu, dessa vez de sua única viagem para fora do planeta. Na ocasião, Orrin havia contraído uma infecção bacteriana que deixara seus braços vermelhos e descamando. Aquilo lhe valera uma hora dentro de um tanque de bacta, algo incomum em Tatooine. Ele havia usado uma máscara respiratória então. Estava usando algo semelhante agora, só que menor e fria ao toque de seus lábios.

A luz acima dele desapareceu. Lentamente, o rosto de um Tusken apareceu e sumiu.

Não.

Ele forçou com suas mãos, erguendo seu torso. Agora ele via suas pernas, cobertas por ataduras. Sentiu as luvas que lhe cobriam as pontas dos dedos. Sentiu o sudário em seu rosto, e as peças oculares metálicas encostando em suas pálpebras.

Universo misericordioso, não.

Outro Tusken apareceu diante de seus olhos.

— Orringault.

Aquilo pareceu a Orrin um grunhido animal. Mas era seu nome, e aquela era definitivamente a Tusken de um olho só que ele havia tentado atropelar. *Olho-de-rolha.*

— Eu sou A'Yark — disse a senhora da guerra Tusken. — Você vive, Orringault.

Orrin agarrou a superfície irregular sob seu corpo. Percebeu que estava deitado a uma certa distância do chão, no alto de uma pilha retangular de pedras.

— Esta é a plataforma fúnebre de meu filho — disse A'Yark.

Orrin simplesmente balançou a cabeça, e seus olhos estavam secos demais para lágrimas. Ele já tinha visto aquelas coisas antes.

A'Yark o agarrou pelos ombros.

— Você tem trabalho. — Ela o girou, e Orrin viu os pilares de pedra familiares passarem por seus olhos... Até finalmente dar de cara com um cilindro metálico mais baixo.

Era um vaporizador.

Orrin reconheceu o modelo: era o vaporizador que os Tuskens haviam roubado de Wyle Ulbreck. Mas, em vez de sucateá-lo em busca de metais, a guerreira e seus companheiros o haviam colocado em posição vertical. Agora, com esforço, eles o trouxeram para mais perto. Quando se aproximou, Orrin percebeu que a padiola de transporte havia sido adaptada para se tornar outra coisa.

Aquilo não seria o túmulo de Orrin. Seria sua plataforma de trabalho.

— Você nos dá água — disse A'Yark. — E você será alimentado.

Orrin lutou. As partes de seu corpo que ainda podiam se mover estavam sufocando, de tão apertadas que estavam sob as ataduras.

— Você será alimentado. E movemos você quando nos movermos. E você vai viver... Enquanto tivermos água.

Orrin ouviu sua respiração irregular ficando cada vez mais alta.

Não. Não. Não.

Orrin pensou, mas não falou nada. Porque "não" era uma palavra, e ouvir sua voz através da peça bucal confirmaria o que ele já sabia: que ele agora era *um deles*.

Uma Pessoa da Areia.

Orrin resolveu nunca mais falar.

O PRIMEIRO SOL ESTAVA DESCENDO ATRÁS DAS ENCOSTAS A OESTE, ao pé da colina de Ben. Gloamer havia ficado com o landspeeder velho e amassado de Annileen e a LiteVan, de que Tar iria precisar para gerenciar o armazém. Em troca, ele lhe dera dois de seus speeders esportivos turbinados, que ela imaginava que seriam úteis no deserto... Ou onde quer que eles e Ben fossem terminar.

Annileen riu para si mesma ao estacionar. Ela já tinha visto Ben em uma hover bike, mas não tinha ideia se ele sabia dirigir um landspeeder. Bem, ela teria tempo de descobrir e até de ensinar a ele, se Ben não soubesse. Ela desceu do veículo, e o banco de trás transbordava de bagagens e artigos embrulhados às pressas. Em frente a ela, Jabe e Kallie emergiram de seu veículo repulsor igualmente carregado.

Tanta coisa... Mas tão pouca, também, que valia a pena levar depois de uma vida inteira. Era triste, Annileen pensou. Mas também era algo renovador.

O queixo de Jabe caiu quando ele olhou para a cabana.

— É isso *aí*?

— Ele ainda não tem porta — Kallie observou. A filha de Annileen tinha andado calada desde que fechara o estábulo. Mas ver Ben sair de dentro da casa a animou. E animou Annileen, também.

— Bem-vindos — disse Ben, descendo a encosta. Em vez de seu manto habitual, ele usava uma camisa branca de mangas compridas e calças cinza-claras, um conjunto que Annileen não o tinha visto usar antes. Parecia descansado, como se de algum modo tivesse conseguido dormir nas poucas horas que se passaram desde que ela o tinha visto pela última vez. Ele carregava uma pequena mochila bege sobre o ombro.

Annileen foi na direção dele, sorridente. Mas, antes que pudesse alcançá-lo, os eopies de Ben chegaram trotando de dentro da casa, balindo.

— Ah — disse Ben, colocando a mochila no chão. — Encontrei os dois na volta para casa.

— A gangue está toda aqui — disse Annileen, com carinho.

Ben levantou a cabeça.

— Seus negócios estão resolvidos? — perguntou Ben.

— Na medida do possível, sim — ela disse.

No veículo, ela tinha dinheiro vivo, retirado de suas economias. E o depósito de Gloamer em sua conta eletrônica poderia ser acessado em Bestine ou Mos Eisley. Era o suficiente para viver por muito tempo, especialmente fora dali. Ela não sabia se esse era o plano de Ben: ele só tinha dito a ela que fizesse as malas para passar um bom tempo fora. Mas, fosse o que fosse, ela supunha que estariam juntos. Enquanto Kallie se ajoelhava para fazer carinho em Rooh e no filhote, Ben estudou Jabe.

— Você está bem, filho? — ele perguntou.

— Estou. Eu... Eu quero agradecer a você por ter nos ajudado. E por me salvar ontem à noite. — Jabe parecia triste, envergonhado. — Eu não merecia...

Ben apertou a mão do rapaz.

— Você estava a apenas alguns passos do caminho errado. — Ele olhou Jabe nos olhos. — Estava desesperado para ter o que fazer. Mas alguém que eu respeito um dia me disse que pessoas sábias nunca tomam decisões desesperadas. — Ele refletiu por um momento, e então sorriu. — Na verdade, a frase foi dita de uma forma bem diferente da que acabei de falar. Mas o conselho é válido.

Jabe deu um leve sorriso. Annileen sorria de orelha a orelha e olhou para os landspeeders.

— Vai escurecer daqui a pouco. Devemos descarregar as coisas?

— Não — disse Ben, virando-se para a bolsa na varanda. — Isso pode esperar até Mos Eisley.

Kallie arregalou os olhos.

— Mos Eisley?

— Eu sei que já estivemos lá ontem — ele disse, erguendo a mochila. — Certamente não parece que foi ontem... Mas há um transporte preparando-se para partir do Hangar Cinquenta e Seis depois de amanhã, e a passagem já foi comprada.

Annileen ficou de queixo caído.

— Como é?

Antes que Ben pudesse responder, Kallie o abraçou, com força suficiente para fazer com que ele deixasse a mochila cair no chão de novo. Ele riu.

— Vocês não querem saber qual é o destino?

— Na verdade, não! — disse Jabe, recuando e batendo triunfante na palma da mão da irmã.

— A primeira parada é Bestine — disse Ben. — O planeta, não a cidade.

— *Primeira* parada? — repetiu Annileen.

— Isso mesmo. — Ben sorriu e olhou para o único sol remanescente. — Deve ser seguro ir para Mos Eisley esta noite. Com toda a atividade da milícia lá fora hoje mais cedo, os Tuskens vão evitar o norte durante semanas. — Ele fez um gesto para o segundo landspeeder. — Se puderem, crianças, por favor, esperem no pé da colina. Preciso falar com sua mãe um instante.

Atordoada, Kallie olhou para a mãe.

— A senhora nunca disse que íamos deixar Tatooine!

— Eu não sabia — disse Annileen, com a mente ainda zonza. Mas parecia fazer sentido: era apenas mais um ato impulsivo em um dia verdadeiramente cheio. Ela sentia como se a próxima coisa a ceder fosse a gravidade.

Jabe já estava atrás dos controles do segundo landspeeder, acenando.

— Kallie, vamos!

Kallie deu um pulo e beijou Ben no rosto.

— Vemos você daqui a pouco! — Ela girou e correu para o veículo, fazendo a poeira voar sob seus pés. Em um instante, os irmãos estavam indo para o pé da colina, comemorando, tão animados que era possível ouvir tudo por cima do ronco do motor.

Annileen olhou abismada para Ben.

— Você não dá a uma mulher a chance de respirar, não é?

Ben deu um sorriso cansado por um instante antes de se voltar para os eopies.

— Quero que você saiba de uma coisa... — ele disse, estendendo a mão para segurar as rédeas de Rooh. — Eu... teria preferido salvar Orrin.

— Ele não era responsabilidade sua — ela retrucou, vendo-o colocar os animais no curral. — Não foi você quem morou perto dele por anos, sem saber o que ele havia se tornado.

Ben retribuiu o sorriso.

— Mas assim que você soube, tomou uma atitude a respeito. E não esperou.

— Você está me dando crédito demais. O único motivo pelo qual eu fiz alguma coisa foi você.

— Não, acho que você merece um pouco de crédito, sim. E um novo começo — ele disse, indo até a mochila. Abriu-a e tirou de dentro um datapad.

Annileen o reconheceu na luz fraca.

— Ei, é aquele meu antigo. O datapad que eu dei a você!

Ben o ativou.

— Hoje de manhã, precisei ir de speeder bike até um vilarejo para conseguir um sinal para fora do planeta. E montei em Rooh à tarde para obter uma resposta. Mas é oficial — ele disse, passando o dispositivo para ela. — Você passou.

Os olhos de Annileen examinaram as palavras escritas no datapad. Então, ela cambaleou para trás, como se tivesse levado um soco.

— Você enviou minha inscrição? — Ela olhou para ele, de queixo caído. — Mas ela tinha vinte anos!

— Alderaan ainda existe, certo? O sistema universitário também. — Ben postou-se ao lado dela e apontou para uma aba na tela. — Eles ainda estão realizando as expedições de exobiologia, com lançamentos a partir de sua filial em Naboo.

Annileen lembrava-se do anúncio de cor: dez mundos em dois anos, estudar mil espécies, a maioria das quais pouco entendida pela ciência. Voltou a olhar para ele.

— Aceita? Como isso é possível?

Ben cruzou os braços.

— Esta é uma daquelas coisas que não posso deixar você me perguntar. Vamos apenas dizer que você tinha boas referências em Alderaan.

Ela não sabia ao certo se acreditava no que estava acontecendo... ou em Ben. Essa coisa toda parecia impossível, incompreensível.

— Indo para a universidade, e com minha idade! Não posso acreditar. Não faz nenhum sentido!

— Faz mais sentido que alguém com suas habilidades servindo caf e colocando latas de comida nas prateleiras — ele disse. — Existe uma vaga para Kallie, também. E certamente haverá mais oportunidades lá para seu filho que aqui.

Annileen olhou para a tela e riu sem querer.

— Estou vendo que você não conseguiu me colocar em uma escola em Coruscant.

— Meus poderes de fato são limitados. — Ben pegou o datapad das mãos dela e foi com ele até o landspeeder.

Ela deslizou atrás dele, mal sentindo o chão sob seus pés. Ele colocou o datapad em segurança dentro do veículo. Quase tonta, ela fez uma piada.

— Tem certeza de que você vai ser feliz sendo o companheiro de viagem de uma aluna de meia-idade?

— Não posso negar que sinto falta das estrelas — ele disse, as mãos pousando na porta do landspeeder. — E em outra vida, então? — Ben assentiu gentilmente, formando com a boca o sorriso mais discreto possível. Mas, então, ele olhou para ela com solenidade. — Mas receio que não posso ir.

Annileen gelou.

— Como assim?

— Tenho responsabilidades aqui. Coisas para cuidar.

— Que tipo de responsabilidades? — Annileen olhou para a casa. Ela viu Rooh no curral. — Se forem os eopies, podemos deixá-los em um rancho no caminho!

— Não é isso. — Ben balançou a cabeça e começou a se afastar do landspeeder.

— Espere. Você fez tudo isso. Você nos salvou. Você nos trouxe todos até aqui! — Ela foi atrás dele. — É de *nós* que você está cuidando!

— Você não precisa de cuidados, Annileen — disse Ben, dando as costas para ela e subindo a colina. — Você é capaz. *Extremamente* capaz.

Annileen ficou parada na noite que caía rapidamente, perplexa. Desde sua conversa com Ben no quarto, o impulso a havia arrastado pelos eventos do dia. O impulso e a ideia de que Ben fazia parte do capítulo seguinte.

— Não quero que você *fique* — ela implorou. — Eu quero você comigo!

— Annileen...

— Annie! Eu já lhe disse, todo mundo me chama de Annie!

— Você sabe que isso não é possível. Não é sequer sensato...

— Sensato? O que é *sensato*? — Ela chutou a areia. — Trabalhar com alguém por vinte anos só para descobrir que essa pessoa estava fraudando metade do oásis?

— Isso é apenas uma fantasia...

— Como Caçadores Tuskens com quem você consegue conversar? — Ela o agarrou pelo ombro e o girou. — Ou um homem que chega do nada e arrisca o pescoço para ajudar pessoas que nunca viu antes, como se fosse algum tipo de... — Ela parou, procurando em vão a palavra seguinte.

Ben deu um passo para trás. Foi um passo pequeno, quase imperceptível. Mas, para Annileen, totalmente consciente da presença dele, pareceu um ano-luz de distância, e ela esqueceu o que ia dizer.

Isso a fez parar para respirar.

— Me desculpe — ela disse, lutando para controlar as emoções. — Mas queremos você conosco. *Eu* quero você conosco. — Ela pegou a mão dele. — *Comigo*. Não só...

— Eu *já tenho* uma família — disse Ben, puxando bruscamente a mão de volta.

Os olhos dele brilharam para ela na luz do crepúsculo.

— Você... Você tem...

— Uma vez, você me perguntou se eu tinha família para cuidar — ele disse. — Eu tenho. É por isso que estou aqui.

Annileen olhou ao redor, rindo nervosa.

— Não são os eopies, são? — ela perguntou, e sua voz era quase um murmúrio.

— Não. Há uma criança — ele respondeu, como se tivesse dito a ela sua mais secreta verdade. — Sob minha responsabilidade.

Annileen balançou a cabeça, e suas lágrimas finalmente chegaram. Sim, ela havia imaginado essa possibilidade antes, mas a tinha mantido afastada de sua cabeça. Não fazia sentido que isso fosse aprisioná-lo ali para sempre.

— Você pode tomar suas providências... — disse ela. — Famílias fazem isso o tempo todo. Você pode cuidar da criança e ainda assim...

— Não, não posso — Ben disse, com firmeza. — Eu tenho que *estar aqui*. — Ele se virou para ir embora.

Ela olhou para as sombras ao redor.

— Então, *nós* vamos ficar! Não temos que sair do planeta!

— Você tem seu destino, Annileen. Eu tenho o meu.

Annileen olhou para o landspeeder.

— Era disso que se tratava? Essa história da universidade? Você está me mandando embora, é isso?

— Não posso tê-la aqui — disse Ben, voltando para sua casa. — E você não pode ficar.

Annileen olhou para Ben sem entender, enquanto ele abria a cortina que cobria a entrada da frente de sua casa. Nada daquilo fazia sentido. Desde antes do amanhecer, Annileen só havia conseguido suportar toda aquela loucura por causa da visão de um futuro com Ben. Os últimos acontecimentos tinham sido tão radicais que a salvação que ele representava assumira o lugar de um sonho há muito tempo imaginado por ela.

E era isso que tornava tudo pior.

— Você mentiu para mim — ela disse, mal conseguindo pronunciar as palavras.

Ben virou-se na porta.

— Como?

— Você mentiu para mim — ela disse, sentindo-se entorpecida. — Você mentiu para mim. Pode ter sido por quinze horas, em vez de anos, como Orrin... Mas você mentiu para mim. Como o próprio Orrin falou.

Ben arregalou os olhos.

— Eu nunca... — Ben começou a dizer, antes de parar. Depois de um instante, ele falou novamente: — Sim, acho que andei mentindo para você. — Ele olhou para o lado. — E não só sobre esta noite, ou sobre a criança. Menti para você sobre outras coisas. *Muitas* outras coisas. Desde o começo.

Annileen fechou os olhos.

— Bom — ela disse, baixinho —, acho que ambos concordamos em uma coisa. — Ela abriu os olhos e o encarou diretamente. — Eu não preciso disso. Não mais. — Annileen virou-se e começou a andar. — Tenho pena de você, Ben. Adeus.

Com firmeza, ela subiu no landspeeder. Parou apenas para dar uma última olhada para trás, para ver Ben, sozinho, observando tudo da entrada da casa.

Então, ela desceu até onde seus filhos esperavam e fez um gesto para que eles a seguissem. Juntos, dispararam por um deserto já coberto de estrelas.

CAPÍTULO QUARENTA E SETE

O JOVEM GUERREIRO BALANÇOU SEU GADERFFII, EMPALANDO O JAWA. A minúscula fera gemeu e estremeceu, e a vida deixou seu corpo.

A'Yark olhava para a carnificina com aprovação. Dois dias antes, os colonos ameaçaram tomar os Pilares. Agora, ao crepúsculo em vez de ao amanhecer, seu pequeno bando realizava seu primeiro ataque no Mar de Dunas Ocidental, a sul do Deserto de Jundland. A região era esparsamente povoada, e a caça daquela noite nada mais era que uma caravana de Jawas atrasada para um encontro com seu sandcrawler. O clã de Yark e Sharad Hett nunca teria se incomodado com essas criaturas. Mas, naquela noite, elas representavam uma excelente presa para um povo despido de sua confiança.

Um dia de cada vez sempre havia sido o único caminho para os Tuskens; parecia não existir outro modo de viver para aqueles que vivam sob uma maldição. Algo, entretanto, havia mudado, e mudado em A'Yark. A líder guerreira queria que seu clã alcançasse o futuro. Isso significava selecionar alvos na ordem adequada. Desgastes eram inaceitáveis. Ataques precisavam ser mais que uma expressão de ódio e dominação dos Tuskens. Tinham de ser úteis, de ensinar alguma coisa aos guerreiros.

E o desejo que ela tinha de sobreviver havia precisado de algo mais.

Aquele que se chamava Orrin havia começado a gemer como um fraco o tempo todo. Eles haviam amarrado um massiff de guarda a ele, para garantir que ele não tentasse escapar se arrastando, mas não parecia haver esse risco. A'Yark duvidava que ele fosse viver muito mais. Mas ele havia conseguido fazer o vaporizador funcionar, e isso era tudo o que importava. Ao contrário dos demais clãs, o povo de A'Yark iria beber naquela estação, e ficaria mais forte.

Tomar água do céu era proibido, sim. Mas A'Yark já tinha questionado outras superstições no passado. Nenhum dos irmãos do céu era digno de respeito. Por que o céu deles deveria ser protegido? Uma faca de metal nas nuvens era o mínimo que eles mereciam.

A água começou a transformar os remanescentes da tribo em poucas horas. Tinha gosto puro; era algo mágico, disseram os anciões. Criancinhas à beira da morte começaram a reviver. Banthas estavam trabalhando por mais tempo. Até mesmo os poucos guerreiros restantes pareciam prontos para lutar. A'Yark aceitava qualquer melhoria. Às vezes, um pequeno sacrilégio vinha bem a calhar.

Eles iriam viver. E tinham de viver, pois pela primeira vez seu povo estava ousando se preocupar com o dia de amanhã.

Os outros Tuskens haviam visto a ação de Ben: haviam visto a nuvem monstruosa que ele erguera nos Pilares, haviam visto o cadáver do krayt. Aquelas figuras poderosas acabavam sempre aparecendo no meio do Povo da Areia, e tinha de haver algum motivo para isso. Algum papel o clã deles estava destinado a desempenhar, no próximo ciclo da história dos sóis. Falando agora mais do que nunca, seu povo expressava seus desejos por um estrangeiro poderoso que lhes ajudasse a destruir seus inimigos.

Ben nunca seria essa pessoa. A'Yark avisaria os outros Tuskens para que ficassem longe da casa dele; ele não tinha nada que valesse a pena tomar, e também não valia a pena irritar um mago. Não importava, diziam os crentes: alguém mais haveria de vir. Mas, embora A'Yark ainda estivesse disposta a receber de braços abertos qualquer esperança que incentivasse seu povo a lutar, ela própria agora tinha o olhar voltado para um novo dia.

Um dia em que o clã percebesse que não precisava de um estrangeiro místico, afinal, e que já tinha o líder de que precisava.

Com esse pensamento em mente, A'Yark enterrou o gaderffii mais uma vez nas costas do líder Jawa. Existir *era* uma maldição. Mas tinha lá seus prazeres.

A *Senhora de Bestine* pairava em órbita sobre o crescente dourado reluzente de Tatooine. Annileen estava parada na gigantesca janela de observação de sua cabine, olhando para baixo. Parecia tão estranho ver seu mundo assim pela primeira vez... Tatooine tinha mais nuvens daquele ângulo do que ela jamais havia visto do chão.

O patrocinador alderaaniano de Ben, fosse quem fosse, havia fornecido não só a bolsa da universidade, mas também acomodações na primeira classe. A *Senhora* não tinha previsão de lançamento até o começo daquela manhã, e Annileen havia pensado em levar as crianças para a Pousada das Sombras Gêmeas. Mas o compartimento da *Senhora* dava uma surra em qualquer quarto que se pudesse alugar na Praça Kerner, e, assim, depois de embarcar sua carga, a família havia simplesmente permanecido a bordo.

Eles saíram de lá somente para fechar a conta bancária de Annileen e devolver os sofisticados landspeeders de Gloamer. Um deles foi abandonado com um bilhete de desculpas no estacionamento de Garn Delroix. O JG-8 que ele havia alugado para Orrin não iria voltar, afinal. O outro eles tinham vendido para uma concessionária próxima ao espaçoporto. Depositaram o valor da venda, com todo o dinheiro extra que Annileen conseguiu juntar, em um pacote endereçado a Leelee, no Lote, para distribuição entre os membros do Fundo dos Colonos.

Não era o bastante. Mas era algo a ser feito.

Annileen mal sentira o lançamento da nave, recusando-se a ficar colada à janela, como seus filhos. Ficou vagando pelos corredores internos durante horas, enquanto o veículo entrava em órbita, aguardando o encontro com uma nave auxiliar trazendo mais passageiros. Annileen *parecia* se sentir à vontade ali, no belo vestido chandrilano que seu marido havia comprado para ela; ela finalmente encontrara um lugar para usá-lo. Mas não sentia como se já estivesse indo para algum lugar.

Não, seus pensamentos haviam permanecido no solo do planeta, ainda na cabaninha ao pé das montanhas. Kallie ficara arrasada pela recusa de Ben em se juntar a eles; Jabe, simplesmente confuso. Annileen, as duas coisas. Ela havia caminhado e pensado, repassando na mente cada curto momento que havia passado com ele. Tentando ver como havia entendido mal a situação.

Não sabia se acreditava na história da família de Ben, e ficou se perguntando várias vezes se não teria partido rápido demais. As mentiras de Orrin a tinham magoado, e as palavras de Ben a feriram profundamente. Mas era claro que o homem estava genuinamente comprometido com alguma coisa que o mantinha ali, e era isso o que importava.

No fim, ela havia permanecido com um enigma tão impenetrável quanto o próprio Deserto de Jundland. E agora, finalmente em sua cabine, podia olhar aquela terra seca enquanto passava pelo terminal e entrava na zona noturna.

Lá embaixo, os sóis estariam se pondo em Mos Eisley, onde os canalhas estariam livres para arrumar encrenca. Costas-de-orvalho estariam se acomodando para dormir nos ranchos. Nas colinas, o Povo da Areia estaria se movendo, atacando os indefesos. E os frequentadores do Lote iriam aceitar o novo dono e beber para esquecer seus dias de trabalho. Ela torceu para que alguém estivesse mantendo a jarra de Bohmer cheia.

Seus filhos juntaram-se a ela na janela.

— Vamos entrar no hiperespaço daqui a pouco — disse Kallie, olhando para a mãe. — Pensando em Ben?

Annileen balançou a cabeça.

— No armazém — ela disse. — Quando seu pai morreu, jurei a mim mesma que não deixaria o armazém fechar as portas, nem que fosse a última coisa que eu fizesse. Foi tudo o que eu pude fazer por Dannar, em sua memória.

— A senhora fez um ótimo trabalho, mãe — disse Jabe.

Ela olhou para ele, tão bonito em suas roupas de festa. Parecia tanto com o pai...

— Eu fiz *mesmo* — ela disse, pondo o braço ao redor dele. — E forcei você a me ajudar, e peço desculpas por isso. Não era seu sonho. — Annileen deu um sorriso fraco. — Também não era o meu. Mas senti que tinha que ficar ali e honrar tudo aquilo.

Kallie se aproximou, e Annileen abraçou os dois.

— Eu acho... Acho que talvez Ben esteja fazendo a mesma coisa — continuou Annileen. — Ele não está ficando em Tatooine porque quer. Acho que ele pensa que *tem de ficar lá*. Talvez alguém tenha lhe confiado alguma coisa, algo que ele sente não ter direito de abandonar. O sonho de outra pessoa, talvez... Como Dannar e o armazém.

Fungando, Kallie levantou a cabeça.

— Mas a senhora está indo embora.

Com os olhos brilhando, Annileen deu um sorriso jovial.

— Eu cumpri meu dever — ela disse. — Ben ainda não cumpriu o dele. Mas, quem sabe? Talvez em cinco, dez ou vinte anos, ele também terá cumprido.

Com os filhos a seu lado, ela olhou para o planeta enquanto os motores da nave começavam a acelerar.

— Adeus, Ben — sussurrou Annileen. *E obrigada.*

Do lado de fora, o mundo ficou borrado e desapareceu.

Meditação

Foram dois longos dias. Mas não sinto cansaço.

Esse foi mais um teste, Qui-Gon, não foi? Quando finalmente responder, você precisa me dizer o que achou da solução que encontrei.

Agora sei onde estou. Estou na sombra da chuva. Próximo a todos os grandes eventos da galáxia, estive no alto da montanha por muitos anos. Agora, estou na parte de trás, contra o vento. Deveria ser seco aqui.

Mas um dia eu deixarei a sombra.

Estive montando guarda esta noite na fazenda dos Lars, procurando ver mais alguma coisa. Lá em cima, além do horizonte... Acho que deve ter sido a nave de passageiros. Estrelas não desaparecem.

Lá em cima, eles estão seguros. Aqui embaixo, Luke está seguro.

E eu estarei... bem.

É um longo caminho de volta, Qui-Gon. Que a Força esteja com você.

Para mim, é hora de voltar para casa.

AGRADECIMENTOS

Comecei a desenvolver a história que é *Kenobi* em 2006, quando Jeremy Barlow, na época meu editor de quadrinhos na Dark Horse, me desafiou a escrever uma coisa que ainda não havia sido feita: *Star Wars* em formato de western. Cinquenta páginas de anotações depois, eu tinha uma história mais adequada para um romance do que uma graphic novel, e então arquivei o projeto até que a oportunidade aparecesse. Foi o que em 2012, graças aos editores Shelly Shapiro e Frank Parisi, de fato aconteceu.

Muita coisa já foi escrita sobre a vida em Tatooine; muito menos sobre o período de exílio de Ben Kenobi. Todas essas obras foram de grande ajuda, e agradeço a seus autores por isso.

Meus agradecimentos se estendem a Erich Schoeneweiss, Keith Clayton e todos na Del Rey, e a Jennifer Heddle, Pablo Hidalgo e Leland Chee na Lucasfilm.

Por último, meu obrigado a minha esposa e revisora Meredith Miller, ao revisor Brent Frankenhoff e à assessora de equitação Beth Kinnane (não existem cavalos em Tatooine, mas existem selas!).

JOHN JACKSON MILLER

é autor best-seller, historiador e analista de quadrinhos. Já escreveu diversos livros do universo *Star Wars*, além de romances e quadrinhos para outras franquias, incluindo *Star Trek*, *Battlestar Galactica*, *Halo*, *Homem de Ferro*, *Mass Effect*, *Planeta dos Macacos* e *Os Simpsons*.